AF202888

SOPHIE BICHON

WIR
SIND
DER
Sturm

ROMAN

WILHELM HEYNE VERLAG
MÜNCHEN

Verlagsgruppe Random House FSC® N001967

3. Auflage
Originalausgabe 06/2020
Copyright © 2020 dieser Ausgabe
by Wilhelm Heyne Verlag, München,
in der Verlagsgruppe Random House GmbH,
Neumarkter Str. 28, 81673 München
Redaktion: Steffi Korda, Büro für Kinder- & Erwachsenenliteratur, Hamburg
Printed in Germany
Umschlaggestaltung: ZERO Werbeagentur, München,
unter Verwendung von FinePic®, München
Satz: Leingärtner, Nabburg
Druck und Bindung: GGP Media GmbH, Pößneck
ISBN: 978-3-453-42387-9

www.heyne.de

Für Christian,
der mein Paul ist, und meine Louisa.
Für den Mann, der mein Herz
seit diesem einen Sommerabend
mit jedem Blick schneller schlagen lässt.

Danke für jeden einzelnen Tag,
an dem du mein Zuhause bist.
Für all die Funken zwischen uns,
für das Lachen und das Glücklichsein.
Du und ich: zusammen die beste Gang der Welt.

Storms make trees take deeper roots.

Dolly Parton

PLAYLIST

Minimum von Charlie Cunningham
Tummy von Tamino
Of my Mind von Pional
Acid Rain von Lorn
Running up that Hill von Placebo
Salt and the Sea von The Lumineers
Sadness is taking over von Flora Cash
Can I be forgiven von Highaskate
You von Brothers Moving
I am the Changer von Cotton Jones
Soul meets Body von Death Cab for Cutie
Jungle von Tash Sultana
Mt. Washington von Local Natives
Island in the Sun von Weezer
Nica Libres at Dusk von Ben Howard
A Trick of the Light von Villagers

UND ALLES WAR ANDERS

Paul

In der Sekunde, in der es krachte, war Louisa das Erste, an das ich dachte. Und die Welt hielt den Atem an. Scheiße, scheiße, mein Feuermädchen. Mein Mädchen.

Es rauchte, es brannte. Und ich drehte mich zu ihr um, viel zu langsam. Ihre Locken leuchteten in dem gleichen grellen Orange und Rot wie das Feuer, das sich von hinten durch das Auto zu fressen begann. Sie schrie meinen Namen und blickte mich an, ihre tiefblauen Augen weit aufgerissen. Und da erst sah ich das Blut, von dem ich nicht wusste, ob es ihr eigenes war oder vielleicht doch meins. Ich packte sie an der Hand, sie musste hier raus. *Du kannst sie nicht retten*, ertönte da plötzlich eine höhnische Stimme aus dem Nichts. *Es ist zu spät!* Doch verdammt nochmal, ich *musste* Louisa retten. Ich hatte doch gar keine andere Wahl, als alles dafür zu tun, dass sie lebte. Etwas zerbarst und explodierte dann. Ich sah nichts mehr wegen all des Rauchs, der sich schwer und dunkel vor mein Gesicht legte. Knackende Flammen und ein Feuersturm, der mir nicht nur endgültig die Sicht nahm, sondern auch meine anderen Sinne: das Fühlen, das Hören. Um mich herum waren nur noch verdammte Stille und ein unerträgliches Summen. Verzweifelt tastete ich um mich, rief immer wieder ihren Namen, leise und laut und in allen Nuancen dazwischen, Louisa aber ... sie war einfach nicht mehr da. Alles, was zurückblieb, waren die Flammen, die immer höher schlugen.

Es war mein eigenes Keuchen, das mich hochschrecken ließ. Vielleicht hatte ich auch geschrien, ich konnte es nicht sagen. Ein Piepsen, unerträglich grelles Licht, das mich blendete und die Augen wieder zusammenkneifen ließ. Mein Herz schlug laut und wild, während ich versuchte, tief ein- und auszuatmen – doch ich bekam kaum Luft, jeder Atemzug brannte höllisch. Der stechende Schmerz und die Bilder des Traums beherrschten meine Gedanken, während ich mich zu orientieren versuchte: Krankenhaus, der Geruch nach Desinfektionsmittel, leise gesprochene Sätze, von denen ich nicht wusste, wer sie sagte. Und im nächsten Moment verschwand alles wieder in Dunkelheit.

Als ich das nächste Mal aufwachte, flüsterte jemand inmitten des Nebels meinen Namen. Eine helle, weiche Stimme, die ich überall erkennen würde. Es war Louisa, ausgerechnet Louisa, die neben dem Bett stand und mit vom Weinen geröteten Augen zu mir hinuntersah. Als ich ihren Blick erwiderte, sammelten sich neue Tränen in dem Blau.

Ich schluckte, und eine verdammte Ewigkeit verging.

Ich fand kaum die Kraft, zu sprechen, doch als sie ihre Finger unerträglich sanft um meine schloss, zuckte ich zusammen und tat das einzig Richtige.

Feuerherz

ZWEI WOCHEN SPÄTER

1. KAPITEL

Louisa

Sternenstaub vor tiefem Schwarz war alles, was ich sah, als ich die Augen fest zusammenkniff.

Als hätte ich mich daran verbrannt, hatte ich das Handy wieder zurück in meinen Rucksack gleiten lassen, so weit nach unten wie nur möglich. Doch da war es bereits zu spät gewesen, da hatte ich mit dem Daumen schon auf *Senden* geklickt. Langsam stieß ich die Luft aus, die ich unbewusst angehalten hatte. Es war nichts Falsches daran, Paul zu schreiben.

Ich wollte unbedingt an etwas anderes denken, als ich die Augen langsam wieder öffnete und meine Finger um den heißen Kaffeebecher vor mir schloss. Ich ließ mich damit tiefer in den weichen Sessel sinken. Die Sonne schien hell durch die beschlagenen Fenster direkt auf den dunklen Holztisch mit der alten Ausgabe von *Madame Bovary* darauf. Ich hatte sie auf einem Flohmarkt entdeckt und beim ersten Mal Lesen mit beinahe schon unleserlichen Notizen am Rand versehen. Daneben wie immer mein Notizbuch, um die schönsten Wörter und Sätze zu sammeln, denen ich im Laufe des Tages begegnen würde. Vielleicht auch in und zwischen den Zeilen von Emmas Geschichte.

Ich leckte mir den Milchschaum von den Lippen und betrachtete die im Sonnenlicht rot schimmernden Wände und den feinen Staub, der durch die Luft tanzte. Doch keine Sekunde später sprangen meine Gedanken wieder zurück zu der gerade verschickten Nachricht, auf die

Paul mir sowieso nicht antworten würde. Genauso, wie er es auch auf all die anderen nicht getan hatte, seit er mich im Krankenhaus einfach gebeten hatte, zu gehen.

Hier im Café zu sitzen und auf Aiden zu warten war fast schon ein Déjà-vu, eine Wiederholung meines zweiten Tages auf dem Campus. Selbst die Tatsache, dass Aiden immer noch nicht aufgetaucht war, obwohl wir schon vor fünfzehn Minuten verabredet gewesen wären. Und gleichzeitig war alles anders. Dieser laue Septembertag, an dem Trish mich gefragt hatte, wann ich im Firefly zu arbeiten anfangen könnte, erschien mir inzwischen unendlich weit weg.

Eine leichte Berührung an der Schulter riss mich aus meinen Gedanken. Aiden. Mit dem Gitarrenkoffer in der einen und einem Kaffee in der anderen Hand stand er vor mir und seine Lippen kräuselten sich zu einem entschuldigenden Lächeln, als er die Gitarre an den grünen Sessel mir gegenüber lehnte, mich kurz an sich drückte und sich dann in die Polster fallen ließ.

»Ich dachte schon, du würdest mich wieder versetzen«, sagte ich und zog bemüht ernst eine Augenbraue hoch, während ich meinen Cappuccino auf dem Tisch abstellte.

»Komm schon, Lou«, grinste Aiden, »als ob ich dich jemals versetzten würde!« Mit einem belustigten Ausdruck in den blauen Augen fuhr er sich durch die ohnehin schon zerzausten blonden Haare. Geschmolzener Schnee glänzte darin. »Hast du das nicht letztens erst gelesen?«, wollte er wissen und deutete auf das Buch, das zwischen uns auf dem Tisch lag.

Amüsiert folgte ich seinem Blick. »Na und?«

Aiden verschränkte die Arme vor der Brust. »Wird das nicht irgendwann langweilig?«

Ich schnaubte: »Wir beide sehen uns gefühlt jeden Tag zusammen *Game of Thrones* an. Wird *das* nicht langweilig?«

»Verdammt«, Aiden lachte, »du hast recht: Wird es nicht. Aber es ist eben auch *Game of Thrones*, also …« Er ließ den Satz in der Luft hängen und zuckte mit den Schultern.

»Beim Lesen ist es genauso. Man kennt die Geschichte zwar irgendwann in- und auswendig, weiß genau, was wann passiert«, erklärte ich dankbar für dieses unverfängliche Gesprächsthema, »aber mit jedem Mal fallen einem mehr von diesen Kleinigkeiten auf. Diese winzigen Puzzleteile, die sich nach und nach zusammensetzen. Wie viel Bedeutung in manchen Stellen steckt, wenn man das Ende erst einmal kennt. Wie perfekt alles ineinandergreift. Deshalb kann ich das gleiche Buch immer und immer wieder lesen!«

In der nächsten Stunde erzählte ich Aiden von einer Buchverfilmung, die auf Netflix gestartet war und die ich mir unbedingt ansehen wollte. Als ich erwähnte, dass es sich bei der Vorlage um einen Liebesroman handelte, stöhnte Aiden auf. Er wusste nur zu gut, dass heute Abend ich dran war, einen Film für uns herauszusuchen. Wir diskutierten über eine Serie, die wir vor wenigen Tagen beide zu Ende geschaut hatten, die Aiden jedoch deutlich besser gefallen hatte als mir. Und über die Prüfungsergebnisse der Midterms, auf die wir alle ungeduldig warteten, obwohl wir sie eigentlich doch nicht wissen wollten. Schließlich erzählte Aiden mir von den Songs, die *Goodbye April* aus ihrer Gig-Liste gestrichen hatte, weil sie sich als Band weiterentwickelt hatten. Und als ich ihn fragte, wie die Probe heute gelaufen war, erntete ich irgendetwas zwischen Seufzen und Lachen. Scheinbar hatten zwei der Jungs, ohne es zu wissen, etwas mit demselben Mädchen angefangen. Das Ganze war jetzt herausgekommen, und die Situation hatte sich während der Probe immer weiter verschärft, bis die beiden sich erst angebrüllt hatten und dann aufeinander losgegangen waren – Aiden und Landon hatten dazwischengehen müssen.

»Also wirklich geprobt haben wir heute auf jeden Fall nicht«, fügte Aiden hinzu. »Aber immerhin leben noch alle Bandmitglieder.« Er grinste und ließ sich tiefer in den Sessel sinken. »Ich seh das einfach mal als Erfolg an!«

»Dein Optimismus ist wirklich beneidenswert«, erwiderte ich mit einem Lächeln und strich mir meine Locken hinter die Ohren.

»Na ja, jetzt, wo Paul zurück ist, kann ich den Jungs immer noch damit drohen, dass ich ihn mit zu den Proben nehme. Und das wollen sie ganz sicher nicht, weil er das letzte Mal nämlich -«

Ich erstarrte.

Jetzt, wo Paul zurück ist.

Wo Paul zurück ist.

Paul.

Zurück.

Paul.

Aidens Worte hallten in meinem ganzen Körper nach, und ich setzte mich ruckartig auf. Der Kaffee in meiner Hand schwappte über und mein Herz, das für die Dauer dieses Satzes ausgesetzt hatte, begann nun heftiger zu schlagen als zuvor. *Madame Bovary* und mein Notizbuch segelten zu Boden, als ich mich leicht zu Aiden nach vorn beugte. »Er ist wieder da?«, flüsterte ich.

»Ich ... ja«, sagte Aiden sichtlich verwirrt und nickte. »Seit zwei Tagen schon. Ich dachte, das wüsstest du! Verdammt, ich dachte, er hätte dir Bescheid gesagt ...« Dann verstummte er und betrachtete mich stirnrunzelnd.

Bei dem Gedanken daran, dass Paul offensichtlich wieder zurück am Redstone College war, sich jedoch bisher kein einziges Mal bei mir gemeldet hatte, machte sich wieder das flaue Gefühl der letzten Tage in mir breit, das ich immer beiseitezuschieben versuchte. Warum hatte er mich einfach fortgeschickt und ignorierte seitdem meine Nachrichten? Die Nachrichten seiner *Freundin*. Und warum erfuhr ich als Letzte und nicht einmal von ihm persönlich von seiner Rückkehr?

»Ich ...«, fing ich zögerlich an und schüttelte langsam den Kopf.

»Nein, das wusste ich nicht.« Ein dumpfer Schmerz pochte in mir, während ich die Wörter zu ganzen Sätzen formte. »Ich wusste nicht einmal, dass Paul überhaupt entlassen werden sollte.«

»Er hat sich selbst entlassen«, erklärte Aiden mit dieser steilen Falte zwischen seinen Augen, die ich so selten an ihm sah. »Er meinte, er würde es da drin nicht mehr aushalten, und die Ärzte haben gesagt, dass er gehen kann, solange er es ruhig angehen lässt.«

Genauso wie die leise Musik im Hintergrund wurde auch Aidens Stimme mit jedem Wort leiser, bis ich schließlich mit dem Strudel meiner Gedanken allein war. Umherwirbelnde Erinnerungen, die ich über zwei Wochen lang so gut es ging verdrängt hatte, die jetzt aber unaufhaltsam auf mich niederprasselten.

Paul, der am 24. Dezember nicht auftauchte, obwohl der Tisch bereits gedeckt und das Essen fast fertig war. Der nicht an sein Handy ging, obwohl ich einen verpassten Anruf von ihm hatte. Stattdessen rief Trish mich an, völlig hysterisch. Und ich, die an Ort und Stelle zusammenbrach – nicht laut und schreiend, sondern ganz still und leise. Lähmende Angst um den Mann, den ich liebte. Und dann passierte alles wie in einem Film, viel zu schnell und gleichzeitig viel zu langsam: Mel, die versuchte, aus mir herauszubekommen, was passiert war, und mich dann an der Hand packte und ins *New Forreston Hospital* fuhr. Aiden, der plötzlich die Ruhe selbst war mit genug Energie, um Trish und mich zu beruhigen. Doch an die alles verbrennende Panik in mir war er nicht herangekommen. *Nicht schon wieder, bitte nicht. Bitte nicht Paul.* Der einzige flehende und durch meine Venen treibende Gedanke, als wir durch die Flure des Krankenhauses liefen und niemand uns etwas sagen konnte. Seine Eltern, die nicht auftauchten. Aiden in der Mitte, Trish und ich links und rechts von ihm. Seine Arme um uns und wir drei ein Knoten aus beruhigenden Berührungen. Weil Drei eine ungerade Zahl und Paul unsere Vier war.

Menschen in Weiß und alles monoton, jede Stimme und jeder Satz.

Er ist jetzt wach, hieß es irgendwann. *Seine Eltern sind auf dem Weg*, hieß es auch. Endlich durften wir zu ihm. Sein Vater wirkte einfach nur gereizt. Seine Mutter war völlig versteinert. Dazwischen Luca mit verquollenen Augen, der sich kein einziges Mal beschwerte, als Trish ihn *Kleiner* nannte, obwohl er sie deutlich überragte. Der mich in seine Arme zog, mich mein Gesicht an seine Schulter pressen ließ. Dass er Paul in vielen Punkten so ähnlich war, machte in diesem Moment alles besser und noch tausendmal schlimmer. Das Piepsen der Geräte war unerträglich. Und als ich den Schlauch sah, der an Pauls rechter Seite zwischen seinen Rippen hervorragte, rang ich erschrocken nach Luft. Er schien Schwierigkeiten mit dem Atmen zu haben, jeder einzelne Atemzug endlos lang zu sein. Ein Keuchen.

Wie Paul mich ansah mit diesem leblosen Blick, der mir noch mehr Angst machte als die Stunden, in denen ich mich so machtlos und betäubt gefühlt hatte. Ich umfasste seine große Hand mit meinen beiden kleineren. Lange, raue Finger, die mir so vertraut waren. Doch Paul zuckte unter meiner Berührung zusammen – bestimmt hatte er Schmerzen.

Spannungspneumothorax.

Thoraxdrainage.

HWS-Distorsion.

Commotio.

Fremde Wörter, die in einer Ecke des Zimmers zwischen Pauls Mutter und einem Arzt fielen. Wörter, die ich unter anderen Umständen vielleicht schön gefunden hätte. Doch so beschrieben sie nur den Zustand meines Freundes, objektiv und sachlich, während mein Herz schrie, weil er so hilf- und kraftlos wirkte. So wenig wie er selbst.

Und dann, als er wieder sprechen konnte, bat Paul mich plötzlich mit dieser Leere in den Augen, zu gehen und ihn nicht mehr zu besuchen. Irgendetwas an dem Ausdruck in diesem sonst so warmen Braun hatte mich dazu gebracht, seinen Wunsch zu respektieren, auch wenn es mir einen wahnsinnigen Stich versetzte und ich es beim besten Willen nicht verstehen konnte. Ich hatte mir eingeredet, dass Paul womöglich einfach nicht wollte, dass ich ihn auf diese Art sah. Obwohl wir so viel miteinander geteilt hatten. Letztendlich hatte ich diese Entscheidung akzeptiert. Das Wichtigste war doch sowieso, dass er lebte, sagte ich mir. Alles andere war bedeutungslos.

»Lou, er ist wirklich komisch drauf«, drang Aidens Stimme wieder zu mir durch. Er sah mich plötzlich ungewohnt ernst an und drückte für einen flüchtigen Moment meine Hand. »Mach dir bitte nicht so viele Gedanken. Paul wird sich bei dir melden, wenn er so weit ist!«

Ungläubig starrte ich Aiden an. »Er wird sich bei mir melden, *wenn er so weit ist?*«, echote ich hohl. In meinen Fingerspitzen kribbelte es, in mir eine Unruhe, die sich auf meiner ganzen Haut ausbreitete. Und plötzlich war da ein anderes Gefühl, das sich zu den widerstreitenden Emotionen in mir gesellte: Wut, die irgendwo zwischen Sorge, Unverständnis und Zuneigung hin und her waberte.

»Ich weiß, dass das verdammt schwer ist. Paul ist mein längster und vor allem bester Freund«, meinte Aiden und rieb sich über das Kinn. »Trish und ich kommen gerade auch nicht wirklich an ihn ran, mit Luca spricht er auch nicht. Nur das Nötigste.«

»Ich bin fast gestorben vor Sorge! Er ist doch mein Freund und ich …« Ich schluckte schwer. »Er hat mich weggeschickt, falls du das vergessen haben solltest, Aiden. Euch nicht. Und ich hab keine Ahnung, wieso. Ich habe ihn vermisst. Ich habe mir unglaubliche Sorgen gemacht. Ich hatte wahnsinnige Angst, ihn zu verlieren, als uns am Anfang niemand gesagt hat, was genau eigentlich passiert ist. Und jetzt sagt er mir nicht einmal Bescheid, dass er wieder hier ist? Das … das ist doch nicht normal. Das …« Ich stockte und biss mir auf die Unterlippe, bevor ich weitersprach. »Ich geh jetzt. Ich will wissen, was los ist! Und ich möchte mit eigenen Augen sehen, dass es ihm gut geht.«

»Lou«, sagte Aiden sanft und versuchte mich mit einem Griff an mein Handgelenk zurückzuhalten.

Doch da schnappte ich mir schon meinen Rucksack, stopfte den Roman und das Notizbuch achtlos hinein und stürmte aus dem Firefly. Ich musste Paul sehen. Ich wollte, dass er mir sagte, was ich ihm bedeutete, und dass zwischen uns alles in Ordnung war. Einfach weil wir *wir* waren. Dass er bei mir bleiben und nicht verschwinden würde, obwohl er gesehen hatte, wie kaputt ich tatsächlich war. Dass ich wie immer zu viel nachdachte und mir nur einbildete, dass sein Verhalten mehr als seltsam war.

Laut und bebend drang Musik aus der WG, als ich klingelte und niemand mir öffnete. Ich strich mir die von feinen Schneeflocken feuchten Haare aus dem Gesicht, holte tief Luft und presste meine zitternden Finger erneut auf die Klingel.

Meistens weiß man nicht, welche Momente das Leben in ein Vorher und Nachher einteilen. Nicht sofort und schon gar nicht in dem Augenblick selbst. Wenn überhaupt, erkennt man die Zäsur erst sehr viel später. Doch manchmal spürt man es bereits in der Sekunde, in der es passiert. So wie an dem Abend meines Geburtstags, als Paul mich festgehalten und mir tief in die Augen gesehen hatte. Nasenspitze an Nasenspitze, Herz an Herz. Da hatte ich gewusst, er würde mir sagen, dass er sich auch in mich verliebt hatte. Das hier war ebenfalls einer dieser Momente – nur dass es dieses Mal eine Vorahnung war, die mein Herz noch vor meinem Verstand begriff.

Die Musik wurde leiser gedreht, dann war das Geräusch näher kommender Schritte zu hören. Es war Isaac, der mir die Tür öffnete. Der mich ansah und anschließend einen Blick über die Schulter warf, so kurz, dass es mir fast nicht aufgefallen wäre.

Ich wippte von einem Bein auf das andere, fragte mich, wieso er mich nicht einfach vorbei ließ.

»Mann, wieso stehst du da wie festgefroren? Lass Luke doch einfach rein!« Der Klang seiner tiefen Stimme war so vertraut, und mein Herz reagierte sofort auf den dunklen Bass, mit dem er mich in so vielen Nächten *Feuermädchen* genannt hatte. Dann stand Paul in meinem Sichtfeld, vor der Wand mit den unzähligen Polaroid-Fotos, die eine Hand in der Hosentasche einer dunkelblauen Jogginghose vergraben.

Ich blinzelte und hatte plötzlich Angst, ihn direkt anzusehen, weil seine Blicke immer schon mehr gesagt hatten als seine Worte. Ich hatte Paul in mein Herz gelassen und jetzt das Gefühl, dort drin wäre es zu eng für uns. Und als ich schließlich doch den Blick hob, ertrank ich in dem warmen, tiefen Bernsteinton seiner Augen. Da waren nur er und ich. Und dann lächelte ich ihn an – trotz aller Vorsicht. Trotz all der Warnsignale.

Doch er rührte sich nicht von der Stelle, sah abgekämpft aus. Geschockt, beinahe schon panisch sah er mich an, den ganzen Körper angespannt. Dann verfinsterte sich sein Gesichtsausdruck, und der Blick, mit dem er mich bedachte, war so kalt und leer, dass meine Knie weich wurden. Ein Schlag in den Magen, der mich für einen kurzen Moment nach Luft ringen ließ. Ganz leise sagte ich seinen Namen und streckte instinktiv eine Hand nach ihm aus, obwohl Isaac immer noch vor mir in der Tür stand. Verunsichert blickte ich Paul über Isaacs Schulter hinweg an und suchte in seinen Augen nach einer Antwort auf die Frage, die ich mich seit sechzehn Tagen nicht zu stellen traute.

Einen Moment lang starrte er mich noch an. Etwas anderes flackerte in seinem Blick auf, als er diesen für einen winzigen Moment über mich gleiten ließ. Dann presste er seine Lippen zu einem harten, geraden Strich zusammen. Bei mir: Herzstillstand. Bei ihm: gemurmelte Flüche. Eine wirre Mischung aus Englisch und Deutsch, dann verschwand er wieder irgendwo in der Wohnung, während mir immer kälter wurde.

»Sag ihr einfach, dass sie verschwinden soll!«, drang seine Stimme gedämpft durch die geöffnete Tür. Er klang, als hätte er getrunken. Langsame und träge Worte, völlig emotionslos ausgesprochen. Den feinen Riss in meinem Herzen, den dieser Satz gefährlich mühelos verursachte, versuchte ich, mit aller Kraft zu ignorieren. *Ihr?* Ich schluckte schwer. Das war ich also. Vor sechzehn Tagen *Baby* und heute nicht mehr als ein Pronomen.

Ich begriff einfach nicht, was hier passierte. Ich wollte Paul anschreien. Gleichzeitig wollte ich mit meinen Fingerspitzen seine feinen Augenringe wegstreichen. Und ihn dann wieder anschreien, dass es doch sicher keine gute Idee war, zu trinken, wenn er erst seit zwei Tagen aus dem Krankenhaus zurück war. Ich wollte nichts mehr, als dass er seine Arme um mich schlang und mich festhielt. So viele Menschen hatten mich verlassen. Nicht auch noch er.

Isaac räusperte sich, als er da zwischen mir und dieser Wohnung stand. Seine Augen hinter den Brillengläsern sagten: *Sorry! Ich hab echt keine Ahnung, was los ist.* Und ich stand dort wie festgefroren. »Paul, bitte. Ich …«, startete ich einen letzten verzweifelten Versuch, weil ich nur noch Gefühle und Gedanken und Emotionen war. Alles, was an mir sonst so vernünftig und bedacht war, war wie weggeblasen.

»Gott, sie soll einfach gehen!« Seine Stimme klang wieder näher. Ein genervtes Murmeln. Diese tiefe Stimme, die ich eigentlich so liebte, deren Klang mir jetzt aber einfach nur wehtat. *Sie.* Beliebigkeit statt Bedeutsamkeit. Nicht nur austauschbar, sondern ausgetauscht. Ich straffte die Schultern und gab mir alle Mühe, mir nicht anmerken zu lassen, wie da etwas in mir zerbrach.

Dann verschwand ich im Treppenhaus. Ein Schritt nach dem nächsten. Ein Fuß vor den anderen und Stufe für Stufe. Eine Stimme in mir flüsterte mir zu, dass ich nicht so leicht hätte aufgeben sollen. Dass ich Isaac zur Seite schieben und Paul mit seinem Verhalten hätte konfrontieren müssen.

Letzten Monat noch hatte er mir versprochen, nicht zu gehen und bei mir zu bleiben, denn er kannte meine größte Angst, mein Herz an andere Menschen zu hängen und dann verlassen zu werden. Und ich hatte ihm geglaubt. Er hatte mich öfter festgehalten, als ich zählen konnte – in seinen Armen, wo ich nicht auseinanderfallen konnte. Ich hatte um Paul kämpfen müssen, weil er nicht hatte verstehen wollen, dass man kaputt sein und trotzdem lieben konnte. Und dass *er* das war, was ich wollte. Das, was ich brauchte.

Sag ihr einfach, dass sie verschwinden soll, hallten seine Worte überall in mir wider. Ich war ein Kompass ohne Norden, eine Kriegerin, die nicht wusste, welchen Kampf sie eigentlich ausfocht.

Als ich aus dem Wohnheim in die Sonne trat, fühlte es sich so an, als wäre das alles, was Paul und ich jemals sein würden: ein unvollendeter Satz, eine halb geschriebene Geschichte, fertig erzählt und doch ohne Ende.

2. KAPITEL

Paul

Die Sache mit dem Glück ist schon seltsam: Dass man so richtig glücklich war, merkt man meist erst, wenn es einem längst wieder abhandengekommen ist. Doch obwohl ich mir darüber im Klaren gewesen war, dass ich weder dieses Gefühl noch dieses besondere Mädchen verdient hatte, hatte ich in jeder Sekunde gewusst, was mir das mit ihr bedeutete: echtes, unfassbares Glück. Und plötzlich war da nur noch finstere Nacht.

»Alter, Berger, willst du jetzt oder nicht?«

Kopfschüttelnd blickte Taylor mich an und wedelte mit einem Joint vor meiner Nase herum. Sein Tonfall ließ darauf schließen, dass er mir diese Frage nicht zum ersten Mal stellte. Der wie vielte Joint war das? Der fünfte? Der sechste? Ehrlich gesagt, hatte ich längst den Überblick verloren. Letztendlich war es mir aber auch egal. Hauptsache, das Gras tat seinen Zweck und dämpfte meine Gefühle, dämpfte diesen unerträglichen Schmerz in mir. Das Brennen in meiner Lunge, das Knistern des glühenden Papiers zwischen meinen Fingern. Und schließlich der Nebel, der sich in meinem Kopf breit machte, sich auf all meine Gedanken legte und die Stiche jeder einzelnen Erinnerung zumindest für den Augenblick abschwächte.

Wenn nur dieses beschissene tiefe Stechen auf der rechten Seite meines Brustkorbs nicht wäre! Noch immer spürte ich es beim Ein- und Ausatmen. Eine Erinnerung an den Unfall, daran, dass eine Rippe sich in meine Lunge gebohrt hatte. Daran, dass ich an Weihnachten verdammt nochmal hätte sterben können. Eine Erinnerung an die

Atemnot, daran, wie ich keine Luft mehr bekommen hatte. Verschwommene Bilder von Sirenen, eine Kanüle an meinem Brustkorb und entweichende Luft. Und letztendlich die Erinnerung an Louisa, an die Wahrheit, die mir dieser Moment so schonungslos offenbart hatte.

Mit einem Seufzen reichte ich den Joint an Isaac weiter. Er griff danach, ohne den Blick von der Konsole und dem gerade gestarteten Spiel zu lösen. Routiniert schob er ihn sich zwischen die Lippen, während sein Avatar unter Taylors Anfeuerungsrufen auf die Gegner zustürmte.

Ich war so benebelt! Ich hatte absolut keine Ahnung, wie die beiden sich noch auf das Spiel vor uns konzentrieren konnten, geschweige denn wie sie es schaffen wollten, sich gleich über den Campus Richtung Hörsäle zu schleppen.

Ich rieb mir über den Bart und ließ mich tiefer in das Sofa sinken. Andererseits hatte ich meinen Mitbewohnern auch schon einige Joints voraus, weil die Albträume wieder angefangen hatten und ich deshalb lieber wach geblieben war. Gedankenspiralen in der Dunkelheit waren immer noch besser als die Bilder aus meinem Unterbewusstsein.

Der Joint wieder zwischen meinen Fingern. Ein Zug. Noch einer. Ein Verglühen. Ich drückte ihn in dem provisorischen Aschenbecher auf dem kleinen Tisch aus – das Startzeichen für Taylor und Isaac, ihren Unikram zusammenzupacken und mit einem knappen Nicken durch die Tür zu verschwinden. Ich blieb irgendwo zwischen abgestandenem Rauch und meinen Gedanken zurück.

Ich dachte an *sie*. Gott, woran auch sonst. Als ich Louisa gestern so unerwartet in der Tür hatte stehen sehen, hätte ich sie am liebsten an mich gerissen, ihr die vom Schnee feuchten Feuerlocken aus dem Gesicht gestrichen und ihr gesagt, dass alles wieder gut werden würde. Ich wollte ihr sagen, dass es mir leidtat, dass ich sie im Krankenhaus davongeschickt und verletzt, mich anschließend kein einziges Mal gemeldet hatte. Und alles in mir hatte danach geschrien, meine Lippen auf ihre weichen zu pressen und ihr zu sagen, wie sehr ich sie liebte – weil ich wusste, wie unfassbar schnell das Leben vorbei sein konnte.

Doch ich durfte dieses Mädchen aus Feuer nicht lieben. Nicht das Mädchen, das ausgerechnet in dem Auto gesessen hatte, in das Heather und ich vor fünf Jahren hineingekracht waren. Nicht das Mädchen, dessen Dad wegen mir auf der Stelle tot gewesen ist. Nicht das Mädchen, dessen ganzes Leben sich nach dieser Nacht verändert und die dadurch gewissermaßen auch ihre Mom verloren hatte. Nicht Louisa, nicht jetzt und nicht später. Niemals.

Sie hatte so zerbrechlich und verloren ausgesehen, wie sie da halb von Isaac verdeckt gestanden hatte, und irgendwo dahinter wütend und enttäuscht. Natürlich wusste ich, dass ich dieser Begegnung nicht ewig aus dem Weg gehen konnte – und trotzdem hatten sie und die Intensität ihres Blicks mich völlig unvorbereitet getroffen. Bei dieser Flut an Gefühlen in ihren Ozeanaugen war erneut etwas in mir kaputtgegangen. Und ich hatte tatsächlich noch gedacht, dass mein abgefucktes Herz mit dem Wissen, das ich seit Weihnachten mit mir herumschleppte, nicht noch mehr auseinanderreißen konnte.

Ein plötzliches Klingeln ließ mich zusammenfahren. Langsam und träge kämpfte ich mich durch den Nebel zurück in das Hier und Jetzt. Es klingelte noch einmal. Wahrscheinlich hatte Isaac wieder einmal seinen Schlüssel liegen lassen. Langsam bewegte ich mich vom Sofa Richtung Tür, öffnete sie einen Spalt breit und … da schob Aiden sich schon an mir vorbei in die WG und ließ seinen Blick erst über mich, dann durch das Wohnzimmer gleiten. Das Gras auf dem Tisch, der volle Aschenbecher, die leeren Bierflaschen von gestern, die Jogginghose, die ich schon viel zu lange trug.

»Alter, ist das dein scheiß Ernst? So sieht das also aus, wenn du aus dem Krankenhaus kommst und dich erholen sollst?«

»Dir auch einen guten Morgen«, murmelte ich und schloss die Tür hinter Aiden. Mit großen Schritten durchquerte er das Wohnzimmer und riss die Fenster auf. Eisige Luft, die den Rauch nur langsam ablöste, drang herein.

Aiden drehte sich wieder zu mir um und musterte mich mit gefurchter Stirn und schien mehr zu sehen, als mir lieb war. Sorge stand in seinen blauen Augen, und aus irgendeinem Grund machte mich das wahnsinnig wütend.

»Warst du eigentlich immer schon so scheiß nervig, Cassel?«, meinte ich schroff und ließ mich wieder auf das Sofa in der Mitte des Raumes fallen. Doch Aiden zuckte ungerührt mit den Schultern. »Kann sein, Berger. Ist mir ehrlich gesagt ziemlich egal. Du hörst jetzt auf, dir das Hirn wegzukiffen, gehst unter die Dusche, ziehst dir was anderes an, und dann gehen wir zusammen raus an die frische Luft.«

»Ganz ehrlich? Einen Scheiß werde ich tun!«, knurrte ich.

Aiden verschränkte die Arme vor der Brust, die hellen Augen zu schmalen Schlitzen zusammengekniffen. Wir starrten einander an, doch keiner sagte ein Wort.

Bis ich schließlich das Schweigen brach. »Isaac und Taylor scheinen kein Problem damit zu haben, wie ich meine Zeit verbringe.«

»Weil die beiden nicht dein bester Freund sind. Und dich längst nicht so gut kennen wie ich!«

Laut lachte ich auf. »Du denkst also wirklich, du würdest mich kennen, Cassel?«

»Du kannst meinetwegen gern weiter deine Arschlochnummer abziehen, du beeindruckst mich damit leider nur null«, erwiderte Aiden ungerührt. »Mit siebzehn warst du ein richtiger Wichser und bist mich auch nicht losgeworden. Also beweg jetzt *endlich* deinen Arsch, bevor ich Trish anrufe, damit sie mir hilft! Und du weißt, dass sie im Gegensatz zu mir ununterbrochen reden wird.«

Gott, es war wirklich zum Lachen. Aiden, der als einziger Mensch wusste, was tatsächlich passiert war, als ich mit Heather auf dem Rückweg von Sacramento gewesen war … Dem ich ein einziges Mal erzählt hatte, was sich in dieser schrecklichen Nacht abgespielt hatte, dem gegenüber ich mich wie ein riesiges Arschloch benommen hatte und der trotzdem immer für mich da gewesen war – so lange, bis ich den Anblick meines Spiegelbildes wieder hatte ertragen können. Ausgerechnet er war es, der jetzt wieder versuchte, mich aus dem Loch zu holen; dabei hatte er ja keine Vorstellung davon, wie schlimm es dieses Mal tatsächlich war.

»Außerdem könntest du dich mal wieder rasieren. Du siehst aus wie eine komische Hipster-Version von dir selbst!«, rief Aiden mir hinterher, als ich mich fluchend Richtung Bad in Bewegung setzte. Ich hielt meinen Mittelfinger in die Höhe, doch er lachte nur.

Mit jeweils einem Becher Kaffee in der Hand stiegen wir Stufe für Stufe nach oben. Aiden entschlossen, ich widerwillig. Meine ungesagten Worte hallten als Stille von den Wänden des Treppenhauses wider. Wenn man Glück hatte, war die Tür zum Dach nicht abgesperrt – so wie heute. Ein Schritt nach draußen. Kalter Wind zerrte an meiner Jacke. Noch ein Schritt. Ich atmete tief ein und aus. Dank des endlosen Himmels über mir fühlte ich mich für einen Moment frei, dank der Höhe des Wohnheimgebäudes klein, doch meine Fehler waren es nicht.

Schweigend setzten wir uns nebeneinander direkt an die Kante des flachen Daches. Unsere Beine ließen wir vom Rand baumeln. Schwarze, zerschlissene Jeans an ausgewaschener blauer. Ich würde verflucht tief fallen, sollte ich ein Stück nach vorn rutschen. Es würde aussehen wie ein tragischer Unfall: Ein Kerl, der sich selbst überschätzt hatte und zu risikobereit gewesen war. Seit fünf Jahren balancierte ich ohnehin am Rande des Abgrunds, doch in diesem Augenblick dachte ich zum ersten Mal daran, mich selbst hineinzustürzen.

Aiden zog sein Handy aus der Hosentasche und legte es mit dem Display nach oben zwischen uns. Aus dem Lautsprecher drangen die ersten Takte von *Minimum* von Charlie Cunningham. *How should I walk this Earth.* Ich schluckte, weil das eine verflucht gute Frage war. Und dennoch schafften es die weichen Beats, meine düsteren Gedanken zusammen mit dem eisigen Wind ein Stückchen davonzuwehen. Das war einer dieser Songs, die begannen einen davonzutragen mit Flügeln aus Rhythmus und Noten. Immer höher, immer weiter, mitten hinein in die undurchdringliche Wolkendecke, näher heran an die Unendlichkeit des Himmels. Für einen Moment schloss ich die Augen, spürte den Wind durch meine Jacke dringen, dann sah ich mich da oben zwischen den Wolken. Sie zogen vorbei, und ich wollte die nächste fangen. Gott, Aiden hatte recht: Ich war wirklich ziemlich stoned.

Die Musik breitete sich zwischen uns aus, während ich meinen Blick über den schneeweißen Campus unter uns schweifen ließ: Die anderen Wohnheimgebäude und Studenten, die mit Kaffeebechern zu ihren Vorlesungen eilten, in denen Aiden und ich eigentlich auch bald sitzen sollten. Bunte Farbkleckse, Punkte, die allein oder in Gruppen auf die einzelnen Fakultäten und die Bibliothek zuströmten. Es hatte etwas Friedliches, wie alles in dieses sanfte Weiß gehüllt unter unseren Füßen dalag. Aiden und ich so weit über dem Campus, dem Himmel so nah, doch verschwindend klein und unbedeutend – das perfekte Motiv für ein Foto, doch selbst das war mir in diesem Moment egal.

»Haben Lou und du gestern eigentlich geredet?«, wollte Aiden plötzlich wissen.

Ich nickte. Louisa und ich hatten geredet, wenn auch nicht miteinander. Sie hatte etwas gesagt, ich hatte etwas gesagt. Es war eine Wahrheit mit Leerstellen, die Aiden wohl erahnte, denn es bildete sich diese feine Falte zwischen seinen blauen Augen.

»Wieso hast du Lou nicht gesagt, dass du wieder hier bist?«, hakte er nach. Unnachgiebig.

Ich schluckte schwer. »Ich will wirklich nicht drüber sprechen, Cassel!«, wich ich meinem besten Freund aus. »Ich kann gerade einfach nicht, okay?«, schob ich hinterher, weil ich mich ihm gegenüber wieder einmal so ungerecht verhielt. Aiden griff nach seinem Kaffee und, obwohl verdammt offensichtlich war, dass das nicht die Antwort war, die er hatte hören wollen, gab er sich mit einem Seufzen geschlagen. Er erzählte mir von dem Zoff bei *Goodbye April* – natürlich wegen einer Frau, weshalb auch sonst, von seiner Schwester Ally, die scheinbar das erste Mal so richtig verliebt war, und ihrem Freund, dem Aiden als großer Bruder natürlich erst mal wahnsinnig skeptisch gegenüberstand, bevor er mich an Bowies Geburtstag übernächste Woche erinnerte. Mit einem belustigten Blitzen in den Augen erwähnte er, dass Trish angekündigt hatte, mir höchstpersönlich den Kopf abzureißen, sollte ich mich weiter verkriechen, statt im *Heaven* aufzutauchen. Und bei dem Gedanken an den blonden Zwerg schlich sich das seit Tagen erste ehrliche Lächeln auf meine Lippen. Nicht eines von den Falschen, hinter denen ich inzwischen so viel verborgen hielt.

»Auch wenn du dir das wahrscheinlich noch die nächsten fünf Jahre einreden wirst«, sagte Aiden schließlich wieder ernst, »du trägst keine Schuld an diesem Autounfall in Kalifornien. *Niemand* trägt wirklich die Schuld daran. Du hast mir alles bis ins kleinste Detail erzählt. Das hast du zwar nur ein einziges Mal getan, aber ich erinnere mich an alles. Und so wie ich das sehe, ist das nur eine beschissene Aneinanderreihung noch beschissenerer Umstände gewesen. Du bist doch nicht einmal selbst gefahren, das war immer noch Heather am Steuer. Du kannst dich also unmöglich den Rest deines Lebens damit fertig machen, dass du versucht hast, das Richtige zu tun!«

Überrascht blickte ich ihn an. Es war unsere stille Übereinkunft, nicht über diese Nacht zu sprechen. Niemals. Mein Herz hämmerte wild gegen meine Rippen. Natürlich war es *meine* Schuld gewesen. Ich hatte in diesem Auto gesessen, hatte Heather mit meinen Worten fertig gemacht. So, wie sie geweint hatte, lag es doch ziemlich nah, dass sie wegen mir die Kontrolle über den Wagen verloren hatte, weil sie zu aufgebracht gewesen war – nicht wegen des unablässigen Regens und sich anbahnenden Sturms. Und der Moment, in dem ich ihr ins Lenkrad gegriffen hatte, war der Anfang vom Ende gewesen. So oder so: Die Verantwortung für diese Nacht musste ich ganz allein übernehmen. Im Gegensatz zu Aiden glaubte ich nicht immer an das Gute in jedem Menschen, nicht seit ich wusste, wie schief das bei mir selbst gelaufen war.

Abwartend sah mein bester Freund mich an. Ahnte er, wer seine Mitbewohnerin tatsächlich war? Wieso sollte er? Die Wahrheit war doch beinahe schon absurd. Ich hatte mich an die Hoffnung geklammert, mein Verstand hätte mir in diesem Moment auf dem Highway lediglich einen Streich gespielt. Mir Erinnerungen vorgespielt, die keine waren. Dass das Mädchen mit den blauen Augen unmöglich Louisa gewesen sein konnte. Auch wenn ich im Gegensatz zu ihr an Schicksal glaubte: Wie groß musste ein Zufall sein, um das Mädchen von damals und mich ausgerechnet am RSC zusammenzubringen? Das war unrealistisch, der Stoff aus Filmen – und zwar denen ohne Happy End.

Während mein Vater im Krankenhaus hauptsächlich genervt gewirkt hatte, weil der Unfall seines Sohnes sein Weihnachtsfest ruiniert hatte, und nach wenigen leeren Worthülsen wieder verschwunden war, war die Maske meiner Mutter wie bereits wenige Stunden zuvor ein Stück verrutscht. Da waren zwar die blonden, akkurat in Wellen gelegten Haare gewesen, das perfekt sitzende Kostüm und der unbewegte Gesichtsausdruck – doch mit geröteten Augen hatte sie ununterbrochen an meinem Bett gesessen, sogar noch mehr als Luca, den ich irgendwann nach Hause geschickt hatte. Ich glaube, das war das erste Mal, dass sie sich gegen den Willen meines Vaters stellte, um bei mir bleiben zu können. Für gestohlene Momente war sie einfach meine Mom gewesen. Und da hatte ich gewusst: Wenn ich jemanden nach dem Namen des Mannes, der damals gestorben war, fragen konnte, dann sie. Ich wollte verdammt nochmal sichergehen.

Michael Davis, hatte sie gesagt.

Davis.

Ich hatte Louisas Dad getötet. Allein diesen Satz zu denken, schien unwirklich, und trotzdem trieb er diesen alles verzerrenden Schmerz durch meinen ganzen Körper.

»Wieso sagst du mir das alles, Cassel?«, fragte ich betont gelassen, konnte die Unruhe in meiner Stimme aber nicht verbergen.

»Weil ich das Gefühl nicht loswerde, dass du seit Weihnachten nicht mehr du selbst bist, seit diesem Unfall. Ehrlich gesagt, bist du genauso wie vor fünf Jahren, als Heather sich von dir getrennt hat!« Aiden rieb sich zögernd über das Kinn und fuhr dann etwas leiser fort: »Ich befürchte einfach, dass das alles jetzt bei dir wieder hochgekommen ist, und möchte vermeiden, dass sich dieser ganze Scheiß wiederholt ...«

Stille. Weil er recht hatte. Meine Dämonen waren präsenter als jemals zuvor.

Stille. Weil die Wahrheit so erschreckend war, dass mir selbst die Worte dafür fehlten.

Ich steckte mir also eine Zigarette an, statt in meinem leeren Inneren nach verfluchten Sätzen suchen zu müssen, und blies den Rauch Richtung Himmel, zusammen mit meinem Atem, der wegen der eisigen Luft in kleinen Wölkchen aus mir herausströmte.

»Was, wenn ich dir sage, dass ich das Mädchen gefunden habe?«, fragte ich mit kratziger Stimme.

»Welches Mädchen?« Aiden drehte sich zu mir und blickte mich verständnislos an.

»Dieses Mädchen von damals«, erklärte ich und rieb mir über den Bart. »Das in dem anderen Auto saß und das ich aus dem Wagen gezogen habe. Das Mädchen, das ...« Ich schluckte, und die Worte verloren sich genau wie der Rauch meiner Zigarette in der kalten Luft.

»Wie –«, setzte Aiden gerade an, doch da schüttelte ich schon den Kopf.

»Okay«, sagte Aiden gedehnt und zögerte. »Krass!«

35

Ich ließ mich nach hinten fallen und schloss die Augen. Alles drehte sich. Meine Gedanken, meine noch beschisseneren Gefühle.

Ein leises Rascheln, und ich hörte, wie Aiden sich neben mir ebenfalls auf den Rücken sinken ließ.

»Was soll ich jetzt tun?«, fragte ich mehr mich selbst als ihn. Ich klang so furchtbar verloren, und ich hasste mich dafür. Aber dafür, dass ich genau in diesem Moment Louisa mit zerzausten Feuerlocken vor mir sah, wie sie mich mit ihren vollen Lippen erst anlächelte und mit diesen dann ein *Ich liebe dich* formte … dafür hasste ich mich sogar noch mehr.

»Gar nichts!«, sagte Aiden schließlich bestimmt.

Ich öffnete blinzelnd die Augen: Über mir nichts als grelles Weiß und graue Wolken. »Gar nichts?«, wiederholte ich überrascht und drehte den Kopf zu Aiden. Gerade noch hatte mir eine sarkastische Bemerkung auf der Zunge gelegen, doch es war nicht fair, Aiden anzufahren. Das war mir sogar in meinem benebelten Zustand nur allzu bewusst.

»Genau. Du sollst gar nichts tun, außer dich auf dein eigenes Leben zu konzentrieren. Du hättest an Weihnachten sterben können, bist du aber nicht. Also sieh es als zweite Chance, als Neuanfang oder sonst etwas. Was willst du tun, Berger? Dich bei diesem Mädchen melden? Ihr von dieser Nacht erzählen? Alte Wunden aufreißen? Sie aus ihrem Leben reißen? Was auch immer du dir überlegt hast, zu tun: Lass es und konzentriere dich auf dich selbst!«

Langsam nickte ich. Und in diesem Augenblick, mit dem Campus unter meinen Füßen und den dichten Wolken über mir, wurde mir eine Sache bewusst: Aiden hatte recht. Louisa durfte die Wahrheit niemals erfahren. Es würde sie zerstören und dieses Feuer in ihr erneut zum Brennen bringen. Ich musste sie loslassen. Und wenn ich ein noch größeres Arschloch sein musste, damit sie kapierte, dass ich nicht gut für sie war, dann würde ich das ihr gegenüber eben sein. Nur so würde sie wieder frei sein können.

Louisa

Sehnsucht, Wut, Traurigkeit und Verwirrung. Dieses Durcheinander an Gefühlen war es, das mich unablässig in Gedanken begleitete. Die schmerzhafte Erinnerung an den ausdruckslosen Blick in Pauls sonst so warmen Augen versteckte ich dabei tief hinter all meinen Mauern, wo sie hoffentlich niemand sehen würde. Ich besuchte meine Vorlesungen und Kurse, arbeitete im Firefly und hatte wieder angefangen, regelmäßig laufen zu gehen, weil ich zwischen dem Grün der Tannen, Kies und vom Schnee aufgeweichten Waldboden einfach nur sein konnte – doch die Strecke, die Paul so oft mit mir gelaufen war, mied ich. Genau wie die Lichtung, auf der wir Tausend stille und laute Momente erlebt hatten.

Am Wochenende waren Trish, Bowie und ich bei Mel zum Essen eingeladen gewesen. Robbie war für ein paar Tage mit seinen Freunden weggefahren, und Mel hatte sich einen Mädelsabend mit uns gewünscht. Selbst gemachte Pizza, verführerisch duftendes Karamellpopcorn und Marys süßes Glucksen, als wir uns die Realverfilmung von *Cinderella* ansahen. Und während ich mich darüber beschwerte, dass ich in Richard Madden einfach niemals jemand anderen als Robb Stark sehen würde, erklärte Bowie Mary, dass ein Mädchen im echten Leben keinen Prinzen bräuchte, der sie rettete. Ein aufgeregtes Blitzen in Marys grünen Kulleraugen, ein Klatschen mit ihren Patschehänden, und Bowie lehnte sich wieder zufrieden zurück. Ich hatte ihr nicht gesagt, dass die Kleine nur deshalb so begeistert war, weil Trish ihr hinter Bowies Rücken Grimassen schnitt. Ein Augenzwinkern von Trish, ein leichtes Lächeln auf meinen Lippen und für einen kurzen Moment dachte ich nicht an Paul.

Am Sonntag begleitete ich Aiden zu seiner Bandprobe. Die Stimmung bei *Goodbye April* schien zwischendurch zwar immer noch etwas angespannt zu sein, doch so wie sich die Jungs am Ende lachend alle ein

High Five gaben, waren sie mit dem Ergebnis zufrieden. Und ich hatte eine Gänsehaut auf meinen Armen, weil Aiden zum ersten Mal den neuen Text, den wir zusammen geschrieben hatten, gesungen hatte.

Ich versuchte, mich mit dem Leben abzulenken, mit der Welt außerhalb meines Kopfes. Dass der Poetry Slam, für den Trish mir an meinem Geburtstag Karten geschenkt hatte, heute Abend im Book Nook stattfand, erleichterte mich. Und weil wir auf der Suche nach einer Geburtstagskarte für Bowie waren, gingen wir schon nachmittags in die Buchhandlung mit den dunkelgrünen Fensterrahmen. Am Ende waren es drei Romane, die ich mir kaufte, mit drei verschiedenen Welten, in die ich so schnell wie möglich eintauchen wollte. Ganz unten im *Queeren Beet* empfahl Trish mir *Call Me By Your Name*, die Geschichte von Elio, Oliver und einem italienischen Sommer in den 80er-Jahren. Sie machte einen Witz, den ich nicht verstand. Irgendetwas über Pfirsiche, zu denen sie nie wieder ein normales Verhältnis haben würde. Ich hatte schon viel von der Verfilmung gehört, wollte vorher aber unbedingt das Buch lesen. In dem Regal *Liebe, die dem Tod geweiht ist* griff ich nach *Du neben mir*, aus dem mit *Klassiker, die es immer noch wert sind* beschrifteten Regal wanderte eine mit wunderschönen Ornamenten verzierte Ausgabe von *Sinn und Sinnlichkeit* in meine Hände.

»Denkst du, die wird ihr gefallen?«, wollte Trish wissen und hielt eine Karte in die Höhe. Sie war aus dem Ständer neben dem Holztresen mit der altmodischen Kasse. Eine Sammlung liebevoll bedruckter und bunter Rechtecke. In dem zwischen Trishs Fingern war in sanften Farbtupfen ein hellblauer Himmel zu sehen, der mit bunten Luftballons voll hing. *Don't be scared to fly high, because it will inspire others* stand darunter.

Zustimmend nickte ich. »Die ist perfekt für Bowie!«, sagte ich und strich mir die Locken nach hinten. Zu ihrem einundzwanzigsten Geburtstag hatten Aiden, Trish, Paul und ich ihr vor einer gefühlten Ewigkeit einen Gutschein für einen Fallschirmsprung gekauft. Das perfekte Geschenk für das Mädchen mit den bunten Röcken, das Abenteuer liebte wie sonst nichts auf der Welt.

The Bean stand in geraden Buchstaben über dem neuen Café am Ende der Straße, das wir durch die vom Himmel fallenden Flocken zielstrebig ansteuerten, um dort bis zum Beginn des Poetry Slams noch zu lernen. Darunter war das Bild einer stilisierten Kaffeebohne. Beim Eintreten begannen meine Finger sofort zu kribbeln. Es war die plötzliche Wärme, die mir wohltuend unter die Jacke kroch. Zwar waren es vom Book Nook hierher zu Fuß nur ein paar Minuten, der Januar war aber doch ziemlich kalt. Diese Art Kälte, die durch jede Schicht Kleidung zu dringen schien.

Als uns neben der Wärme auch noch der Geruch frisch gemahlener Kaffeebohnen umwehte, seufzte ich laut auf. Trish tat es mir gleich. Ihre Wangen waren vom eisigen Wind gerötet. Ein Blick auf die breite schwarze Tafel hinter dem Tresen, auf der in einer geschwungenen Schrift die Getränke aufgelistet waren, und Trish suchte sich einen Matcha Latte, ich mir einen White Chocolate Mocha aus. Mit unseren Getränken steuerten wir wenige Minuten später zwei Plätze direkt an dem breiten Fenster an, um möglichst viel Licht zum Lernen zu haben.

The Bean war nicht gemütlich auf eine klassische Art wie das Firefly, sondern auf diese moderne Hipster-Art. Zum einen waren da die geometrischen Formen und geraden Linien, viel Schwarz und Grau. Glänzendes Metall. Aber gleichzeitig viele Holzelemente, liebevolle Details und wahnsinnig viel Grün. Auf jedem Tisch standen frische Blumen, und von den Decken hingen in unterschiedlichen Höhen Hängepflanzen. Ein leuchtender Himmel aus hellem und dunklem Grün, der mich an den Wald und das Gefühl von Freiheit erinnerte.

»Ahnt Bowie eigentlich irgendetwas?«, fragte ich Trish, als wir uns setzten. Sie organisierte die Überraschungsparty im Heaven, doch ich wusste, dass es ihr bei keinem Menschen so schwerfiel, ein Geheimnis für sich zu behalten, wie bei Bowie.

Ein zufriedenes Grinsen umspielte ihre Lippen. »Natürlich nicht, Lou!«, erwiderte sie fast schon beleidigt und spielte mit dem Ende des dicken Zopfes, zu dem ihre Haare heute geflochten waren. »Sie denkt, wir würden abends erst zu zweit essen gehen und uns dann nur in kleiner Runde mit Aiden, Paul und dir treffen. Eigentlich ist inzwischen auch fast alles fertig: Wir haben das Geschenk und jetzt auch die Karte dazu, die Leute sind eingeladen, und die meisten haben auch schon zugesagt. Aiden hat irgendwas mit dem Besitzer vom Heaven ausgehandelt, dass wir den Club an dem Abend fast für lau haben können, wenn *Goodbye April* an zwei Wochenenden ohne Gage auftritt. Getränke müssen natürlich trotzdem alle selbst zahlen. Auf Spotify habe ich auch schon eine Playlist für den Abend erstellt, die schicke ich euch aber auch noch einmal, falls ihr gerne irgendetwas hinzufügen wollt.« Trish hielt kurz inne und schien nachzudenken. »Also eigentlich ist alles geregelt. Aiden scheint noch irgendetwas zu planen, aber er will einfach nicht damit rausrücken. Und du kennst mich: Ich platze vor Neugier!«

Während Trish erzählte, waren ihre Hände wild gestikulierend durch die Luft geflogen, ein begeistertes Blitzen in den grauen Augen. Und unwillkürlich entwich mir ein leises Lachen, als mir die Ähnlichkeit auffiel: »Oh. Mein. Gott. Du bist wie Caroline Forbes aus *Vampire Diaries*. Du bist zwar nicht so ein krasser Kontrollfreak wie sie, aber blond, wahnsinnig hübsch und organisierst gefühlt jede Party und jedes Event, planst jeden gemeinsamen Trip. Denk nur an Thanksgiving oder meinen Geburtstag. Oder als du dieses Jahrestagsding für Bowie geplant hast«, zählte ich nach und nach auf.

»Ähm … danke?«

»Das war ein Kompliment«, erklärte ich und trank einen Schluck von meinem White Chocolate Mocha. »Ich *liebe* Caroline!«

»Dann bin ich gern so«, sagte Trish und strahlte mich an. »Aber nochmal wegen dieser Sache, die Aiden da offensichtlich plant ...« Sie warf mir einen flehenden Blick zu.

»Vergiss es!«, sagte ich und schüttelte den Kopf. »Ich werde Aiden nicht für dich ausquetschen und versuchen, etwas aus ihm herauszukriegen. Da musst du schon selbst mit ihm reden.«

Schmollend schob Trish ihre Unterlippe nach vorn. »Das hab ich schon versucht, aber du kennst das doch. Wenn er will, kann er schweigen wie –«

»Ich bin kurz davor, das mit dem Kontrollfreak wieder zurückzunehmen«, zog ich sie auf. »Was auch immer Aiden vorhat, so wie ich ihn kenne, wird es super. Denkst du echt, er würde irgendwas planen, was Bowie nicht mega cool finden würde?«

»Ich wollte ja auch schon Paul darauf ansetzen, aber der hat scheinbar vergessen, wie man ans Handy geht, geschweige denn auf Nachrichten antwortet. Ich hab also einen besten Freund, der ein Geheimnis vor mir hat, und einen, der untergetaucht ist«, beschwerte Trish sich theatralisch.

Mein Herz stolperte bei der Erwähnung seines Namens.

Es war zwar nicht das erste Mal, dass jemand in meinem Beisein von Paul sprach, seit ich ihn das letzte Mal gesehen hatte – das ließ sich einfach nicht vermeiden, wenn ich Zeit mit Trish und Aiden verbringen wollte. Aber es war das erste Mal, dass es keine Fluchtmöglichkeit gab. Hier waren nur Trish und ich und meine Mauern, die Paul mit seinem tiefen, ehrlichen Lachen, seinem Weltschmerz-Herzen und seiner wilden und zugleich sanften Art niedergerissen hatte und die ich erst wieder aufbauen musste. Zögerlich öffnete ich den Mund, nur um ihn sofort wieder zu schließen. Kurzerhand hob ich das hohe Glas mit dem White Chocolate Mocha an meine Lippen. Wenn ich etwas trank, konnte ich schließlich nicht reden.

»Sag mal, Lou«, fing Trish plötzlich ungewohnt vorsichtig an, »ich wollte mich *wirklich* zusammenreißen und warten, bis du es von selbst ansprichst, aber ...« Sie musterte mich nachdenklich, und ich hielt ihrem Blick stand. »Ich hab Paul und dich kein einziges Mal zusammen gesehen, seit er wieder auf dem Campus ist. Also nicht, dass *ich* ihn groß zu Gesicht bekommen hätte.« Trish verdrehte die Augen. »Aber ... gerade eben hast du schon wieder so seltsam geschaut, als ich ihn erwähnt habe. Ist alles in Ordnung bei euch?«

Ich blinzelte, strich mir unruhig eine meiner Locken hinters Ohr und schwieg. Es gab nichts zu sagen und gleichzeitig so unglaublich viel.

Trish lächelte mich entschuldigend an. »Ich weiß, ich hätte noch ein bisschen abwarten sollen, weil du nicht wirklich gern über so etwas redest. Ich will eigentlich auch nur, dass du weißt, dass du es mir sagen kannst, falls etwas ist!«

Und in diesem Augenblick merkte ich, dass ich meine echten Gefühle, all die Risse und Splitter in mir nicht verstecken musste, zumindest nicht vor Trish. Ich erkannte die Sorge in ihren grauen Augen, das ehrliche Interesse und den Wunsch, für mich da zu sein, sollte es irgendein Problem geben. Mit dem wärmenden Gefühl meines Mochas zwischen den Fingern begann ich ganz langsam, von der Wut zu erzählen. Von der Sehnsucht, der Traurigkeit und Verwirrung, von meiner letzten Begegnung mit Paul – angefangen bei der Tatsache, dass er mir mit keinem Wort Bescheid gegeben hatte, dass er wieder zurück war, bis hin zu der kalten Art, mit der er mich weggeschickt hatte, als ich ihn in seiner WG zur Rede hatte stellen wollen. Ich vermisste Paul, brachte unsere Tage vor Weihnachten, in denen ich mich ihm so unendlich nah gefühlt und er so befreit von seinen Schatten gewirkt hatte, nicht mit seinem wahnsinnig abweisendem Verhalten zusammen.

Trish unterbrach mich kein einziges Mal, riss nur ungläubig die Augen auf, als ich fertig war. »Er hat *was* gesagt?«, hakte sie empört nach.

Und weil die Erinnerung genauso wehtat wie der Moment selbst, musste ich schwer schlucken, bevor ich ihr antworten konnte. »Paul hat gesagt, dass ich verschwinden soll«, wiederholte ich seine Worte leise und blickte Trish fest in die Augen. »Wobei das nicht einmal wirklich stimmt«, gab ich schließlich noch leiser zu, »eigentlich hat er mir über Isaac ausrichten lassen, dass ich verschwinden soll, obwohl ich nur ein paar Meter von ihm entfernt stand.«

Mit zusammengekniffenen Augen musterte Trish mich, bis ihr schließlich ein langes Seufzen entwich. Ein Kopfschütteln. Sie wusste nur zu gut, wie ich mir nach dem Unfall nächtelang die Augen aus dem Kopf geweint hatte, weil ich mir so große Sorgen um Paul gemacht hatte. Weil er gestorben wäre, wenn der Krankenwagen nicht so schnell da gewesen wäre. Weil ich den Fehler bei mir selbst gesucht hatte, den Grund, wieso er mich nicht bei sich haben wollte. Trish hatte die ersten beide Nächte bei mir im Bett geschlafen. Ich in Pauls Redstone-College-Hoodie, den ich getragen hatte, als er mich kurz vor Weihnachten zurück in die WG gebracht hatte. Der Geruch nach Wald und ihm hing immer noch darin. Trish und ich, wir beide in der Dunkelheit, die Gesichter einander zugewandt. Und mit leiser Stimme hatte sie mir immer wieder versichert, dass alles gut werden würde. Dass Paul sich erholen würde. Dass er vor einigen Jahren schon einmal einen Autounfall gehabt hatte und ihm das alles vielleicht schlimmer erschien und er deshalb so seltsam reagierte.

»Ich kapier echt nicht, was jetzt plötzlich sein scheiß Problem ist«, sagte sie frustriert und knallte ihren Matcha Latte auf den Tisch. Klirren von Glas auf Holz. »Mir ist selbst schon aufgefallen, dass er richtig seltsam drauf ist. Am Dienstag hab ich ihn kurz gesehen, und da war er super mürrisch und wortkarg. Mann, hätte ich irgendeine Ahnung, was los ist, würde ich es dir sofort sagen, Lou!«

»Mürrisch ist eine wirklich nette Umschreibung«, murmelte ich. Der Gedanke an seinen emotionslosen Gesichtsausdruck versetzte mir auch jetzt einen schmerzhaften Stich.

»Ich hoffe, du hast ihm gesagt, dass er sich wie ein verdammtes

Arschloch aufführt!«, erwiderte Trish, die von Minute zu Minute aufgebrachter aussah.

Ich schüttelte den Kopf. »Wie denn?«, sagte ich leise. »Er geht mir aus dem Weg, er ignoriert mich. Und das alles völlig aus dem Nichts.« Ich schluckte. »Ich bin so wahnsinnig wütend, weil ich das alles einfach nicht verstehe. Vielleicht will auch ein Teil von mir es einfach nicht verstehen, weil die Wahrheit zu sehr wehtun würde ...« Ich zögerte und sprach anschließend weiter: »Und ich bin einfach so enttäuscht, weil ich das Gefühl habe, mich wahnsinnig in Paul geirrt zu haben.«

Nachdenklich spielte Trish mit einer Strähne, die sich aus ihrem Zopf gelöst hatte, den Blick ihrer grauen Augen für einen Moment in die Ferne gerichtet, als gäbe es da etwas, das sie mir gerne mitteilen wollte, jedoch nicht konnte.

»Du musst gar nichts dazu sagen«, meinte ich vorsichtig. »Ich weiß, wie eng ihr zwei befreundet seid, und ich will wirklich nicht, dass du dadurch in eine komische Situation gebracht wirst und am Ende zwischen den Stühlen stehst.« Und auch wenn das Gesagte wahr und mir scheinbar so leicht über die Lippen gekommen war, befürchtete ich doch, dass sie und Aiden am Ende doch zu Paul halten würden – schließlich waren die zwei schon seit Ewigkeiten mit ihm befreundet. Mich kannten sie hingegen noch nicht einmal ein halbes Jahr.

Doch Trish lehnte sich nach vorn und drückte meine Hand. Ihre lackierten Nägel ein helles Pink, meine ein dunkles Blau. »Hör mal, Süße: Erstens kann ich durchaus mit euch beiden befreundet sein. Und zweitens: Wenn Paul sich mal wieder wie ein Arschloch benimmt und nicht damit rausrückt, was gerade eigentlich sein dummes Problem ist, dann werde ich ihm genau das sagen. Klar hast du recht, und ich sollte mich da so gut es geht raushalten, weil das eine Sache zwischen euch beiden ist, aber ...«, Trish holte Luft und kniff ihre Augen gefährlich zusammen, »... sollte Paul dir das Herz brechen, dann kann er sich echt was von mir anhören! Dann ist es mir wirklich egal, wie lange wir schon befreundet sind, weil *du* mir genauso wichtig bist. Und so oder so kannst du mir immer alles erzählen! Dafür hat man doch eine beste Freundin, oder?«

Sie zwinkerte mir zu, und all den negativen Gefühlen zum Trotz brachte Trish mich damit zum Lächeln: mit ihrer Ehrlichkeit, ihrer Direktheit und ihrer Inbrunst. So lange hatte ich geglaubt, einsam zu sein, und in diesem Moment merkte ich wieder einmal, wie wenig das stimmte. Tatsächlich einsam war man erst, wenn es niemanden mehr gab, mit dem man seine Gedanken teilen konnte.

»Danke«, sagte ich schlicht. Ein Wort und tausend Bedeutungen.

»Ich bin dein Sam, und du bist mein Frodo!«, erklärte Trish da. Und sie klang feierlich, als sie das sagte und dabei ihre Schultern straffte.

»Ähm«, ich räusperte mich, »ich will unter gar keinen Umständen dein Frodo sein. So sehr ich *Herr der Ringe* liebe, Frodo ist einfach nur furchtbar nervig!«

Trishs Mundwinkel zuckten, und ich erahnte das Grinsen, das sie hinter dem Matcha Latte in ihren Händen zu versteckten versuchte.

»Lass *mich* Sam sein«, meinte ich.

Einen Moment noch versuchte Trish, ernst zu schauen, dann schüttelte sie lachend den Kopf. Der blonde Zopf rutschte ihr dabei von der Schulter. »Sorry, Lou, aber ich will auch kein Frodo sein!«

»Dann sind wir eben zwei Sams. Das ist sowieso viel cooler«, schlug ich vor und lächelte das Mädchen an, das so bedingungslos zu mir zu halten schien.

Eine halbe Stunde alberten wir noch herum, beobachteten die Leute, die vor dem Fenster an uns vorbeiliefen. Ein Stummfilm, dessen Untermalung unsere Gespräche waren. Dann holte Trish erst ihren Laptop, dann ihre Bücher heraus, legte eins nach dem anderen auf den Tisch, um sich an den ersten von zwei Essays zu setzen, die sie nächste Woche abgeben musste. Staubige Seiten aus der Bibliothek kitzelten mich für

45

Sekunden in der Nase. Daneben meine eigenen dicht beschriebenen Seiten. Zahlen über Zahlen.

Inzwischen waren die Ergebnisse der Midterms online. Leider hatte ich *Probability Theory* wie befürchtet nicht bestanden und deshalb jetzt einiges nachzuholen. Und auch wenn ich ansonsten zufrieden mit meinen Ergebnissen war, nahm dieser eine Gedanke immer mehr Raum in mir ein. Der Gedanke, vielleicht doch mein Hauptfach zu wechseln, mich zumindest umzusehen. Denn inzwischen war mir klar, dass ich Literatur als Rettungsanker nicht verlieren würde, sollte ich es studieren. Es wäre nur anders, nicht unbedingt schlechter. Ich dachte an den Tag, an dem Paul und ich uns im *Magic Ink* hatten tätowieren lassen und er mir danach beim Essen erzählt hatte, dass ich einen eigenen Gesichtsausdruck hatte, wenn ich über Literatur sprach. Als er mir gesagt hatte, dass er an mich glauben und ich meinen Weg finden würde.

Und meine Gedanken drifteten ab, von meinem Studium zu ihm. Jedes Wort und jeder Satz waren ein Bumerang, der egal, was ich tat, wieder bei ihm und dem Blick aus seinen bernsteinfarbenen Augen endete.

In den nächsten zwei Stunden starrte Trish abwechselnd in ihre Bücher und tippte an ihrem Essay. Hochkonzentriert und am Ende des Stifts kauend, mit dem sie sich nebenbei auch noch Notizen machte.

Ich gab mein Bestes, versuchte mich abzulenken und nicht immer wieder meine letzte Begegnung mit Paul in Gedanken durchzugehen. Doch nachdem ich Trish und mir an der Theke Kaffeenachschub und zwei Muffins geholt hatte und mich wieder hinsetzte, musste ich es laut aussprechen. Zumindest ein einziges Mal.

»Trish?«

»Hmm?«

Ich schluckte. »Ich werde das Gefühl nicht los, dass es das gewesen ist«, sagte ich so schnell, dass ich beinahe über die Silben stolperte. So, als könnte ich sie dadurch ebenso schnell wieder zurücknehmen, wie sie mir über die Lippen gekommen waren. Das hier fühlte sich an, als wäre es vorbei – egal ob Paul sich mir irgendwann doch noch erklären würde. Ich konnte es nicht greifen, weil das kein richtiges Ende war, sondern ein langsames Auflösen. Wie Wasser rann mir unsere Beziehung, die vielleicht nie eine gewesen war, durch die Finger, und ich begann, jeden gemeinsam erlebten Moment infrage zu stellen. Jedes Wort, jeden Blick und jede Berührung.

Vielleicht war ich am Ende doch blind und eine von vielen gewesen. Oder es stimmte, was man über solche Extremsituationen wie diesen Unfall sagte: Sobald die Möglichkeit des eigenen Todes nicht mehr in ferner Zukunft zu liegen scheint, beginnt man, das eigene Leben zu durchleuchten, dessen Bedeutung, wichtige Momente und Entscheidungen – das, was wirklich wichtig gewesen ist. Und vielleicht hatte Paul genau in diesen Sekunden mit dem auf ihn zurasenden Wagen die Erkenntnis getroffen, dass ich nicht zu diesen Dingen zählte.

Trish blickte von ihrem aufgeklappten Laptop auf und mich direkt an, doch sie runzelte nur die Stirn und schwieg zunächst. Wahrscheinlich war ihr selbst klar, dass es nichts gab, das sie hätte sagen können.

»Wenn das wirklich so sein sollte, dann ist Paul kein Arsch, sondern einfach nur verdammt bescheuert, weil er das Beste wegwirft, was ihm jemals passiert ist!«, sagte sie schließlich völlig ernst und überzeugt. »Mit dir ist dieser Kerl die beste Version seiner selbst, das muss ihm doch klar sein!«

Der Poetry Slam im Book Nook fand im obersten Stockwerk statt, in der Leseecke hinter den Regalen mit den *Fragen des Lebens*. Eine Mischung aus warmem Licht und einem aufgeregten Flirren. Die Leute saßen auf den gemütlichen Sitzsäcken, den Ohrensesseln und Stühlen, die extra für diesen Abend in mehreren Reihen aufgestellt worden waren. Kurz bevor das Licht gedimmt wurde, fanden Trish und ich inmitten des leisen Stimmengewirrs einen Platz fast in der ersten Reihe. Nach und nach stand ein Teil der Leute auf, manche geplant, manche spontan. Jeder Text berührte mich auf seine ganz eigene Art. Worte schwirrten durch die Luft, und ihre Poesie hallte tief in mir nach. Traurige Texte, schöne, bewegende und melancholische, kurze und lange. Wie schön es sein musste, wenn man seine Gedanken auf so eine Weise mit anderen teilen konnte.

Und in diesem Moment war ich mir sicher, dass ich genau das nie wieder mit Paul würde tun können.

Nachtschwärmer

3. KAPITEL

Paul

Jedes Mal, wenn ich nach Aidens Auftauchen bei mir in der WG eine Vorlesung besucht hatte, war es, als wäre da eine unsichtbare Wand zwischen mir und dem, was um mich herum geschah. Danach war ich in keinen meiner Kurse mehr gegangen, in denen die Worte der Dozenten nur ein Rauschen, die Meldungen der anderen Studenten ein unbedeutendes Hintergrundsummen waren. Und auch als die Ergebnisse der Midterms endlich online waren, empfand ich dabei nichts, obwohl es mich hätte motivieren sollen, weil sie besser als erwartet ausfielen.

Heute Nachmittag hatte Luke mir geschrieben, ob ich Lust hätte, abends in seiner WG vorbeizuschauen. Ein paar Freunde würden kommen, um Bier-Pong zu spielen und das Wochenende einzuläuten. Ich hatte sofort geantwortet, dass ich am Start wäre, denn Alkohol war genau das, was ich brauchte. Und zwar eine Menge davon.

»Yeah!«, schrie die beste Freundin seiner Mitbewohnerin, mit der ich zusammen gegen Isaac und ihn spielte. Überschwänglich fiel sie mir um den Hals, als wir die zweite Runde gewannen. Ihre schwarzen, zu einem Pferdeschwanz zusammengebundenen Haare kitzelten mich am Hals, und die Berührung ihrer Hand an meinem Oberarm dauerte einige Sekunden zu lang, um rein zufällig zu sein.

»Gebt ihr jetzt endlich auf?« Ich grinste.

»Niemals«, sagte Luke und leerte den letzten roten Becher, in dem ich gerade den Ball versenkt hatte, in einem Zug.

Isaac nickte zustimmend und warf uns finstere Blicke zu. »Wir spielen noch eine Runde. Und dieses Mal machen wir euch fertig!«

Irgendjemand drehte die Musik lauter. Sie ließ die Wände unter den kräftigen Beats beben und verschluckte die letzten Worte meines Mitbewohners fast.

»Versuchen könnt ihr es ja!«, schrie ich gegen die Musik und lachte.

Tatsächlich schien das Glück zuerst auf der Seite der beiden zu sein. Die Kleine und ich leerten einen Becher nach dem anderen, und auch wenn das Bier schal schmeckte, so tat es doch seinen Zweck. Dann wendete sich das Blatt. Isaac und Luke, die schon vor dem ersten Spiel ordentlich gebechert hatten, schwankten inzwischen gefährlich und warfen mit dem kleinen weißen Ball immer häufiger daneben.

Die dritte Runde ging am Ende auch an uns. Und schon wieder eine zufällige Berührung, ihre Hand für einen Moment an meiner, begleitet von Lukes anzüglichem Grinsen, als ich einen Arm um ihre Taille legte. Isaac beobachtete uns aus zusammengekniffenen Augen. Er mochte Louisa und fand es mehr als mies, wie ich mich benahm, das hatte er mir genau so gesagt, nachdem ich ihn letzte Woche dazu aufgefordert hatte, sie wieder wegzuschicken. Aber scheiß drauf! Sollte Isaac denken, was er wollte. Er hatte sowieso nicht die geringste Ahnung von meinem Leben!

Es war, als wäre das Auto mit den blendenden Lichtern an Weihnachten nicht nur aus dem Nichts in meinen Pick-up, sondern auch in mein ohnehin kaputtes Herz gerast. Ein Krachen und es war endgültig auseinandergebrochen. Zurückgeblieben war Gleichgültigkeit und dazwischen doch immer wieder dieses luftabschnürende, stechende Gefühl, weil ich die einzige Frau, die ich gewollt, die ich *wirklich* gewollt hatte, niemals wieder würde haben können. Schnell schob ich den Gedanken beiseite. Verdammt, ich war hier, um *nicht* an Louisa zu denken, nicht um meine beschissenen Gedanken erneut endlos um sie kreisen zu lassen.

Taylor, Landon und zwei weitere Jungs von *Goodbye April*, die ich alle mit Handschlag begrüßte, lösten uns an der provisorisch aufgebauten Bier-Pong-Platte in der Küche ab. Und als ich mir meine Jacke holte und zum Rauchen auf den Balkon ging, folgte mir das Mädchen so, wie es während des Spiels ihre Blicke aus dunkel geschminkten Augen getan hatten. Wir standen nebeneinander in der Kälte und redeten über irgendwelche Belanglosigkeiten, die ich im nächsten Moment schon wieder vergessen hatte. Gott, sie hatte mit Sicherheit andere Intentionen, als mit mir irgendwelche tiefgründigen Gespräche zu führen!

Ich tat, als würde ich nicht merken, wie sie meine Nähe suchte. Ihre Schulter an meinem Oberarm, als wir nebeneinanderstanden und über die Brüstung auf den Campus sahen, ihre Hand auf meiner Brust, als ich mich umdrehte, um meine Zigarette auszudrücken, ihr Gesicht nah vor meinem, als ich gerade wieder hineingehen wollte. An jedem anderen Ort wäre ich auf diese sichere Nummer eingegangen, hatte es gerade eben sogar noch vorgehabt – doch auf diesem Balkon hatte Louisa mir barfuß und wunderschön, mit meiner Jacke über ihren nackten Schultern, erzählt, dass sie nicht ans Schicksal glauben würde. Hier hatte sie sich mit einem frechen Funkeln in den Augen auf die Zehenspitzen gestellt und mich einfach geküsst. Weil sie der Meinung gewesen war, ich müsse zu Ende bringen, was ich begonnen hatte. Ein Beinahekuss, dann ein richtiger.

»Es ist okay, wenn du an eine andere denkst«, sagte das Bier-Pong-Mädchen plötzlich leise. »Ich will mich auch einfach nur ablenken und jemanden vergessen.«

Für einen Moment zuckte ihr Blick in das Innere der Wohnung, wo eine Gruppe Leute auf dem breiten Sofa und dem Boden davor saß. Auf dem Tisch in der Mitte drehte sich eine Flasche zwischen leeren Shotgläsern. Sie sah zu Luke. Seine Mitbewohnerin saß rittlings auf seinem Schoß und hatte die Hände in seinen schwarzen Haaren vergraben, während sie wild mit ihm herumknutschte. *Oh Shit!* Das war definitiv neu.

»Ich sag dir Bescheid, wenn ich gehe. Du kannst mitkommen. Zu mir.« Eine flüchtige Berührung ihrer Lippen auf meinem Mund, dann war sie weg. Ein Balkon, ein Mädchen, ein Kuss. Alles gleich und doch so verdammt falsch.

Eine halbe Stunde und noch eine Runde Bier-Pong später lehnte ich mich mit einem weiteren Bier gegen eine der Wände im Wohnzimmer. Die Luft war stickig und die Musik, die den Raum erzittern ließ, laut. Viel zu laut. *Acid Rain* von Lorn mit seinen harten Beats und dem extrem kräftigen Bass, der in meiner Brust widerzuhallen schien. Klar, ich liebte Partys, ich liebte all das hier. Aber ich war scheiß fertig von den letzten Tagen, den letzten Wochen. Mir war bewusst, dass ich wahnsinnig viel Schlaf nachzuholen hatte, dass ich mich erholen sollte – das war immerhin die Bedingung der Ärzte für meine Entlassung gewesen. Aber ich kam nicht zur Ruhe, fühlte mich von Tag zu Tag getriebener, mehr noch als in meinem Leben vor *ihr*.

In Gedanken zog ich mein Handy aus der Hosentasche, starrte minutenlang auf eine der letzten Nachrichten, die Louisa mir geschrieben hatte. In der Nacht, bevor sie so überraschend vor meiner Tür gestanden hatte. Und das beständige Wummern der Musik trat immer weiter in den Hintergrund, die Gespräche und das Gelächter, welches zusammen mit dem Geruch von Gras durch Lukes Wohnung wehten. Jemand rief mehrmals meinen Namen, doch ich reagierte nicht. Schon wieder diese nicht sichtbare Trennwand zwischen mir und der Welt. Und ich fragte mich, wie es möglich war, dass das Leben von einem Moment auf den anderen exakt gleich und doch völlig anders sein konnte.

Nächte sind unser Ding…

Ich legte den Kopf in den Nacken und trank die halbe Flasche auf einmal. Ich wünschte, mein Handy wäre nach dem Unfall genauso kaputt gewesen wie mein Pick-up. Um ihn reparieren zu lassen, hätte ich deutlich mehr Geld investieren müssen, als mich der Kauf eines anderen gebrauchten Wagens kosten würde. Doch dafür müsste ich noch eine halbe Ewigkeit sparen. Ich hatte also vorerst kein Auto mehr, leider aber noch mein Handy.

Ich quälte mich schon die ganze Woche selbst, versuchte Louisa zwar zu vergessen, verlor mich gleichzeitig aber in all den Worten, die sie mir in den letzten Monaten geschrieben hatte. Weil bei diesem Mädchen sogar die meisten schnell getippten Nachrichten irgendwie besonders waren, weil sie ungefiltert genau das schrieb, was sie dachte, so wenig wie möglich, so viel wie nötig – weil Wörter und Sätze ihr Zauber waren und immer etwas in ihnen mitschwang. Gott, und genau deshalb gab es da diese Sekunden, in denen ich vergaß, dass Louisa und das Mädchen aus dem anderen Auto ein und dieselbe Person waren – doch jedes Mal, wenn dieses Wissen mich wieder mit aller Härte traf, wurde das schwarze Loch in mir größer.

Nächte sind unser Ding...

Genau das hatte Louisa am Lake Superior zu mir gesagt, bevor sie sich auf meinen Schoß gesetzt und sich von mir hatte küssen lassen. *Nächte sind unser Ding* bedeutete in Louisas Sprache *Ich vermisse dich* und *Ich vermisse uns*. Ich hätte ihre Nachrichten längst löschen sollen. Zu groß war der Drang, ihr zu sagen, dass ich mich mindestens genauso nach ihr sehnte wie sie nach mir. *Nachtschwärmer* würde ich schreiben, eines meiner liebsten deutschen Wörter. Nachtschwärmer, weil wir das waren, wenn wir zusammen waren.

Ich wollte nichts mehr, als sie sehen, ihr weiches Lachen hören und sie spüren, so sehr, dass es einfach nur wehtat. Und gleichzeitig machte mir die Vorstellung unfassbar Angst, weil ich nicht garantieren konnte, das Richtige zu tun, sobald ich ihr das nächste Mal gegenüberstand. Jetzt, wo ich den Fehler gemacht hatte, zu lieben, nein, *sie* zu lieben. Also ging ich ihr aus dem Weg, hielt mich tatsächlich fern von ihr. Ich ignorierte ihre Anwesenheit, so gut es eben möglich war, ging nur ins Firefly, wenn ich mir sicher war, dass sie nicht arbeitete. Trish und Aiden waren ungewollt zu unserem Puffer geworden.

Keine Nähe, keine Dates und vor allem keine Gefühle – diese Regeln hatte ich nicht zum Spaß aufgestellt, und es war an der Zeit, dass ich zurück zum Anfang ging. Dass ich wieder die Version meiner selbst wurde, die ich gewesen war, bevor ich dieses Mädchen mit den Ozeanaugen und der ganz eigenen Sicht auf die Welt kennengelernt hatte. Aiden hatte recht: Ich musste aufhören, mich zu verkriechen. Vielleicht sollte ich auch aufhören, die Nachrichten von Trish und Luca zu ignorieren. Einsamkeit machte die Spiralen meiner Gedanken nur schlimmer. Ich musste raus in die Welt und leben. *Weiter*leben, nur eben ohne Louisa, mich wieder von One-Night-Stand zu One-Night-Stand vögeln, um damit diese verfluchte Leere in mir zu füllen.

Am Mittwoch war ich deshalb zusammen mit Taylor, Luke und ein paar Jungs aus meinen Kursen in eine Bar in Redstone gegangen. Ich hatte vor dem Eingang geraucht, eine Hand auf dem festen Hintern von einem Mädchen, das ich gerade einmal fünfzehn Minuten vorher kennengelernt hatte. Und gerade als sie mir etwas Schmutziges ins Ohr flüsterte, das mich eigentlich in Fahrt bringen sollte, dachte ich einen flüchtigen Moment lang, Louisa vorn an der Kreuzung stehen zu sehen. Ein Blick auf wehende Locken und ein orangenes Schimmern im Licht der Laternen. Doch das konnte nicht sein. Aiden hatte in der Cafeteria erwähnt, dass Trish und Louisa sich zum Lernen treffen wollten. Sicher saßen die beiden gerade in der Bibliothek oder waren inzwischen längst im Firefly, um dort mit den anderen den Abend zu verbringen. Gott, ich dachte daran, wie weh es ihr tun würde, mich so zu sehen. Andererseits war es genau das, was ich mir erhoffte: Louisa von mir zu stoßen, damit sie die Wahrheit niemals erfahren musste und glücklich werden konnte – mit einem Mann, der sie verdient hatte. Und doch hatte das schlechte Gewissen sich in diesem Augenblick in mir breitgemacht, dabei gab es da diese weitaus schlimmere Sache, wegen der ich mich ihr gegenüber schuldig fühlen sollte.

»Hey.«

Ich sah vom Handydisplay auf, nachdem ich die vier Wörter ein

56

letztes Mal gelesen hatte. Zur Hölle, ich sollte diesen ganzen Chatverlauf einfach löschen. Ein für alle Mal.

»Ich würde jetzt gehen. Kommst du mit?«

Ein fragender Blick, ein aufreizendes Lächeln und sich im Takt der lauten Beats wiegende Hüften. Kurz blickte ich mich um, konnte sowohl Luke als auch seine Mitbewohnerin nirgends entdecken. Dieses Mädchen und ich, wir wollten beide vergessen. Doch jemanden zu vergessen, den man geliebt hatte, war genauso schwer, wie sich an jemanden zu erinnern, den man nie getroffen hatte.

Ich nickte trotzdem, schob das Handy zurück in meine Hosentasche und folgte ihr nach draußen in den Gang. Plötzlich waren da nur noch sie und ich und meine Gedanken. Wir fingen schon im Aufzug an, miteinander herumzuknutschen. Ich presste sie gegen die verspiegelte Innenverkleidung, umfasste mit einer Hand das Bein, das sie mir keuchend um die Hüfte legte, während ich Louisa in den hintersten Winkel meines Verstandes zu schieben versuchte. Und ich ignorierte das stechende Gefühl an meiner rechten Seite, immer noch beim Einatmen, beim Ausatmen. Eine Erinnerung an den Unfall.

Als sie vier Stockwerke weiter oben die Tür zu ihrem Zimmer aufschloss, fragte ich sie nach ihrem Namen, auch wenn es eigentlich keine Bedeutung hatte.

Und als sie kurze Zeit unter mir lag und meinen schrie, vergaß ich nur für diesen einen gestohlenen Moment, wie kaputt ich war. Wie verdammt kaputt das alles hier war.

Louisa

Feiner Staub tanzte in der Luft und ließ sich auf den Schwarz-Weiß-Aufnahmen an den Wänden nieder. Und für einen Moment verlor ich mich in dem Anblick der Fotografie, die über dem Tisch neben dem

Eingang hing. Sonst war sie nur eine von vielen im Firefly, doch heute ließ irgendetwas an ihr meinen Blick immer wieder dorthin wandern. Es war das Bild eines Kusses, nur zwei Gesichter von der Seite, zerzauste Haare im Wind und geschlossene Augen, große, starke Hände, die ein Gesicht umfingen. Man sah nichts und gleichzeitig alles. Und da war sie wieder. Diese schmerzhafte Mischung aus tausend Gefühlen in mir: Enttäuschung, Sehnsucht und Wut. Der Gedanke an diesen einen Mann, der mit seinem offenen Lachen mein Herz berührt hatte, bevor er gegangen war, ohne aus meinem Leben zu verschwinden.

»Ich hab übrigens eine Überraschung für dich!«, sagte Aiden mit einem Blitzen in den blauen Augen und lehnte sich über die Theke zu mir. Ein verschwörerisches Grinsen umspielte seine Lippen.

Ich blinzelte, versuchte mich auf ihn statt mein Innerstes zu konzentrieren. »Du weißt doch, dass ich keine Überraschungen mag!«, erwiderte ich und bemühte mich trotzdem um ein Lächeln. Ein letzter Blick auf die Fotografie, dann begann ich damit, die dreckigen Tassen von dem Tablett in die Spülmaschine zu räumen. Eine nach der anderen. Ja, eigentlich mochte ich keine Überraschungen, doch egal, was Aiden im Sinn haben mochte – es würde mich womöglich für einen kurzen Moment davon abhalten, in Gedanken immer und immer durchzugehen, wie Trish und ich uns nach dem Poetry Slam im Book Nook auf den Rückweg zum Campus gemacht hatten, den Kopf immer noch voll mit der Sprache und der Magie des Abends.

Es war schon längst dunkel und ziemlich spät gewesen, als wir durch Redstone gelaufen waren, durch das Licht des Mondes und das der Laternen. An der Kreuzung hatte ich mich in Gedanken umgesehen, bis mein Blick schließlich und wie aus dem Nichts an Paul hängen geblieben war. Rauchend hatte er vor dem Eingang einer Bar gestanden, seine Hand erst selbstverständlich auf dem Hintern eines namenlosen Mädchens, dann in ihrem Nacken, als die beiden angefangen hatten, miteinander herumzuknutschen – und ich bezweifelte stark, dass es nur dabei geblieben war.

Trish hatte Paul und das Mädchen, dass sich übertrieben eng an ihn presste, nicht gesehen, nur mich und meinen Gesichtsausdruck. Was denn los sei, hatte sie erschrocken gefragt, und ich hatte nur den Kopf geschüttelt und *nichts* gesagt. Erst wenige Stunden zuvor hatte ich ihr mein Gefühl gestanden, dass es mit Paul und mir endgültig vorbei sei.

Ich seufzte, fühlte stechenden Schmerz in meinem Herzen. Wahrscheinlich war es unumgänglich gewesen, ihn so zu sehen – mit anderen Frauen, weil ich in seiner Welt nicht mehr relevant war. Doch es tat weh, es tat so unfassbar weh.

»Diese wirst du mögen. Versprochen!«, sagte Aiden sanft.

Verwirrt sah ich ihn an, doch dann fiel es mir wieder ein: die Überraschung. Für einen kurzen Augenblick war da das schlechte Gewissen. Ich wollte nicht, dass Aiden sich Sorgen um mich machte, wie er es seit Pauls Autounfall so oft zu tun schien. Also nickte ich, bevor ich die Spülmaschine schloss und den Waschgang startete.

Aiden legte seinen Rucksack auf das dunkle Holz der Theke und kramte darin herum. Dann drückte er mir eine Zeitschrift in die Hand. Die Titelseite glänzte im Licht der Lampen und die geraden, schnörkellosen Großbuchstaben des Titels hoben sich vom Rest ab. *Storylines* stand dort. Direkt daneben war in der oberen Ecke das kreisrunde Logo des Redstone Colleges mit dem Berglöwen in der Mitte.

»Die Januar-Ausgabe«, sagte Aiden mit einer Mischung aus Enthusiasmus und Stolz in der Stimme. Es war zwar schon Ende Januar, doch die *Storylines* erschien immer erst Mitte des Monats. Aiden sagte noch etwas, doch ich hörte ihm schon gar nicht mehr zu, starrte wie gebannt auf die Titelseite mit der dunkelroten Schrift und strich ehrfürchtig mit der Hand darüber, folgte mit den Fingerspitzen den Linien jedes einzelnen Buchstaben und saugte jedes winzige Detail begierig auf. Da erst bemerkte ich den farbigen Klebezettel an der Seite. Ich hob den Blick. »Ist das –«, setzte ich an, und mein Herzschlag begann, sich zu beschleunigen.

»Yes. Ist es«, bestätigte Aiden meine Vermutung, noch bevor ich zu Ende hatte sprechen können, und lächelte mich verschmitzt an.

Tief atmete ich ein und aus und schlug die College-Zeitung dann an der entsprechenden Stelle auf. Eine Doppelseite. Mein Herz flatterte nervös in meinem Brustkorb.

Gehypte Bücher und wieso sie ihrem Hype gerecht werden

Direkt darunter: *von Louisa Davis*

»Da steht mein Name«, flüsterte ich und konnte gar nicht anders, als Aiden anzustrahlen. Ein Gefühl, so groß und übermächtig wie meine Liebe zu Worten bedingungslos und echt war.

Aiden nickte, rieb sich dann lachend über das Kinn. »Jap, da steht dein Name.«

Fast schon hatte ich vergessen, dass ich diesen Text geschrieben und Aiden noch kurz vor Weihnachten geschickt hatte, bevor ich es mir doch noch hatte anders überlegen können. Es war während dieser magischen Tage gewesen, in denen Paul und ich gefühlt allein auf dem Campus zurückgeblieben waren. Als es nur ihn und mich gegeben hatte und jedes Wort, jeder Blick und jede Berührung gesagt hatte, dass er mich liebte. Ich hatte mich stark und frei gefühlt und die Wörter waren unaufhaltsam aus mir herausgeflossen, als ich nachts Pauls warme Arme von meinem Körper gelöst und mich im Wohnzimmer auf das Sofa gesetzt hatte. Und dort hatte ich geschrieben und geschrieben, bis er Stunden später plötzlich hinter mir aufgetaucht war, um mich zurück in sein Bett zu tragen.

Ich schluckte, denn inzwischen wusste ich, dass das nicht echt gewesen war. Für ihn zumindest nicht auf dieselbe Art wie für mich.

»Danke«, sagte ich zu Aiden und umrundete im nächsten Moment die Theke, um ihn zu umarmen. Er schien ebenso überrascht davon zu sein wie ich, so schnell lagen meine Arme um ihn, doch dann drückte er mich fest an sich, sein Kinn auf meinen Locken.

»Wofür denn?«, fragte Aiden. »Das hast du ganz allein geschafft. *Du* hast das geschrieben, und ganz ehrlich, Lou? Du hast es echt verdammt drauf! Du hast nicht nur eine ganz eigene Sicht auf die Dinge, sondern auch eine besondere Art, sie in Worte zu fassen.«

Mit meinem Gesicht an seiner Brust nickte ich. Ich hatte es geschafft, war über meinen Schatten gesprungen und hatte Aiden diesen Text gegeben. Einen Text, den jetzt das gesamte College würde lesen können. Der Gedanke war unglaublich, beängstigend und erfüllte mich mit wahnsinnigem Stolz. Meine geschriebenen Worte Schwarz auf Weiß, da draußen in der Welt. Und von meinem Bauch ausgehend, breitete sich ein Kribbeln in meinem Körper aus. Es war dieses schwer zu beschreibende Gefühl, das einen nur in diesen Momenten überkam, in denen man voller Überzeugung wusste, dass gerade etwas wahnsinnig Wichtiges und Bedeutsames geschah.

Ich löste mich von Aiden und lachte. »Dann eben danke dafür, dass du so schrecklich nervig warst, bis ich endlich eingewilligt habe, etwas für die *Storylines* zu schreiben.«

Aiden musterte mich und zog eine Augenbraue in die Höhe. »Ich würde das nicht nervig nennen, Lou, sondern eher ... fokussiert und ehrgeizig.«

Ich stellte mich zurück hinter die Theke und schüttelte grinsend den Kopf, ein Wirbeln meiner Locken in der Luft. »Nenn es, wie du willst. Es ändert nichts an den Tatsachen.«

Später würde ich Mel ein Foto von meinem ersten Artikel schicken, doch für den Moment wollte ich dieses besondere Gefühl noch auskosten, bevor ich es mit jemand anderem teilte. Ich räumte die Spülmaschine aus und stellte die Tassen zu den anderen auf dem Regal über der Kaffeemaschine. Anschließend ließ ich meinen Blick kurz durch das Firefly schweifen, doch es war immer noch ungewohnt leer. Also machte ich für Aiden und mich noch einen Kaffee und holte den Schokoladenkuchen aus der Vitrine, um uns beiden ein Stück herunterzuschneiden. Dann setzte ich mich auf den Barhocker neben ihm.

Mit dem dampfenden Becher in den Händen wandte ich mich Aiden zu. »Ich hab da noch ein paar Gedanken. Dinge, über die ich gern schreiben würde«, erzählte ich und merkte erst in diesem Moment, wie wahr meine Worte waren.

Aiden seufzte erleichtert auf und grinste mich dann frech an. »Gott, ich hatte so gehofft, dass du das sagen würdest«, erwiderte er und schob sich zufrieden eine Gabel Schokoladenkuchen in den Mund. Wir diskutierten über meine Ideen, bis das Bimmeln an der Tür einen neuen Gast ankündigte. Es war Trish, die zusammen mit einem Schwall kalter Luft hereinwehte. Gerötete Wangen und blonde Haare, die fast vollständig unter der Mütze mit dem Bommel verschwanden. Sie umarmte Aiden und drückte mir einen Kuss auf die Wange. »Ich hab es gerade gelesen, und ich liebe einfach alles daran!«, sagte sie überschwänglich.

Und das Kribbeln in meinem Bauch, es blieb die ganze Zeit.

Am Sonntag lag ich abends auf meinem Bett und las *Call Me By Your Name*. »Nenne mich bei deinem Namen!«, gesprochen in einem Moment der Leidenschaft, dem Verlangen erlegen. Die Bedeutung des Titels kroch mir unter die Haut, ließ mich das Buch nach der letzten Seite atemlos schließen. Die stille Poesie all der gelesenen Wörter hallte in mir nach. Und irgendwo dahinter das Gefühl, als Aiden mir so unerwartet die aktuelle Ausgabe der *Storylines* gegeben hatte.

Und dann, mit dem durch die Wohnung wehenden Klang seiner Gitarre, tat ich etwas, das ich ewig nicht mehr gemacht hatte: Mit zitternden Fingern schlug ich mein Notizbuch auf, blätterte durch die Seiten mit den schönsten Wörtern, schluckte schwer, als meine Finger an der Liste mit den klangvollen Namen erfundener Planeten verharrten und ich plötzlich wieder das Vibrieren von Pauls rauem Lachen an meiner Wange zu spüren glaubte. Dann blätterte ich im Schein der unzähligen Lichterketten an der Decke weiter – durch die Seiten mit den schönsten Sätzen und Redewendungen, die ich gelesen oder gehört hatte. Mein

Herzschlag begann, sich zu beschleunigen, als ich schließlich über eine leere weiße Seite strich. Das erste Wort kam in die oberste Ecke, mit meiner Schrift, die mindestens so viele Ecken und Kanten hatte wie ich.

Und dann begann ich, zu schreiben. Ich schrieb, als die sanfte Musik aus Aidens Zimmer leise verklang. Ich schrieb, als die Nacht dunkler und meine Lider schwerer wurden. Ich schrieb, als die Sonne langsam aufging. Ein Rausch aus Worten und Gedanken, mit denen ich die Bilder in meinem Kopf auf Papier malte. Nicht nur schöne Wörter und Sätze, sondern das, was ich wirklich empfand, all die widerstreitenden Gefühle in mir. Das mit Paul und mir mochte ein unfertiger Satz sein, eine nicht vollendete Geschichte, doch hier, mit einem Stift zwischen den Fingern, hatte ich es selbst in der Hand. Und in dieser Version erzählte mir der Kerl mit den Bernsteinaugen, wie die Geschichte enden würde.

Nepenthe

4. KAPITEL

Louisa

»Einen Teil meines Geschenks habe ich schon gestern Nacht von dieser wunderschönen Frau bekommen«, erklärte Bowie mit einem breiten Grinsen, woraufhin Trish ihr lachend in die Seite boxte. Davon ließ Bowie sich jedoch nicht beirren, zog sie nur enger an sich und drückte ihr einen kurzen Kuss auf die Stirn. Die schwarzen Fransen ihres Ponys fielen ihr dabei tiefer in die Augen.

Wie immer wenn ich die beiden zusammen sah, war da dieses Ziehen in mir – Trish und Bowie hatten inzwischen einen festen Platz in meinem Herzen, jeder für sich allein und als Paar. Und dennoch tat es weh, immer direkt vor mir zu sehen, was ich letztes Jahr noch gehabt und inzwischen wieder verloren hatte. Ich wünschte, ich hätte niemals erfahren, wie vollständig ich mich hatte fühlen können. Ich blinzelte, kämpfte mich aus dem Nebel meiner eigenen Gedanken zurück in das Hier und Jetzt. Das hier war Bowies Geburtstag und alles andere als der richtige Zeitpunkt, um mich in meinen Gefühlen zu verlieren.

»Bekomme ich jetzt meine Überraschung?«, fragte sie ungeduldig und strahlte erst Trish, dann mich aufgeregt an. Mit dem bunt gepunkteten Rock, dem Klirren ihrer Armreife und dem Shirt mit dem Schriftzug *I'm not a Princess, I'm the Queen* unter ihrer Jacke wirkte sie in diesem Moment eher wie ein Teenager als wie die volljährige Frau, die sie seit heute war. Und dieses Mal war erst mein Lächeln und schließlich mein leises Lachen nicht bemüht, sondern echt. Ich zog das schwarze Haarband, das ich extra für diesen Zweck eingepackt hatte, aus der Tasche und bedeutete Bowie, sich vor mich zu stellen. Ein fester Knoten, und die schmale Straße und der Eingang des Heaven auf der anderen Seite verschwanden für sie hinter dem Stoff. Zu dritt überquerten wir die Straße und stiegen die Treppe in das Heaven nach unten, Bowie in unserer Mitte.

Schwarze Wände, von denen der größte Teil mit Plakaten übersät war, und überall Menschen, die in dem relativ kleinen Club eng zusammenstanden und uns die Gesichter gespannt zugewandt hatten: Aiden, Isaac, Taylor, Luke. Irgendwo auch Paul und die ganzen Theaterleute, die Bowie aus ihren Kursen und Vorlesungen kannte. Außerdem hatten die meisten noch jemanden mitgebracht. Es war unnatürlich still, als wir stehen blieben und Bowie schließlich die Augenbinde abnahmen. »Überraschung« und »Happy Birthday!« riefen alle durcheinander und zogen Bowie nacheinander in die Arme.

Dann drehte jemand die Musik auf, schnelle Beats, die gegen die Wände hämmerten und das laute Stimmengewirr und Gelächter schluckten. Auf einem Teil der Bar stapelten sich Geschenke. Das Papier der Päckchen schimmerte im schummrigen Licht des Clubs. Daneben standen schon eine Unmenge an Shots bereit – durchscheinende, glitzernde Flüssigkeit in Regenbogenfarben.

»Das ist der verdammte Wahnsinn!«, schrie Bowie gegen die Musik an und umfasste mit einer vagen Geste den Club, all ihre Freunde, den Kuchen mit brennenden Kerzen, den Isaac gerade hereintrug, und das Meer aus Luftballons an der Decke, das sich wegen des Basses in Wellen leicht auf und ab bewegte. Mit fest zusammengekniffenen Augen blies Bowie die Kerzen aus, dann zog sie Trish an sich und küsste sie so stürmisch, dass irgendwann alle zu johlen anfingen und sie sich lachend von ihr löste. Bowies Lippen formten ein lautloses *Danke*. Mir wurde warm bei diesem Anblick. Es war so schön, zu sehen, wie sehr sie sich freute!

Nachdem Bowie ihre Geschenke ausgepackt hatte, stellte Paul sich mit seiner Polaroid-Kamera auf die Bühne und bedeutete uns allen zusammenzurücken – mit Bowie in der Mitte. Wir waren zu viele Leute, das Heaven zu eng für uns alle, aber von dort oben schaffte er es offensichtlich, alle auf das Bild zu bekommen. Er lächelte zufrieden und drückte ihr das fertige Foto in die Hand. Als er kurz darauf wieder auf die Bühne trat – dieses Mal mit seiner Gitarre, dicht gefolgt von Aiden, der seine ebenfalls locker in der Hand hielt, sammelten sich in Bowies Mandelaugen erste Tränen.

Kurze Stille und gedimmtes Licht. Ein Nicken zwischen Aiden und Paul, ein Grinsen und dann der Anfang einer sanften, rhythmischen Melodie. Ohne Ankündigung oder weitere Erklärung begannen die beiden, für sie zu singen. Pauls dunkle, raue Stimme, die nach wie vor eine Gänsehaut auf meinem ganzen Körper verursachte, und Aidens, die eine winzige Nuance tiefer war. Natürlich spielte er deutlich besser Gitarre als Paul, doch das fiel kaum auf, weil die beiden die Melodie perfekt untereinander aufgeteilt hatten und das bei der Selbstsicherheit, die Paul ausstrahlte, ohnehin unwichtig erschien. Die dunklen Haare fielen ihm auf die vertraute Art immer wieder ins Gesicht, wenn er einen Blick auf die Saiten warf, über die seine großen Hände strichen. Und dann war da das schwarze Shirt, das seine Muskeln erahnen ließ. Die zahlreichen dunklen Linien seiner Tätowierungen, die für mich längst nicht mehr Bilder auf seiner Haut waren – inzwischen sah ich die Geschichten hinter jedem einzelnen Strich.

Schnell wandte ich den Blick ab, konzentrierte mich stattdessen auf Aiden, meinen Fixpunkt, um das Chaos in mir zum Schweigen zu bringen.

Als nach den ersten gesungenen Zeilen klar war, dass das nicht irgendein Lied war, sondern eines, das Aiden scheinbar eigens für Bowie geschrieben hatte, begann es schließlich endgültig, aus ihren Augen zu regnen. Es handelte von ihr, von ihrer großen Klappe, dem *Bad Chick* in ihr, ihrer liebenswerten Art, den Sprüchen auf ihren Shirts, von der Tatsache, dass sie immer so furchtlos zu sein schien und dann wieder wie ein Kind. Es war ein Text, der berührte und gleichzeitig zum Lachen brachte, der einfach absolut ehrlich war.

Bowie stand zwischen Trish und mir, wir drei Hand in Hand in Hand. Und noch bevor der letzte Ton verklungen war, sprang sie auf die flache Bühne, fiel erst Aiden um den Hals …

Paul

… dann mir und ich hob sie grinsend nach oben, wirbelte sie mit dem wehenden Rock durch die Luft, bis sie mich lachend aufforderte, sie wieder herunterzulassen. Von der Bühne aus warf ich dem blonden Zwerg, der sich mit seinen kleinen Fäusten immer beschwerte, sobald ich ihn packte, einen eindeutigen Blick zu, doch Trish streckte mir nur kopfschüttelnd die Zunge raus. Für den Bruchteil einer Sekunde huschte mein Blick neben sie. Louisa mit leicht geröteten Wangen in einem kurzen dunkelblauen Kleid, das weiß Gott fast die Farbe ihrer Augen hatte. Scheiße, ich musste echt aufhören, sie ständig so anzusehen. Ich hatte absolut kein Recht dazu. Nicht mehr.

Bowie stellte sich auf die Zehenspitzen und drückte Aiden und mir einen kurzen Kuss auf die Wange, und in diesem Moment war ich wirklich so verflucht froh, dass ich mich von Aiden dazu hatte überreden lassen, hier mitzumachen. Bowie strahlte über das ganze Gesicht und drückte Aiden und mich ein weiteres Mal an sich.

Mir war bewusst, dass ich mich ihr und den anderen gegenüber momentan die meiste Zeit über viel zu abweisend benahm, obwohl Freundschaft und Loyalität für mich immer wichtig gewesen waren. Und genauso wusste ich, dass Aiden, Trish und Bowie mein Verhalten Louisa gegenüber mehr als kritisch sahen – weil sie nicht eine von vielen Frauen in meinem Leben war, sondern inzwischen eine von uns. Aber dass sie sich bisher nicht offensichtlich auf eine Seite geschlagen hatten, zeigte nur, was für gute Freunde die drei tatsächlich waren – etwas, das ich ihnen momentan im Gegenzug kein Stück war. Doch mit Aiden für Bowie zu singen, hatte ihnen vielleicht zeigen können, dass sie alle mir wichtig waren, auch wenn mir alles andere im Moment ziemlich egal zu sein schien.

Die Musik wurde wieder laut aufgedreht, und Aiden und ich sprangen von der Bühne und steuerten zusammen mit Bowie die Bar an. Eine Runde Shots, um auf sie anzustoßen. Dann eine zweite und eine dritte. Dreimal den Kopf in den Nacken legen und Schnaps, der den Rachen mit einem angenehmen Brennen hinunterlief. Anschließend noch ein Drink mit klirrenden Eiswürfeln, um mich davon abzuhalten, mich umzudrehen und den Club mit den Augen nach Louisa abzusuchen.

Louisa

Es war wie Magnetismus. Sofort fand mein Blick in dem flackernden Licht Paul, obwohl ich ihn gar nicht gesucht hatte. Mit einer Hand in der Tasche seiner verwaschenen Jeans und einem Drink in der anderen stand er entspannt gegen die Bar gelehnt da. Er sah müde aus mit den feinen Ringen unter den Augen und trotzdem viel zu gut, als er seinen Kopf leicht in den Nacken legte und sein entwaffnendes Lachen lachte. Wegen der dröhnenden Beats hörte ich es nicht, sah nur das Kräuseln seiner Lippen, doch in meinem Kopf erklang es. Jede einzelne Nuance davon.

Auf den Barhocker neben ihm hatte sich gerade ein Mädchen mit langen blonden Haaren und tiefrot geschminkten Lippen gesetzt. Sie beugte sich zu ihm. Viel zu nah, viel zu vertraut. Und sie fiel in sein Lachen ein, nachdem er noch etwas zu ihr gesagt hatte. Der Anblick ihrer Hand auf seinem muskulösen Unterarm mit den tätowierten Bildern ließ mich schlucken. Auf dem Wasserfall, den Tannen, dem schattierten Himmel dahinter. Stechende Leere in meinem Bauch.

Das war der Paul Berger aus den Erzählungen. Der Paul, der den Geschichten gerecht wurde, die ich seit meinem ersten Tag auf dem Campus über ihn gehört hatte: der Herzensbrecher, der jede haben konnte, der Bad Boy, den niemand halten konnte, der Player, dem die Frauen nur so hinterherliefen, und der Mann, der niemandem gehörte – zumindest nicht richtig und vollkommen. Der zu viel trank, auf zu viele Partys ging – immer mit einer anderen Frau an seiner Seite. Und seit er beschlossen hatte, dass ich nicht mehr Teil seines Lebens war, hatte ich zu viele von ihnen gesehen. Jede Einzelne hing an seinen Lippen und seinem Grinsen, hing an *ihm*, genauso wie mein dummes Herz es getan hatte und immer noch tat. Und obwohl ich diese und ähnliche Szenarien viel zu oft direkt vor meinen eigenen Augen sah, obwohl ich so viel mehr mitbekam, als ich wollte, und es jedes Mal ein unerträglicher Stich war ... Tief in mir konnte ich einfach nicht vergessen, wie es zwischen uns gewesen war. Wie es war, von Paul geliebt zu werden. Keine einzige Erinnerung an die Zeit mit ihm konnte ich auslöschen, so sehr ich es mir in genau solchen Momenten auch wünschte. Und nach wie vor suchte ich nach einer Erklärung, wieso von einem Moment auf den anderen plötzlich alles anders gewesen war.

Mit einem selbstsicheren Lächeln lehnte das Mädchen sich gegen Paul und strich ihm die dunklen Haare, die ihm in die Stirn gefallen waren, aus dem Gesicht, verharrte mit der einen Hand viel zu lange dort und streifte dabei wie zufällig seinen Bart. In mir zog sich alles schmerzhaft zusammen, als Pauls Mundwinkel zuckten, bis schließlich das Lächeln mit den Grübchen seine Lippen umspielte. Ich wandte mich ab.

Bowie, die meinen Blicken gefolgt war, schloss wortlos ihre Finger um meine und zog mich bestimmt mit sich in Richtung Tanzfläche – weg von ihm, Hauptsache weg. Eine in flackerndes Licht getauchte, tanzende Menge zwischen Paul und mir. Eine Trennwand aus warmen Körpern.

Für Bowie versuchte ich zu lachen, schließlich war das hier ihr

Geburtstag und sie sollte Spaß haben, statt sich um mich kümmern zu müssen. Fast eine Stunde lange bewegte ich mich zusammen mit ihr und einem aufgesetzten Lächeln, das sich mehr anfühlte wie eine Grimasse, im Takt der Musik. Darum bemüht, den Rhythmus wie sonst auch in den Bewegungen meines Körpers zu spüren und einfach nur den Moment zu leben. Ich ging mit Aiden nach draußen an die frische Luft und genoss die kalte Nachtluft auf meiner vom Tanzen erhitzten Haut, lachte zusammen mit Isaac, als Luke unermüdlich eine Freundin von Bowie angrub, die laut ihr absolut nicht auf Männer stand, und schickte Mel, die leider nicht hatte kommen können, zusammen mit Trish ein verwackeltes Video mit schlechtem Ton, auf dem man fast nichts erkannte. Trotzdem schrieb sie uns sofort zurück und wünschte uns eine *magische und weltenverändernde* Nacht.

»Sie ist wirklich deine Schwester«, grinste Trish, als sie die schönen Wörter las.

Doch es half alles nichts. Nachdem ich mich zusammen mit Trish durch all die tanzenden Leute zurück zu Bowie geschoben hatte, wanderte mein Blick immer wieder zu Paul und dem blonden Mädchen neben ihm. Bei jeder Lücke, die sich zwischen den Tanzenden ergab. Bis zu dem Moment, in dem ich es einfach nicht mehr aushielt und alles in mir danach schrie, ihn endlich zur Rede zu stellen. In mir war die Fülle meiner ungesagten Worte kurz vor dem Überlaufen.

Die Fülle meiner ungesagten Worte, hallte es in meinem Kopf nach. Wieso war der Klang dieser fünf Worte so magisch? Wieso hätten sie der Titel eines tragischen und zugleich wunderschönen Romans sein können, der erst noch geschrieben werden musste?

Es war genau das passiert, vor dem ich mich von der ersten Sekunde an am meisten gefürchtet hatte: Dass ich mein Herz an einen Menschen hing, nur um von diesem dann zurückgelassen zu werden. Keine Sekunde länger würde ich mir das ansehen. Die letzten beiden Wochen hatte ich mich, was Paul anging, wie gelähmt gefühlt – was wohl hauptsächlich an seinem Autounfall und meinen eigenen wieder hochgekommenen Erinnerungen gelegen hatte, doch jetzt reichte es. Ich hatte mich vor diesem Mann völlig entblößt – auf tausend verschiedene Arten. Er hatte mir geschworen, dass er mich nicht zu seinem Spielzeug machen würde, doch genau das hatte er getan.

»Lou, warte!«, schrie Bowie gegen die Musik an und legte eine Hand an meinen Oberarm. Ihr Blick zuckte Richtung Bar, dann wieder zurück zu mir.

»Ich glaube nicht, dass das eine besonders gute Idee ist!«, sagte jetzt auch Trish und fuhr sich unruhig durch ihre Haare, die sich über ihren Rücken wellten.

Ich biss mir auf die Unterlippe, gab mir selbst noch eine Sekunde Zeit. »Bitte«, sagte ich dann leise. »Ich drehe echt durch, ich muss da hin! Jetzt sofort!« Die Bässe vibrierten an den Wänden, wahrscheinlich hatten die beiden gar nicht verstanden, was genau ich gesagt hatte. Doch trotzdem und obwohl ich die Sorge in ihren Augen sah, nickte schließlich erst Trish, dann Bowie. Ihre Lippen, die ein lautloses *Okay* formten. Ich strich mir also das Kleid glatt und setzte langsam einen Fuß vor den anderen. Ein Slalom durch schwitzende Körper, um Platz kämpfende Ellenbogen und stickige Luft. Einen ruhigen Schritt nach dem nächsten, doch am liebsten wäre ich gerannt – zu dem Mann mit dem Sturm in den Augen und gleichzeitig so weit wie möglich vor ihm davon.

5. KAPITEL

Louisa

Mein Kopf war voller Wörter, doch ich spürte nur die Leere zwischen ihnen und wusste plötzlich nicht mehr, zu welchen Sätzen ich sie zusammensetzen sollte.

Mit einem leichten Stirnrunzeln betrachtete das Mädchen neben Paul mich und warf sich das glatte Haar über die Schulter. Ihr Blick wanderte zwischen ihm und mir hin und her. Ein letztes Mal strich sie mit ihrer Hand langsam über seinen Unterarm, bevor sie sich wortlos erhob und ihm ein letztes Mal in die Augen sah. Ich musste schwer schlucken, weil es so wahnsinnig offensichtlich war, was sie sich von ihm erhoffte. Paul musterte mich und meine zu Fäusten geballten Hände, eine steile Falte zwischen den dunklen Augen, die mich nicht mehr ansahen, als wäre ich seine ganze Welt. Es tat weh, es tat so unfassbar weh. So viel mehr als meine Fingernägel, die sich in meine Handinnenflächen bohrten.

»Louisa«, sagte er gedehnt und musterte mich ausdruckslos. »Was willst du?«

Instinktiv verschränkte ich die Arme vor der Brust, als könnte ich mich so vor der Art, wie er mich ansah, schützen. Versuchte, mir nicht anmerken zu lassen, wie sehr es schmerzte, ihn so zu sehen. Mit ihr. Mit all diesen Frauen. Ein Blick in seine bernsteinfarbenen Augen. Wir waren das Feuer gewesen, ein Funken, der so schnell und unaufhaltsam so viel mehr geworden war – zumindest in meiner Welt. Doch jetzt war da nur noch ein alles mit sich reißender Sturm.

»Ich will mit dir reden«, erwiderte ich fest.

»Hier?«, lachte Paul auf und schwenkte das Glas in seinen Händen hin und her. Immer wieder stieß das Eis klirrend gegen den Rand.

»Dieser Ort scheint mir genauso gut zu sein wie jeder andere«, erwiderte ich und reckte ihm das Kinn entgegen, machte mich größer, als ich war. »Und es ist ja nicht so, als hätte ich sonderlich viele Möglichkeiten gehabt, an einem anderen Ort mit dir zu reden. Du ignorierst meine Nachrichten, du ignorierst *mich*. Gehst mir aus dem Weg und weichst mir aus!«

»Schon mal auf die Idee gekommen, dass *ich* vielleicht einfach keine Lust habe, zu reden?« Ein spöttisches Lächeln. Mit einem Brennen entwich meinen Lungen Luft, die ich bei diesem Satz unbewusst angehalten hatte. Ich legte eine Hand auf meinen Bauch, als würde die Übelkeit dadurch weniger werden. Und dann war da Stille, obwohl Musik und Bass aus den Lautsprechern mir durch den ganzen Körper fuhren. Mit einem Mal war mein Mund ganz trocken.

»Machst du das mit Absicht, Paul? Tust du mir mit Absicht weh?«, fragte ich ernst und hätte die Worte im nächsten Moment am liebsten sofort wieder zurückgenommen, weil sie mich so wahnsinnig verletzlich machten. Doch wie immer in seiner Gegenwart war mein Mund einfach übergelaufen. Andererseits wollte ich zu meinen Gefühlen stehen. Zu lange war ich davongerannt, sobald etwas nur im Ansatz kompliziert geworden war. Und ich würde ganz sicher nicht dabei zusehen, wie Paul sich wie ein riesiges Arschloch benahm, auf meinem Herzen herumtrampelte, ohne sich auch nur ein einziges Mal dafür rechtfertigen zu müssen. Nicht nachdem er einen Teil meiner Mauern niedergerissen und anschließend hinter all meine Fassaden geblickt hatte.

Ich weigerte mich, als Erste wegzusehen, als unsere Blicke sich ineinanderbohrten. Ich sah das Tosen in seinen Augen, dunkler und zerstörerischer als jemals zuvor, und zum allerersten Mal machte mir der darin wütende Sturm … Angst. *Paul* machte mir Angst.

Erschrocken von dieser Erkenntnis wich ich einen Schritt vor ihm zurück, doch er setzte nur in aller Ruhe das Glas an die Lippen und legte den Kopf in den Nacken, um es mit einem Zug zu leeren – als wäre nichts. Als wären meine Worte nicht gewesen. Ich zuckte zusammen, als das leere Glas mit einem leisen Klirren auf der Bar landete.

»Was hat sich seit Weihnachten verändert?«, startete ich einen neuen und letzten Versuch. Bemühte mich um einen ruhigen Tonfall, auch wenn mein Herz in diesem Augenblick schrie und tobte. Es schien eine halbe Ewigkeit her zu sein, da hatte Trish mir erzählt, dass es bei Paul immer eine Geschichte und eine andere Wahrheit gab. Es war das, was er mir schuldete.

»Ich hatte so wahnsinnig Angst um dich, Paul«, sagte ich aufrichtig, und die Erinnerung an ihn in dem Krankenhauszimmer mit diesem Schlauch zwischen den Rippen, der Luft aus seiner Lunge pumpte, schnürte mir auch jetzt noch die Kehle zu. »Und ich habe versucht, es zu akzeptieren, als du mich nicht bei dir haben wolltest, weil ich dir versprochen habe, dir zu vertrauen ... dir auch dann zu vertrauen, wenn ich nicht alles über dich weiß. Aber wie du mich behandelst, seit du wieder hier bist ... Ausgerechnet du, der weiß, wie es in mir aussieht und was meine Ängste sind. Du ... du bist mein Freund. Warst mein Freund«, verbesserte ich mich stockend, weil Paul sonst nicht vor meinen Augen mit anderen Frauen rummachen würde. »Was soll dieser ganze Scheiß also?«

Von Wort zu Wort war meine Stimme lauter geworden, und mit den Fingern strich ich in einer fahrigen Bewegungen durch meine Locken, bevor ich das aussprach, was ich tatsächlich dachte: »Liegt es daran, dass du immer noch der Meinung bist, du hättest mich nicht verdient? Zerstörst du das mit uns absichtlich selbst, bevor es auf eine andere Art kaputt gehen kann? Ist das wieder einer deiner seltsamen und absolut bescheuerten Versuche, mich vor dir selbst oder sonst etwas zu beschützen?« Ich holte tief Luft und als ich weitersprach, konnte ich den Sarkasmus in meiner Stimme nicht länger verbergen. »Denn wenn dem so ist, dann herzlichen Glückwunsch, Paul. Du bist gerade wirklich richtig gut darin, mich endgültig zu verlieren.«

Ein Gefühl und ein Ausdruck flackerten über Pauls Gesicht. Beides etwas, das ich nicht greifen konnte.

Doch schon im nächsten Moment fuhr er herum, und dieses Mal stand alles verzerrende Wut in seinen dunklen Augen. »Gott, Louisa, du willst es einfach nicht kapieren, oder?«, spuckte er mir die Worte beinahe schon entgegen. »Das mit uns, das ist vorbei, okay? Das hier ist keine deiner Liebesgeschichten, in denen es für alles irgendwelche Erklärungen gibt. Es ist schlicht und einfach vorbei!«

Ich spürte, wie mein Mund sich erst öffnete und dann wieder schloss. Kein Wort, kein Ton verließ meine Lippen. Jemand quetschte sich an mir vorbei an die Bar, brachte mich mit dem Ellenbogen fast zum Stolpern. Aber ich fühlte nichts, sah Paul nur fassungslos an. Nach seinem Verhalten der letzten Wochen waren seine Worte keine Überraschung, und doch rissen sie mir den Boden unter den Füßen weg. Und ich fiel in absolute Leere; es gab nichts, woran ich mich festhalten konnte.

»Lass mich verdammt nochmal endlich in Ruhe!«, schob er genervt hinterher.

Glassplitter bohrten sich in mein Herz.

»Aber … wir lieben uns. Wir …«

Wir lieben uns. Schon in der nächsten Sekunde bereute ich diesen ausgesprochenen Satz, als Paul eine Augenbraue hob und mich emotionslos ansah. »Kerle tun viel, um eine Frau ins Bett zu kriegen. Und sagen viel, um das zu bekommen, was sie wollen. Das ist keine scheiß Liebe, Louisa, und das war es auch nie.«

Jedes einzelne Wort begann, sich eiskalt in mir auszubreiten. Luft, nach der ich mit einem Mal rang. Doch ich machte einen Schritt auf ihn zu statt weg, wie ich sollte. So als könnte ich mich auf meine Zehenspitzen stellen und ihm den Mund zuhalten, damit ich diese Dinge nicht mehr hören musste. Oder ihn auch einfach nur küssen, weil ich so vielleicht für ein paar Sekunden vergessen würde, dass sich das zwischen uns beiden mit einem Mal so unfassbar kaputt und endgültig anfühlte.

Schnell schob ich den Gedanken beiseite. »Ist das dein Ernst?«, zischte ich, bevor ich etwas tat, das ich im Nachhinein bitter bereuen würde. »Willst du mir gerade sagen, dass du mich einfach nur ficken wolltest? Dass ich einfach nur eine schnelle Nummer für dich gewesen bin?«

Meine Stimme begann, sich zu überschlagen, denn es war so viel leichter, sich auf die Wut in mir zu konzentrieren statt auf den Schmerz. Wild und ungefiltert wirbelten meine Gedanken durcheinander, weil das einfach unmöglich stimmen konnte. All die Gespräche, all die geteilten Wörter und Nächte! Wie er mir immer wieder vorgelesen hatte. Den Phönix, den er mir gezeichnet hatte. Wie er mich vor dem Auseinanderfallen bewahrt hatte, als meine Mutter mir kurz vor Weihnachten geschrieben hatte. All die großen und kleinen Dinge. War ein Mensch in der Lage, so viel vorzuspielen?

Und doch … ein Teil von mir erinnerte sich an das Hin und Her. Wie Paul mich zu seinem Geheimnis gemacht hatte und wir so wie jetzt voreinander gestanden und ich ihn angeschrien hatte. Und daran, wie er mich hatte links liegen lassen.

»Scheiße, du rennst mir hinterher wie all die anderen Tussen auch. Also lass es einfach gut sein, bevor es peinlich wird!«, sagte er statt einer Antwort mit unfassbar herablassendem Tonfall.

Ich wich einen weiteren Schritt vor ihm zurück, jedes Wort ein Pfeil, der sein Ziel unfehlbar traf. Mitten hinein ins Schwarze, nur dass dieser dunkle Fleck plötzlich mein Herz war.

Und doch straffte ich die Schultern. »Du lügst!«, behauptete ich bestimmt, obwohl seine Worte unendlich schmerzten.

Mit einem spöttischen Zug um den Mund lachte er auf und verschränkte die Arme vor der Brust: »Und wieso genau sollte ich dich anlügen?«

Ich schluckte schwer. »Dann sag es mir ins Gesicht. Schau mir in die Augen und sag mir, dass du mich nicht liebst, Paul!«

Er schnaubte, stieß sich von der Bar ab und schloss den Abstand zwischen uns. Ein Blinzeln und er stand gefährlich nah vor mir, viel zu nah. Und mit ihm kam dieser unendlich vertraute Geruch nach Wald und Holz. Ich musste den Kopf in den Nacken legen, um ihn ansehen zu können. Sein Gesicht war nur wenige Zentimeter von meinem eigenen entfernt. Und dann hob ich langsam den Blick, sah in seine Bernsteinaugen, die auf mir ruhten. Seine unerwartete Nähe ließ all die Erinnerungen sowohl in meinem Kopf als auch in meinem ganzen Körper nur noch lauter und viel drängender werden.

Er stand vor mir, irgendwie bedrohlich, blickte zu mir hinunter, sah mich unverwandt an.

»Verdammt, jetzt sag es mir einfach!«, forderte ich Paul auf, deutlich lauter dieses Mal, viel zu laut. »Das schuldest du mir. Das und eine Erklärung!«

Sein Kiefer mahlte. Die ganze Haltung beherrscht und irgendwo dahinter wahnsinnig aggressiv und düster. Kurz vor der Explosion. Dann überbrückte er die letzten Zentimeter zwischen uns, baute sich regelrecht vor mir auf. Und die Stille in seinem Blick breitete sich eiskalt in meinem Körper aus. Keine Gefühle und Erinnerungen darin, so als wären wir einander nicht nur jetzt fremd, sondern es immer schon gewesen.

»Ich liebe dich nicht, Louisa«, sagte er gefährlich leise. »Fuck, ich hab dich nie geliebt.« Und er stand so nah vor mir, dass ich die ausgesprochenen Worte auf meinen Lippen zu spüren glaubte. Erst fühlte ich nichts, dann alles auf einmal.

Ich stolperte zurück. Seine Worte und die Art, wie er mich ansah – beides zusammen war zu viel. Mit den ersten fünf Worten hatte Paul unsere Geschichte beendet. Mit den letzten sechs hatte …

Paul

… ich Louisa das Herz herausgerissen. Und ich hatte es bei vollem Bewusstsein getan. Bei dem Anblick ihrer weit aufgerissenen blauen Augen hätte ich am liebsten alles zurückgenommen. Doch ich war ihr Verderben, war es gewesen und war es immer noch. Das Mindeste, das ich tun konnte, war, sie ihr Leben leben zu lassen – ohne mich. Es war immer noch besser, wenn Louisa mich hasste, weil sie dachte, sie hätte mir nie etwas bedeutet, als wenn sie die Wahrheit erfuhr. Und doch schmerzte jedes dieser ausgesprochenen Worte unerträglich. Noch nie hatte ich einem Menschen so sehr ins Gesicht gelogen.

»Okay«, sagte Louisa mit einem leichten Zittern in der Stimme und krallte sich mit den Händen in den Stoff ihres Kleides, als wüsste sie nicht, wo sie sich sonst festhalten sollte. Es stimmte, es hatte die Farbe ihrer Augen, und für eine Sekunde war da dieser andere Gedanke, den zu denken ich absolut kein Recht hatte: Dass dieses dunkelblaue Kleid viel zu kurz war, viel zu heiß, zumindest an ihr. Und dass ich sicher nicht der einzige Kerl bleiben würde, der bemerkte, wie unglaublich schön sie war – nicht auf eine klassische, sondern eine untypische und aufregende Art, die erst durch diese verfluchten Kleinigkeiten so unausweichlich wurde: Das Funkeln in diesen Wahnsinnsaugen, die ein bisschen zu weit auseinanderstanden, der spezielle Farbton ihrer Locken, der minimale Ansatz in genau dem Braun wie auch die fein geschwungenen Augenbrauen.

»Gut«, schob Louisa noch einmal hinterher und nickte langsam. »Danke für deine Ehrlichkeit!«

Was für eine schreckliche Floskel, die sie garantiert nicht so meinte. Feuerlocken, die in der schwachen Beleuchtung leicht schimmerten. Und alles in mir schrie danach, ihr zu sagen, dass sie sich an *mir* festhalten konnte statt an ihrem Kleid. An mir ganz allein, immer. Und dass ich sie so viel mehr brauchte als sie mich.

Mein Blick zuckte zu dem Phönix an ihrem Handgelenk. Linien, die ich für sie gezeichnet hatte, dann zurück zu ihren Augen unter dichten Wimpern. Ich ertrank in diesen Ozeanen, fiel immer tiefer hinein.

Louisa reckte das Kinn nach vorn, sah mich mit einem Mal emotionslos und doch irgendwie verloren an. Am liebsten hätte ich meine Hand nach ihr ausgestreckt.

Wir standen so nah zusammen und doch so weit voneinander entfernt wie niemals zuvor. Rückblickend erschien es mir beinahe schon lächerlich, dass meine Angst vor Nähe, vor allem, was über eine Nacht hinausging, eines der Dinge gewesen waren, die anfangs zwischen uns gestanden hatten. Dabei ging es jetzt um etwas viel Größeres. Und obwohl ich Louisa wehtun musste, um sie zu beschützen, war ich gerade auch wahnsinnig stolz auf sie, was irgendwie keinen Sinn ergab und doch mehr als alles andere. Sie versteckte sich nicht mehr hinter dem spöttischen Zug um ihre vollen Lippen, hinter ihren grellen Locken, hinter den sorgfältig aufgerichteten Mauern. Sie forderte eine Erklärung, wieso ich mich wie ein kompletter Arsch benahm, sie zeigte mir offen, dass sie verletzt und enttäuscht war. Es machte mich stolz, dass sie ihre Narben weiterhin und Stück für Stück wie Flügel trug – unabhängig davon, ob ich sie auffangen würde, sollte sie versuchen, zu fliegen.

Das waren die Dinge, die ich ihr am liebsten gesagt hätte. Stattdessen schluckte ich jedes einzelne Wort hinunter und blickte sie an, mit meiner Maske an Ort und Stelle und einem falschen Lächeln auf den Lippen.

»Ich ...«, setzte Louisa an und fuhr sich mit den Fingern durch die Locken. »Ich sollte gehen.« Ihre Stimme bebte, und ich musste dem Drang widerstehen, sie in meine Arme zu nehmen, weil sie in diesem Augenblick so zerbrechlich wirkte. Doch das war etwas, das ich mir nicht erlauben durfte. Stattdessen nickte ich, griff nach einem neuen Drink und schob mich an ihr vorbei, bevor ich noch etwas wirklich Dummes tat – wie sie zu küssen zum Beispiel. Oder sie einfach nur festzuhalten.

Ich drehte mich kein einziges Mal um, als ich mich durch die Menge schob, den Blick auf der Suche nach Aiden, Trish, Bowie oder einem der Jungs, nur nach vorn gerichtet. Ich hatte absolut keine Ahnung, woher Bowie all diese Leute kannte. Gefühlt das halbe RSC quetschte sich in das Heaven, und nirgends entdeckte ich jemanden, den ich kannte – und auf den ich Lust hatte. Es gab gerade wirklich nicht viele Menschen, die ich ertragen konnte. Selbst die kleine Blonde von gerade war Mittel zum Zweck. Das waren sie alle, und ich machte kein Geheimnis daraus. Gott, ich klang wie ein Arsch. Ich verhielt mich wie ein Arsch. Aber was machte das schon, wenn ich Louisa dadurch weit genug von mir stoßen konnte?

Als ich schließlich Aiden und Luke auf der anderen Seite des Raums entdeckte, stieß ich erleichtert Luft aus. Mit einem breiten, falschen Grinsend legte ich Luke den Arm um die Schulter und überredete ihn zu ein paar Shots. Wir lachten über Aidens Witze, und ich tanzte mit der kleinen Blonden, die mich mit einem Blick ansah, der mir vor Augen führte, dass ich so schnell wie möglich klarstellen musste, dass das hier nicht mehr als eine einmalige Sache werden würde. Aber diese einmalige Sache war genau das, was ich in diesem Moment brauchte, sonst trieb mich der Gedanke an den Anblick von Louisas geweiteten Augen, als ich ihr gesagt hatte, dass ich sie nicht lieben würde, in den Wahnsinn. Es war einfach an der Zeit, dass endgültig wieder alles so wurde wie letztes Jahr, bevor ich Louisa kennengelernt hatte: keine Nähe, keine Dates und schon gar keine verdammten Gefühle.

Louisa

Ich musste raus und frische Luft atmen. Obwohl Paul sich mir gegenüber schon vor diesem Abend wie ein Arschloch verhalten und ich ihm gerade dennoch und bei vollem Bewusstsein offengelegt hatte, wie tief verletzt ich war, hatten seine Worte mich mit voller Wucht getroffen. Mich an all den Leuten vorbeizuschieben, ohne vor seinen Augen zusammenzubrechen, kostete mich also wahnsinnig viel Kraft – doch es war in dieser Situation der letzte Rest Stolz, den ich hatte. Während Pauls offenkundige Ablehnung und das Gesagte unablässig in mir brannten, durchquerte ich den Club mit festen Schritten, gab die Starke, die sich von nichts und niemandem verletzen ließ.

Und dann trat ich endlich ins Freie. Mitten hinein in rettende, klare Luft. Diese Nacht war nicht magisch, nur *weltenverändernd* – zumindest was *meine* Welt betraf. Kalter Wind strich über mein erhitztes Gesicht, und ich blinzelte mehrmals, denn nur langsam gewöhnten meine Augen sich an das allumfassende Schwarz um mich herum. An die Schatten, die sich im Schein des Mondes Sekunde für Sekunde deutlicher abzeichneten.

Zum Glück hatte ich mich wegen all der Gigs von *Goodbye April* im Heaven an den Hinterausgang mit dem kleinen Innenhof erinnert. Die Leute, die sich vorn am Eingang von der Nachtluft abkühlen ließen, hätte ich jetzt nicht ertragen. Ich blickte mich um und stellte erleichtert fest, dass ich allein war. Nur gedämpfte Musik und ein schmaler Lichtstreifen, der durch die zugefallene Tür schien. Ich holte tief Luft – und dann schrie ich es in die Nacht hinaus: »Du bist ein verdammtes Riesenarschloch, Paul Berger!« Und weil es so guttat, schrie ich es mir nochmal von der Seele. Und noch einmal.

Erschöpft ließ ich mich erst gegen die rau verputzte Wand in meinem Rücken sinken, setzte mich dann auf den Boden. Es war mir egal, dass mein Kleid mir über die Oberschenkel nach oben rutschte. Es war mir egal, dass es wahnsinnig kalt und ich ohne Jacke nach draußen gestürmt war. Es war mir egal, dass meine Augen erst zu brennen begannen und mir wenig später lautlose Tränen über die Wangen liefen. Ich unternahm nicht einmal den Versuch sie wegzuwischen. Stück für Stück verlor ich die Menschen in meinem Leben: Erst meinen Dad, dann meine Mom.

Leah, die Ewigkeiten meine beste Freundin gewesen war, und all meine anderen Freunde an der Highschool. Und jetzt den ersten Mann, den ich *wirklich* geliebt hatte. Letztendlich verlor ich alles und jeden. Bei dem Gedanken begann mein Herz, zu rasen, schien mit seinem Pulsieren beinahe meinen Brustkorb zu sprengen. Ich rang nach Luft, keuchte, sog so viel kalte Nachtluft in meine Lungen, wie möglich war, keuchte erneut auf, weil es immer noch zu wenig war. Atmen. Ich musste atmen, erinnerte ich mich, als meine Gefühle sich mit einem Mal in nackte Angst verwandelten. Atmen. Darauf versuchte ich, mich zu konzentrieren. Ein und aus. Gegen die Panik, die in mir aufkeimte. Luft einatmen, Luft ausatmen. Ich legte den Kopf in den Nacken und sah in den tintenschwarzen Himmel, suchte die Sterne, um mich wie so oft an ihrem Anblick festhalten zu können. Doch das Licht des Monds kämpfte sich schwer durch die Wolkendecke, genauso wie das der Milliarden Sterne. Sie waren nicht da – jetzt, wo ich sie so dringend gebraucht hätte.

Ich zuckte zusammen, als sich plötzlich die Tür zum Heaven öffnete. Ich blinzelte gegen das Licht, das den Innenhof für kurze Zeit erhellte. Trish trat nach draußen und stieß einen kurzen Fluch aus, als sie mit einem ihrer Absätze an der winzigen Stufe hängen blieb. Dann fiel die Tür wieder schwer hinter ihr ins Schloss, und erneut waren da nur die schützende Dunkelheit und das schwache Licht der Laternen hinter der Mauer.

»Tut mir leid, Süße«, sagte Trish, als sie sich seufzend neben mich auf den Boden sinken ließ. Kleid an Kleid, ihres mit Glitzer. Die nackte Haut meines Schenkels an ihrer warmen Haut. Ich erschauderte und griff dankbar nach meiner Jacke und dem Schal, die Trish mir nun entgegenstreckte. Warmer, weicher Stoff, der zwar nicht ankam gegen die Kälte in mir, aber zumindest ein bisschen gegen die der Nacht.

»Es tut dir leid?«, fragte ich verwirrt und mit kratziger Stimme. Doch ich war unendlich froh, dass ihre erste Frage nicht Paul galt und dem, was vorgefallen war.

»Na, dass ich so lange gebraucht habe, um dich zu finden. Ich hätte mir eigentlich gleich denken können, dass du hier draußen bist, statt den ganzen Club nach dir abzusuchen.« Ich hörte das Lächeln in ihrer Stimme. Dann sagte Trish gar nichts mehr, sondern griff nach meiner Hand und verschränkte ihre Finger mit meinen. So saßen wir beide da und starrten in den Himmel, bis die Wolken, die sich vor den Mond geschoben hatten, langsam weiterzogen. Ihre Finger lagen dabei ununterbrochen um meine. Der Mond, das war meine *Nepenthe*. Ein wunderschönes, altgriechisches Wort, das zum ersten Mal in der Odyssee aufgetaucht war und demnach ganze Jahrtausende überdauert hatte. Beschrieben wird es als Droge, welche Schmerz und Trauer verschwinden lässt. Als etwas, das uns beim Vergessen hilft. Und Pauls Worte und seinen ausdruckslosen Blick hätte ich nur zu gern aus meiner Erinnerung gestrichen.

Nur zwischendurch leuchtete Trishs Handy für einen Moment auf und tauchte ihr Gesicht mit den rot geschminkten Lippen in grelles Licht, das von dem goldenen Ring in ihrer Nase reflektiert wurde. Wenige getippte Worte, dann umhüllte uns wieder Dunkelheit und Schweigen. Trishs Hand, die mich erneut hielt wie ein Anker im Hier und Jetzt.

»Ich habe Aiden geschrieben. Er kommt gleich raus und fährt dann mit dir zurück zum Campus. Ich glaube, er ist so ziemlich der Einzige, der noch nichts getrunken hat – also abgesehen von dir natürlich.«

»Ich …«, versuchte ich heiser zu protestieren, räusperte mich dann jedoch nur.

Trish legte den Arm um mich und strich mir über die Haare. »Süße, ich hab nicht genau mitbekommen, wie das gerade abgelaufen ist, aber ich kann es mir denken«, sagte sie und blickte mir besorgt ins Gesicht. »Du hast offensichtlich geweint und bist fix und fertig. Und niemand ist dir böse, wenn du jetzt einfach gehst, am allerwenigsten Bowie. Die versteht das wirklich!«

»Aber es ist ihr *Geburtstag*, Trish«, erwiderte ich. Sogar in meinen

Ohren klang mein Protest schwach, doch ich wollte mich von Paul und seinen Worten nicht derart aus der Bahn werfen lassen, dass ich den Geburtstag einer meiner Freundinnen vorzeitig verließ. Ich wollte nicht zulassen, dass er eine solche Macht über mich besaß.

Im nächsten Augenblick hatte Trish beide Arme fest um mich gelegt, mein Kopf an ihrer Schulter und ihren weichen Haaren. Der Geruch nach ihrem Erdbeershampoo stieg mir in die Nase. Und für diesen einen Moment erlaubte ich mir, schwach zu sein. Ich erlaubte mir, mir wirklich einzugestehen, dass ich in Paul die wahre Liebe gefunden und mich gleichzeitig scheinbar in diesem einen Menschen getäuscht hatte.

»Du musst hier wirklich absolut niemandem etwas beweisen, okay?«, meinte Trish ganz leise und strich mir eine einzelne Locken hinters Ohr.

Wegen all der Gigs im Heaven wusste Aiden, wie wir nach draußen kamen, ohne noch einmal durch den Club zu müssen. Eine letzte Umarmung von Trish und das Versprechen, dass sie sich später noch bei mir melden würde, dann folgte ich ihm. Mit schnellen Schritten durchquerte er den schwach beleuchteten Innenhof bis hin zu einer schmalen Tür, die sich leicht aufdrücken ließ. Kein einziges Mal fragte er mich, was eigentlich passiert war, und wie immer war ich dankbar, dass er jemand war, der mich mit meinen Gedanken allein ließ und mich nie dazu drängte, etwas von mir preiszugeben, wenn ich nicht dazu bereit war. Ich blickte Aiden von der Seite an: die zerzausten Haare, die im Mondlicht hell schimmerten, den Schwung seiner geraden Nase und sein immer lachender Mund, der jetzt zu einem schmalen Strich zusammengekniffen war. Er schien wegen irgendetwas aufgebracht zu sein, und unwillkürlich fragte ich mich, was Trish ihm erzählt hatte. Ob er wütend war? Auf Paul? Auf mich? Auf uns beide? Andererseits war Aiden dieser Typ Mensch, der das in einem ruhigen Moment wie diesen angesprochen hätte.

Wir liefen durch Redstones ruhige Straßen, von einer Laterne zur nächsten, von Lichtkegel zu Lichtkegel. Doch als wir in eine schmale Seitenstraße einbogen und Aidens Wagen in Sichtweite kam, blieb er abrupt stehen und musterte mich mit einem ernsten Ausdruck in den blauen Augen. »Du willst noch gar nicht nach Hause, oder?«

Ich zögerte, nickte dann jedoch langsam. Ich wollte nicht zurück in unsere Wohnung. Ich wollte nicht allein mit meinen Gedanken sein, wollte aber auch nicht über das reden, was passiert war. Mein Herz war sich nur über die Dinge im Klaren, die es *nicht* wollte, nicht über das, was in diesem Moment das Beste war.

Aiden legte den Arm um mich, und gemeinsam drehten wir um, die schmale Straße wieder bis zur Kreuzung zurück. Wir liefen durch die Nacht. Unsere Schritte auf dem Asphalt, seine schweren und meine leichteren. Und je größer die Strecke wurde, die wir scheinbar ziellos durch die Stadt zurücklegten, desto mehr stellte sich das Gefühl ein, endlich wieder richtig atmen zu können. Begierig sog ich die kalte Nachtluft tief in meine Lungen hinein.

Vor der breiten Eingangstür des Luigi's kamen wir schließlich zum Stehen und Aiden zog grinsend einen Schlüsselbund hervor. Mit routinierten Bewegungen machte er erst die Lichter an, stellte sich dann hinter die Bar und machte mir einen alkoholfreien Cocktail. Der Shaker flog zwischen seinen Händen hin und her, und am Ende zierte eine Schaumkrone die dunkelrote Flüssigkeit in meinem Glas. Ein Schimmern in sanftem Licht. In der Küche fand Aiden noch eine Schale mit einem Rest Tiramisu. Nebeneinander saßen wir an der Bar und tauchten unsere Löffel abwechselnd in die Schale. Wir machten Witze darüber, wie betrunken Bowie inzwischen wohl war, stellten Vermutungen darüber an, wer die mysteriöse Unbekannte war, mit der die zwei Jungs von *Goodbye April* parallel etwas am Laufen gehabt hatten, und diskutierten über den neuen Tarantino, den wir zusammen mit Trish im Kino gesehen hatten. Zwischendurch sah ich in Aidens hellen Augen zwar immer wieder Sorge aufblitzen, doch er sagte nichts.

Zurück auf dem Campus sahen wir uns in seinem Zimmer drei Folgen *Supernatural* an, und ich kommentierte alles, was Sam und Dean taten, weil ich sowieso wusste, was in welcher Szene passieren würde. So lange, bis ich auf dem Sofa einschlief – erschöpft und mitten im Satz. Und irgendwo in meinen Träumen war da diese Stimme: *Glaub Paul nicht! Glaub ihm nicht, Louisa! Und er lügt doch! Ganz sicher! Jedes Wort, das Paul gesagt hatte, war eine Lüge.*

6. KAPITEL

Paul

Mit zwei Pizzakartons in den Händen stieß ich die Tür des Luigi's auf und trat endlich nach draußen ins Freie. Es war meine erste Schicht nach dem Unfall gewesen, weil Giovanni mit seiner Frau und den beiden Kindern kurz vor Weihnachten zu seiner Familie nach Italien geflogen und bis Mitte Januar geblieben war. Das Luigi's hatte er kurzerhand für zwei Wochen geschlossen und mir zusätzlich noch eine Woche freigegeben, damit ich *mich schonen konnte*, wie er sich ausgedrückt hatte. Und ich wusste nicht, ob es traurig oder schön war, dass mein Boss sich mehr wie ein Dad benahm als mein eigener.

Ich brauchte das Geld wirklich dringend. Und doch rieb ich mir erschöpft über das Gesicht. Ich war so verflucht müde! Diese Art Müdigkeit, die nicht nur bleiern schwer auf dem Körper lastete, sondern noch viel mehr auf der Seele. Ein Teil von mir trank, kiffte, ging auf Partys, hatte zu viel Sex und versuchte mit aller Macht und allen Mitteln, zu vergessen. Weiß Gott, einfach nur zu betäuben, bevor mich in den Nächten am Ende sowieso wieder die Albträume einholten. Der andere Teil in mir war einfach wie auf Autopilot: Mit mir, der funktionierte, während in meinem Kopf nur Leere war.

In dem Moment, in dem ich die Tür zu Aidens Wagen, den ich mir lieh, seit mein Pick-up nur noch ein Haufen Schrott war, öffnen wollte, klingelte mein Handy. Ich stieß einen kurzen Fluch aus, legte die beiden Pizzakartons auf das Dach des Autos und kramte in meinem Rucksack nach meinem Handy. Ich hoffte, dass das endlich ein Foto-Job war, mit

91

dem ich mir etwas dazuverdienen und mir schnellstmöglich wieder eine eigene Karre würde leisten können.

Doch als ich Lucas Namen auf dem Bildschirm aufleuchten sah, seufzte ich. Himmel, natürlich vermisste ich meinen Bruder, aber ich war gerade so nah am Abgrund, konnte nicht klar denken! Und das wollte ich eigentlich auch gar nicht. Lieber Gedanken hinter Nebel als der Boden der Tatsachen. Ich wollte nicht, dass er mich auf diese Art sah. Zögernd schwebte mein Daumen über dem Anrufsymbol, bevor ich Luca wegdrückte, so, wie ich es auch all die anderen Male getan hatte.

Gerade wollte ich endlich in das Auto steigen und mich auf den Weg zurück zum Campus machen, als ich hinter mir plötzlich Schritte hörte. Dann ein Räuspern. Wahrscheinlich hatte sich die neue Aushilfe wieder einmal kurzfristig krank gemeldet, und jetzt wollte mich irgendjemand fragen, ob ich noch länger bleiben und einspringen könnte.

Ich drehte mich um, eine Erwiderung auf den Lippen, doch vor mir stand … Luca, das für ihn typische freche Grinsen im Gesicht, das bis zu den grünen Augen mit den braunen Sprenkeln reichte.

»Ich will ja nichts sagen, Bruderherz, aber hast du mich gerade echt einfach weggedrückt? Schon wieder?«

Verwirrt musterte ich ihn, beinahe auf Augenhöhe, weil Luca inzwischen fast so groß war wie ich. Was zum Teufel machte er hier? Steckte am Ende wieder mein Vater dahinter, der das gute Verhältnis zwischen seinen Söhnen nutzte, um mich unter Druck zu setzen? Hatte er ihn hergeschickt? Bei dem Gedanken an unser kurzes Gespräch an Weihnachten ballte ich die Hände unwillkürlich zu Fäusten. Seine Herablassung, seine Arroganz, seine begrenzte Weltsicht. Ich hatte verflucht nochmal wirklich nicht viel erwartet, aber ganz sicher nicht, dass er mich verbal beinahe schon aus dieser ohnehin beschissenen Villa schmeißen würde – nur weil ich andere und vor allem eigene Träume für mein Leben hatte.

»Was willst du hier?«, fragte ich schroffer als beabsichtigt und beobachtete Luca, wie er die Arme vor der Brust verschränkte. Jetzt tauchte auch noch Katie neben ihm auf. Mit dem Ellenbogen stieß er ihr in die Seite. »Hab ich dir nicht gesagt, dass er sich kein Stück freuen wird, mich zu sehen?«

»Quatsch, natürlich freut er sich«, erwiderte Katie bestimmt und blickte zu Luca nach oben. Ich verzichtete darauf, die beiden darauf hinzuweisen, dass *er* anwesend und immer noch vor ihnen stand.

»Ich bin mir sicher, Paul freut sich«, sagte Katie noch einmal und durchbohrte mich mit Blicken. Das Blau ihrer schwarz umrandeten Augen war so dunkel wie das ihrer gefärbten Haarspitzen.

»Wieso bist du hier, Luca?«, versuchte ich es versöhnlicher.

Doch das breite Grinsen verschwand mit einem Mal aus seinem Gesicht, und dieses Mal blickte er mich finster an. »Nach deiner Entlassung ist das jetzt schon der vierte Freitag in Folge, an dem wir nichts ausgemacht haben, Paul. Wir sehen uns jeden Freitag, seit du ausgezogen bist ...« Dann trat ein ernster Ausdruck in Lucas grüne Augen, und für einen Moment fühlte es sich so an, als wäre *er* der Ältere von uns beiden. »Alter, ich hab mir Sorgen gemacht, okay? Also hat Katie mich hergefahren ... und als du nicht in der WG warst, hab ich Aiden angerufen und gefragt, wo du bist. Ich wollte echt nicht schon wieder meine Zeit mit den Versuchen, dich zu erreichen, verbringen. Ich hab gerade das Gefühl, als wäre ich dir einfach egal!«, sagte er, und etwas leiser fügte er hinzu: »Mann, ich vermisse dich, okay?«

Luca klang verunsichert. Und für einen kurzen Moment sah ich hinter seiner coolen Art, die er vor allem vor Katie an den Tag legte, den Typen, der bald erst sechzehn Jahre alt werden würde. Der seinen großen Bruder brauchte, nicht nur einen Schatten davon. In unaufhaltsamen und heftigen Wellen machte das schlechte Gewissen sich in mir breit. Ich hatte nicht gewollt, dass Luca mich *so* sah. Dass er am Ende bemerkte, dass ich ihm einfach kein Vorbild sein konnte. Dass er am Ende die Wahrheit erfuhr, die irgendwann immer ans Licht kam.

Immerhin hatte ich auch einmal gedacht, dass ich Heathers Schulter zum Anlehnen sein konnte. Nach dem Unfall hatten wir uns erst wieder an der Highschool gesehen. Auf meine Nachrichten hatte sie nie geantwortet, auf meine Anrufe nie reagiert, und als wir uns in den Fluren über den Weg gelaufen waren, hatte sie nicht nur anders ausgesehen mit den blonden Haaren, die sie plötzlich nur noch schulterlang trug, und dem entschlossenen Zug um die wie immer kirschroten Lippen. Sie hatte mich auch anders angesehen: enttäuscht, ängstlich, angewidert. Eine fest zudrückende Faust um mein Herz, als sie vor ihrem Spind einen Schritt vor mir zurückgewichen war.

»Wie kannst du dich hier überhaupt noch blicken lassen nach dem, was passiert ist?«, hatte sie mir förmlich entgegengespuckt. »Deine Familie kann mit ihrem scheiß Geld noch so viele Leute bestechen, aber ich weiß, was passiert ist. *Ich* war dabei. *Ich* weiß, dass dieser Mann wegen dir gestorben ist. Du allein hast das zu verantworten!« Sie gab mir die Schuld, und ich gab sie mir selbst. Es war nur diese eine Sache, dir wir beide noch gemeinsam gehabt hatten. Heathers Entscheidung für die California State University und gegen eine Fernbeziehung war der Grund für unseren Streit und damit eine halbe Trennung gewesen. Die Tatsache, dass ich einen Menschen und vielleicht beinahe auch uns umgebracht hatte, war der verfluchte Todesstoß gewesen. Ich trug so viel Schuld in mir, auf so viele Arten.

Mit geballten Fäusten schüttelte ich die Erinnerungen ab, denn dass Luca sich Sorgen um *mich* machte, das war überhaupt nicht in Ordnung. Wenn sich schon jemand sorgte, dann ich um ihn, der ältere Bruder um den jüngeren.

Ich gab mir einen Ruck. »Ich bin froh, dich zu sehen, Kl-Luca«, verbesserte ich mich und ignorierte seine zusammengezogenen Augenbrauen. Dieses Mal sah seine Kleine zufrieden zwischen uns beiden hin und her, ein leichtes Lächeln auf den Lippen. Gott, irgendwie mochte ich dieses Mädchen.

»Macht ihr zweimal das, was ihr eben sonst so miteinander macht,

94

ich bin dann mal wieder weg«, meinte Katie zufrieden. An Luca gewandt fügte sie hinzu: »Ruf mich an, wenn du zurückfahren willst.«

Sie stellte sich auf Zehenspitzen und drückte ihm einen kurzen Kuss auf die Lippen. Dann schob sie ihre Hände in die hinteren Taschen seiner Jeans und sah erst mit einem Lächeln, dann mit einem Blick zu ihm hinauf, der mich wegsehen ließ. Die beiden waren sowas von verknallt ineinander!

Plötzlich war wieder Louisa in meinen Gedanken. Das Mädchen aus Feuer, das für kurze Zeit mir gehört und mich genauso angesehen hatte. *Machst du das mit Absicht, Paul? Tust du mir mit Absicht weh?*

Dieser Augenblick, als ich ihr mit meinen Worten bewusst das Herz gebrochen hatte und ihre Augen nur noch mattes Blau gewesen waren, ließ sich nicht vergessen – ganz egal, wie viele Frauen ich nach Bowies Geburtstag auch flachgelegt hatte. Jedes Mal fühlte es sich auf eine schmerzhafte Art und Weise falsch an und doch richtig. Keiner von ihnen hatte ich etwas versprochen, hatte meine Absichten von Anfang an offengelegt und mir dann das genommen, was ich brauchte, um zu vergessen. Ich redete mir ein, dass das nun mal das war, was ich immer schon getan hatte.

»Lust auf Pizza?«, fragte ich, als wir allein waren und deutete auf die beiden Pizzen, die Giovanni zu viel gemacht hatte und die immer noch auf dem Dach lagen.

Luca verfrachtete die Kartons auf die Rückbank, setzte sich nach vorn neben mich und überkreuzte die Beine mit den Füßen auf dem Armaturenbrett, so wie immer. Doch dieses Mal fing er sich keine Kopfnuss ein. Zum einen war das nicht mein eigener Wagen, zum anderen konzentrierte ich mich seit dem Unfall zu hundert Prozent auf die Straße vor mir. Gott, dieser Moment, als das Handy mir aus der Hand geflogen und das andere Auto auf mich zugerast war, hatte sich in mein Gedächtnis eingebrannt. Jedes Mal, wenn ich seitdem auf dem Highway gewesen war, hatte sich Unruhe in mir breitgemacht, doch ich wollte das Fahren und die damit verbundene Selbstständigkeit unter keinen Umständen aufgeben. Denn genauso wie meine Joggingrunden durch den Wald waren das Momente der Freiheit.

Ich lenkte das Auto aus Redstone heraus auf den Highway, die gewohnte Strecke Richtung Lake Superior, doch dieses Mal war die Stille zwischen Luca und mir ungewöhnlich laut. Ein Schweigen, das mir fast schon in den Ohren dröhnte. Nach wenigen Minuten machte ich das Radio an, drehte die Musik so laut auf, bis es ohnehin unmöglich war, sich zu unterhalten. Luca wippte mit den Füßen auf dem Armaturenbrett im Rhythmus der Musik, ich tat es mit trommelnden Fingern auf dem Lenkrad.

Den Wagen parkte ich an unserem Platz unter den Tannen. Zu dieser Jahreszeit verirrte sich kaum jemand hierher. Da war nur ein Mann, dick eingepackt mit Mütze und Schal, der in der Ferne mit seinem Hund spazieren ging. Und Luca und ich, die schweigend nebeneinander herliefen, bis zu dem Steg, der wegen der kahlen Bäume schon viel früher zu sehen war als sonst. Die Bretter knarzten unter unseren Schritten, als wir uns ganz am Ende auf das Holz sinken ließen, nebeneinander inmitten des zugefrorenen Sees. Eis glitzerte in der Sonne, und der Blick war frei auf das dunkle Grün der Tannen vor der schneebedeckten Bergkette. Es war so leicht, sich in diesem Anblick zu verlieren, in dieser friedlichen Atmosphäre und dem Versprechen auf Freiheit.

»Was ist los, Paul?«, wollte Luca mit einem Mal wissen.

Ich riss mich von der Aussicht los, und schon wieder lag mir eine sarkastische Erwiderung auf den Lippen, doch ich schluckte sie hinunter. Ich konnte diese unendliche Wut in mir, die das Gefühl der Hilflosigkeit überlagerte, nicht ständig an den Menschen um mich herum auslassen. Vor allem nicht an meinem kleinen Bruder. Ich überging seine Frage also und schob Luca stattdessen einen der beiden Kartons zu. Wahrscheinlich war die Pizza höchstens noch lauwarm, doch das machte nichts.

Luca erzählte mir, dass er in den Ferien eine ganze Woche bei seinem besten Freund geblieben war, weil die Stimmung zu Hause unerträglich gewesen war. Von den Streichen, die sie geplant hatten, und der letzten Probe vor der Aufführung des Wintermusicals. Ich wuschelte ihm durch die Haare und versprach ihm, mich zu melden, auf seine Nachrichten zu antworten und ihn nicht wieder aus meinem Leben auszuschließen. Und ich musste auf meine Spiegelreflexkamera schwören. Dieser schlaue Kerl!

»Ah Mist, fast hätte ich es vergessen«, sagte Luca, als wir wieder im Auto saßen. Er schnappte sich seinen Rucksack, um darin herumzuwühlen. Ein Rascheln, dann ein breites Grinsen, welches sein Gesicht aufhellte, als er mir etwas in die Hand drückte.

»Alter, lass mich das nicht bereuen, okay?«, fügte er noch hinzu, bevor ich einen Blick darauf werfen konnte. »Ich hab echt null Bock auf dumme Sprüche oder so!«

Luca verzog das Gesicht zu einer Grimasse, und ich senkte den Blick auf das, was er mir da gegeben hatte. Zwei schmale Tickets. *New Forreston High – West Side Story. Aufführung des Wintermusicals* stand in schmalen Großbuchstaben darauf.

Ich lachte laut auf, und gleichzeitig fühlte ich eine Wärme in mir, die dort lange nicht mehr gewesen war, weil er mich offensichtlich dabei haben wollte, obwohl die Premiere bereits Anfang des Monats gewesen und ich ihm in den letzten Wochen alles andere als ein guter Bruder gewesen war – das konnte ich in Zukunft wahrscheinlich auch nicht wirklich sein. Was ich aber tun konnte, war, in dieses Musical zu gehen und ihm damit eine Freude zu machen. Meine Eltern waren wahrscheinlich wieder zu beschäftigt, um bei so einer Schulveranstaltung aufzukreuzen. Ein Grund mehr für mich, Luca zuliebe hinzugehen.

»Das lasse ich mir auf keinen Fall entgehen, Kleiner!«, sagte ich und meinte es genau so.

Einem Impuls folgend machte ich mit dem Handy ein Foto und schickte es Trish, weil das genau ihr Ding wäre: Ein Abend an unserer alten Highschool, um mit einem breiten Grinsen durch die Flure zu hüpfen und sich darüber zu freuen, dass sie diesem Ort entkommen war. Ein Abend, um Luca damit aufzuziehen, dass der sich bei seinen Streichen nicht nur hatte erwischen lassen, sondern von Rektor Baker auch noch zur Teilnahme an der Theater AG verdonnert worden war. Und schließlich ein Abend, um sich für wenige Stunden wie in *High School Musical* zu fühlen, auch wenn ich ihre Besessenheit von damals mindestens genauso gern vergessen hätte wie sie mich jedes Mal zum Lachen brachte.

Doch ich hatte keine Ahnung, ob der blonde Zwerg tatsächlich mitkommen würde. Mir war klar, dass ich mich seit Weihnachten auch meiner besten Freundin gegenüber mies verhielt. Trotzdem war es einen Versuch wert. Luca hatte mir heute gezeigt, wie wichtig es war, dass ich ihn, der meine ganze Familie war, hatte. Und so war es auch mit Aiden und Trish. Mein Feuermädchen würde mich irgendwann vergessen. Doch wenn ich neben Louisa auch noch meinen Bruder und meine beiden besten Freunde verlieren würde, hätte ich nichts mehr. Also musste ich mich in Zukunft irgendwie zusammenreißen, denn ich befand mich verdammt kurz vor dem freien Fall. Und weiß Gott: Was hielt einen Menschen – vor allem einen mit so vielen Fehlern wie mich – vor dem Abgrund zurück, wenn er nichts mehr hatte?

Louisa

Mit dem Februar hörte der Schnee auf und machte Platz für den Regen. Und ich fragte mich, ob das schon die *Kevättalvi* war: der Teil des Winters, der noch in den Frühling hineinreichen würde. Mir gefiel der Gedanke einer inoffiziellen fünften Jahreszeit, der Gedanke, eigene

Regeln aufzustellen. Noch mehr aber berührte mich der Klang des finnischen Wortes. Es erschien mir so fremd, fast Teil einer anderen Welt zu sein.

Mit den Händen in den Hosentaschen seiner Jeans lehnte Robbie in der Haustür, als ich auf die Veranda zuging: Die gelbe Farbe des Häuschens wirkte wie eine kleine Sonne inmitten des wolkenverhangenen Himmels, durch den schon den ganzen Tag kein bisschen Licht zu dringen schien.

»Hey, Kleines!« Robbie musterte mich, während er sich mit einer Hand durch den dunklen Vollbart strich. Wie immer schien seinem aufmerksamen Blick nichts zu entgehen, immer bereit, zu reagieren.

»Officer Brown«, sagte ich und nickte ihm zu. Robbies Mundwinkel zuckten. »Oh Gott, ehrlich Lou, wann wirst du endlich aufhören, mich so zu nennen?«, brummte er und umarmte mich.

Ich lachte und schlug ihm leicht auf den Oberarm, weil dieser riesige Kerl mich fast erdrückte. Und trotzdem rastete in diesem Augenblick etwas in mir ein. Bei diesem Mann, der meine Schwester glücklich machte und für mich wie ein großer Bruder war. In einem der Sommer, in denen ich mit heruntergelassenen Fenstern bei ihm im Streifenwagen hatte mitfahren dürfen, hatte ich ihn gefragt, wieso er sich in sie verliebt hatte. Den Blick hatte er weiterhin konzentriert auf die Straße gerichtet, doch da war dieses verschmitzte Grinsen gewesen und keine Sekunde des Zögerns.

»Wie hätte ich mich *nicht* in sie verlieben können?«, war die schlichte Antwort gewesen.

Bis zu diesem Moment hatte ich Angst gehabt, dass er wieder aus Mels und meinem Leben verschwinden würde – doch das hatte er nicht getan. Jahr für Jahr war Robbie da gewesen. Und seit diesem einen Sommer glaubte auch ich ihm, dass er tatsächlich bleiben würde. Für immer.

Mel fand ich in der Küche, die dunklen Locken zu einem wirren Haarknoten zusammengesteckt, der sich bereits zur Hälfte aufgelöst hatte. Geistesabwesend murmelte sie ein *Hallo*, drückte mir einen Kuss auf die Wange und starrte dann wieder in den Ofen hinein, drückte sich die Nase fast an der Scheibe platt.

Mit einem zerknirschten Gesichtsausdruck wandte sie sich schließlich mir zu. »Oh Mann, Lou«, seufzte sie. »Ich wollte Dads legendäres Mac and Cheese für uns machen, weil doch Wochenende ist und ich dir eine Freude machen wollte. Ich war wirklich nur ganz, ganz kurz weg, um den Unterricht für nächste Woche vorzubereiten, und als ich gerade zurückgekommen bin … Denkst du, man kann das noch irgendwie retten?!«

Ich stellte mich neben meine Schwester und öffnete den Ofen. Als mir dichter Rauch entgegenschlug, musste ich erst husten, dann laut lachen. Schnell öffnete ich das Fenster auf der gegenüberliegenden Seite, als der Rauch sich immer weiter auszubreiten begann.

»Nein, Mel«, sagte ich kopfschüttelnd, »ich glaube, das kann man definitiv nicht mehr retten. Das ist so verbrannt, ich könnte nicht einmal sagen, was das überhaupt sein sollte, wenn du es mir nicht gesagt hättest!«

Robbie bot grinsend an, etwas vom Asiaten zu holen. Und während wir auf ihn warteten, deckten wir zusammen den breiten Tisch vor dem Sofa und machten Kerzen an. Wir setzten uns zwischen die bunt gemusterten Kissen einander gegenüber, Fußsohle an Fußsohle, so wie immer. Im Hintergrund lief leise Musik, und ich schloss für einen Moment die Augen, um sie in mir aufzunehmen, die sanfte Melodie mit all den hellen Tönen. Das hier fühlte sich nach Zuhause an. Nein, verbesserte ich mich selbst: Das hier *war* mein Zuhause, eines von zweien.

Mel erzählte mir von einem ihrer Lieblingsschüler, auch wenn sie immer wieder betonte, dass man eigentlich keine haben sollte, und wie sehr sie sich auf die heutige Date Night mit Robbie freute. Seine Eltern hatten Mary schon gestern Abend abgeholt und würden sie erst morgen Nachmittag wieder hierherbringen – die beiden hatten also endlich einmal wieder Zeit füreinander. Und weil ich die Kleine vermisste, nahm ich mir jetzt schon vor, so bald wie möglich wieder herzukommen.

Ich wich Mels Fragen aus, weil ich Angst hatte, dass ich ihr am Ende alles erzählen würde, was sich zwischen Paul und mir abgespielt hatte. Ich wollte ihr gegenüber nicht aussprechen, dass ich Liebeskummer hatte, wollte ihr nicht erzählen, was passiert war. Denn erst in dem Moment, in dem man über die Dinge sprach, gab man ihnen genügend Raum, um endgültig wahr zu werden. In der Sekunde, in der man andere Menschen einweihte, wurden sie zur Realität. Und das würde mein dummes, kaputtes Herz in diesem Augenblick einfach nicht schaffen. Ich litt an Herzschmerz – und ich war selbst schuld daran. Obwohl mir von der ersten Sekunde an bewusst gewesen war, dass sich zu verlieben bedeutete, einen Teil von sich zu verlieren. Und das, wo ich doch schon dieses wirre Puzzle ohne Teile war.

Trish hatte ich nach dem Abend im Heaven zwar in einem ruhigen Moment erzählt, was Paul zu mir gesagt hatte, doch sie tat mir den Gefallen und hatte das Thema die ganze Woche kein einziges Mal angesprochen. Davor hatte sie aber noch die Gelegenheit genutzt, mir ziemlich unschöne Dinge zu schwören, die sie Paul antun würde. Und jedes Mal wenn sie ihn auf dem Campus oder einer Party mit einer anderen Frau sah, musste ich sie davon abhalten, dorthin zu stürmen. Sie daran erinnern, dass sie sich heraushalten wollte.

»Ich hab mir überlegt, Trish in ein paar Literaturkurse zu begleiten«, erzählte ich Mel schließlich. Nur wegen dieses einen Kerls wollte ich nicht aufhören, meine Schwester an meinem Leben teilhaben zu lassen. Und der Gedanke mit den Kursen lag mir am Herzen und nahm immer mehr Form an, seit ich in der *Storylines* zum ersten Mal meine eigenen Worte abgedruckt gesehen hatte. Für diesen Monat hatte ich einen Text über Klassiker geschrieben, die meiner Meinung nach viel zu wenig Beachtung fanden, und ihn Aiden erst heute Morgen per Mail geschickt.

»Oh Gott, endlich!«, sagte Mel sofort, und der Enthusiasmus in ihrer Stimme und ihren blaugrauen Augen brachte mich zum Lächeln. »Ich habe mich sowieso schon die ganze Zeit gefragt, wieso du das nicht von Anfang an gemacht hast.«

Weil ich Angst hatte, dachte ich. Weil Literatur mein ganz eigener Zufluchtsort war, wenn die Welt um mich herum zu zerbrechen drohte.

»Es gibt eine eher allgemein gehaltene Vorlesung zur Literaturgeschichte des 20. Jahrhunderts, die ich mir anschauen wollte«, erzählte ich. »Und Trish besucht da noch eine, die ziemlich cool klingt: *Britische Schauergeschichten des 19. Jahrhunderts*. Ich hab mir online die Literaturliste angesehen und viele der Bücher sowieso schon gelesen. Frankenstein, Dracula oder Das Bildnis des Dorian Gray.« Ich hielt inne und spielte gedankenverloren mit einer Locke, die mir in die Augen gefallen war, ehe ich fortfuhr. »Es ist zwar mitten im Term, und ich kann nicht mehr teilnehmen, aber es kann mir bestimmt helfen, mir einen ersten Eindruck zu verschaffen und herauszufinden, ob ich das wirklich möchte.«

»Ich finde, das klingt nach einer wunderbaren Idee, Lou. Du liebst Literatur so sehr, und wenn es einen Menschen gibt, den ich mir ohne Geschichten nicht vorstellen kann, dann bist das du.« Mel lächelte. »Und das ist ja nicht verbindlich. Die wenigsten legen sich gleich am Anfang auf ein Hauptfach fest, du hast also noch genug Zeit, ein paar Sachen auszuprobieren.« Mel ließ sich tiefer in die bunten Kissen sinken und überkreuzte die Beine. Ein nachdenkliches Flackern huschte über ihre Augen, dann grinste sie breit. »Ich hab sowieso nie verstanden, was du an Mathe findest. Ich meine, gibt es etwas Langweiligeres als Zahlen?«

Ich schnaubte. »Zahlen sind cool«, sagte ich und verschränkte die Arme vor der Brust. »Außerdem hat es etwas echt Befriedigendes, wenn man sich an die Regeln hält und am Ende nach einem langen Lösungsweg auf das richtige Ergebnis kommt.«

»Ich will ja nichts sagen, Schatz«, warf Mel ein, »aber mir würden durchaus effektivere Wege einfallen, um dieses Gefühl der Befriedigung zu erleben. Und das auch noch mit einem viel spaßigeren Lösungsweg!« Sie wackelte mit den Augenbrauen.

»Manchmal frage ich mich wirklich, wer von uns beiden die Ältere ist«, murmelte ich genau in dem Moment, in dem Robbie mit einer Tüte vom Asiaten das Wohnzimmer betrat.

»Ha!«, begrüßte Mel ihn. »Wie aufs Stichwort.«

Und dieses Mal musste ich mitlachen, als das helle Lachen meiner Schwester ertönte.

Robbie setzte sich zu uns, das Essen stellte er auf den Tisch. Mit einem belustigten Ausdruck in den Augen wollte er wissen, wovon wir gesprochen hatten, doch Mel grinste nur in sich hinein und schob sich eine Frühlingsrolle in den Mund. Robbie sah zwischen uns hin und her und lachte dann: »Okay, vielleicht will ich es lieber gar nicht wissen!«

Die beiden erzählten mir von der alten, umgebauten Ranch ein paar Meilen von Redstone entfernt, die sie vor wenigen Tagen als Location für ihre Hochzeit im Sommer zugesagt bekommen hatten. Mel holte extra ihr Handy, um mir Fotos zu zeigen, und Robbie schüttelte belustigt den Kopf, weil sie das scheinbar alle zehn Minuten tat. Ich versprach Mel, ihren Junggesellinnenabschied zu planen, und boxte ihr lachend in die Seite, als sie mit den Lippen lautlos irgendetwas in die Richtung *dein heißer Mitbewohner* und *Striptease* formte. Robbie erzählte, dass einer seiner besten Freunde seinen Junggesellenabschied planen würde und er schon ein mulmiges Gefühl dabei hatte. Mels und mein Mitleid hielten sich jedoch in Grenzen, weil die Jungs einen Trip nach Seattle planten und es allein deshalb grandios werden würde.

»Wie geht es Paul eigentlich? Haben sie ihn entlassen?«, wollte Robbie wissen, als wir mit dem Essen fertig waren und die Sachen in die Küche geräumt hatten. Ich zuckte zusammen. Und als ich nichts erwiderte, fuhr er mit seiner Großer-Bruder-Stimme fort: »Bring ihn das nächste Mal doch einfach mit. Ich muss ja schließlich wissen, wie der Kerl so drauf ist, mit dem du so viel Zeit verbringst, Kleines.«

»Er ist heiß!«, warf Mel grinsend ein, als wäre das alles, was Robbie über ihn wissen musste, und in mir verkrampfte sich alles. »Natürlich bei Weitem nicht so heiß wie du«, ergänzte sie.

Ich bekam noch mit, wie Robbie mit einem tiefen Lachen die Augen verdrehte und ein Kissen nach meiner Schwester schmiss. Wie sie sich kreischend wegduckte, um anschließend zurückzufeuern. Dann verschwamm alles, und ich sah wieder Pauls emotionslosen Gesichtsausdruck vor mir, der mir auch als Erinnerung einen eiskalten Schauer über den Rücken jagte.

Ich liebe dich nicht, Louisa!

Den Paul, dem ich in den vergangenen Wochen begegnet war, brachte ich nicht mit dem Mann zusammen, in den ich mich letztes Jahr Stück für Stück und gleichzeitig Hals über Kopf verliebt hatte. Der Mann, der mir morgens Frühstück machte und mir aus *Die unendliche Geschichte* vorlas, der mit mir zusammen laufen gegangen war, obwohl er ständig auf mich hatte warten müssen, der nicht meine Worte hörte, sondern das, was ich wirklich sagte. Paul mit den bernsteinfarbenen Augen, deren Wärme der größte Kontrast zu all dem Düsteren an ihm gewesen war. Paul mit seinem Grübchenlächeln, hinter dem eine ganze Welt verborgen zu sein schien. Doch inzwischen behandelte er mich, als wäre ich eine Fremde, nicht mehr als die Mitbewohnerin seines besten Freundes. Als wären wir nur zwei Menschen, zufällig gestrandet am gleichen College.

Ohne es jemals ausgesprochen zu haben, wusste ich, dass Aiden Paul aus Rücksicht auf mich nicht mehr mit zu uns in die WG nahm und sich mit ihm entweder außerhalb oder bei Paul in der Wohnung traf. Doch da wir beide mit ihm und Trish befreundet waren, konnte ich ihm nicht ewig aus dem Weg gehen – so sehr ich es mir für den Moment auch gewünscht hätte. Als er sich zu Beginn der Woche einen Kaffee im Firefly geholt hatte, hatte er zwar Hallo gesagt, ansonsten aber durch mich hindurchgesehen. Am Mittwoch hatte ich ihn auf dem Weg zur philosophischen Fakultät mit einem Mädchen an seiner Seite gesehen, die ich aus einer meiner Vorlesungen kannte und eigentlich sympathisch fand. Sie hatte an seinen Lippen gehangen. Am Tag zuvor hatten in *Elementary Linear Algebra* zwei Mädchen hinter mir gesessen, die sich lang und ausführlich über ein Gerücht unterhalten hatten, in dem es um Paul und einen Dreier ging – wahrscheinlich stimmte es nicht einmal, doch trotzdem steckte in allem, was man sich am RSC erzählte, am Ende ein Körnchen Wahrheit. Ich hatte meine Sachen gepackt und mich in eine andere Reihe gesetzt.

Mein Herz sagte mir, dass irgendetwas nicht stimmte, dass Paul mich angelogen hatte. Aber alles andere in mir schrie danach, dass ich wie wahrscheinlich Tausende Frauen vor mir einfach nur auf einen Frauenhelden hereingefallen war. Dass es eben war, wie Paul mir selbst gesagt hatte: Er hatte mich einfach nur *ficken*, mich letztendlich von der ersten Sekunde an einfach nur rumkriegen wollen.

»Lou?« Mel und Robbie sahen mich besorgt an. »Ist alles in Ordnung?«, wollte Robbie wissen und beugte sich ein Stück zu mir nach vorn.

Ich knetete meine Finger unruhig im Schoß, bevor ich tief Luft holte. Schließlich musste ich etwas sagen, bevor die Fragen am Ende noch ins Schwarze trafen. Irgendetwas. »Ich …« In einer fahrigen Bewegung strich ich mir eine vereinzelte Locke aus dem Gesicht. »Ich will gerade wirklich nicht drüber sprechen!«

Ein Blickwechsel zwischen den beiden, so kurz, dass er mir fast schon entgangen wäre. Und für diese wenigen Sekunden sah ich die Eltern in Mel und Robbie. Hatte ein Bild in meinem Kopf, wie Mary den beiden als Teenager so wie ich gerade gegenübersitzen würde, nur dass sie wild und laut diskutieren würde, weil sie deren Entscheidungen nicht nachvollziehen konnte und sich ungerecht behandelt fühlte.

Mel zögerte, nickte schließlich aber und wechselte das Thema. Doch ich sah all die Fragen in ihren blaugrauen Augen, die denen von Dad so ähnlich waren. Und ich wusste, dass es nur eine Frage der Zeit war, bis sie sie mir stellen würde.

Die Sonne war gerade untergegangen, als ich die Tür zur WG aufsperrte und mir mit einem Seufzen die Schuhe von den Füßen streifte. Aus Aidens Zimmer hörte ich die abgehackten, rhythmischen Klänge des Intros von *You* von *Brothers Moving*, eines Songs, der es ihm in den letzten Tagen angetan und aus dem Aiden eine ganz eigene Version gemacht hatte.

Seine Tür stand offen, also schnappte ich mir eine Cola für mich und eine Dose Dr. Pepper für ihn aus dem Kühlschrank und ging zu ihm – ich brauchte dringend einen unserer *Game-of-Thrones*-Abende mit Unmengen an Essen und Popcorn. Oder die Extended Version von einem der *Herr-der-Ringe*-Filme, auch wenn Aiden mir immer noch etwas schuldete, weil er Trish verraten hatte, dass ich immer noch auf Aragorn stand und Viggo Mortensen scheinbar wahnsinnig offensichtlich anschmachtete. Ich brauchte einfach meinen besten Freund.

»I said you«, fing Aiden gerade zu singen an, als ich das Zimmer betrat, »tell me what's on your mind, things that you feel, things that are real. You gotta show me.« Und gegen meinen Willen musste ich darüber lachen, wie er mich dabei trotz des belustigten Funkelns in seinen blauen Augen versuchte, ernst anzusehen, mitten in seinem Zimmer und mit der Gitarre, deren Gurt über seiner linken Schulter spannte.

»Babe, I said you«, sang er und drehte sich mit der Gitarre einmal um die eigene Achse, »Show me what's on your heart. Things that you hide deep down inside, keep us apart.«

»Du bist manchmal so bescheuert, Aiden!«, sagte ich und rollte mit den Augen, während ich mich auf das Sofa fallen ließ.

Lachend verbeugte er sich vor mir, legte die Gitarre auf sein Bett und setzte sich neben mich auf das Sofa. Dankbar griff er nach der Dose und nahm einen Schluck. Dann zuckte er mit den Achseln. »Aber ich hab dich zum Lachen gebracht!« Er stellte die Dose auf den kleinen Tisch und musterte mich abwartend. »Also, was ist los, Lou?«

»Es ist …« *Nichts* wollte ich sagen, doch das wäre eine Lüge gewesen, und Aiden wusste das. Aber was brachte es, wenn ich ihm sagte, wie sehr ich Paul vermisste, wie weh es tat, dass er so offensichtlich weitermachen konnte, als wäre nie etwas zwischen uns gewesen – es würde absolut nichts ändern. Also schwieg ich und trank einen Schluck von meiner Cola.

Aiden und Paul waren sich in vielen Dingen so ähnlich und schienen doch das Negativ des jeweils anderen zu sein. Wie hell und dunkel, zwei Schachfiguren auf gegenüberliegenden Seiten. Aiden war wie Sonnenlicht, und in diesem Moment kam ich nicht umhin festzustellen, dass ein Mensch wie er wohl besser für mein kaputtes Herz wäre. Dass *Aiden* vielleicht besser für mich gewesen wäre. Mit seiner Geduld und seiner sanften Art, mit der Beständigkeit, mit der er immer für mich da war, wenn es darauf ankam.

Und plötzlich wurde die Stille in seinem Zimmer laut. Mein Blick fiel auf diesen Mund, der nicht Pauls war. Ohne Grübchen in den Wangen, ohne den dunklen Bart. Lippen, die sich mit Sicherheit anders anfühlen würden. Langsam stellte ich die Cola ebenfalls auf den Tisch. Mein Herz schlug schneller.

»Lou«, sagte Aiden leise und mit einer Stimme, die dunkel und kratzig zugleich klang. Langsam hob ich den Blick, und ich sah, wie er mich nachdenklich musterte. Tiefes, sanftes Blau. Goldenes Türkis, welches nur sichtbar wurde, wenn ich so nah vor ihm saß.

Dann fiel Aidens Blick auf meinen Mund. Ich schluckte, er tat es auch. Und innerhalb der nächsten Sekunde waren meine Lippen auf seinen, die mich fest und zugleich sanft zurückküssten. Doch ich brauchte mehr. Ich musste etwas spüren. Irgendetwas.

Aidens Hand schob sich in meinen Nacken, zog mich näher an ihn, während ich mich mit meinen Händen in sein Shirt krallte und meine Lippen öffnete. Ein Seufzen. Seine Zunge, die meine traf. Warm und heiß. Seine Finger tief in meinen Locken. So wie Paul es immer getan hatte, seine Hände immer und immer wieder in ihnen vergraben hatte. *Feuerlocken* hatte er sie genannt und mich sein *Feuermädchen*. Das leise, raue Stöhnen, wenn er mich geküsst hatte. Der Hunger in seinen Bernsteinaugen. Das Grübchen, sobald dieses rätselhafte Lächeln seine Lippen umspielt hatte. Die sichelförmige Narbe an seiner Schläfe. Wie er es jedes Mal geschafft hatte, mich mit einem einzelnen Blick und der Berührung seiner Lippen so sehr um den Verstand zu bringen wie mit seinen Worten und Gedanken zu dieser Welt.

Ich rutschte noch näher an Aiden heran, schlang meine Arme um seinen Hals und presste mich gegen ihn. Ich wollte mehr, nein, ich *brauchte* mehr, um diese Gedanken in mir auszulöschen. Er berührte mich so viel vorsichtiger als Paul – doch genau diese wilde Art war das, was ich brauchte, um zu vergessen!

Und erst in diesem Moment brachen alle Gefühle über mich herein, ungefiltert und auf einmal. Ich stand in Flammen und mein Herz brannte. Wie hatte ich zulassen können, dass ich mich in diesen Kerl mit dem Sturm in den Augen, der mir von Anfang Warnung genug hätte sein sollen, verliebt hatte? Wie hatte ich zulassen können, dass ich begonnen hatte, ihm erst mein Herz zu schenken und ihn dann zu lieben?

Du willst es einfach nicht kapieren, oder? Das mit uns ist vorbei!
Aidens fester Griff in meinen Haaren.
Du rennst mir hinterher wie all die anderen Tussen auch.
Meine Zunge, die sich um seine bewegte.
Lass mich verdammt nochmal endlich in Ruhe!
Warme Haut und Muskeln unter Aidens Shirt, aber nicht Paul. Keine Unebenheit von schwarzer Tinte unter meinen Händen. Das war

108

nicht Paul, ganz egal, welche Kreise meine Finger auch zogen, egal wie tief sie wanderten.

Ich liebe dich nicht, Louisa.

Ein Rascheln, ein dumpfer Laut und plötzlich lag ich unter Aiden, hatte ihn mit mir gezogen, doch die Funken waren nicht da.

Fuck, ich habe dich nie geliebt!

Meine Hände irgendwo im Blond seiner Haare, seine Arme links und rechts neben meinem Kopf abgestützt. Das Gewicht seines Körpers drückte mich tiefer in die Polster hinein, und für einen Augenblick und schnell atmend lösten wir uns voneinander. Helles Blau statt dunkles Braun. Ein verwirrter Blick, den ich ignorierte. Und im nächsten Moment zog ich Aiden wieder an mich, legte ein Bein um seine Hüften. Verzweifelter, drängender. Ich wollte vergessen, es gab so viel zu vergessen.

Fuck, ich habe dich nie geliebt!

Ich.

Habe.

Dich.

Nie.

Geliebt.

»Hey, Lou!« Von weit weg drang Aidens Stimme zu mir durch, doch ich ignorierte die Sorge, die darin mitschwang. Es war, als wäre ich sehenden Auges und bei vollem Bewusstsein ertrunken, würde am Grund eines Ozeans liegen, mit Wasser, das mich kalt und schwer nach unten drückte, irgendwo vergessen inmitten tosender Wellen.

»Lou!« Bestimmt legten sich Aidens Hände um mein Gesicht, und langsam schlug ich die Augen auf.

»Lou, du weinst ja!« Er setzte sich auf, zog mich nach oben. Seine Hände waren wieder an meinen Wangen, zogen sanfte und beruhigende Kreise. Und da erst bemerkte ich, wie mir tatsächlich Tränen über das Gesicht liefen. Völlig lautlos und doch unaufhaltsam.

Und dann drang langsam zu mir durch, was ich getan hatte: Aiden geküsst, mich förmlich auf ihn gestürzt. Dabei empfand ich gar nichts für ihn, zumindest nicht das, was ich fühlen sollte, wenn ich ihn küsste. Aiden war mein sicherer Ort, aber eben nicht auf *diese* Art.

Langsam hob ich den Blick, und in seinen blauen Augen war einfach nur Verständnis. »Komm her«, murmelte er und zog mich in seine Arme, sein Kinn auf meinen Locken, meine Wange an seiner Brust. Erneut krallte ich meine Hände in sein Shirt. Dieses Mal, weil ich mich irgendwo festhalten musste, nicht weil er mich berühren und vergessen lassen sollte. Ich weinte und weinte. Nicht mehr still und leise, sondern laut und unendlich. Und in sanften Bewegungen begann Aiden, mir über meine Haare zu streichen, ließ mich einfach weinen, obwohl meine Wimperntusche dunkle Flecken auf seinem Shirt hinterließ.

Ich wusste nicht, wie lange wir so dasaßen, doch irgendwann brannten meine Augen nicht mehr.

»Es ist okay, ihn zu vermissen«, sagte er leise. »Und es ist okay, dass das alles verdammt wehtut und man denkt, dass es niemals besser wird. Glaub mir, ich kenne dieses Gefühl gut. Leider.«

»Ist es auch okay, so bescheuerte Dinge zu tun, wie seinen besten Freund zu küssen?«, sagte ich noch leiser.

»Es kratzt zwar an meinem Ego, dass ich dich beim Rumknutschen zum Weinen bringe, aber ansonsten ist auch das völlig okay. Sowas passiert eben«, sagte Aiden und zuckte mit den Schultern, eines dieser für ihn typischen verschmitzten Lächeln auf den Lippen.

»Okay«, flüsterte ich.

»Okay«, wiederholte er und hielt mich weiter fest. »Außerdem kann ich damit jetzt vor Landon angeben, weißt du! Also mit dem Teil, der vor dem Weinen passiert ist, den anderen lasse ich lieber weg.«

»Du bist ein Idiot«, murmelte ich an dem Stoff seines Shirts, doch Aiden lachte nur.

»Lou?«

»Hmm?«

»Du weißt, dass ich Paul die Nase brechen würde, weil er dir das Herz gebrochen hat, oder?«

Trotz dieser absurden Situation musste ich leise lachen. Vielleicht aber auch gerade deswegen.

»Ich weiß, Aiden«, sagte ich, »Aber du brauchst deine Hand zum Gitarre spielen! Was ist sonst mit den ganzen Mädchen, die den Sänger von *Goodbye April* schon seit einer Ewigkeit anschmachten und unbedingt mit ihm rumknutschen wollen?«

Aidens Grinsen wurde breiter, als er die Arme hinter dem Kopf verschränkte. »Ach, Lou, zum Glück wohnen wir zusammen. Du hast also genug Zeit, mein gerade zerstörtes Ego mit genau solchen Sätzen Stück für Stück wieder zusammenzusetzen.«

Hireath

7. KAPITEL

Paul

Zwischen Flammen und Feuersturm schrie ich Louisas Namen, immer und immer wieder. Erdrückende Angst schnürte mir die Kehle zu, weil ich sie inmitten des dunklen Rauchs nicht ausmachen konnte. Ich tastete um mich, bekam sie aber nicht zu fassen. Das erschütternde Geräusch einer Explosion und darauffolgende Stille, die nur von meinen panischen Rufen unterbrochen wurde. Doch Louisa war weg, und zurück blieben nur das Feuer und ich.

Es war mein eigener, lauter Schrei, der mich hochschrecken ließ – mitten hinein in die Wirklichkeit, hinein in den Montag und eine neue Woche. Ich war schweißgebadet und rang verzweifelt nach Luft, während mein Herz wie wild gegen meine Rippen hämmerte. Ein lautes Pochen, das mir in den Ohren rauschte. Nur langsam sickerte die Tatsache, dass das nur ein beschissener Traum gewesen war, zu mir durch. Doch die Bilder brannten auf meiner Netzhaut, waren übermächtige Schatten, die nicht verschwinden wollten. Es war dieser wiederkehrende Albtraum, in dem sich meine Erinnerungen mit meinen größten Ängsten vermischten, die Vergangenheit mit der Gegenwart.

Die Bilder verfolgten mich noch, als ich mich wenig später aus dem Bett quälte und unter die Dusche stellte. Ich drehte das Wasser eiskalt auf und hielt mein Gesicht direkt unter den Duschkopf. Und je länger das eisige Wasser auf meine Haut prasselte, desto mehr vertrieb die Kälte die Erinnerungen an die Nacht voller Albträume. Das Gefühl der Leere aber blieb während des restlichen Tages: Es war da, als ich mir im Firefly vor meiner ersten Vorlesung einen Kaffee holte und kurz mit

Trish sprach, als ich mich mit Luke vor unserem Hörsaal traf. Es war da, als ich Louisa mit einem Buch in der einen und einem Becher Kaffee in der anderen auf den Stufen vor dem Mathe-Gebäude sitzen sah. Ihre Lippen bewegten sich, als würde sie den Text leise mitlesen. Und es blieb. Auch als ich Fotos von diesem neuen Café in Redstone machte, das sich kurzfristig bei mir gemeldet hatte. The Bean brauchte Bilder für die Website. Und trotz des Zusammenspiels all der geometrischen Formen, Hell und Dunkel und dem vielen Grün der Pflanzen – etwas, das mir viele Möglichkeiten und Freiheiten gab – fühlte ich mich unfassbar leer.

Erst als ich mich am frühen Abend mit Trish traf, um zusammen nach New Forreston zu unserer alten Highschool zu fahren, verblasste das Gefühl langsam, auch wenn es nicht völlig verschwand. Tatsächlich freute ich mich darauf, Luca und Katie zu sehen. Ich würde zwar einen Teufel tun und das zugeben, doch ich war heilfroh, dass mein kleiner Bruder vorletzte Woche deutlich mehr Eier als ich gehabt und nicht locker gelassen hatte. Ich hatte mir fest vorgenommen, dass wir uns wieder regelmäßig sahen, weil er nichts für meine verdammten Fehler konnte.

Die Stimmung zwischen Trish und mir war zuerst angespannt. Natürlich ahnte ich, wieso sie sich mir gegenüber so abweisend verhielt, doch nach einem wiederholten Seitenblick fragte ich nach, was los sei. Und sie ließ mich knapp wissen, dass sie nur wegen Luca mitfuhr und sie sauer auf mich war, weil sie einfach nicht verstehen konnte, wieso ich mich Louisa gegenüber so verletzend verhielt. Ich nickte, sagte aber nichts, denn was hätte ich auch sagen sollen?

Als ich diesen furchtbaren Song aus *High School Musical* anmachte, den Trish so liebte, taute sie langsam auf. *We're All In This Together*, sang sie lauthals mit und brachte mich mit ihrer unbeschwerten Art zum Lächeln. Der blonde Zwerg war niedlich, auch wenn ich das mit keinem Wort erwähnte und stattdessen nur die Augen verdrehte. Während der

Aufführung von *West Side Story* starrte Trish durchgehend wie gebannt auf die Bühne und drückte Luca danach überschwänglich an sich, als wir uns nach der Aufführung draußen mit ihm trafen. Er wurde knallrot, als sie ihm immer wieder versicherte, dass er großartig gewesen sei. Ich selbst hatte sowieso schon länger die Vermutung, dass Luca die Theater AG gar nicht so übel fand, wie er uns alle immer glauben lassen wollte – und das nicht nur wegen Katie. Er war wirklich ziemlich gut, zumindest soweit ich das beurteilen konnte.

Wir gingen zusammen zu dem Café um die Ecke, in dem es auch um diese Zeit noch die besten Waffeln gab. Katie, Luca, Trish und ich. Es war fast wie eine Reise in die Vergangenheit, in die Zeit, in der ich hier unzählige Stunden mit Aiden und Trish verbracht hatte. Und obwohl ich diese Dunkelheit in mir trug, meine Schatten und Dämonen ständig präsent waren, diese schmerzende Wahrheit, die ich zu keinem Zeitpunkt vergessen konnte, stellte ich überrascht fest, dass ich nicht zurückwollte. Während die anderen sich konzentriert über die Karten beugten und anschließend diskutierten, wer was bestellen sollte, damit wir möglichst viel probieren konnten, durchzuckte mich einen Wimpernschlag lang dieser eine Gedanke: War das Gefühl von Glück, das ich für einen kurzen Moment mit Louisa empfunden hatte, nicht besser als gar keins? War das nach diesem Unfall an Weihnachten letztendlich nicht sogar viel mehr gewesen, als ich mir jemals für mich und mein Leben hätte vorstellen können?

Zurück in der WG setzten wir uns zu Isaac, Bowie und Taylor ins Wohnzimmer. Sie sahen sich einen Film an und aßen *Reese's Peanut Butter Cups* und Unmengen Chips. Wir blieben ewig wach, die anderen schienen einfach nur aufgedreht zu sein, ich hingegen wusste, welche Bilder mich erwarteten, sobald ich versuchen würde zu schlafen. Sobald ich nur die Augen schloss. Irgendwann schlief erst Trish gegen mich gelehnt ein, dann Bowie mit dem Kopf in ihrem Schoß. Es wurde immer später, und als der Abspann von *The Big Lebowski* über den Fernseher flimmerte, verabschiedete Taylor sich ins Bett, wenig später Isaac. Aber aus irgendeinem Grund wollte ich Trish und Bowie nicht wecken. Vielleicht weil sie so süß aussahen, wie sie ineinander verschlungen und halb auf mir lagen, vielleicht weil die Nähe der beiden mich auf irgendeine verlorene Art tröstete. Der blonde Zwerg und seine Freundin – das waren die einzigen beiden Frauen, deren Nähe ich tatsächlich ertrug. Die Art Nähe, die nichts mit bloßem Sex zu tun hat. Vorsichtig und ohne Trish zu wecken, die immer noch auf meinem Arm lag, rutschte ich vom Sofa und holte eine Decke aus meinem Zimmer und breitete sie über den beiden aus. Einem spontanen Impuls folgend ging ich noch einmal zurück, um meine Polaroid-Kamera zu holen. Ein leises Klicken. Ich lächelte, als ich diesen eingefangenen Moment an der Wand zwischen Taylors und meinem Zimmer zu all den anderen Bildern pinnte.

Kurz blieb mein Blick an dem Foto hängen, das ich kurz vor Weihnachten von Louisa gemacht hatte. An dem Tag, an dem ich das erste Mal mit ihr geschlafen hatte. Mit dem Daumen strich ich über diese in einem verdammten Quadrat gefangene Erinnerung. Das ehrliche Lachen und das Leuchten in ihren Augen, während sie die Schüssel mit dem Plätzchenteig auf ihren Oberschenkeln balancierte und von ihrem ersten Vanillekipferl abbiss. Einzelne Locken hatten sich aus ihrem Haarknoten gelöst und fielen auf ihre geröteten Wangen.

Vor zwei Monaten noch hatte sie mich tatsächlich dazu gebracht zu denken, dass meine Vergangenheit keine Rolle spielen würde, dass der Mensch, der ich heute war, alles von Bedeutung war. Und jetzt hatte meine Vergangenheit mich auf die schlimmstmögliche Art eingeholt, die ich mir nicht einmal in den Albträumen, die mich seit Weihnachten wieder in den meisten Nächten wachhielten, hätte vorstellen können.

Zurück auf dem Sofa rutschte Trish mit einem Seufzen näher an mich heran, und ich legte den Arm um sie, weil es so bequemer war. Und dann irgendwo zwischen Tag und Nacht und der Quasi-Nähe dieser zwei

Mädchen, zwischen bittersüßen und vor allem schmerzhaften Erinnerungen und verdammten Wahrheiten, tat ich etwas verflucht Dummes: Ich entsperrte mein Handy, tippte auf den Chatverlauf mit Louisa und starrte auf diese eine Nachricht: *Nächte sind unser Ding.* Einen atemlosen Augenblick blickte ich noch auf das Display und diese vier Wörter, dann begann ich zu tippen. Senden, ohne weiter darüber nachzudenken. Nicht die eine große Wahrheit, aber eine kleinere, absolut ehrliche:

Ich denke an dich.

Louisa

Meine Hände zitterten, als mitten in der Nacht mein Handy vibrierte und Pauls Name auf dem Bildschirm aufleuchtete.

Erst nach und nach erschloss sich mir die Bedeutung seiner Worte voll und ganz. Vier Wörter, die aus dem vollkommenem Nichts gekommen waren. Und mit ihnen kam die Wut. Erst langsam, dann ein heißes und brennendes Gefühl, das durch meine Venen floss.

Was fiel Paul ein? Was dachte er sich, so mit mir umzuspringen? Er hatte mich benutzt, mich zu seinem Spielzeug gemacht. Und trotzdem versuchte ich, ohne ihn weiterzumachen, auch wenn ich mich immer noch Tag für Tag fragte, wieso er mich verlassen hatte. Wieso er mir gesagt hatte, dass ich nie mehr als ein *Fick* für ihn gewesen war. Hatte er überhaupt eine Ahnung davon, wie weh das tat? Wie unerträglich der Gedanke war, dass ich mehr in ihm gesehen hatte, als er gewesen war? Dass ich vermutlich nur das gesehen hatte, wonach ich mich weit hinter meinen Mauern gesehnt hatte?

Als ich am Mittwoch nach meiner letzten Vorlesung über den Campus Richtung Firefly lief, weil ich dort vor Beginn meiner Schicht mit Trish und Bowie zum Kaffeetrinken verabredet war, kreisten meine

Gedanken um Pauls Nachricht. Immer wenn ich dachte, ich könnte ihn zumindest ein kleines bisschen mehr vergessen, tat er irgendetwas, das für den Bruchteil einer Sekunde diesen Hoffnungsschimmer schürte – ganz tief versteckt in mir. Ich wusste nicht einmal, ob ich nach seinem Verhalten noch bereit wäre, ihm eine Chance zu geben. Aber wenn es einen anderen Grund für das Ende zwischen uns geben würde, als dass ich ihm nie etwas bedeutet hatte, würde es zumindest ein bisschen weniger wehtun.

Obwohl inzwischen schon Mitte Februar war, hingen immer noch die Lichterketten von Weihnachten in der Fensterfront des Firefly. Kleine Glühwürmchen, die selbst jetzt bei Tageslicht leuchteten und den Raum hinter dem Glas mit den chaotisch angeordneten Tischen aus dunklem Holz und den Samtsesseln vor der rot gestrichenen Wand warm und einladend aussehen ließ. Doch als ich die Valentinstagsdeko bemerkte, die noch niemand abgenommen hatte, seufzte ich.

Gerade als ich meine Hand an die Klinke legen und die Tür öffnen wollte, schwang diese begleitet von dem typischen Bimmeln von innen auf. Ausgerechnet Paul trat nach draußen, in der einen Hand eine Schachtel Zigaretten, in der anderen einen Becher mit dem Logo des Fireflys darauf. *Ich denke an dich*, hallte es in meinem Kopf wider.

Und der Mann mit dem Sturm in den Augen … er ignorierte mich einfach. Seine wie immer selbstsicheren Schritte führten direkt an mir vorbei, ich hätte meine Hand ausstrecken und ihn berühren können. Doch Paul sah mich, ohne mich zu sehen. Mir wurde eiskalt. Diese Nachricht hatte keinerlei Bedeutung gehabt. In mir zog sich alles schmerzhaft zusammen bei dem Gedanken daran, dass Paul vor drei Tagen wahrscheinlich nur Lust auf unverbindlichen Sex gehabt hatte – mehr war ich scheinbar nie gewesen.

»Mensch, Lou, wo bist du denn mit deinen Gedanken«, beschwerte Trish sich, die plötzlich direkt vor mir stand. Völlig gedankenversunken hatte ich das Firefly betreten, war dann aber direkt an der Tür stehen geblieben. »Bowie und ich haben dich schon zigmal gerufen. Wir sitzen direkt da hinten in der Ecke!« Ich folgte ihrem Blick und entdeckte Bowie an dem Tisch direkt vor dem großen grünen Sofa, direkt vor ihr zwei große Kaffeetassen und ein aufgeklappter Laptop. Sie hob die Hand und winkte mir zu, doch ich reagierte nicht.

Und dann passierte es einfach: Ich brach in Tränen aus. Mitten im Firefly vor all diesen Menschen, die ich zum größten Teil nicht einmal kannte. Erschrocken blickte Trish mich an, zog mich in der nächsten Sekunde aber schon entschlossen hinter sich her. Vorbei an der Theke, an der Madison uns verwirrt hinterher sah, rechts abbiegen neben Brians Büro und dann wir beide allein in dem Mitarbeiterraum mit dem grellen Licht und dem abgewetzten Sofa. Die Mischung aus sanfter Musik und Gesprächen schien hier hinten weit weg zu sein, war nicht mehr als ein Hintergrundsummen.

»Mann, scheiße!«, fluchte ich laut, dann schniefte ich. Und erneut flossen mir die Tränen über die Wangen. Warm und heiß. »Scheiße, scheiße, scheiße. Ich bin für ihn einfach nur eine verdammte Nummer gewesen, Trish!« Verzweifelt vergrub ich meine Hände in meinen Locken und stöhnte laut auf. »Ich hasse das so. Ich hasse es, dass ich so unfassbar traurig bin und ihn nicht vergessen kann. Dass ein Teil von mir immer noch auf der Suche nach einer Entschuldigung für ihn und sein Verhalten ist, wobei es dafür einfach keine gute Erklärung geben kann. Und das alles wegen eines Kerls. Ich bin nicht ...« Ich zögerte und fuhr mit den Händen auf der Suche nach einem passenden Wort durch die Luft. »Ich bin nicht ... *so*«, fügte ich leiser hinzu und ließ mich auf das Sofa fallen.

Trish nahm meine Hände in ihre und ging vor mir in die Hocke, dann sah sie zu mir hinauf. »Bevor ich Bowie kennengelernt habe, war ich immer eine starke Person mit großer Klappe, die ganz genau wusste, was sie will und auch immer dafür eingestanden ist. Wenn mir ein Mensch nicht gut getan hat, habe ich mich ganz bewusst dagegen entschieden.

Und als ich wegen ihr das erste Mal Liebeskummer hatte, weil ich dachte, dass sie für mich nicht das Gleiche empfindet, war ich auf einmal anders. Ich hatte das Gefühl, plötzlich jemandem hinterherzurennen, nicht für das zu kämpfen, was ich will und was mir guttut«, sagte Trish sanft. »Was ich damit eigentlich sagen will, ist, dass niemand von uns *so* ist, bis da dieser eine Mensch kommt, der plötzlich etwas in uns berührt. Und es ist völlig in Ordnung, sich deswegen schwach zu fühlen.«

Ganz langsam nickte ich, versuchte all die restlichen heißen Tränen zurückzuhalten, die immer noch in meinen brennenden Augen schwammen. Und als Trish kurz vorn verschwand und mit einer Packung Taschentücher und einer Tasse heißer Schokolade mit Sahne zurückkehrte, nahm ich beides dankbar entgegen. Erst wischte ich mir die Tränen weg, dann zog ich die Knie an und balancierte die dampfende Tasse zwischen ihnen und meinen Händen.

»Ich hab Aiden geküsst«, platze es aus mir heraus, und ich stöhnte auf und begann erst, zu lachen, dann wieder zu weinen. Meine Gefühle waren ein Chaos, mein Verhalten war es ebenso.

Irritiert sah Trish mich an.

»Ich habe Aiden geküsst, weil ... keine Ahnung, weil er mir so wichtig ist und meine Sehnsucht nach Paul einfach nicht weniger zu werden scheint ... und weil ich für eine Sekunde vielleicht gedacht habe, dass alles so einfach sein könnte, wenn einfach Aiden und ich uns ineinander verliebt hätten.« Ich nippte an meiner heißen Schokolade und leckte mir die Sahne von den Lippen. Die Wärme breitete sich in mir aus. Ich hielt einen Moment inne, dachte über meine eigenen Worte nach, die so viel wahrer waren, als es mir zunächst bewusst gewesen war. Aiden und ich – das wäre so unkompliziert, obwohl wir Mitbewohner und Freunde waren. Weil er es mir mit seiner Art von Anfang an so leicht gemacht hatte.

»Aber ihr habt euch nicht verliebt«, stellte Trish fest und ließ sich neben mich aufs Sofa fallen.

»Nein, das haben wir nicht«, sagte ich leise und lehnte mich gegen sie, als sie den Arm um mich legte. »Vielleicht wenn es diese Frau nicht geben würde, an die Aiden immer noch ständig denkt. Vielleicht wenn es Paul nie gegeben hätte und die Art, wie er mein Leben durcheinandergewirbelt hat, erst auf eine gute und dann auf eine ziemlich beschissene Art!«

»Und ...«, sagte Trish gedehnt, bevor ihre Lippen sich zu einem listigen Grinsen verzogen, »... was für eine Art Kuss war das? So ein unschuldiges Küsschen oder einer mit vollem Körpereinsatz und deinen Händen unter seinem Shirt? Und die wichtigste Frage: Mit wem war es heißer? Ich meine, du befindest dich gerade echt in einer krassen Position, und mindestens der halbe Campus würde jetzt gerne in deiner Haut stecken.« Sie machte eine dramatische Pause und senkte dann die Stimme: »Louisa Davis. Die Frau, die mit Paul Berger *und* Aiden Cassel rumgemacht hat.«

Ich boxte ihr in die Seite. Tatsächlich musste ich lachen, obwohl da immer noch die Tränen auf meinen Wangen waren. Es gab keinen Menschen wie Trish, dem ich meine Gedanken auf diese Art offenbaren, der gleichzeitig das Richtige sagen und mich im nächsten Moment zum Lachen bringen konnte.

»Kein Wort zu Mel!«, ermahnte ich sie. »Die lässt mich mit dem Thema sonst nie in Ruhe!«

»Ja, weil ein Teil von ihr voll auf Aiden abfährt«, lachte Trish. Dann seufzte sie, die grauen Augen auf mich gerichtet. Und wir wurden beide wieder ernst.

»Weißt du, ich dachte, ich hätte das einigermaßen im Griff«, sagte ich und schloss die Finger fester um die Tasse. »Ich versuche, nicht zu Hause zu sitzen, Eis in mich reinzuschaufeln und mir einen Film nach dem nächsten anzusehen. Ich gehe in meine Kurse, lerne, mache mein ganzes Zeug, gehe zur Arbeit. Ich will mich nicht mehr verkriechen, wenn etwas in meinem Leben nicht nach Plan läuft.« Diese Zeit hatte ich hinter mir – so hoffte ich zumindest.

»Wofür ich dich wirklich bewundere, Lou«, grinste Trish jetzt. »Bei meinem letzten Liebeskummer hab ich völlig klischeehaft tonnenweise Eis gefuttert und dabei *Tatsächlich Liebe* in Dauerschleife angesehen. Was richtig dumm war, weil dieser Film am Ende sowieso alles noch viel schlimmer macht. Ich habe also nur noch mehr geweint, und am Ende war mir von dem Eis wahnsinnig schlecht.«

»Man muss in solchen Momenten ja theoretisch auch die richtigen Liebesfilme anschauen«, warf ich ein und rieb mir mit einer Hand über die brennenden Augen, »Die dürfen nicht zu traurig sein, aber auch nicht zu fröhlich. Ersteres macht wirklich alles nur noch schlimmer, und man fühlt sich in seinem Leid bestätigt, Letzteres macht einen wütend, weil andere glücklich sind. Und insgeheim möchte man in solchen Momenten doch, dass alle so sehr leiden wie man selbst!«

»Aber wenn ein Liebesfilm nicht unheimlich traurig ist oder wahnsinnig gut endet, wo bleibt denn dann das Drama und der Herzschmerz? Und die Hoffnung, dass alles wieder gut wird?«

»Eben!« Ich grinste. »Deshalb gehören wir beide zu der Kategorie Mensch, die sich solche Zwischenfilme nicht ansehen, sondern sich lieber selbst quälen!«

»Okay«, stimmte Trish mir schließlich zu, »aber manchmal kann es auch echt toll sein, sich in seinem Leid zu suhlen, zumindest für eine gewisse Zeit. Und die Welt ein bisschen zu hassen. Alternativ kann man natürlich auch mit seinem heißen Mitbewohner rummachen«, ergänzte sie und zwinkerte mir zu.

Ich verdrehte die Augen. »Wieso genau erzähle ich dir eigentlich Dinge aus meinem Leben?«

»Weil das mit uns beiden Liebe auf den ersten Blick war, als ich dir im September deinen Schokoladenkuchen an den Tisch gebracht und dir einen Job angeboten habe!«

»So ein Blödsinn! Aiden hat dich auf mich angesetzt, dieser Moment hatte also absolut nichts Magisches an sich.«

Trish zog die Augenbrauen in die Höhe. »Du willst mir allen Ernstes erzählen, dass dieser Moment im Firefly null magisch war? Ausgerechnet du, die überall ein Stückchen Magie sieht?«

»Okay«, sagte ich gedehnt, »vielleicht war es ein klitzekleines bisschen magisch! Ein *winziger* Funken Magie! Ganz, ganz klein!«

Trish lachte, dann verfielen wir in Schweigen. Da waren nur die Musik und die Gesprächsfetzen, die leise und gedämpft zu uns nach hinten drangen. Und irgendwann, weil ich ihr sowieso schon so gut wie alles erzählt hatte, zeigte ich ihr die paar Worte, die Paul mir vor wenigen Tagen geschrieben hatte. Bisher hatte Trish ihr Bestes gegeben, sich möglichst rauszuhalten, auch wenn ich natürlich merkte, dass sie Pauls Verhalten mindestens genauso wenig verstand wie ich, und sie das mir gegenüber auch deutlich zum Ausdruck brachte – doch als ich ihr jetzt mein Handy unter die Nase hielt, erlebte ich sie zum ersten Mal tatsächlich ... wütend.

»Das kann jetzt echt unmöglich sein Ernst sein. Wieso schreibt er dir sowas?!«

»Ich meine, das ist der allererste Versuch, mit mir zu reden, seit er wieder hier ist. Und ganz ehrlich: Er kann doch nicht mit mir Schluss machen, ohne wirklich Schluss zu machen, wochenlang durch mich hindurchsehen, während er mit was weiß ich wie vielen Frauen etwas am Laufen hat, und dann so dreist sein und mir aus dem Nichts *so etwas* schreiben«, sagte ich aufgebracht und hielt inne, weil meine Stimme von Wort zu Wort lauter geworden war. »Gerade eben vor dem Firefly, da ...« Ich seufzte und gab es auf, eine Erklärung für etwas zu finden, für das es schlicht und einfach keine zu geben schien. Das war nicht meine Aufgabe. Wenn überhaupt, dann war es seine, das wurde mir von Tag zu Tag bewusster.

Im nächsten Moment nahm Trish mir das Handy aus der Hand und fing mit einem unschuldigen Lächeln an, zu tippen, bevor ich überhaupt protestieren konnte. Ich riss ihr das Handy wieder aus der Hand und starrte auf das, was sie geschrieben hatte. Das, was sie auch abgeschickt hatte.

Fick dich, Paul!

Während meiner Schicht war ich nicht nur nicht ganz bei der Sache, sondern völlig unkonzentriert. Bowie und Trish waren noch eine Weile zum Lernen geblieben, nach einer Stunde hatte ich die beiden geistesabwesend verabschiedet. Ich brachte Bestellungen durcheinander, arbeitete zu langsam und musste insgesamt dreimal einen Latte Macciato komplett neu machen, weil ich die hohen Gläser noch hinter der Theke umstieß und sich aus Milch und Espresso innerhalb weniger Sekunden eine große Pfütze bildete. Denn während meine Hände alles automatisch taten, waren meine Gedanken ganz woanders. Bei dem Kuss mit Aiden, den er ganz eindeutig erwidert hatte, der jedoch wirklich nichts bedeutete. Bei der Nachricht, die Paul mir geschrieben hatte. Bei meiner Mom, der ich kurz vor Weihnachten versprochen hatte, mich zu melden, mich bis jetzt aber nicht getraut hatte. Immer wieder hatte ich die wenigen Zeilen gelesen, den aus lediglich zwei Nachrichten bestehenden Chatverlauf aber jedes Mal wieder geschlossen. Sie hatte mich im Stich gelassen an dem Tag, an dem Dad gestorben war, und seitdem nicht mehr damit aufgehört. Inzwischen konnte ich den Gedanken an sie zwar zulassen, aber ich war mir nicht sicher, ob ich zu einer Konfrontation tatsächlich bereit war. Dann war da die verpatzte Prüfung in Probability Theory und der Redaktionsschluss der *Storylines*, der eigentlich heute gewesen wäre. Ich hatte einen Text über Romane geschrieben, die aus verschiedenen Gründen verrufen sind, sich meiner Meinung nach aber definitiv lohnen. Doch irgendetwas schien sich jedes Mal falsch anzufühlen, selbst als ich einzelne Passagen überarbeitet und den Artikel im Aufbau geändert hatte. Und schließlich das Gespräch mit Trish.

Sie hatte mir die Wahrheit gesagt, die ich so dringend hatte hören müssen: Paul war dieser eine erste Mensch gewesen, der etwas in mir berührt hatte, und dass ich ihn trotz seines verletzenden Verhaltens vermisste, war völlig in Ordnung. Auch, dass ich bis zum Rand voll war mit Gefühlen, die nicht zusammenpassten, allen voran Sehnsucht und Wut. Sogar mit der Nachricht, die sie an Paul geschickt hatte, hatte sie letztendlich recht gehabt. Doch mit einer Sache lag Trish falsch: Ich hatte keinen Liebeskummer, ich litt vielmehr an *Hiraeth*. So weich und schnell, wie einem das walisische Wort über die Lippen kam, so hart und schwer und vor allem wahr war dessen Bedeutung. Es ging um Heimweh nach einem Zuhause, zu dem man niemals zurückkehren konnte, ein Zuhause, welches rückblickend vielleicht doch nie eines gewesen war – so wie der Mann mit dem Sturm in den Augen. *Hiraeth* war eine Mischung aus Nostalgie, Sehnsucht und Trauer für die verlorenen Dinge unserer Vergangenheit. Und weil es das war, was den Empfindungen in mir am nächsten kam, schrieb ich es in einem ruhigen Moment an den Tresen gelehnt in mein Notizbuch. Buchstabe für Buchstabe und im letzten Licht des Tages, das die rot gestrichenen Wände leuchten ließ.

Paul

Nachdem ich mir zwischen zwei Vorlesungen einen Kaffee im Firefly geholt hatte und dabei beinahe in Louisa hineingelaufen war, hatte ich den letzten Kurs des Tages hinter mich gebracht. Ich hatte mich so schnell an ihr vorbeigeschoben, dass ich ihr nicht ins Gesicht hatte sehen müssen, nicht in ihre Ozeanaugen unter dunklen Wimpern. Ich wollte nicht wissen, wie sie mich ansehen würde, nachdem ich ihr in diesem Moment der Schwäche geschrieben hatte, dass ich an sie dachte. Ich wusste, dass das ein Fehler gewesen war. Wusste es nur zu gut.

Ich sperrte die Tür zur WG auf, nickte Taylor zu, der auf dem Sofa saß und zockte, und steuerte dann direkt mein Zimmer an, um mich umzuziehen, in meinem Kopf ein nicht enden wollendes Gedanken-karussell, das sich von Louisa zum Thema der letzten Vorlesung drehte: Die Diskussion im Hörsaal war laut und hitzig geworden, aber immer noch respektvoll – und mir war wieder einmal klar geworden, wieso es die richtige Entscheidung gewesen war, Philosophie zu studieren. Es veränderte meine Art, zu denken, und meine Sicht auf die Welt, es zeigte mir, wie ich die Strukturen, in denen wir lebten, auf die richtige Art und Weise hinterfragen musste. Mit jedem Kurs und jeder Vorlesung, die ich besuchte, mit jedem einzelnen Text, den ich las und dessen Inhalt ich nach und nach auf mehreren Ebenen verstand, hatte ich das Gefühl, mich als Mensch zu verändern und letztendlich sogar über mich hin-auszuwachsen. Und war das nach allem, was ich getan hatte, nicht das Wichtigste überhaupt? Ein guter Mensch zu sein und die Welt zu einem besseren Ort zu machen, auch wenn oder gerade weil ich selbst so unglaublich kaputt war?

Gerade hatte ich mir meine Sportsachen angezogen, als mein Handy klingelte. Auf dem Display erschien ein Bild von Trish, das mindestens zehn Jahre alt war. Sie grinsend mit geflochtenen Zöpfen und dem Ge-sicht voller Eiscreme. Wüsste der blonde Zwerg, dass ausgerechnet diese Aufnahme erschien, wenn sie mich anrief, würde sie mich mit Sicherheit ohne zu zögern umbringen.

»Hey, was …?«, setzte ich an.

Doch ich hatte gar keine Chance weiterzusprechen, da fiel Trish mir schon ins Wort: »Können wir uns kurz treffen?«

Im Hintergrund hörte ich erst leise Musik und Stimmengewirr, dann ein leises Bimmeln und darauffolgende Stille. Ihre Schritte auf Asphalt. Wahrscheinlich hatte Trish gerade das Firefly verlassen. Sie klang atem-los, so, als wäre sie gerannt. »Es ist wichtig!«, schob sie hinterher. Und ihr Tonfall erschien mir seltsam, auch wenn ich nicht so richtig greifen konnte, wieso.

»Ich bin jetzt mit Luke zum Laufen verabredet. Die Sonne geht bald unter, deswegen wollten wir gleich los«, sagte ich. »Aber du kannst natürlich gerne mitkommen, Summers«, fügte ich mit einem Grinsen, das sie höchstens hören, aber natürlich nicht sehen konnte, hinzu.

»Vergiss es!«, schnaubte Trish am anderen Ende der Leitung. »Das tue ich mir ganz sicher nicht an! Erinnerst du dich an das eine Mal, als Aiden und du mich mitgeschleift habt? Ihr beide wart irgendwann nur noch zwei kleine Punkte, die einfach nicht näher gekommen sind, egal, wie sehr ich hinter euch hergerannt bin!«

Ich lachte. »Okay, du hast recht. Vielleicht solltest du wirklich nicht mitkommen.«

»Aber können wir uns vielleicht danach kurz sehen? Ich muss wirklich dringend mit dir reden«, sagte Trish und verschluckte sich fast an ihren eigenen Worten. »Ich kann später auch bei dir in der WG vorbeikommen, wenn du wieder zurück bist.«

Schon als wir Kinder gewesen waren, hatte Trish angefangen, unaufhaltsam schneller zu sprechen, wenn es irgendetwas gab, mit dem sie nicht so recht mit der Sprache hatte rausrücken wollen, das aber davor war, unaufhaltsam aus ihr hervorzubrechen. So lange, bis die einzelnen ausgesprochenen Worte zu einem einzigen verschmolzen waren und man gar nichts mehr verstanden hatte. Ihre Mom Lilly hatte das immer grinsend *Wortbrabbeln* genannt und an all den Nachmittagen, die Aiden und ich nach Schulschluss in dem kleinen Haus der Summers' verbracht hatten, hatten wir ein Spiel daraus gemacht – sogar Matthew, Trishs Dad, hatte jedes Mal mitgespielt. Die Person, die als Erstes erriet, was Trish hatte sagen wollen, durfte sich vor der Playstation im Wohnzimmer nicht nur den besten Platz sichern, sondern sich auch das Spiel aussuchen. Und trotzdem hatte der Zwerg immer vehement darauf bestanden, in der Mitte zu sitzen, weil sie kleiner war als wir und von dort die beste Sicht auf den Bildschirm hatte.

»Mannesistwichtig,Paul!«

»Du wortbrabbelst schon wieder, Summers!«

»Ichwortbrabbelgarnicht,duVollidiot!«

»Trish ... was ist los?«

»Wirmüssenreden!WegenLou!«

Seufzend ließ ich mich auf mein ungemachtes Bett sinken. Das inzwischen auf Lautsprecher gestellte Handy legte ich mit dem Display nach oben neben mich, um mir meine Laufschuhe anziehen zu können.

»Okay«, sagte ich ruhig und fuhr mir mit einer Hand durch den Bart. »Jetzt sag mir endlich, was los ist, bevor ich langsam aber sicher anfange, mir wirklich Sorgen um dich zu machen! Ich versteh nur die Hälfte.«

Und dann blieb Trish einen Moment still. Dass ausgerechnet *sie* plötzlich nichts mehr zu sagen hatte, machte mich jetzt doch nervös. Es war ein mulmiges Gefühl, welches sich in mir breitmachte. »Trish? Sag mir jetzt bitte, was los ist«, hakte ich möglichst ruhig nach, während ich mir erst den linken, dann den rechten Schuh zuband.

»Wieso hast du Lou diese Nachricht geschrieben, verdammt?!«, platzte es plötzlich aus ihr heraus.

Und ich versteifte mich unwillkürlich, spürte, wie die Anspannung nach und nach von meinem ganzen Körper Besitz ergriff. Eigentlich sollte es mich nicht wundern, dass sie davon wusste, und doch traf diese Frage mich völlig unvorbereitet. Mir war selbst klar, dass das egoistisch gewesen, dass es dabei ganz allein um mich gegangen war. Weil mein Kopf wollte, dass Louisa mich vergaß, während mein abgefucktes Herz sich trotz allem wünschte, dass ich möglichst nie aus ihren Gedanken verschwinden würde.

Es war ein dummer, schwacher Moment gewesen, doch wenn ich ehrlich zu mir war, fiel es mir auch abgesehen davon von Tag zu Tag schwerer, diesen ganzen Bullshit durchzuziehen. So allein zu sein mit der Wahrheit und mich niemandem anvertrauen zu können – nicht einmal meinen besten Freunden und schon gar nicht der Frau, die insgeheim immer noch die Welt für mich war.

»Weil …«, setzte ich an, brach dann aber doch wieder ab. »Seit wann geht dich das eigentlich etwas an?«, fuhr ich Trish an und ärgerte mich im nächsten Moment, dass ich offensichtlich wieder den Weg wählte, bei dem ich um mich schlug. »Scheiße, ich weiß selbst, dass das nicht unbedingt eine meiner besten Ideen gewesen ist, okay?«, gab ich schließlich zähneknirschend zu.

»Nicht eine deiner besten Ideen?«, wiederholte Trish meine Worte ungläubig. »Mann, Paul, was ist los mit dir?! Das war einfach nur dämlich! Entscheide dich entweder für oder gegen Lou, aber so geht das einfach nicht. Ich wollte mich da echt nicht einmischen, ihr seid mir beide einfach zu wichtig, und ich möchte keine Stellung beziehen, mich auf eine Seite schlagen oder so einen Blödsinn … aber ich kann das wirklich keinen Tag länger mitansehen: Wie Lou versucht, über dich hinwegzukommen, du eine nach der anderen abschleppst und dann trotzdem solche Aktionen bringst! Du benimmst dich wie ein Riesenarsch, und bevor du dich jetzt wieder aufregst: Als deine beste Freundin habe ich sehr wohl das Recht dazu, dir das zu sagen!« Trish holte tief Luft. »Also triff endlich eine Entscheidung und leb damit!«

»Ich habe schon eine Entscheidung getroffen, Summers«, sagte ich bestimmt und lauter als nötig. Für das Richtige.

Doch der blonde Zwerg lachte nur laut auf. Und das erste Mal, seit ich das mit Louisa beendet hatte, klang sie tatsächlich wütend deswegen. »Wirkt, ehrlich gesagt, aber nicht so!«

»Doch. Das habe ich«, knurrte ich, weil ich definitiv keine Lust mehr auf die Richtung hatte, die dieses Gespräch plötzlich zu nehmen schien.

»Okay, dafür, dass ich dir das jetzt erzählen werde, komme ich definitiv in die Beste-Freundinnen-Hölle! Aber du bist ja scheinbar zu bescheuert, es auf irgendeine andere Art zu kapieren, was du da wegwirfst und in was für eine Scheiße du dich reinmanövrierst!«

Das klang überhaupt nicht gut. Es war zwar typisch für Trish, das jetzt so theatralisch zu formulieren, doch trotzdem verstärkte sich dieses ungute Gefühl in mir unaufhörlich. Als würde gleich etwas passieren, das alles veränderte. Eine kleine Sache mit großen Konsequenzen. Was durfte Trish mir nicht erzählen? Was zur Hölle durfte ich über Louisa nicht wissen?

»Die Sache ist die ...« Trish zögerte, schien mit sich zu ringen, ehe sie weitersprach. »Lou hat Aiden geküsst!«

Stille.

»Was?«

Und dann wiederholte sie den Satz.

Louisa hatte Aiden geküsst. Sie hatte meinen besten Freund geküsst. Und es dauerte, bis die Worte wirklich bei mir ankamen. Nein, das konnte unmöglich sein. Louisa würde nicht ... nicht ausgerechnet meinen besten Freund. Da war plötzlich diese Leere, ein großes Nichts und tief dahinter ein Pochen, das sich innerhalb weniger Wimpernschläge in Wut verwandelte.

»Wieso sollte sie ...«

»Wieso sollte sie nicht?«, erwiderte Trish spitz.

»Fuck«, schrie ich und sprang auf, versetzt dem Bettpfosten einen Tritt. »Einfach. Nur. Fuck!«

Rasende Eifersucht, die ich gar nicht fühlen sollte, da ich selbst doch viel mehr tat, als irgendwelche anderen Frauen zu küssen. Aber bei mir ging es nur ums Vögeln und Vergessen ... aber bei Louisa? Ausgerechnet mit Aiden? Erst das *Fick dich*, dann ein Kuss mit meinem besten Freund, der doch gar nicht *Nichts* bedeuten konnte – mein scheiß Plan schien aufzugehen. Dass sie mich hasste, dass sie ohne mich weitermachte. Aber doch nicht so, nicht auf diese Art. Die Wut, zu der ich wie zu wahrscheinlich all dem anderen, das ich in Bezug auf Louisa fühlte, keinerlei Recht hatte, trieb immer stärker durch meinen Körper. Da war nur noch Zorn, ein großer Hass auf die Welt und wie das alles gelaufen war.

»Scheint dir ja doch nicht so egal zu sein«, sagte Trish schließlich und klang viel zu selbstzufrieden dabei. Jedes Wort war eine Provokation. Verdammt, sie schien das hier sogar zu genießen.

»Hey, ich bin nur die Überbringerin der schlechten Nachrichten«, fügte sie hinzu, als hätte sie meine Gedanken gelesen. »Also vielleicht denkst du noch einmal darüber nach, ob du wirklich eine Entscheidung getroffen hast. Und wenn du endlich einsiehst, dass du das eben nicht wirklich getan hast, dann hol das endlich nach, bevor dir am Ende alles um die Ohren fliegt!«

Im nächsten Moment hatte Trish schon aufgelegt und mir war einfach nur schlecht bei der Vorstellung, wie Louisa und Aiden miteinander rummachten. Wie dieser Wichser, der behauptete, mein bester Freund zu sein, ihre weichen, vollen Lippen mit seinen berührte. Wie seine Hände über ihre Haut strichen, sie ... Nein, ich durfte nicht darüber nachdenken. *Scheiße!*

Ich griff nach meinem Handy und schrieb Luke, dass mir etwas dazwischengekommen war und wir unsere Laufrunde auf den nächsten Tag verschieben mussten. Dann schnappte ich mir meine Jacke und stürmte aus der Wohnung, ignorierte dabei Taylor, der mich verwirrt fragte, was zur Hölle denn passiert sei. Es gab gerade nur einen Menschen, den ich jetzt sehen und zur Rede stellen wollte. Und mit der brodelnden Wut in mir konnte ich nicht sagen, ob das eine sonderlich gute Idee war.

8. KAPITEL

Paul

Ich rannte schon fast über den Campus bis zum *AMC*, dem *Art and Music Center*, in dem sich *Goodbye April* einen Raum für die Bandproben gemietet hatte. Auf dem Weg den Hügel hinauf rempelte ich viele Leute an, weil jeder im Weg zu stehen schien, doch das war mir in diesem Moment wirklich total egal. Schwer atmend stieß ich die schwere Glastür auf, lief die Treppen mit den riesigen bunten Gemälden an den Wänden hinauf, den Flur mit noch mehr farbigen Leinwänden entlang. Fetzen von Musik und Gelächter drangen aus einem der Räume, dessen Tür leicht offen stand. Irritiert sah mich der Kerl, der gerade heraustrat, an, als ich an ihm vorbeirauschte.

Ohne anzuklopfen riss ich die Tür zu dem Proberaum auf und stürmte hinein. Aiden war wie vermutet schon vor den anderen da und beugte sich gerade über den Verstärker seiner Gitarre. Überrascht blickte er auf, als er mich auf sich zukommen sah – unaufhaltsam und mit nicht nur unter der Oberfläche brennender Wut.

»Stimmt es?«, herrschte ich ihn an.

»Stimmt was?«, fragte er mich sichtlich verwirrt und richtete sich auf. Meine zu Fäusten geballten Hände bebten, und es kostete mich all meine Selbstbeherrschung, nicht an Ort und Stelle auf den Kerl loszugehen, der sich als mein bester Freund ausgegeben hatte und sich hinter meinem Rücken an die Frau, die ich liebte, ranmachte. Der offensichtlich nicht einmal die Eier hatte, mir das ins Gesicht zu sagen.

»Willst du mich eigentlich verarschen, Cassel? Ich will verdammt nochmal wissen, ob es stimmt, dass Louisa und du euch geküsst habt!«

Ein überraschter Ausdruck huschte über Aidens Gesicht, dann nickte er und blickte mich offen an. »Ja, haben wir. Aber ...«

Entsetzt sah ich ihn an. Das war gegen alle Brocodes dieser Welt. Weiß Gott, bis zu diesem Moment hatte ich gehofft, dass Trish mich einfach nur hatte provozieren wollen. Dass das diese Art von Gerüchten war, die einfach nur erstunken und erlogen waren. Und die unfassbare Wut in mir steigerte sich von Sekunde zu Sekunde immer weiter. Mein ganzer Körper stand unter Strom.

Ich ging einen Schritt auf Aiden zu. Ich sah rot und war so kurz davor, ihm einen Schlag in die Fresse zu verpassen ...

»Ganz ehrlich, Berger, wieso überrascht dich das jetzt so? Du hast Lou aus heiterem Himmel das Herz gebrochen und behandelst sie seitdem richtig mies. *Ich* wohne mit ihr zusammen, *ich* sehe jeden Tag, wie es ihr damit geht – auch wenn sie sich die größte Mühe gibt, sich nichts anmerken zu lassen. Und als wäre das alles nicht schon schlimm genug, vögelst du dich auch noch durch das ganze College, und das vor ihren Augen. Und jetzt nimmst du dir echt auch noch das Recht heraus, dich wegen eines einfachen Kusses aufzuregen, der nicht einmal irgendetwas bedeutet hat?« Aiden schüttelte den Kopf und starrte mich fassungslos an.

Obwohl eigentlich ich der Impulsive von uns war und er der Gelassene, standen wir uns inzwischen gefährlich nah gegenüber, starrten uns finster an, und ich sah die Wut, die jetzt auch in Aidens blauen Augen aufblitzte.

»Du benimmst dich einfach nur wie ein riesiges Arschloch, Berger. Du zerstörst eine Clique mit deinem Scheiß. Lou ist meine Mitbewohnerin, meine Freundin. Sie ist ein Mensch geworden, der mir wichtig ist, so wie du es eigentlich auch immer gewesen bist – und ganz ehrlich, Mann: Du kannst froh sein, dass das so ist und wir beide uns schon eine halbe Ewigkeit kennen. Denn zu jedem anderen, der sich so benehmen würde, wie du, hätte ich gesagt, dass er sich verpissen kann!«

Für einige Sekunden war da diese Stimme in meinem Kopf, die mir zuflüsterte, dass Aiden die Wahrheit sagte. Dass es stimmte, was er da sagte. Doch das wäre ein Eingeständnis, das ich mir unter keinen Umständen leisten konnte. Ich hatte Louisa verletzen müssen, weil ich keine andere Wahl gehabt hatte. Das war noch lange kein Grund, sich an sie ranzumachen, sobald ich aus ihrem Leben verschwunden war.

Laut und falsch lachte ich auf. Dieser scheiß Wichser, der behauptet hatte, mein bester Freund zu sein! Jeder Zentimeter meines Körpers bebte vor Wut. Brodelnd und zerstörerisch. Da waren diese Bilder in meinem Kopf, die ich kaum ertrug. Wie er das Mädchen, das ich liebte, küsste, wie er sie berührte, wie sie dasselbe mit ihm tat. Ob sie bei ihm auch beinahe lautlos aufgestöhnt hatte in der Sekunde, kurz bevor ihre Lippen aufeinandergetroffen waren? Wusste Aiden von dieser Stelle unterhalb ihres Ohres, an der jede einzelne Berührung Louisa zum Aufseufzen brachte? Hatte er seine Hände auch immer und immer wieder durch ihre Feuerlocken gleiten lassen – Locken, nach denen ich so verrückt war? Und vor allem: War ihm das Blau ihrer Augen mit einem Mal auch unendlich erschienen, als könnte er auf einen Schlag bis auf den geheimnisvollen Grund eines Meeres blicken? Zur Hölle, sollte Louisa ihn auch auf diese Art angesehen haben …

»Fuck«, brüllte ich durch den Raum, »du hast doch die ganze Zeit nur darauf gewartet, dass ich scheitere. Weil das jetzt deine Chance ist, Louisa endlich flachzulegen, aber eins sag ich dir: Sie gehört dir nicht, ganz egal, was du denkst, was da zwischen euch ist! Egal, was du dir auch einzubilden versuchst. Da ist verdammt nochmal nichts!«

»Hörst du eigentlich den Mist, den du gerade von dir gibst?« Inzwischen hatte auch Aiden angefangen, mich anzuschreien. »Lou gehört niemandem, weder dir noch mir. Und es geht dich einen feuchten Dreck an, wen sie küsst und wen nicht, weil *du* sie einfach hast sitzen lassen und diese Beziehung beendet hast. Denkst du echt, sie würde dir irgendetwas schulden?«

»Es ist aber mein bester Freund, der sie offensichtlich geküsst hat!«, schrie ich ihn an. »Ich sag dir das jetzt nur einziges Mal, Cassel: Lass deine scheiß Finger von meinem Mädchen!«

Aidens Augenbrauen zogen sich gefährlich zusammen, dann begann er, zu lachen. »Von *deinem Mädchen*? Sag mal, tickst du eigentlich noch ganz richtig? Du hast es doch auf ganzer Linie verkackt. Ich hab dir die ganze Zeit gesagt, dass du noch die Chance hast, das irgendwie wieder geradezubiegen, was dir aber egal gewesen ist. Ich hab dir gesagt, was für ein Glück du mit Lou hast und dass du sie verlieren wirst, wenn du dich nicht endlich zusammenreißt. Du bist also ganz offensichtlich selbst schuld daran. Und jetzt komm verdammt nochmal wieder ru–«

Und dann sauste meine Faust auf Aidens Gesicht zu, weil ich diesen ganzen Scheiß nicht hören wollte. Weil mich die Vorstellung, dass ausgerechnet *er* mit meinem Feuermädchen rumgemacht hatte, in den Wahnsinn trieb. Ein Moment der Genugtuung, ein unschönes Knacken, ein blechernes Geräusch und der Schock, der in dem Blau von Aidens Augen aufflammte, als er gegen das Schlagzeug stolperte, das hinter ihm stand.

Doch im nächsten Moment ließ mich ein fester Schlag nach hinten taumeln. »Du scheiß Vollidiot!«, knurrte Aiden. Und dann passierte alles ganz schnell, ich schlug zurück, dann er. Die Wucht einer Faust und ein Brennen in meinem Gesicht. Wir gingen aufeinander los, und der Sturm an Gefühlen in mir wurde einfach nicht weniger.

Plötzlich war da das Geräusch der sich öffnenden Tür, Arme, die mich nach hinten zogen, irgendjemand, der uns auseinanderriss. Mehrere Stimmen sprachen durcheinander, ließen sich nicht beirren, als ich versuchte loszukommen.

Mit geschlossenen Augen saß ich eine Viertelstunde später auf dem Boden, die Beine überkreuzt, den Kopf an die Wand in meinem Rücken gelehnt.

»Ich hoffe, das wird jetzt nicht zur Gewohnheit, dass hier alle wegen irgendwelchen Frauengeschichten aufeinander losgehen«, murmelte jemand. Zustimmendes Gelächter. Die Jungs von *Goodbye April* saßen in der hinteren Ecke des Raumes auf dem breiten Stoffsofa mit den ganzen Rissen und Löchern, die alle eine Geschichte erzählten. Direkt vor mir stand Landon, der mir einen Kühlakku entgegenhielt.

Ich schnaubte. *Fuck*! Noch ein Kerl, der sich bei der nächsten sich ihm bietenden Gelegenheit an Louisa ranmachen würde und sich wahrscheinlich schon jetzt Dinge ausmalte, deren Details ich lieber nicht kannte. Gott, dieses ziehende Gefühl in mir war nicht gut, überhaupt gar nicht gut. Daran erinnerte mich in diesem Moment vor allem das dumpfe Pochen in meiner Hand und der stechende Schmerz an meiner Wange, wo Aiden mich getroffen hatte. Wie zur Hölle sollte ich es *so* schaffen, mich von Louisa und ihrem Leben fernzuhalten, wenn mir einerseits bewusst war, dass sie einen besseren Mann als mich verdient hatte, der bloße Gedanke daran mich aber so offensichtlich aus der Fassung brachte? Ich stieß einen Fluch aus und riss Landon den Kühlakku aus der Hand.

Mit einigen Metern Abstand saß Aiden ebenfalls mit einem Kühlakku an die Wand gelehnt da, einen Arm auf die angezogenen Beine gestützt. Ich drehte den Kopf in seine Richtung, und wir starrten uns finster an. Ein Blickduell, verfluchter Subtext und immer noch grenzenlose Wut, auch wenn sie inzwischen weniger brannte. Und dann Genugtuung, als ich bemerkte, dass Aidens Auge bereits jetzt anschwoll. Haut, die sich violett verfärbte. Doch schon im nächsten Moment stöhnte ich selbst auf, als ich das Eis an mein eigenes Gesicht presste und mich ein stechender Schmerz durchzuckte.

»Du siehst richtig scheiße aus!«, grinste Aiden mich selbstgefällig an.

Meine Mundwinkel zuckten. »Kann ich nur zurückgeben, Cassel!«

Aiden sprach mit den Jungs, und die Probe wurde auf den nächsten Tag verschoben. Den Raum verließen sie aber erst, als Aiden und ich sie davon hatten überzeugen können, dass wir die Sache klären und das nicht in der nächsten Prügelei enden würde. Ich wusste nicht, wie es bei Aiden war, doch ich für meinen Teil hatte gelogen. Sollte er mir erzählen, dass es nicht nur bei diesem Kuss geblieben, dass zwischen Louisa und ihm mehr gelaufen war ... dann konnte ich für nichts garantieren.

»Das mit dem Kuss tut mir leid, Berger«, sagte Aiden irgendwann. »Keine Ex-Freundinnen oder Frauen, auf die einer von uns beiden steht, so lautet die Regel. Ist mir klar, dass das richtig scheiße von mir war, vor allem, weil ich es dir nicht erzählt habe. Aber du bist momentan einfach so extrem neben der Spur, ich wollte dir nicht noch einen Grund mehr geben durchzudrehen.«

Ich seufzte auf, weil Aiden letztendlich recht hatte: Ich war neben der Spur, verhielt mich seit dem Unfall zum größten Teil unberechenbar und war um so vieles leichter auf die Palme zu bringen. An seiner Stelle hätte ich es mir wahrscheinlich auch nicht erzählt.

»Und«, sprach Aiden weiter, »ich weiß nicht mal, wieso ich diesen Kuss überhaupt erwidert habe. Vielleicht weil ich überrumpelt war und es sich für einen kurzen Moment gut angefühlt hat, dass da eine Frau war, die mir *tatsächlich* etwas bedeutet. Und bevor du jetzt wieder ausflippst: Damit meine ich auf eine freundschaftliche Art.«

Ich sah meinen besten Freund an und alles, was ich in seinem Blick erkannte, war Aufrichtigkeit. Scheiße, seit wann stritten wir beide uns wegen einer Frau, seit wann fingen wir wegen einer an, uns zu prügeln?!

»Mir tut es auch leid. Ich hätte echt nicht gleich auf dich losgehen müssen. Und letztendlich hast du wahrscheinlich recht«, gab ich zu, obwohl mir das alles andere als leichtfiel. »Ich war derjenige, der Louisa verlassen hat, und dass sie jetzt ohne mich weitermacht ist nichts, worüber ich mich aufregen darf. Aber ... ich meine, scheiße«, ich rieb mir über den Nacken, »du bist mein bester Freund, das bist du immer gewesen. Aber wenn es um Louisa geht, dann ...« Hilflos zuckte ich mit den Schultern, schluckte das fast Gesagte hinunter, weil ich merkte, wie dieser Moment mich weich werden ließ und den tosenden Sturm meiner Gefühle näher an die Oberfläche brachte.

Überrascht sah Aiden mich an, so als hätte er nicht mit diesem Eingeständnis gerechnet. Und ich stand abrupt auf, weil in mir alles so wirr durcheinanderwirbelte – ich traute mir selbst nicht und hatte Angst, diesen Raum jeden Moment mit meinen Worten und der Wahrheit zu füllen. Ich stellte mich ans Fenster und steckte mir entgegen dem Rauchverbot im Proberaum eine Zigarette an, blies den Rauch nach draußen. Inzwischen war es wirklich dunkel geworden.

»Aber eine Sache kapier ich einfach nicht, Berger. So eifersüchtig, wie du bist, empfindest du doch eindeutig noch etwas für Lou, und trotzdem fickst du eine nach der anderen und hast das mit ihr beendet. Wobei du es ja nicht einmal wirklich beendet hast ... Du hast sie einfach ohne Erklärung stehen lassen, was noch so eine Sache ist, die ich einfach nicht verstehe«, sagte Aiden, und sein Tonfall ließ erahnen, was er von mir und meinem Verhalten hielt. »Und das, obwohl ich dich wirklich noch nie so glücklich gesehen habe. Du warst mit niemandem so, mit keiner anderen Frau, auch nicht mit Heather. Was hast du dir nur dabei gedacht?« Plötzlich stand Aiden neben mir, schüttelte den Kopf und sah mir dann direkt in die Augen. »Was ist verdammt nochmal los mit dir, Paul?«

Und dann passierte es: Die Schuldgefühle der vergangenen fünf Jahre brachen alle auf einmal über mich herein und drohten, mich zu ersticken. Dazu kamen die Erinnerungen an die Monate zusammen mit Louisa, in denen sie mir in ihrer bedachten und manchmal frechen Art nach und nach gezeigt hatte, dass ich lieben konnte, obwohl ich so verkorkst war. Der Gedanke an das, was ich verloren hatte. An das, was Aiden nicht wusste, was niemand außer mir wusste, schnürte mir aber endgültig die Luft ab. Dieser ganze Berg an Gefühlen und Geheimnissen, der einfach zu viel für mich war.

Ich hielt Aidens Blick stand, während ich einen letzten Zug von meiner Zigarette nahm und sie an dem Fensterbrett ausdrückte. Und dann, inmitten des kühlen Windes, der hineinwehte und mir über das Gesicht strich, kapitulierte ich.

Zum ersten Mal erzählte ich ihm, dass ich Luca an Weihnachten nicht nur sein Geschenk vorbeigebracht, sondern das Haus meiner Eltern betreten hatte, um mit ihnen zu sprechen. Von meiner Wut und meinem Versuch, auf dem Rückweg Louisa zu erreichen. Ich erzählte von dem Gedanken an sie, der das Einzige gewesen war, das mich einigermaßen beruhigt hatte, und dem Augenblick, als das andere Auto auf mich zugerast war. Und schließlich von den Flashbacks und dieser furchtbaren Wahrheit, die sie enthielten. Ich erzählte Aiden all das, was es zu sagen gab, bis ich mich ganz leer fühlte. Doch es war eine andere Leere als die, die mich seit Weihnachten begleitet hatte. Das Gefühl fühlte sich mehr wie Erschöpfung an – und tief dahinter war Erleichterung.

»Der Tag, an dem wir morgens zusammen auf dem Dach saßen …«, sagte Aiden irgendwann, und ich sah in seinen hellen Augen, wie in seinem Kopf ein Puzzleteil in das nächste passte, »als du mich gefragt hast, was du bloß tun sollst, weil du dieses Mädchen gefunden hast … Du hast Lou gemeint.«

Ich fuhr mir in einer fahrigen Bewegung durch den Bart und nickte dann. Zu mehr war ich in diesem Moment nicht in der Lage. Das hier fühlte sich wie ein Wendepunkt in meinem Leben an – einfach nur die Tatsache, meinen besten Freund eingeweiht zu haben. Das machte diese ganze Situation erst so richtig real. Jetzt, wo die Worte draußen in der Welt waren, gab es endgültig kein Zurück mehr.

»Und seitdem stößt du Lou so von dir«, murmelte Aiden. Er begann, in dem Proberaum auf und ab zu laufen. »Lou hat mir erzählt, wie ihr Dad gestorben ist, aber ich hätte niemals gedacht, dass er … dass du … Wie … Das ist doch … Bist du dir wirklich *absolut* sicher?« Ein fragender Blick aus blauen Augen, dann wieder große Schritte von einer Wand zur nächsten und wieder zurück. Die blonden Haare standen inzwischen in alle Richtungen ab, so oft war er sich mit einer Hand durch sie hindurchgefahren. Mit der anderen drückte er immer noch den Kühlakku an sein Gesicht.

Ich erzählte Aiden von dem Gespräch mit meiner Mom, um sicherzugehen. Von meiner Erinnerung. Von der Tatsache, dass ich zu dem Zeitpunkt in Kalifornien gewesen war. Dass die schlimmste Nacht sowohl meines als auch Louisas Leben fünf Jahre her war. Zu viele Zufälle.

»Fuck!«, sagte Aiden. »Scheiße, scheiße, scheiße.« Große Schritte, wieder von einer Wand zur anderen, dann zurück. Schritte. Wand. Umdrehen. Schritte. Wand. Aiden sah unruhig aus, getrieben. Bei ihm passierte der Orkan draußen, bei mir drinnen. Plötzlich waren unsere Rollen vertauscht.

»Ich hab ihren Dad umgebracht, Cassel«, sprach ich die Wahrheit noch einmal mit all ihrer Härte aus. »Das ist nichts, was sie mir jemals verzeihen könnte, ich kann es ja selbst nicht einmal. Es ist also scheißegal, was ich für Louisa empfinde, es ist komplett egal, dass sie die erste Frau ist, die ich wirklich liebe!« Gequält rieb ich mir über das Gesicht. »Und glaub mir, ich weiß sehr gut, dass sie das absolut Beste ist, das mir passiert ist, aber ich kann unmög-«

»Nein«, schnitt Aiden mir das Wort ab, »hör auf damit, dir immer und immer wieder die Schuld dafür zu geben, was passiert ist. Heather ist gefahren, es hat wie aus Eimern geregnet, dann noch der Sturm. Klar, ihr habt euch gestritten, und du hast vielleicht Dinge gesagt, die du lieber zurücknehmen würdest, aber das ist noch lange kein Grund, einen Unfall zu bauen. Und vor allem kein Grund, mit dem du dich selbst jahrelang so fertig machen kannst. Du saßt nicht am Steuer! Und sie war es, die die Kontrolle über das Auto verloren hat. Gib wenigstens euch beiden die Schuld, aber nicht dir allein!«

Doch Aidens Worte änderten nichts an dem, was ich fühlte. Und das wusste er.

»Louisa hätte genauso gut sterben können …«, erinnerte ich Aiden, doch der schüttelte wieder den Kopf.

»Das ist sie aber nicht, oder?«, sagte er bestimmt. »Außerdem hast du sie aus diesem Auto herausgezogen. Du hast dein Bestes getan! Und weißt du, irgendwo verstehe ich wirklich, wieso du dich ihr gegenüber gerade so verhältst, wie du es tust … aber du tust Lou damit so weh! Ich weiß, wie es sich anfühlt, wenn man sich die ganze Zeit die Frage stellt, wieso man diesen einen Menschen verloren hat und nicht begreift, was zur Hölle eigentlich passiert ist. Tu ihr das bitte nicht länger an! Irgendeine Art von Erklärung hat sie verdient.«

»Das hat sie«, sagte ich langsam und nickte. Louisa hatte noch so viel mehr verdient als das – all das, was ich ihr niemals würde geben können. Sie hatte jemanden verdient, der gut war, jemanden, der ganz war.

»Ich werde mit ihr reden«, versprach ich Aiden, vor allem aber mir selbst. »Und, scheiße, ich hab echt keine Ahnung, was ich ihr sagen soll, aber irgendetwas werde ich sagen müssen. Ich brauche nur noch etwas Zeit.«

»Okay.« Aiden nickte. »Ich werde nichts sagen, weil das deine Sache ist und ich kein Recht habe, mich einzumischen. Wohl fühle ich mich damit aber trotzdem nicht, und ich hoffe wirklich, du tust es bald.«

Dankbar nickte ich. Ich verstand Aidens Bedenken; mein Verhalten der letzten Wochen zeugte nicht unbedingt davon, dass ich wusste, was ich tat. Doch ich hatte es ernst gemeint: Ich würde Louisa eine Erklärung geben und hoffentlich auch die Wahrheit.

»Und zwischen euch«, brummte ich, »da ist nichts?« Gott, eigentlich war es egal, was Aiden sagen würde – Louisa konnte mir so oder so nie mehr gehören.

»Nein.« Aiden schüttelte den Kopf und lachte. »Das war nur ein Versuch, dich zu vergessen.«

Kurz bevor wir das *AMC* zusammen verließen, umarmten Aiden und ich uns. Es war eine unbeholfene Umarmung und eine ohne Worte, doch wir wussten beide, was sie bedeutete. Dass wir beste Freunde waren und Blut nicht immer dicker als Wasser ist. Wir waren eine verdammte Familie.

Louisa

Nervös klopfte ich mit dem Stift auf das Blatt Papier vor mir. Es war weiß, leer und wartete nur darauf, mit Wörtern und Sätzen gefüllt zu werden. Ich saß neben Bowie und Trish in einer der letzten Reihen, und während die beiden sich gedämpft miteinander unterhielten, wirbelten in mir Aufregung und Vorfreude hin und her. Und das, obwohl ich die Vorlesung zu den *Britischen Schauergeschichten des 19. Jahrhunderts* ja gar nicht mehr offiziell besuchen und dafür Credits bekommen konnte. Aber es war eine Veränderung, ein Schritt in die Richtung einer Entscheidung. Und noch mehr ein Schritt in die Richtung des Lebens, das zu mir passte und das ich mir für mich wünschte.

Trish hatte nichts mehr zu dem Kuss und meinem Zusammenbruch im Firefly vor wenigen Tagen gesagt, und ich war ihr wirklich dankbar dafür. All meine Gedanken auszusprechen und dieses eine Mal offen zuzugeben, dass ich Paul einfach nicht vergessen konnte, dass ich unter *Hiraeth* litt, hatte dem Gefühl einen Teil seiner Schwere, einen Teil meiner Einsamkeit genommen. Doch ein weiteres Mal darüber zu reden, hätte alles wieder hervorgeholt.

Als die Professorin den Hörsaal betrat, wurde es von der einen auf die andere Sekunde still. Die Frau mit streng zusammengebundenen Haaren und weichen Gesichtszügen stellte sich an das Pult, holte eine Ausgabe von *Frankenstein* hervor und rückte das braune Gestell ihrer Brille zurecht. Ich strich mir meine Locken zurück, setzte mich ganz gerade hin, um möglichst viel von dem, was gleich passieren würde, tief in mich aufnehmen zu können.

145

Frankenstein oder Der moderne Prometheus, geschrieben 1816 in einem Jahr ohne Sommer. Ich liebte die Entstehungsgeschichte dieses Romans. Die Geschichte von Lord Byrons Landgut am Genfer See, in dem Mary Shelley gemeinsam mit ihrem Mann und ihrer Stiefschwester zu Gast war. Ein Jahr zuvor brach der Vulkan Tambora aus, legte sich mit einer Decke aus Asche und Staub um die gesamte Erde. Es folgten Kälteeinbrüche, Überschwemmungen, Ernteausfälle und Hungersnöte. Ungewöhnliche Wetterphänomene, die sich damals noch nicht erklären ließen. Das schlechte Wetter zwang Lord Byrons Gäste, die meiste Zeit im Anwesen zu bleiben. Und das war der Moment, in dem Frankenstein geboren wurde: mit dem Beschluss, dass alle eine Schauergeschichte schreiben und sie sich anschließend gegenseitig vorlesen würden. Genau dort entstand auch *Der Vampyr* von John Polidori, die erste Vampirerzählung der Weltliteratur. Ich stellte mir vor, wie diese Leute zusammensaßen, keine Erklärung für das verrücktspielende Wetter, gefangen in diesem Jahr, in dem der Sommer einfach fehlte. Und ich bekam eine Gänsehaut, denn all das ergab Sinn, die Erschaffung von etwas Monströsem machte Sinn. Diese Entstehungsgeschichte war mythisch, fühlte sich fast an wie eine Legende – vielleicht mochte ich sie deshalb so sehr.

Die Professorin klatschte vorn in die Hände und begann zu sprechen. Keine Einführung, kein langsames Herantasten an den Text. Es wurde vorausgesetzt, dass jedes Buch, das wir besprachen, vor der Vorlesung gelesen wurde und wir uns darüber hinaus mit dem Text beschäftigt und erste Gedanken notiert hatten. Das Tempo war zügig und ich konzentriert.

Und ich liebte alles daran.

»Wie fandest du es?«, wollte Bowie wissen, als wir fast als Letzte den Hörsaal verließen. Sie links eingehakt, Trish rechts und ich in der Mitte.

»Sie fand es mega«, meinte Trish. »Du warst völlig versunken, Lou, von gar nichts abzulenken. Hast du mitbekommen, dass der Keil vor

146

dir Nacktfotos von seiner Freundin geschickt bekommen hat? Und das Mädchen mit den schwarzen Haaren in der Reihe weiter vorn hat sich an ihrem Laptop von einem Onlineshop zum nächsten geklickt und nur seltsame Dinge gekauft.« Trish hielt inne und stupste mich in die Seite. »Also, wie fandest du es?«

»Lagom«, sagte ich ehrlich.

Trish lachte. »Und was heißt das?«

»Genau richtig. Nicht zu viel und nicht zu wenig.«

»Heißt das, du kommst nächstes Mal wieder mit?«

Ich lächelte. »Auf jeden Fall!«

Am Samstag holte Mel mich schon vormittags vom Campus ab. Mary saß in dem Kindersitz auf der Rückbank und drückte sich die Nase an der Scheibe platt. Ich küsste sie auf die Wange, umarmte Mel und ließ mich dann erschöpft in den Sitz fallen. Aiden und ich hatten uns bis spät in die Nacht *Game of Thrones* angesehen, und ich war viel zu spät ins Bett gegangen. Zum Glück war es zwischen uns so wie immer. So, dass ich mit Aiden über alles sprechen konnte und es nicht seltsam war, wenn er bei unseren Filmabenden den Arm um mich legte. Nur über das blaue Auge, mit dem er vor zwei Tagen von der Probe mit *Goodbye April* zurückgekommen war, wollte er nicht reden. Ich hoffte einfach, dass das nur eine unbedeutende Prügelei gewesen war und Aiden keinen Ärger hatte. Vielleicht hatte es in der Band wieder Streit wegen dieses Mädchens gegeben, und Landon und er hatten dazwischengehen müssen.

»Bist du schon aufgeregt?«, fragte ich Mel. Wir waren auf dem Weg nach Helena, wo sie sich heute in einem Brautladen ein Kleid aussuchen würde. Der Termin bei *Velvet Bride* stand schon seit Monaten, und Mel hatte sich ganz bewusst dazu entschieden, nur mit Mary und mir zu fahren. Sie wollte nicht, dass ihr lauter Leute reinredeten, weil jeder eine andere Meinung hatte. Und ich freute mich über diese Gelegenheit, etwas allein mit meiner Schwester und meiner Nichte zu unternehmen.

Nur Mary, Mel und ich. Drei Davis-Frauen, zwei Generationen, eine Familie.

»Oh Gott, ja!« Mel grinste und sah mich kurz an, ehe sie sich wieder auf die Straße konzentrierte. »Ich finde, das Kleid macht alles irgendwie noch einmal realer, auch wenn ich es immer noch nicht so ganz glauben kann, dass ich bald eine verheiratete Frau bin.«

»Dann bist du keine Davis mehr, sondern eine Brown«, stellte ich mit einem leisen Lächeln fest. Und dieser Umstand war etwas, das mich gleichen Atemzug glücklich wie traurig machte. Ein bittersüßes Gefühl.

»Ich hoffe natürlich, dass ich ein Kleid finde, das meinen Vorstellungen entspricht.«

»Deswegen hast du ja mich dabei. Ich werde super objektiv und knallhart sein.«

»Das hatte ich befürchtet«, lachte Mel. »Aber bei dir weiß ich, dass du es trotzdem noch schaffen wirst, es mir auf eine nette Art zu sagen, ganz egal, wie scheiße es an mir auch aussehen wird. Du verpackst das dann in wunderschöne Worte.«

Die Sonne schien über Helena, als wir ankamen, und der Himmel war eisblau. Wir hatten noch gut drei Stunden Zeit bis zu dem Termin in dem Laden, also steuerten wir als Erstes ein kleines Café an, in dem Mel uns zur Feier des Tages den größten Kaffee und die schokoladigsten Muffins bestellte. Danach liefen wir durch die Stadt, wir beide mit jeweils noch einem Becher Kaffee in der Hand, Mary mit der Bommelmütze im Kinderwagen, den ich vor uns herschob.

Es war mein erster Besuch in Helena. Mel erzählte mir, dass Helenas Spitzname *Queen City of the Rockies* wäre. Das schien mir mit einem Blick auf die Berge mehr als passend. Die Rocky Mountains wirkten hier ganz anders: näher, größer, atemberaubender. Mel zeigte mir die wichtigsten Sachen, Dinge, die sie ihrer Meinung nach gesehen haben musste. Und ich sog all die Eindrücke genauso begierig auf wie die Geschichten, die sie mir dazu erzählte: das *State Capitol* aus Sandstein und

Granit, Sitz von Montanas Regierung, mit der Nachbildung der Freiheitsstatue auf der Kuppel. Die *Cathedral of Saint Helena* mit schönen Buntglasfenstern, zwei Türmen und dahinter der Anblick schneebedeckter Berge und Tannen. Überall bunte, raue Häuser, eine Mischung aus modern und alt. Helena war Montanas Hauptstadt und doch kein Vergleich zu Sacramento mit seinen mehr als sechzehnmal so vielen Einwohnern. Und so hatte ich auch in der Queen City das Gefühl, frei atmen zu können, fast so sehr wie in Redstone.

Im *Velvet Bride* strahlte die Sonne hell durch die hohen Fenster und zeichnete Muster auf das dunkle Parkett und all die Kleider, die von den Stangen an den Wänden hingen. Alle Schattierungen von Weiß und Rosa gab es, Champagner und Creme. Tüll, Spitze und Seide, die im Licht schimmerten.

Direkt an der Tür begrüßte uns eine junge Frau in einem rosa Hosenanzug. Die herzförmigen Lippen waren im gleichen Ton geschminkt, die blonden Haare zu einem hohen Dutt zusammengesteckt. Mit einem herzlichen Lächeln stellte sie sich uns als Jillian vor und führte uns nach hinten in einen kleineren Raum. An der Stirnseite hing ein riesiger gold gerahmter Spiegel mit einem kleinen Podest davor. Zusammen mit dem hellen Sofa und dem Tischchen mit dem großen Blumenstrauß daneben wirkte der Raum einladend, aber schlicht genug, um sich voll und ganz auf die Kleider konzentrieren zu können. Mit Mary auf dem Schoß ließ ich mich in die weichen Polster sinken und wartete auf Mel, die mit Jillian das erste Kleid anprobierte. Diese hatte bereits eine kleine Vorauswahl getroffen, nachdem Mel und sie vor ein paar Wochen miteinander telefoniert und über ihre Vorstellungen gesprochen hatten. Als Mel mit dem ersten Kleid hereinkam, beäugte sie sich kritisch von allen Seiten und runzelte die Stirn. Und auch ich schüttelte den Kopf, als ich die unzähligen Tüllschichten sah, die einfach nicht zu ihr passten. Jillian war sehr zurückhaltend und ließ uns mit dem Kleid und unseren Gedanken dazu allein.

»Ich glaube, das ist es nicht«, sagte Mel, und ich nickte zustimmend, streichelte über Marys Kopf, als diese sich schläfrig enger an mich kuschelte.

Mel probierte vier weitere Kleider an, eines schöner als das andere, doch in keinem von ihnen sah ich meine Schwester heiraten, und ihr schien es ähnlich zu gehen. Es fehlte diese besondere Magie, das gewisse Etwas, von dem ich noch gar nicht wusste, was es genau sein sollte.

»Möchtest du mir eigentlich endlich erzählen, was zwischen Paul und dir vorgefallen ist?«, wollte Mel bei dem fünften Kleid wissen, während sie sich im Spiegel betrachtete. Eine Drehung nach links, eine nach rechts, aber das Stirnrunzeln blieb.

»Mel, du probierst gerade dein Brautkleid an!«, erinnerte ich sie. Ich wusste genau, wieso sie nachfragte: Weil sie immer schon ein zu gutes Gespür für meine Empfindungen gehabt hatte. Weil sie mich schon so viel länger hatte fragen wollen und es aus Rücksicht auf mich bis jetzt nicht getan, die Fragen bei meinem letzten Besuch bei ihr hinuntergeschluckt hatte. Trish wusste es, Aiden wusste es, Bowie ebenso. Ich konnte mir selbst nicht erklären, wieso ich ausgerechnet Mel nicht sagen wollte, dass das mit Paul und mir längst vorbei war.

»Heute soll es um dich gehen, nicht um mich«, wich ich erneut aus.

»Du weißt genau, dass ich immer für dich da bin, selbst wenn ich mein Brautkleid aussuche«, sagte Mel mit zusammengekniffenen Augen.

Ein Nicken. »Das weiß ich.«

Als Mel mit dem nächsten Kleid vor den großen Spiegel trat und sich für mich mehrmals um die eigene Achse drehte, raschelte der cremeweiße Stoff auf dem dunklen Parkett. Und ich erkannte es sofort in ihren hellen Augen, die verdächtig zu glänzen begannen, an dem Strahlen darin. An dem breiten Lachen, welches auf beiden Seiten von zwei dunklen Locken eingerahmt wurde, die sich aus dem nachlässig gebundenen Dutt auf ihrem Kopf gelöst hatten.

»Das ist es«, sprach ich es leise aus und betrachtete mit einem Lächeln, wie der Stoff des schlichten Kleides sich schimmernd an Mels Körper schmiegte. Angefangen bei den dünnen Trägern und dem V-Ausschnitt, der betonten Taille, bis es schließlich gerade auf dem Boden auflag. Besonders schön aber war der tiefe Rückenausschnitt. Er ließ das kleine Tattoo sichtbar werden, welches neben einem winzigen Herz das Geburtsdatum von Mary zeigte.

»Du siehst wunderschön aus«, sagte ich andächtig und musste schwer schlucken bei dem Anblick des in Mel pulsierenden Glücks. »Ist deine Mommy nicht wunderschön?«, flüsterte ich gegen Marys Haare und drückte ihr einen Kuss auf den Ansatz.

Robbie und Mel, das war eine der Liebesgeschichten, die einen daran glauben ließen, dass all die Erzählungen aus Büchern und Filmen doch wahr waren. Dass es Happy Ends auch im echten Leben gab und Schicksal wirklich existierte. Vor allem, wenn dieser erstaunte Ausdruck über Robbies Gesicht huschte – so als könnte er es immer noch nicht fassen, dass meine Schwester ihn tatsächlich heiraten würde.

Die Hochzeit ... In nur drei Monaten. Für einen Augenblick fragte ich mich, ob Mel und Robbie Mom eingeladen hatten. Auch wenn wir nicht darüber sprachen, so wusste ich, dass Mel und sie Kontakt hatten. Und sie war unsere Mutter. Der Gedanke, ihr gegenüberstehen zu müssen, legte sich kalt und schwer um meine Brust. Ich war nicht so weit. Noch nicht. Und vor allem nicht bei der Hochzeit meiner großen Schwester, mit keiner Ausweichmöglichkeit.

Ich sollte Mel einfach fragen, sollte zumindest sicher gehen, dann wusste ich es. Dann wäre Moms Anwesenheit keine böse Überraschung, sondern eine Tatsache, auf die ich mich irgendwie vorbereiten konnte. An Weihnachten hatte ich ihr in einer kurzen Nachricht versprochen, mich zu melden, doch ... ich schaffte es nicht, konnte es nicht. Denn was sollte ich ihr sagen? Es wurde leichter, mit den Erinnerungen an die Jahre nach Dads Tod zu leben, aber das hieß nicht, dass ich sie vergessen konnte. Irgendwann wäre ich gezwungen, wieder mit ihr zu sprechen, zumindest ein klärendes Gespräch zu führen. Aber inzwischen war ich mir ebenso sicher, dass es keine Schwäche wäre, wenn ich sie nach wie vor nicht in meinem Leben haben wollte.

»Louisa, das ist es«, sagte Mel und strahlte mich an. »Das ist es ganz, ganz sicher!«

Jillian brachte uns etwas zum Anstoßen. Sekt für Mel, Orangensaft für mich.

»Auf die werdende Braut!«, sagte ich, Mary auf meinen Hüften.

»Auf die Trauzeugin!«, erwiderte Mel.

»Darauf, dass Robbie die Augen aus dem Kopf fallen werden!«

Das Klirren von Glas an Glas. Mel drehte sich um und betrachtete sich für einen Moment im Spiegel. Als sie sich wieder mir zuwandte, umspielte ein zufriedenes Grinsen ihre Lippen. »Oh, das werden sie.«

Wolkenmädchen

9. KAPITEL

Louisa

Ich bewegte mich inmitten eines pulsierenden Meeres aus Farben, Musik und Menschen. Zusammen mit Trish und Mary, deren kleine Hand fest in meiner lag, schob ich mich knapp eine Woche später auf der Suche nach Mel und Robbie durch die Leute, die sich an den kleinen Ständen am Rand des Platzes drängten.

Hier im Stadtzentrum präsentierte sich das 52. Redstone Festival in einer hypnotisierenden Mischung aus handgemachtem Schmuck, wunderschönen getöpferten Schalen und anderen kleinen Kunstwerken, feinen Holzarbeiten und Tüchern in kräftigen Farben. Am Stand des Book Nook lagen neben einer liebevoll zusammengestellten Buchauswahl wunderschöne Notizbücher aus, The Bean verkaufte direkt vor dem Café Muffins, Brownies und heiße Schokolade, und unter der roten Markise des winzigen Plattenladens an der Ecke standen Holzkisten voller Schallplatten. Aus dem Ladeninneren drang leise der Plattenspieler. Musik, die sich zusammen mit dem aufregenden Kribbeln, das in der Luft zu liegen schien, zu einer ganz eigenen Melodie vermischte.

Plötzlich blieb Trish vor mir stehen und stupste mich in die Seite. »Schau mal, Lou!« Sie deutete grinsend auf einen in bunte Tücher gehüllten Stand, an dem ein Mann und eine Frau jeweils einem Mädchen in ungefähr unserem Alter farbige Bänder und Perlen in die Haare flochten. Ein Blick zwischen uns. »Denkst du das Gleiche wie ich?«, fragte ich mit einem leisen Lächeln. Statt eines *Jas* griff Trish nach meiner Hand und zog mich mit sich über den Platz. Und ich hob Mary hoch, weil das Gedränge immer stärker wurde. Die Kleine gluckste, die grünen

155

Augen begeistert geweitet, während sie all die Eindrücke in sich aufzunehmen schien.

Der glitzernde Lidschatten des Mannes schimmerte fast im selben Blau wie seine Augen, als er uns fragte, was wir uns gern machen lassen würden. Trish entschied sich für ein hellblaues und ein weißes Band, die Jackson, wie er sich vorgestellt hatte, ihr in geübten Bewegungen in die blonden Haare flocht. Ich machte ein Foto, als Trish mir eine Kusshand zuwarf, und schickte es Bowie, die sich mit den anderen auch irgendwo hier herumtrieb. Ich entschied mich für drei kleine Holzperlen. Mary saß auf meinem Schoß, während Jackson sie in eine Strähne meines Haares einarbeitete. Mit großen Augen sah meine Nichte immer wieder zu ihm und seinen Fingern hinauf, die sich routiniert und schnell hin und her bewegten. »Lulu!«, sagte sie, als ich fertig war, und lächelte mich mit diesem süßen Mary-Lächeln an.

»Oh Gott, lass sie auf keinen Fall das rosafarbene nehmen. Wenn Bowie das sieht, hält sie der armen Mary wieder einen Vortrag, von dem sie sowieso noch kein Wort versteht«, sagte Trish und fuhr ihr liebevoll durch die Haare. Ich lachte und griff nach den lilafarbenen Bändern, auf die Mary zeigte.

»Babygirl, du siehst so niedlich aus!«, sagte ich zu ihr, als auch sie fertig war, und drückte sie an mich. Die Kleine auf meinem linken Arm, Trish neben mir, die ihre Lippen auf meine Wange drückte. Mary quietschte und zog mit einer Hand an meinen Locken. Ich lachte, und genau in diesem Moment schoss ich das Foto. Ein Bild von einem perfekten Moment.

Wir fanden Robbie und Mel mit den Lippen aneinander an einer Hauswand stehend. Kichernd löste meine Schwester sich von ihrem Verlobten, als Trish und ich uns räusperten. Robbie nahm mir die Kleine ab, und Mel strich über das Band in ihren Haaren, sagte, wie schön sie es fand. Zu fünft machten wir uns zwischen dem Duft von heißem Apfelpunsch und frischem Popcorn auf die Suche nach etwas zu Essen. Die Äste der Bäume bewegten sich im Wind und mit ihnen die bunten Bänder, die an ihnen festgebunden waren.

Wir machten es uns mit Pizza vom Luigi's auf einer der großen Bänke unter Bäumen mit Lichtern darin gemütlich. Vor dem immer dunkler werdenden Himmel sahen sie wie bunte Glühwürmchen aus. Wir aßen und redeten wild durcheinander. Und ein warmes Gefühl breitete sich in mir aus, weil Trish sich nicht nur mit Mel angefreundet hatte, sondern sich auch mit Robbie wahnsinnig gut zu verstehen schien. Sie diskutierten über eine True-Crime-Serie, die sie beide gesehen hatten, während Mel mich immer wieder von der Seite musterte. Ich wusste genau, dass sie mich nach Paul fragen wollte, doch ich tat so, als würde ich es nicht bemerken.

»Versprecht mir, dass ihr heute noch irgendetwas Verrücktes anstellen werdet«, bat sie Trish und mich zum Abschied und drückte uns an sich. »Und vergesst nicht, mir danach alles haarklein zu erzählen«, fügte sie grinsend hinzu. Wir sahen ihnen hinterher: Mel und Robbie, zwischen ihnen Mary an ihren Händen. Robbie sagte etwas, das Mel zum Lachen brachte, und sie küsste ihn auf den Mund, bevor sie die Kleine hochhob.

»Oh Gott, die drei sind so Zucker zusammen!«

Ich lehnte mich gegen Trish und winkte Mel zu, als diese sich noch einmal nach uns umdrehte. Ich lächelte. »Das sind sie.«

Trish und ich holten uns heißen Apfelpunsch in Bechern, die unsere kalten Finger wärmten, ihrer mit Schuss, meiner ohne. Wir liefen über die Mitte des Platzes, wo mehrere Feuerschalen aufgestellt waren. Die Leute standen oder saßen dort in Grüppchen zusammen und füllten diesen Abend mit Lachen und Worten. *52. Redstone Festival* stand auf dem Banner, welches an dem Pavillon angebracht war. Neben der amerikanischen Flagge und der Flagge der Stadt flatterte es beständig im Wind. *Goodbye April* war eine von mehreren lokalen Bands und Künstlern, die dort heute noch auftreten würden. Direkt vor dem Pavillon war ein kleiner Bereich mit bunten Bändern abgetrennt, damit man dort tanzen konnte, wenn der Himmel nicht mehr dunkelblau, sondern schwarz war.

Wir fanden die anderen um eine der Feuerschalen in einer etwas ruhigeren Ecke sitzen. Ihr Lachen hörten wir schon von Weitem. Bowie saß neben Isaac und erzählte ihm mit großen Gesten etwas über eine junge Aktivistin, deren Arbeiten sie erst vor Kurzem entdeckt hatte. Die bunten Armreife an ihren Handgelenken klimperten bei jeder Bewegung. Trish setzte sich auf ihren Schoß und ich neben die beiden und Luke, mit überschlagenen Beinen, während meine Hände den dampfenden Becher mit dem Punsch festhielten. Der Schein des Feuers legte sich wärmend auf mein Gesicht.

Und dann war da Paul auf der anderen Seite der Flammen. Mit dunkler, zerschlissener Jeans und der schwarzen Jacke, in dessen Taschen er seine Hände lässig geschoben hatte. Eine Strähne seines dunklen Haares fiel ihm in die Stirn. Es wirkte, als würden seine Augen das Feuer reflektieren, als sein Blick für den Bruchteil einer Sekunde auf mir ruhte. Lodernd und einnehmend. Wie konnte es sein, dass er mich in manchen Momenten so intensiv anblickte, als gäbe es für ihn nichts anderes zu sehen als mich? Und in anderen einfach durch mich hindurchsah? Er musste aufhören – mit beidem. Diese Blicke taten meinem Herzen nicht gut: Erstere erinnerten mich an eine Zeit, in der wir das Feuer gewesen waren, Letztere schmerzten aufgrund ihrer Gleichgültigkeit. Letztendlich taten sie gleichermaßen weh und wirbelten in meinem Bauch in einem Strudel aus Gefühlen umher, die ich nicht empfinden wollte.

Seit dem Kuss mit Aiden stürzte ich mich in Arbeit, um meine Emotionen irgendwie unter Kontrolle zu bekommen. Damit so etwas nicht noch einmal passierte. Ich schrieb wie eine Besessene neue Texte für die *Storylines*, meldete mich freiwillig für jede Extraschicht im Firefly und verbrachte die restliche Zeit am Laptop, um erste Ideen für Mels

Junggesellinnenabschied zu sammeln, ihre Freunde einzuladen und Preise für Aktivitäten zu vergleichen. Doch wenn ich Paul sah, war alles wieder da. Jedes einzelne Gefühl. Und dann fühlte es sich an, als würde es von Tag zu Tag nicht besser, sondern nur noch schlimmer werden.

Aiden tauchte mit zwei vollen Bechern in den Händen hinter Paul auf und ließ sich zwischen Isaac und ihn fallen, drückte Paul einen in die Hand, den er dankend entgegennahm. Zusammen mit Isaac stießen die beiden über dem Feuer an, so enthusiastisch, dass ein Teil des Punschs zischend in den Flammen landete.

Neben mir schüttelte Luke amüsiert den Kopf, beugte sich dann zu mir. »Die drei benehmen sich schon den ganzen Abend so, als ob sie irgendetwas Besonderes zu feiern hätten.«

Ich strich mir meine Locken zurück und lachte: »Und das sagst ausgerechnet du, der jeden einzelnen Tag so verbringt, als wäre er eine riesige Party?«

»Wir feiern einfach das Leben«, grinste Aiden uns über das Feuer hinweg an. »Das reicht doch als Grund, oder?« Ein Augenzwinkern. Und knisternde Feuerfunken, die in den Himmel stiegen, Teil eines Meeres aus Sternen wurden. Ich wäre gern wie der Mond, dachte ich mit einem Blick nach oben, würde gern scheinen, ganz egal, ob da Sterne oder Wolken am Himmel waren.

Bowie unterbrach ihr Gespräch mit Isaac und wandte sich uns mit einem Funkeln in den Augen zu. »Da bin ich dabei«, sagte sie überschwänglich und hob ihren Becher in die Höhe und Trish kreischte, weil Punsch auf ihren Haaren landete. »Lasst uns auf dieses unglaublich fantastische Leben trinken!«

»Auf dieses unglaublich fantastische Leben!«, echoten wir alle und erhoben unsere Becher. »Und auf die besten Freunde überhaupt«, fügte Trish lächelnd hinzu. Dann setzten wir alle unsere Becher an die Lippen. Erst sah ich auf Pauls Grübchen, als er ebenfalls lachte, dann sah ich weg, weil ich mich augenblicklich an das stechende Gefühl erinnerte, als er mir geschrieben hatte, dass er an mich denken würde, obwohl er es offensichtlich nicht so meinte.

Der Punsch wärmte mich von innen. Gesprächsfetzen flogen durch die Luft. *Fŷrgebræc*, dachte ich, als ich für einen Moment die Augen schloss. Ein altenglisches Wort, das das Knistern und Knacken von Feuer beschrieb, diese ganz eigene Melodie. Trish und Aiden beschwerten sich abwechselnd über die nervigsten Stammgäste im Firefly und Luigi's und gaben lachend die besten Anekdoten zum Besten.

»Es gibt da diesen Typen, einer von den Redstone Lions«, erzählte Aiden. »Der kommt ungefähr alle zwei Wochen mit ein paar Jungs aus der Mannschaft.«

»Oh Gott«, unterbrach Paul Aiden mit einem gequälten Stöhnen. »Ich kann den Kerl nicht ausstehen. Wenn ich in den Laden reinkomme und ich ihn schon an einem der Tische sitzen sehe, dann habe ich schon vor meiner Schicht eine scheiß Laune.«

Aiden lachte. »Sei froh, dass du hinten in der Küche in Sicherheit vor seinem Gelaber bist, Berger. Ich muss da vorn nämlich mit den Leuten reden, und das kostet mich bei dem wirklich all meine Selbstbeherrschung!« Aiden wandte sich wieder der Runde zu. »Die Sache ist die, dass er und seine Jungs immer abartig viel bestellen, er sich aber jedes Mal beschwert, dass mit dem Essen irgendetwas nicht gestimmt hat. Und seltsamerweise sind die Teller immer bis auf den letzten Krümel leer, und sie nehmen danach meistens noch Pizzen mit nach Hause.« Aiden rollte mit den Augen. »Der Kerl ist einer von diesen Leuten, die essen gehen und wirklich alles probieren, um dabei irgendetwas für sich herauszuschlagen. Jedes Mal versucht er, *als Entschädigung* etwas aufs Haus zu bekommen. Und es ist jedes Mal eine riesige Diskussion.« Aiden stöhnte genervt. »Jedes. Verdammte. Mal.«

»Gott, mein persönlicher Favorit ist diese Frau mit dem komischen kleinen Hund, die auch mehrmals im Monat da ist«, meinte Paul. »Wie nennt sie dich immer?« Einen Moment schien er nachzudenken, dann breitete sich ein Grinsen auf seinem Gesicht aus. »*Knackig,* das ist das Wort. Sie sagt immer so etwas wie ›Hier sind die Mitarbeiter genauso knackig wie die Salate‹. Wobei sie dabei einen ganz bestimmten Mitarbeiter meint.«

Ich blickte zwischen Aiden und Paul hin und her, dann prustete ich laut los. Und neben mir verschluckte Bowie sich fast an ihrem Apfelpunsch.

»Das ist mit Abstand einer der schlimmsten Sprüche, die ich jemals gehört habe«, meinte Isaac. »Und einer der schrägsten!«, fügte ich immer noch lachend hinzu.

»Was kommt als Nächstes?«, warf Luke belustigt in die Runde und senkte anschließend die Stimme. Ein zweideutiger Tonfall, als er erneut zu sprechen begann: »Hier sind die Mitarbeiter so süß wie das Tiramisu.«

Trish lachte.

»Sie sind so heiß wie die Pizzen frisch aus dem Ofen«, ging Paul auf das Spiel ein, seine Stimme dunkel und übertrieben verführerisch.

Und ich konnte gar nicht anders, als wieder zu lachen. So sehr, dass ich mir den Bauch halten musste wegen des Schluckaufs, der sich dort unaufhörlich ausbreitete.

»Leute ... die Salat-Frau ist dreißig Jahre älter als ich.« Gequält verzog Aiden das Gesicht. »Mindestens!«

Ein gemeinschaftlich gerauntes *Oh* und *Ach so.* Und dann noch mehr Gelächter.

Trish beugte sich zu mir, und ihre Haare strichen dabei kitzelnd über meine Wange. »Vielleicht hat er einfach etwas an sich, das ältere Frauen irgendwie anmacht?! Ein Milf-Opfer quasi ...«, wisperte sie kichernd.

»Das würde auch erklären, wieso Mel ständig davon redet, wie heiß sie ihn findet«, fügte ich hinzu und schnitt gleichzeitig eine Grimasse. »Aber lass sie niemals hören, dass ich sie mit ihren neunundzwanzig Jahren gerade in einen Topf mit *älteren Frauen* geworfen habe!«

Trish legte einen Finger an ihre Lippen und zwinkerte mir verschwö-rerisch zu. Der goldene Ring in ihrer Nase glänzte im Schein des Feuers. »Niemals!«, raunte sie.

Mein Blick blieb wieder auf der anderen Seite hängen, bei Aiden, der weitere Geschichten zum Besten gab. Und bei Paul. Mir war klar geworden, mit wem Aiden sich geprügelt haben musste: Bei beiden war die Haut in den Gesichtern an jeweils einer Wange immer noch leicht violett verfärbt. Aiden hatte mir ja nicht sagen wollen, was passiert war – doch als mein Blick jetzt zu ihm huschte, fiel mir wieder ein, was er gesagt hatte, als ich ihn geküsst und dann zu weinen angefangen hatte. *Du weißt, dass ich Paul die Nase brechen würde, weil er dir das Herz ge-brochen hat, oder?* Bei dem Gedanken, dass die beiden sich wirklich deshalb geschlagen haben könnten, wurde mir schlecht. Sie waren seit Ewigkeiten beste Freunde. Dass wegen mir etwas zwischen ihnen stand, war wirklich das Letzte, was ich wollte.

Paul legte locker einen Arm um Aiden und raunte ihm etwas ins Ohr, bevor sie mit ihren Bechern anstießen. Sie gingen miteinander um wie sonst auch. Und doch war irgendetwas anders, seit Aiden mit diesem blauen Auge nach Hause gekommen war, auch wenn ich es nicht benennen konnte. Ich hatte das Gefühl, als würde er Paul in man-chen, kurzen Momenten auf so eine eigenartige Art ansehen, als gäbe es da plötzlich *mehr* zu sehen – etwas, das mir offensichtlich ent-gangen war. Und auch mir gegenüber verhielt Aiden sich anders, wenn es um Paul ging. Plötzlich mied er das Thema, hatte sogar begonnen, Paul immer häufiger in Schutz zu nehmen. Erst gestern hatte er beim Essen in der Cafeteria in einem Nebensatz erwähnt, dass es vielleicht doch eine gute Idee wäre, wenn Paul und ich uns aussprechen würden. Etwas, dass er nach zwei Monaten plötzlich wie aus dem Nichts vor-schlug.

Seufzend wandte ich den Blick ab. Ich brauchte eine Pause von die-ser Situation und dem Chaos in mir. Gerade wollte ich Trish fragen, ob sie mitkommen und noch etwas zu trinken holen wollte, da bemerkte ich, dass sie, den Kopf an Bowies Halsbeuge gelegt, die beiden ebenfalls musterte. Hätte ich nicht dieses seltsame Gefühl, dass mir eine entscheidendes Detail entgangen war, würde ich es auf sich beruhen lassen, würde denken, dass mich das nichts anging. Aber da war etwas. Etwas Unterschwelliges, das zwischen uns vieren waberte.

Trish zuckte zusammen, als ich sie anstupste. Ein entschuldigendes Lächeln und dieser merkwürdige Blick, der Aidens in gewisser Weise ähnelte und doch völlig anders war.

Ich beugte mich zu ihr. »Ich hole mir noch etwas zu trinken. Kommst du mit?«

Wir fragten die anderen, ob wir ihnen etwas mitbringen sollten, und standen dann auf. Bowie war die Einzige, die lächelnd nach einem heißen Apfelpunsch fragte. »Aber mit Schuss!«, rief sie uns hinterher.

Ich atmete erleichtert auf, als wir Aiden, Paul, Bowie, Isaac und Luke hinter uns ließen – und das Feuer, dessen Knistern uns auf den ersten Schritten begleitete. Schweigend schoben wir uns an den anderen Feuerschalen und Leuten vorbei, schlängelten uns durch die Menge, die sich am Rand des Platzes drängte. Und kurz vor dem Stand mit den Getränken und der langen Schlange davor ertönte Trishs Lachen leise an meinem Ohr, als sie abrupt stehen blieb. Mit schief gelegtem Kopf musterte sie mich. »Jetzt spuck es endlich aus, Lou! Irgendetwas macht dich die ganze Zeit schon richtig hibbelig«, sagte sie und zog mich ein Stück abseits. »Und das will etwas heißen … Hibbelig ist nicht unbedingt eins der Worte, die mir bei dir als Erstes einfallen würden.«

Ich setzte an, etwas zu erwidern, brach dann aber doch ab. Die letzten Monate hatten mir einiges abverlangt, es war so wahnsinnig viel passiert, und womöglich war dieses seltsame Gefühl in mir genauso wenig echt, wie es das mit Paul und mir gewesen war.

»Versuch gar nicht erst, es zu leugnen, Süße«, sagte Trish da und lehnte sich mit verschränkten Armen gegen die Hauswand in ihrem Rücken.

»Inzwischen kenne ich deine ganzen kleinen Ticks. Zum Beispiel dieses nervöse Gefummel in deinen Haaren.«

Ertappt ließ ich meine rechte Hand sinken, die gerade irgendwo in meinen Locken gewesen war, verdrehte dann aber die Augen. »Du bist manchmal wirklich furchtbar nervig.«

Trish streckte mir die Zunge raus. »Du findest mich nicht nervig. Du kannst es gerade nur nicht leiden, dass ich dich besser kenne als du dich selbst.«

Und dann stellte ich die Frage, die mir so sehr auf der Seele brannte. Ohne weiteres Zögern, weil Trish eben Trish war. Und meine beste Freundin.

»Weißt du, was mit Aiden und Paul los ist?« Mit den Fingerspitzen spielte ich gedankenverloren mit den Perlen in meinen Locken. »Ich meine, es ist offensichtlich, dass sie sich geprügelt haben. Es wäre schon ein großer Zufall, wenn die beiden aus dem Nichts gleichzeitig ein blaues Auge hätten. Aber Aiden will mir einfach nichts sagen. Und irgendwie habe ich das Gefühl, dass das vielleicht etwas mit mir zu tun haben könnte. Ich…ich will dem jetzt auch nicht zu viel Bedeutung beimessen, aber als Aiden und ich uns…geküsst haben…Aiden hat gesagt, er würde Paul die Nase brechen, weil er mir das Herz gebrochen hat und…das hat er doch nicht ernst gemeint, Trish. Oder?« Tief holte ich Luft, bevor ich weitersprach, leiser dieses Mal: »Ich dachte, das wäre ein blöder Witz gewesen.«

Trish sah mich an und dann durch mich hindurch. Und sie sagte gar nichts. Ausgerechnet sie, die zu allem und jedem etwas zu sagen hatte. Für einen Moment legte sie den Kopf in den Nacken, die Augen geschlossen und der Lidstrich darauf eine perfekte schwarze Kurve, als würden ihre Augen auch geschlossen lachen. Als sie sich mir wieder zuwandte, huschte ein Ausdruck über ihr Gesicht, den ich nicht deuten konnte. »Paul hat Aiden an dem Tag, als du mir im Firefly von seiner Nachricht erzählt hast, gesucht und dann im Proberaum gefunden, er ist ja meistens schon früher da als die anderen Jungs. Und ähm ... er ist da wohl schon ziemlich pissig angekommen und wollte Aiden zur Rede stellen und fragen, ob es stimmt, dass ihr euch geküsst habt. Er war völlig am Durchdrehen und super eifersüchtig ... und dann ... hat er Aiden eine verpasst, und der hat zurückgeschlagen. Die Jungs sind gerade reingekommen, als die beiden sich geprügelt haben, und haben sie auseinandergezogen.«

Ich schluckte, nahm die Musik und die ganzen Menschen nur wie aus weiter Ferne wahr. Paul war eifersüchtig gewesen und hatte Aiden deshalb geschlagen? Wieso interessierte er sich überhaupt dafür, wen ich küsste? Er hatte mir doch mehr als deutlich gemacht, dass ich ihm nichts bedeutete, hatte mir ins Gesicht gesagt, dass er mich nie geliebt hatte. Und doch hatte ich mir eingebildet, dass sein Blick dabei nicht ganz aufrichtig gewesen war. Dazu kamen diese kleinen Momente, in denen er mich ansah wie vor Weihnachten – immer dann, wenn er dachte, ich würde es nicht bemerken.

Dass ich Aiden und damit ausgerechnet seinen besten Freund geküsst hatte, war natürlich nicht die beste Idee gewesen. Aber trotzdem war Pauls Reaktion wirklich heftig. Er konnte das mit mir doch nicht auf diese wahnsinnig verletzende Art beenden und dann durch die Gegend rennen und dem ersten Kerl, den ich seitdem küsste, eine verpassen! Er konnte doch nicht ohne mich weitermachen, vor meinen Augen ständig mit anderen Frauen flirten und sie so offensichtlich mit nach Hause nehmen und gleichzeitig erwarten, dass ich trotzdem nur ihm gehören würde! Denn das tat ich nicht. Ich hatte ein Recht auf mein eigenes Leben!

»Aber woher wusste Paul denn überhaupt davon? Ich kann mir nicht vorstellen, dass ...« Ich blinzelte, sah Trish an und sie mich, und da wusste ich es mit einem Mal. Sie war die Einzige, der ich von dem Kuss erzählt hatte. Die Einzige, die abgesehen von Aiden davon gewusst hatte. Und er war niemand, der so etwas herumerzählen würde, schon gar nicht Paul – Aiden wusste, wie wichtig es mir war, dass das unter uns blieb.

»Du warst es«, begriff ich und schloss für einen Moment die Augen, atmete die Nachtluft tief ein und aus. »Du hast es ihm gesagt«, fügte ich leise hinzu. Mein Herz pochte mir gegen die Rippen.

»Ich ...Scheiße, es tut mir so leid, Lou!«, sagte Trish zerknirscht und machte einen Schritt auf mich zu.

Ich verschränkte automatisch die Arme vor der Brust. »Trish«, sagte ich bloß und schüttelte den Kopf. Ich war nicht einmal wütend auf sie; das konnte ich bei dem Mädchen, das mich vom ersten Augenblick so genommen hatte, wie ich eben war, gar nicht sein. Aber genau in diesem Moment war ich traurig und enttäuscht.

»Warum?«, fragte ich leise.

»Du bist einer meiner Lieblingsmenschen, Lou«, erwiderte sie mit einem betretenen Ausdruck in den grauen Augen. »Es gibt nichts Schlimmeres, als seine Lieblingsmenschen leiden zu sehen. Du versuchst, es die ganze Zeit so gut wie möglich zu verstecken, aber als du ins Firefly gekommen bist und geweint hast ...Ich kann Paul und dich so nicht sehen. Ich wollte nur ...« Hilfe suchend rang sie mit den Händen nach Worten. »Ich weiß es auch nicht. Ich wollte Paul wohl aus der Reserve locken, schätze ich. Ihn provozieren, damit er endlich mal checkt, dass das, was er fühlt, und das, was er tut, null zusammenpasst. Ich wollte nicht, dass meine besten Freunde sich deshalb prügeln. Und ganz sicher wollte ich nicht dein Vertrauen missbrauchen!«

Ich nickte langsam. Natürlich war mir bewusst, dass Trish keine bösen Absichten gehabt hatte, aber die Tatsache, dass sie Paul erzählt hatte, was ich ihr im Vertrauen gesagt hatte, schmerzte trotzdem.

Vorsichtig griff sie nach meinen Händen. »Es tut mir wirklich, wirklich leid! Du bist mir wahnsinnig wichtig, Lou.«

Ich seufzte. »Ich weiß. Aber ich kann nicht einfach so tun, als wäre das nicht passiert«, sagte ich ehrlich.

Ich habe sowieso schon so Schwierigkeiten damit, Menschen zu vertrauen, dachte ich.

»Lass uns heute nicht mehr davon sprechen und das in Ruhe nachholen, okay?«

Trish nickte und lächelte mich zerknirscht an. »Ich hab dich lieb«, sagte sie zwischen den ganzen Bäumen mit den Lichtern darin, als wir zurückliefen.

»Ich dich auch.«

Erst als wir wieder bei den anderen ums Feuer saßen und Bowie nach ihrem Apfelpunsch fragte, fiel mir auf, dass ich die Getränke völlig vergessen hatte.

Paul

Vor dem Auftritt von *Goodbye April* wollte Aiden unbedingt noch etwas essen, und ich hatte langsam auch wirklich Hunger. Wir seilten uns ab und steuerten den Stand vom Luigi's an. Und während wir uns durch die Menschen schoben, die halbvollen Becher in den Händen, dachte ich daran, dass ich Louisa allein mit Landon am Feuer zurückgelassen hatte. Er war vor einer halben Stunde aufgetaucht und Gott, die Art, wie er sie ansah, trieb mich in den Wahnsinn. Und je mehr ich trank, desto wütender machte mich die Tatsache, dass mich das überhaupt interessierte.

Ich hatte vorhin das Bier-Pong-Mädchen von Lukes letzter Party abblitzen lassen. Niemals ein zweites Mal, so lautete die Regel. Und die nächste Frau wimmelte ich auch ab, obwohl es das erste Mal und eine einmalige Sache gewesen wäre. Ein unruhiges Flirren hing heute in der Luft, an diesem Abend, in dieser Nacht. Es hatte meinen Blick immer wieder nachdenklich und schmerzhaft zu Louisa wandern lassen. Sie hatte Aiden geküsst, würde noch andere Kerle küssen und irgendwann mit einem von ihnen glücklich werden.

Giovanni winkte ab, als wir die Pizza bezahlen wollten, und drückte Aiden und mir zwei große, heiße Stücke in die Hand. Wir aßen sie auf den Stufen vor dem Eingang eines geschlossenen Cafés.

»Fuck«, stieß Aiden neben mir plötzlich aus. »Da steht Logan.«

»Logan?«

»Mayas Bruder«, erklärte er und deutete mit dem Kinn auf einen Kerl mit haselnussbraunen Haaren, die im Nacken zusammengebunden waren. Er musste ein paar Jahre älter als wir beide sein. Lachend klopfte er dem Kerl neben ihm auf die Schulter. »Ich hab dir doch erzählt, dass ich ihn bei einem unserer Gigs im Heaven gesehen habe.«

Ich erinnerte mich. Völlig aus dem Nichts hatte Aiden mir letztes Jahr gesagt, dass er immer noch an das eine Mädchen dachte, das ihm vor drei Jahren das Herz gebrochen hatte. Dass er all die Affären leid war, weil er einfach nichts fühlen konnte, obwohl er gern wieder etwas für eine Frau empfinden würde. Und ich hatte mich schon gewundert, wieso er kaum noch über seine Frauengeschichten gesprochen hatte. Ich hatte ihm geraten, sie entweder zu vergessen oder zu versuchen, sie zu finden. Denn egal, was dabei herauskommen würde, ich war mir sicher, dass Aiden die ganze Sache dann leichter hinter sich lassen konnte.

Auch Aiden schien unser Gespräch in Gedanken noch einmal durchgegangen zu sein, kurz bevor ein entschlossener Ausdruck in seinen blauen Augen aufblitzte. »Verdammt, ich gehe da jetzt hin«, murmelte er. »Ich lasse mir diese Chance nicht noch einmal entgehen.«

Und noch bevor ich etwas erwidern konnte, lief Aiden zielsicher und mit festen Schritten auf Mayas Bruder zu. Der blickte überrascht auf, als Aiden vor ihm stand. Er sagte etwas, und Logan lachte, seine Begleitung ebenfalls. Aiden grinste, und die drei stießen ihre Becher gegeneinander. Kurz unterhielten sie sich, dann wurde Aidens Gesichtsausdruck ernst, als er erneut zu sprechen begann. Logan schüttelte mehrmals den Kopf, doch ich sah ihn nur von der Seite, konnte seinen Gesichtsausdruck also nicht erkennen oder sogar deuten. Aiden sagte noch etwas, nickte dann und wandte sich ab.

Einen Augenblick später ließ Aiden sich wieder neben mir auf die Stufen sinken. Ich wollte ihn nicht drängen, wollte ihm einen Moment geben, denn besonders glücklich sah er nicht aus. Ich steckte mir eine Zigarette an, das Klicken des Feuerzeuges in der Nacht. »Und?«, fragte ich schließlich und blies den Rauch Richtung Himmel. »Was hat er gesagt?«

Aiden seufzte. Für einen Moment schien er ganz woanders zu sein. Dann rieb er sich gedankenverloren über das Kinn, ehe er sich mir zuwandte. »Er meinte, dass Maya nicht in Redstone ist und er mir nicht weiterhelfen kann. Dass es einen Grund geben wird, wenn ich keine Möglichkeit habe, sie zu erreichen, und das wahrscheinlich bedeutet, dass sie nicht mit mir sprechen will. Ich bin also genauso schlau wie vorher ...« Er stockte. »Logan hat zwar angeboten, dass er Maya sagen kann, dass ich nach ihr gefragt habe, wenn sie das nächste Mal miteinander sprechen, aber ...« Frustriert stöhnte er auf und trank einen großzügigen Schluck aus seinem Becher. »Mann, das ist doch bescheuert! Sie wollte mich vor drei Jahren nicht sehen, sie will mich jetzt nicht sehen. Ende.«

Ich klopfte meinem besten Freund auf die Schulter. »Hey, immerhin hast du es versucht und kannst die ganze Sache so vielleicht eher hinter dir lassen.«

Es schien, als wolle Aiden noch etwas sagen, doch dann wandte er sich wieder ab und sah in die Ferne: das bunte Treiben, die Lichter und irgendwo dahinter die Berge, die jetzt durch die Dunkelheit des Himmels nur schemenhaft zu erkennen waren.

Ich nahm einen tiefen Zug von meiner Zigarette, er noch einen weiteren Schluck von seinem Punsch.

»An Angeboten mangelt es dir auf jeden Fall nicht«, versuchte ich, einen Scherz zu machen. Ich verstand, wie frustrierend es für Aiden sein musste, dass es da diese Frau gab, mit der er alle anderen verglich. Dass er sich wegen dieser einen nicht verlieben konnte. Und doch: Wer war ich schon, zu behaupten, dass das irgendwann besser werden würde? Wer war ich schon, ihm jetzt mit irgendeiner bedeutungslosen Floskel zu kommen, die nur für Momente wie diese geschaffen worden war, in denen die Worte fehlten? Ich hatte selbst keine Ahnung davon, versuchte selbst herauszufinden, wie man einen Menschen vergessen konnte und ihn nicht in jeder anderen Person zu finden versuchte – doch im Gegensatz zu Aiden wusste ich wenigstens, wieso das mit Louisa und mir nicht sein konnte, wieso das Ende im Nachhinein so unausweichlich gewesen war.

Louisa

Etwas war heute anders. Vielleicht lag es an den Frauen, die permanent Pauls Nähe zu suchen schienen, vielleicht daran, dass es schwer war, diesen Abend in unserer üblichen Gruppe gemeinsam zu verbringen und ihn mit seiner starken Präsenz ständig um mich zu haben. Die Tatsache, dass er und Aiden sich wegen mir geschlagen hatten, die Tatsache, dass Trish etwas, das ich ihr im Vertrauen erzählt hatte, noch am selben Tag weitererzählt hatte. Vielleicht war es einfach so, dass mir gerade alles zu viel war und ich mich ablenken wollte. Gedanken und Eindrücke, die in mir Feuer fingen, begannen, zu brennen. Und dieses Mal ließ ich mich auf Landons offenkundige Flirtversuche ein, versuchte, über jeden Witz zu lachen, den er machte, und folgte ihm schließlich auf die provisorische Tanzfläche vor dem Pavillon. Musik, die sich verlangsamte, und Landon, der hinter mir stand, seine Hände auf meine Hüften legte. Ich schloss die Augen, wiegte mich weiter im Rhythmus der Musik. Wir tanzten eng, sein Körper an meinem, Bartstoppeln, die für einen Moment über meine Haut kratzten, als er mir etwas ins Ohr raunte, das klarmachte, worauf das hier hinauslaufen würde.

Auch wenn Landon und ich uns nicht wirklich viel zu sagen hatten und ich nicht diese Art von Verbindung spürte, war er immer nett gewesen und sah gut aus mit der breiten Statur und der dunkel schimmernden Haut. Das mit ihm wäre nur eine rein körperliche Sache, Sex ohne Bedeutung und nichts, das Gefahr lief, mir am Ende das Herz zu brechen. Ich hatte es so satt, Paul hinterherzutrauern.

Landon presste sich von hinten an mich, ließ seine Hände langsam höher wandern bis an meine Taille. Und ich wollte mich mit und in ihm fallen lassen, weil er niemals mein wahres Ich würde sehen können. Auch wenn er meinen Körper hätte, er hätte niemals mein Herz, kein einziges kaputtes Teil davon. Doch egal, wie sehr ich mir all das einzureden versuchte, Landons Hände auf mir fühlten sich falsch an. Und je länger wir miteinander tanzten, desto mehr verstärkte sich dieses Gefühl.

Langsam öffnete ich wieder die Augen, sah zuerst nur die bunten Lichter in den Bäumen – und dann traf mich der Blick aus den dunklen Augen völlig aus dem Nichts. Paul stand auf der anderen Seite neben Aiden, Isaac und Luke gegen die Außenseite des Pavillons gelehnt, eine Hand in der Jeans vergraben, in der anderen etwas zu trinken. Doch statt mit seinen Freunden anzustoßen, deren lautes Lachen bis zu mir rüber drang, ruhte sein Blick auf Landon und mir. Seine Lippen waren zu einem geraden Strich zusammengepresst, die ganze Haltung angespannt und kurz vor einer Explosion, die ich in diesem Moment deutlich kommen sah. Und auch als ich den Blick nicht abwandte, ihn sogar trotzig erwiderte, schaute er unaufhaltsam in unsere Richtung. Mein Mund war trocken, denn in seinen Augen stand etwas Dunkles, beinahe schon Bedrohliches, das mir unter die Haut kroch und mich …

Paul

… in den verdammten Wahnsinn trieb. Am liebsten würde ich hingehen und Landon auf der Stelle von Louisa wegzerren. Und ganz ehrlich, ich hätte ihm zusätzlich auch gern noch eine verpasst, weil er seine scheiß Hände nicht bei sich lassen konnte und sie beim Tanzen über ihre Taille gleiten ließ, als wäre es das Selbstverständlichste der Welt. Doch zur Hölle, das war es eben nicht! Er tanzte zu nah hinter ihr, viel zu eng.

Louisa mit ihren Feuerhaaren zwischen all den Lichtern – Gott, es tat so weh, zu sehen, wie jemand anderes das haben konnte, was ich tief in mir unter all dem Verdrängen und Vergessen wollte. Und das war *sie*. Hätte ich weniger getrunken, würde ich das nicht mal in Gedanken so offen zugeben, aber so sanken meine Hemmungen. Und von Sekunde zu Sekunde, die ich Landon und Louisa zusammen sah, verschob die verfluchte Grenze sich weiter nach unten.

Scheiße! Ich stieß mich von dem Pavillon ab, machte einen Schritt nach vorn. Ich würde jetzt dorthin gehen und diesem Arschloch endlich sagen, dass es sich verpissen sollte! Ich würde ihm ein für alle Mal klarmachen, dass Louisa ihm nicht gehörte. Und wenn ich schon dabei war, würde ich ihr auch noch die ganze Wahrheit offenbaren. Aiden hatte gesagt, dass ich ihr irgendeine Form von Erklärung liefern musste. Ich hatte ihm und mir geschworen, ihr eine zu geben … aber erst würde ich sie küssen. Nur ein einziges, letztes und verzweifeltes Mal noch.

Ich trank den Rest von dem Zeug, das Luke mir in die Hand gedrückt hatte, auf Ex und seufzte schließlich auf.

Dann: Nein, ich konnte das nicht durchziehen, ich musste Louisa sein lassen, leben lassen, was und wie sie wollte. Ich hatte genau zwei Möglichkeiten. Entweder ich riss mich zusammen und gab mein Bestes, Louisa und Landon zu ignorieren, oder aber ich sah zu, dass ich hier so schnell wie möglich verschwand, bevor ich noch etwas richtig Dummes tat.

Louisa

Seit ich Pauls intensive Blicke auf mir gespürt hatte, konnte ich mich endgültig nicht mehr fallen lassen. Landon war nicht das, was ich wollte, zumindest nicht wirklich. Und was hatte es im Nachhinein gebracht, Aiden zu küssen – jemanden, der im Gegensatz zu Landon sogar einen Platz in meinem Herzen hatte? Letztendlich hatte dieser Kuss nichts geändert, mir wahrscheinlich nur noch mehr wehgetan, weil er mir vor Augen geführt hatte, wonach ich mich tief in mir so sehnte: Paul.

Ich murmelte eine Entschuldigung und löste Landons Hände von mir, schob mich dann durch die tanzende Menge, ohne seine Reaktion abzuwarten. Erleichtert stieß ich Luft aus, als ich Trish und Bowie mit jeweils einer Tüte Popcorn auf den Pavillon zusteuern sah.

»Hast du da gerade mit Landon getanzt?«, fragte Trish überrascht, als ich vor den beiden zum Stehen kam.

Bowie hielt mir erst ihr Popcorn unter die Nase und hakte sich dann grinsend bei mir unter. »Ihr saht zusammen wirklich heiß aus!« Sie zwinkerte mir zu, doch statt darauf einzugehen, griff ich in ihre Popcorntüte und lief mit Trish und ihr zu den anderen rüber.

»Vergiss es!«, sagte Aiden gerade zu Paul, als wir uns zu Luke, Isaac und den beiden stellten.

Die Stimmung schien sich innerhalb der letzten Minuten verändert zu haben, die Luft geladen zu sein.

Aiden schüttelte entschlossen den Kopf. »Es ist mir wirklich scheißegal, wie nüchtern du dich gerade fühlst«, sagte er bestimmt. »Ich gebe dir ganz sicher nicht die Schlüssel! Ich fahre ja selbst nicht mehr mit dem Auto zurück, weil ich schon zu viel getrunken habe. Also krieg dich wieder ein.«

Paul fuhr sich genervt durch die Haare, stieß einen Fluch aus und baute sich vor Aiden auf, der keinen Schritt zurückwich. Von Sekunde zu Sekunde verfinsterten die Gesichter der beiden sich mehr.

Ein kurzer Blickwechsel zwischen Isaac und Luke, doch Paul und Aiden starrten sich eine gefühlte Ewigkeit einfach nur an. Keiner rührte sich.

Ich konnte mir nicht richtig erklären, woran es lag, doch im nächsten Moment hatte ich Aiden schon nach den Autoschlüsseln gefragt und gesagt, dass *ich* Paul zurück zum Campus fahren würde. Ein Impuls, eine Übersprunghandlung.

Ich ignorierte Aidens zusammengezogene Augenbrauen und wie Trish sich auf die Unterlippe biss, um die Situation nicht zu kommentieren. Und ich blickte nicht zurück, um mich zu vergewissern, ob er mir auch tatsächlich folgte. Ich wusste selbst nicht, was ich hier eigentlich tat. Ich wusste nur, dass er wirklich betrunken war und ich unter keinen Umständen wollte, dass er sich in diesem Zustand am Ende doch noch hinters Steuer setzte. Dafür kannte ihn zu gut – wenn es darauf ankam, war er viel zu impulsiv und stur. Und Paul würde sich in diesem Fall auch von Aiden nichts sagen lassen. Letztlich würden die beiden ein weiteres Mal aufeinander losgehen, und das war etwas, auf das ich wirklich verzichten konnte.

Paul

Ich folgte Louisa, ihren entschlossenen Schritten und den sanft auf und ab wippenden Feuerlocken. Ich war betrunken und allein mit ihr, beides zusammen eine gefährliche Mischung, gefangen zwischen dem, was richtig war, und dem, was sich richtig anfühlte, irgendwo zwischen falschem Richtig und richtigem Falsch.

Bevor ich mich auf den Beifahrersitz fallen ließ, dachte ich noch, was für ein glücklicher Mistkerl ich war, dass sie wegen mir diesen Arsch hatte stehen lassen.

Wegen *mir*.

10. KAPITEL

Paul

Louisa kam in einer der wenigen freien Lücken auf dem Parkplatz direkt vor meinem Wohnheim zum Stehen. Und ich kam nicht umhin festzustellen, dass sie Auto fuhr, wie sie auch sonst alles tat: bedacht, ruhig und irgendwo dahinter verträumt, mit den Gedanken in den Wolken, von denen heute Nacht so viele am Himmel hingen. Es hatte begonnen, aus ihnen zu regnen, ein sanftes Trommeln auf dem Autodach.

Louisa, ein *Wolkenmädchen*.

Hinter uns lag eine Fahrt voller ungesagter Worte, die jetzt ohne das beständige Summen des Motors noch unerträglicher und lauter danach schrien, ausgesprochen zu werden.

Ich musterte sie von der Seite, dann platzte es aus mir heraus: »Läuft da was zwischen euch?«

Louisa blickte starr geradeaus. Im Schein der Laternen sah ich nicht mehr als den sanften Schwung ihrer Wangenknochen.

Und als ich schon dachte, sie hätte mich nicht gehört oder nicht hören wollen, wandte sie sich mir zu. Mit nichts im Blick. »Du hast absolut kein Recht, mich das zu fragen, Paul«, sagte sie tonlos und biss sich dann auf die Unterlippe. »Nicht nach dem, wie du das mit mir beendet hast und dich seitdem verhältst.«

Scheiße, es stimmte: Ich hatte jedes Recht verwirkt, eifersüchtig zu sein. Ob sie nun meinen besten Freund küsste, um mich zu vergessen, oder etwas mit Landon oder irgendeinem anderen Kerl anfing, egal wie sehr sich bei mir bei dieser beschissenen Vorstellung von Louisa und einem anderen Mann alles zusammenzog.

175

»Und dann die Tatsache, dass du Aiden ein blaues Auge verpasst hast, weil wir uns geküsst haben?!«, fügte Louisa mit unterdrücktem Ärger hinzu. »Wird das ab jetzt immer so laufen? Du servierst mich ab, tust so, als wäre da nie etwas zwischen uns gewesen, kommst aber null damit klar, dass ich genauso wie du weitermache, und gehst in Zukunft einfach grundsätzlich auf jeden Typen los, mit dem ich etwas am Laufen habe?«

Gott, wenn du wüsstest, dass ich dich immer noch liebe, dass ich nie damit aufgehört habe, Louisa! Wenn du wüsstest, dass ich dich niemals gehen lassen wollte. Wenn du die ganze Wahrheit kennen würdest, vielleicht könntest du mich dann verstehen – zumindest ein bisschen.

Ich war derjenige von uns beiden, der sich durch das College vögelte, um zu vergessen. *Ich* war der, der das mit uns beendet und sich in irgendwelche bedeutungslosen Sexgeschichten gestürzt hatte. Aber ich war nun mal betrunken, ich sehnte mich nach Louisas Worten, ihrer Berührung, danach, dass dieser ganze Scheiß nicht real war, das zwischen uns dafür aber umso mehr.

»Und trotzdem hast du darauf bestanden, mich zurückzufahren …«, sprach ich das Offensichtliche aus. Weil ich ein betrunkener Mistkerl war und mein Mund plötzlich ein Eigenleben zu führen schien. Weil ich in diesem Moment ein Egoist war, der nur noch ein einziges beschissene Mal hören wollte, dass ich ihr etwas bedeutete.

Sie schluckte. »Weil es zu viele Autounfälle in meinem Leben gab, zu viel Angst um Menschen, die mir etwas bedeuten.« Sie senkte die Stimme. »Du weißt das.«

Die Angst um mich, Louisa?

»Weil …«, setzte ich an und ließ meinen Blick über jeden vertrauten Zentimeter ihres Gesichts wandern. Diese Wahnsinnsaugen, die im Licht des Mondes dunkel schimmerten, die vollen Lippen, die feinen Sommersprossen auf der Nase und den Wangen, »weil *ich* dir immer noch etwas bedeute?«

Der Klang meiner eigenen Stimme war ungewohnt kratzig und rau.

Ich sollte endlich meine Klappe halten, ich sollte diese Dinge nicht sagen. Als wären meine Worte nicht schon schlimm genug, beugte ich mich über die Mittelkonsole zu Louisa und streckte eine Hand unendlich langsam nach ihr aus. Gott, ein Teil von mir hatte Angst, dass sie wie an dem Abend im Heaven vor mir zurückweichen würde, doch aus irgendeinem Grund tat sie das nicht. Stattdessen sah sie mich einfach nur abwartend an und bewegte sich kein Stück. Ein Brennen auf meiner Haut, als meine Hand an ihrem Gesicht lag, sich langsam in ihren Nacken schob und ich mit dem Daumen die Konturen ihres Kiefers nachzeichnete. Ich strich über das winzige Muttermal an ihrem rechten Mundwinkel, all die Sommersprossen, die im silbrig schimmernden Licht des Mondes wie Sternenbilder aussahen, die ganz allein mir gehörten.

Ich war ein riesiges Arschloch, ich nahm mir etwas heraus, das mir nicht zustand, doch alles in mir schrie danach, dieses Mädchen nur dieses eine Mal noch zu berühren. Den Gedanken zuzulassen, dass mein abgefucktes Herz Louisa nach wie vor liebte, ganz gleich, was in der Zwischenzeit passiert war, ganz gleich, dass ich so nicht mehr fühlen durfte.

Ich schluckte, weil es nach über zwei Monaten höllisch weh tat, ihre Haut unter meinen Fingern zu spüren, und sich gleichzeitig so richtig anfühlte. Ich sollte meine Hand zurückziehen, doch genau in diesem Moment legte sich Louisas federleicht über meine und hielt sie somit an Ort und Stelle. Nicht wegen des sanften Drucks ihrer Finger, sondern wegen der Tatsache, dass sie so unerwartet meine Berührung erwiderte.

Ich hielt den Atem an.

»Bedeute ich *dir* denn noch etwas?«, wisperte sie nach einer Ewigkeit statt einer Antwort. Da war nur ihr leiser Atem, mein hämmerndes Herz und der Regen, der unaufhörlich auf das Autodach prasselte. Ganz langsam verschränkten unsere Finger sich miteinander, meine Hand dabei immer noch an ihrem Gesicht. Ein Moment, der eine Ewigkeit andauerte. Wir sahen einander an und sagten nichts, doch es war diese Art *Nichts*, die *alles* bedeutete.

Gott, sie hatte keine Ahnung, was sie tatsächlich für mich war. Dieses Mädchen, das mich einfach nie aufzugeben schien.

Und dann nickte ich langsam, scheiße, ich nickte einfach. Und so wie ihre Züge in diesem Moment weicher wurden, sanfter, hatte sie diese kleine Bewegung auch wahrgenommen.

Louisa

Mein Herz begann unaufhaltsam, schneller zu schlagen. Ob bewusst oder nicht – Paul hatte genickt, und so durchdringend, wie er mich ansah, wusste er, dass ich es bemerkt hatte. Vorsichtig löste er seine Hand von meinem Gesicht, ließ unsere ineinander verflochtenen Finger zwischen uns sinken. Unsere Gesichter waren einander immer noch nah, und ich wusste, dass das hier nicht das Ende war. Noch nicht.

»Bereust du es?«, fragte er rau, schob meinen Ärmel ein Stück nach oben und drehte mein Handgelenk so, dass die in Flammen stehenden Flügel des Phönix in dem schwachen Licht orange und grell schimmerten. Mit seinen Fingern zeichnete er jede einzelne Linie nach, so wie ich es immer bei ihm getan hatte. Jede noch so leichte Berührung verstärkte das Kribbeln, das sich beständig auf meiner Haut ausbreitete.

Ich biss mir auf die Unterlippe und betrachtete Pauls Finger, die an der Schwanzfeder innegehalten hatten. Ich konnte mir nicht erklären, was hier gerade geschah. Alles, was ich wusste, war, dass dieser Moment, er und ich in Aidens Auto, während es draußen mittlerweile wie aus Eimern schüttete, sich anfühlte wie ein Paralleluniversum, ein kleiner Mikrokosmos, abgeschnitten von der uns bekannten Welt, eine Version von uns, die Monate zurücklag.

»Natürlich ist es eng mit dir verbunden und das wird es immer sein«, sagte ich ehrlich. »Aber das war mir klar, bevor ich es mir habe stechen lassen. Und letztendlich geht es bei dem Tattoo ja nicht um dich oder uns, sondern um mich. Ich hätte es sowieso gemacht. Es ist wie mit deinen Tätowierungen, die einen Teil deines Lebens erzählen. Der Phönix und das, wofür er steht, sind eben Teil *meiner* Geschichte. Also …«, ich hielt inne und suchte Pauls Blick, »nein, ich bereue es nicht.«

Er musterte mich nachdenklich, bevor er sich räusperte: »Ich bin unglaublich froh, dass das so ist, Louisa.«

Das bin ich auch, dachte ich noch, bevor ich gar nicht mehr nachdachte. Da war nur noch Pauls Gesicht wenige Zentimeter vor meinem, sodass ich die kleine Narbe an seiner Schläfe ausmachen konnte, seine Hand, die immer noch fest und warm an meinem Handgelenk lag, und diese seltsam aufwühlende Stimmung, die sich innerhalb der letzten Minuten zwischen uns ausgebreitet hatte.

Ohne mich von ihm abzuwenden, löste ich unsere Hände langsam voneinander, um mich abzuschnallen. Paul sagte nichts, doch als er begriff, was ich vorhatte, fuhr mir sein Blick heiß und brennend durch jeden Winkel meines Körper. Ich wollte ihm nah sein. Auch er machte wortlos seinen Gurt los, und dann saß ich schon auf seinem Schoß. Ohne nachzudenken und gleichzeitig erfüllt von so vielen Gedanken.

Seine Hände an meinen Hüften, meine vergraben in seinen Haaren. Wir starrten uns an, atemlos und gleichzeitig völlig ruhig. Pauls Hände glitten langsam über meine Schenkel, schoben sich unter meinen Rock, der mir die Oberschenkel hinaufgerutscht war. Raue Finger strichen über meine Seiten, zogen Linien auf meinen Rippen und mich enger an ihn. Ich erschauderte, genoss die fast schon zögerlichen Berührungen dieses Mannes, nach dem ich mich so gesehnt hatte – wie sehr, wurde mir erst in diesem Augenblick bewusst.

Schnell atmend lehnte ich meine Stirn an seine, die Hände gegen seine Brust gestützt. Meine Locken fielen nach vorn und bildeten einen Vorhang, unter dem es nur seine intensiven bernsteinfarbenen Augen

gab. Und diesen Mund, der so schön lachen konnte. Ein schwindelerregender Anblick.

»Louisa, ich will nicht, dass du ... Fuck, das hier ist keine gute Idee!«,
sagte Paul. Doch bevor er die Möglichkeit hatte weiterzusprechen, legte
ich ihm einen Finger auf die Lippen. Das kratzige Gefühl seines Bartes
an meiner Hand ließ mich erschaudern, ließ mich leise seufzen.

»Manchmal ist eine Sache keine gute oder schlechte Idee, manchmal
ist es einfach nur eine Idee«, behauptete ich.

Natürlich war mir bewusst, dass es mir letzten Endes nur noch mehr
wehtun würde, wenn heute Nacht etwas zwischen uns passierte. Doch
da war auch diese andere Stimme tief in mir, die ihn spüren wollte – nur
noch ein einziges und letztes Mal. Vielleicht irrte ich mich, doch so wie
Paul mich ansah, wie er mich berührte, mit seinen Fingern unter dem
Stoff meines Shirts langsam meine Wirbelsäule hinaufstrich, wie er
mich besitzergreifend an sich drückte, empfand er noch etwas für
mich – auch wenn diese Gefühle nicht für das mit uns gereicht hatten.
Doch in diesem Augenblick war ich mir einer Sache plötzlich ganz
sicher: Auch wenn Paul niemandem gehörte, auch mir nicht, auch wenn
es da noch so viele andere Frauen gab – *ich* war die Einzige, für die er
seine Regeln vergessen hatte. Die einzige Frau, die er so ansah, wie er es
gerade tat. Mindestens so atemlos und durcheinander wie ich. Alles
andere war für den Moment bedeutungslos.

Paul nickte. Dann schob er eine Hand in meinen Nacken, umfasste
mit der anderen mein Kinn. Federleicht und warm strichen seine Lippen über meine – kein Kuss, sondern ein Versprechen auf mehr. Auf
das, was heute Nacht sein konnte. Das Gefühl seines heißen Atems auf
meinem Mund ließ mein Herz leise flattern. Es waren nicht nur seine
großen Hände an meinem Gesicht, es war vor allem dieser tiefe Blick
aus dunklen Augen, der mich festhielt, der mich ganz und gar gefangen
nahm.

Ich versteckte meinen Schmerz so tief und bedacht in mir, dass ich seinen überdeutlich und klar erkannte. In seinem Blick lag so viel, das ich nicht verstand: dieser gequälte Ausdruck, fast schon Hoffnungslosigkeit, brodelndes Verlangen und tief dahinter Unsicherheit und etwas viel Wärmeres – alles in einer Intensität, die mir das Atmen schwer machte. Es war, als würde ich in einen Spiegel sehen, eine Reflexion meiner eigenen Seele.

Als Pauls Lippen ein weiteres Mal über meine strichen, schloss ich den Abstand zwischen uns endgültig und küsste ihn.

In dem Moment, in dem meine Lippen auf seine trafen, zersprang mein Herz. Paul, da war einfach nur Paul. Instinktiv öffnete ich die Lippen und keuchte, als ich seine Zunge spürte. Wie sie erst quälend langsam über meine pochenden Lippen strich, bevor er mit ihr meine liebkoste und den Kuss intensivierte. Stürmisch, hungrig, seine Hände dabei überall auf mir, brennende Linien über jeden Zentimeter meines Körpers ziehend.

Egal wie sehr ich es danach vielleicht bereuen würde, ich küsste ihn mit allem, was ich hatte, mit allem, was ich empfand, und für den Bruchteil einer Sekunde blieb die Welt stehen, nur um sich im nächsten Moment noch schneller weiterzudrehen. Fordernd und bestimmt lagen seine Lippen auf meinen, bewegten sich grob und zugleich sanft mit meinen.

Ich presste mich enger an ihn, drängender, fordernder, und sog scharf Luft ein, als ich seine Erektion zwischen meinen Beinen spürte. Mein Name lag auf seinen Lippen, ein Keuchen an meinem Ohr, dunkel und rau mit all dem, was darin mitschwang. Das Kratzen seines Bartes an meiner Wange, dann sein heißer Atem, der über meinen Hals strich – etwas in mir fing Feuer, vielleicht weil ich wusste, dass dieser Moment nicht für die Ewigkeit sein konnte. Ein Hier-und-Jetzt-Augenblick.

Mit einem Knurren zog Paul mich näher an sich heran, vergrub die Hände tiefer in meinen Locken. »Gott, wie ich das hier vermisst habe ...« Ein Raunen, das ich auf meiner ganzen Haut zu spüren glaubte.

Unerträglich langsam glitt er mit seiner Zunge über meine Unterlippe, biss dann hinein, spielte mit mir. Und er wusste es. Ich sah es in seinem Gesicht, sah es an dem leichten Lächeln in seinen Mundwinkeln. Er wusste ganz genau, was er da mit mir tat.

»Nein«, sagte er, »wie ich *dich* vermisst habe.«

Sein Blick ruhte auf mir, als er das sagte, so völlig ernst und klar, so intensiv. Plötzlich schien er wieder nüchtern zu sein, bei vollem Bewusstsein.

Ich dich auch, schrie alles in mir. Doch ich konnte es Paul nicht sagen, nur zeigen. Ungeduldig schlang ich meine Arme um seinen Hals, begann, mich auf seinem Schoß zu bewegen. Meine Zunge an seiner, ein schwindelerregender Tanz, der mich auf ihm erzittern ließ. Unser Atem ging stoßweise, als ich mich für einen Moment von ihm löste und mit zitternden Fingern die Tür öffnete. Ein letzter Blick, dann kletterte ich hinaus in den Regen. Eine stille Aufforderung.

Und in der nächsten Sekunde stand er groß und breit vor mir und presste mich gegen die geschlossene Autotür, ich gefangen in seinen muskulösen Armen. Den strömenden Regen, der unaufhaltsam auf uns niederfiel und unsere Kleidung durchnässte, blendete ich aus. Da war nur Paul vor mir, seine Lippen an meinen, das Knurren, das ihm unkontrolliert entwich, als ich mich enger und vor allem drängender an ihn presste. Ein Bein, das ich um seine Hüften schlang, und mir entfuhr erneut ein leises Stöhnen, als seine Erektion sich dabei hart gegen mein Becken presste. Seine Hände krallten sich fest in meine nassen Haare, während seine Zunge auskostend die Linie meines Kiefers nachzeichnete. Für einen Moment legte ich den Kopf in den Nacken und schloss die Augen, konnte nur spüren, nur fühlen: Das Wasser, das mir unablässig über das Gesicht rann, das Gefühl seines Bartes an der empfindlichen Haut meines Halses, seine Lippen, die brennende Spuren bis zu meinem Schlüsselbein zogen. Ich keuchte auf. Und ohne weiter darüber nachzudenken, fanden meine Hände ihren Weg durch all die

Schichten nasse Kleidung, trafen auf Pauls heiße Haut, die definierten Muskeln, deren Gefühl unter meinen Fingern so vertraut und elektrisierend war. Unser heißer Atem vermischte sich miteinander, jedes Mal wenn unsere Lippen sich für atemlose Sekunden voneinander lösten. Für Momente mit Blicken voll berstender Intensität. Dann wieder unsere Münder, die hemmungslos aufeinanderprallten und mehr wollten, so viel mehr.

»Was tun wir hier?«, fragte ich nach Luft ringend.

Dieses tiefe, echte Lachen, von dem ich nicht wusste, wann ich es das letzte Mal auf diese ehrliche Art gehört hatte. So leise und rau und ein Kribbeln, das mir die Wirbelsäule hinauf- und wieder hinunterkroch.

»Nach was fühlt es sich denn an?«, fragte Paul an meinen Lippen, während er mir immer noch tief in die Augen sah. Ich ertrank in dem selbstvergessenen Ausdruck in ihnen, in dem Blick, der durch meinen ganzen Körper jagte und schließlich als Pulsieren zwischen meinen Beinen endete. Da war dieser Hunger in seinen Augen, unstillbares Verlangen und Sehnsucht, und doch biss er mir viel zu sanft in die Unterlippe.

Wir waren kurz davor, ineinander zu ertrinken. Und ich war verloren, gefangen zwischen diesem Mann und dem Auto in meinem Rücken, zwischen Erinnerungen und dem, wonach ich mich sehnte.

»Nach einer heißen Kussszene im Regen, die in keinem Buch fehlen darf?«, erwiderte ich, ohne weiter darüber nachzudenken.

Paul löste sich ein Stück von mir, unbedeutender Abstand zwischen uns, und ließ seinen Blick über mich wandern, ein amüsiertes Blitzen in den bernsteinfarbenen Augen und wieder dieses schöne Lachen. »Gott, Louisa, du und deine Liebesromane!«

Mein Mund verzog sich zu einem Grinsen. »Wenn du es richtig machen willst, dann musst du mich jetzt durch den Regen tragen«, sagte ich provokant und fügte leiser hinzu: »Zu dir nach oben.« Bei den letzten

Worten verdunkelte sich sein Blick auf eine Art, dass mein Herz schneller und schneller gegen die Rippen hämmerte.

Und genau in diesem Moment war es zwischen uns so, wie es immer gewesen war. So, als wären die letzten Monate einfach nicht passiert. Wie eine Reise in die Vergangenheit. Zurückkatapultiert ins letzte Jahr, als Paul und ich *alles* gewesen waren. Als er mich hatte sein lassen, wie ich war – mit all meinen Gedanken und Gefühlen. Er und ich ein Feuersturm.

Eine Sekunde lang schien mein Herz still zu stehen, denn gleich würden wir eine Entscheidung treffen, die etwas zwischen uns verändern würde. Er wusste es, ich wusste es. Ein Blick mit tausend Worten darin, und dann hörten wir erst auf, zu reden, hörten auf, zu denken.

Paul griff nach meiner Hand, zog mich mit sich, und dann rannten wir lachend durch den Regen. Hand in Hand die wenigen Stufen zum Eingang des Wohnheims nach oben. Ungeduldig riss Paul die Tür auf, und wir stolperten Richtung Aufzug. Überall auf dem Boden Wasser, das aus unserer Kleidung und unseren Haaren tropfte. Als die Türen des Aufzugs sich langsam schlossen, strich Paul mir erst nasse, klebende Haarsträhnen aus dem Gesicht, packte mich dann und presste mich fest gegen die Aufzugwand in meinem Rücken. Das richtige Stockwerk, sich wieder öffnende Türen, doch Paul ließ mich nicht los, sondern trug mich durch den Flur bis zu seiner WG. Seine Bauchmuskeln zwischen meinen Beinen, meine Lippen immer wieder an seinen. Zwei angetrunkene Typen und ein Mädchen kamen uns auf dem Gang entgegen, wünschten uns lachend und grölend *Viel Spaß*, aber Paul ignorierte sie, sah einfach nur mich an. Und ich tat es ihm gleich.

Erst in der Wohnung ließ er mich wieder auf den Boden gleiten. Ein dumpfes Poltern, als ich fast über meine Sneakers stolperte, nachdem ich mir diese von den Füßen gestreift hatte, und Paul mich mit einem leisen Lachen festhielt. Durchnässte Jacken und Schals, die auf dem Boden landeten, seine Schuhe, die er achtlos in irgendeine Ecke kickte.

Wir beide blind für alles, was nicht wir waren. Irgendetwas fiel von dem flachen Sofatisch, gegen den ich auf dem Weg zu seinem Zimmer stieß. Ein Poltern, ein Krachen. Doch Paul hielt unbeirrt mein Gesicht fest, murmelte an meinen Lippen, dass das egal sei, und zog mich weiter. Unsere Hände überall und miteinander verflochten, als wir in sein Zimmer stolperten und er die Tür hinter uns mit einem dumpfen Laut ins Schloss fallen ließ.

Schwer atmend drehte Paul sich wieder zu mir und sah mich einen Augenblick beinahe schon ungläubig an, zog sich erst den Hoodie, dann das Shirt langsam über den Kopf. Aus den dunklen Haaren tropfte Wasser auf seine Brust und den tätowierten Schriftzug auf der linken Seite, rann über seine muskulösen Schultern bis hinunter zu den dunklen Linien und Schattierungen des Löwenkopfes und seinem Bauchnabel und den feinen Härchen darunter, die im Bund seiner verwaschenen Jeans verschwanden.

Mein Blick fiel auf seinen linken Arm, der komplett mit dunklen Bildern versehen war: Die Sanduhr, die verschlungenen Elemente darunter, der Wald mit dem Wasserfall und der Weite des Himmels darüber. Das war Paul, war seine Geschichte. Unwillkürlich ließ dieser Anblick mich aufseufzen.

Er machte einen Schritt auf mich zu. Bedrohlich, berauschend. Dann war er direkt vor mir, zog mir erst den nassen Stoff meines Pullis, dann mein Shirt über den Kopf und ließ beides achtlos fallen, sein Blick allein auf mich gerichtet, loderndes Feuer in seinen Augen, als auch der BH mit einem leisen Rascheln zu Boden fiel.

Paul keuchte. »Fuck, du bist noch so viel schöner, Louisa«, murmelte er, »noch so viel schöner als in meiner Erinnerung.«

Quälend langsam fuhren seine Hände meinen Hals entlang, über meine Arme, meine Taille, bis sie schließlich fest um meine Hüften lagen. Er zog mich an sich, und in dem Moment, in dem meine Nippel dabei die nackte Haut seines Oberkörpers berührten, erzitterte ich.

Seine Hände an meinen Brüsten, ein letzter tiefer Kuss, dann ließ er sich langsam auf den Boden vor mir sinken. Paul kniete sich vor mich hin, und ich hielt den Atem an, als er meinen linken Fuß auf seinen Oberschenkel stützte und mich einfach nur ansah. Seine Hände legten sich an den Saum meiner Strumpfhose und schoben sie ein Stück über meine Hüften. Und dann begann Paul, sie mir langsam von meinem linken Bein zu ziehen.

So eilig wir es gerade noch gehabt hatten, so viel Zeit schienen wir mit einem Mal zu haben. Zentimeter für Zentimeter schob Paul den Stoff quälend langsam weiter nach unten. Es hatte etwas wahnsinnig Sinnliches an sich, zu ihm hinunterzublicken, während seine Finger in einer nervenaufreibenden Linie über meine Haut strichen. Paul schob mir den Stoff über den Fuß und stellte sich anschließend das andere Bein auf den Oberschenkel. Mein Rock rutschte bei der Bewegung nach oben, und ein kehliger Laut drang aus seinem Mund, als er es bemerkte. Ein tiefer Ton, der zusammen mit seinem intensiven Blick als Pulsieren zwischen meinen Beinen endete. Und direkt in meinem Herz.

Gegen die Wand gelehnt, stand ich da und beobachtete atemlos, wie er mir die Strumpfhose endgültig von dem anderen Bein schob. Von Sekunde zu Sekunde breitete die Hitze sich weiter in meinem Körper aus – wegen dieses gebrochenen Mannes, der auf eine rohe Art zärtlich war. Und je mehr meiner Haut Paul mit seinen Händen berührte, desto stärker wurde das sehnsüchtige Ziehen in meinem Bauch.

Wassertropfen glänzten in seinem dunklen Haar, in das ich meine Finger krallte, als mir der Blick seiner Augen verriet, was er im Begriff war, zu tun. Und in der nächsten Sekunde trafen seine Lippen auf die empfindliche Haut meiner Kniekehle, küssten sich nervenaufreibende Spuren aus Feuer meine Schenkel hinauf, während er immer noch mein rechtes Bein festhielt. Ich keuchte, als Paul sich ein Stück aufrichtete und mit dem Saum meines Rockes zu spielen begann. In einer einzigen, festen Bewegung schob er ihn nach oben, und dann waren seine Lippen zwischen meinen Beinen. Ein hungriger Kuss auf den feuchten Stoff meines Höschens, das er nur Sekunden später hinunterschob. Das kratzige Gefühl seines Bartes an der Innenseite meiner Oberschenkel ließ mich aufkeuchen, das seiner warmen Zunge, die plötzlich zwischen meinen Beinen war, unkontrolliert aufschreien. Meine Finger krallten sich noch fester in seine nassen Haare, während Paul fast unerträglich langsam über mich glitt und dann in mich, heiß und tief, sanft und drängend. Seine Bewegungen waren bestimmt, fast schon zu kontrolliert. Und ich drückte beinahe verzweifelt den Rücken durch, drängte mich seinem warmen Mund entgegen. Ich sah zu ihm hinunter, sah in allumfassendes, intensives Braun. Ein stürmisches Meer, in dessen Wellen ich kopfüber springen wollte. In seine Hitze, sein Verlangen nach mir, diese rohe Leidenschaft.

Unendlich langsam drang er erst mit einem, dann mit zwei Fingern in mich ein, während er mit der anderen Hand immer noch mein Bein hielt. Die Berührung ließ meinen ganzen Körper erbeben. Ich warf den Kopf in den Nacken, stöhnte seinen Namen. Einmal. Zweimal. Und er nannte mich *Feuermädchen* – auskostend nach all den Wochen.

Paul nahm mich auf diese Art, brachte mich um den Verstand mit diesem langsamen, nervenaufreibenden Rhythmus seiner Finger. Er trieb mich weiter, trieb mich höher.

Frustriert schrie ich auf, als er sie wieder aus mir gleiten ließ und plötzlich aufstand. Er hielt mich fest, schnell atmend, mit wildem Blick. In einer schnellen, fast schon groben Bewegung schob er mir erst den Rock von den Beinen und hob mich dann hoch. Er trug mich die wenigen Meter zu seinem Bett. Mir entwich ein leises Stöhnen bei dem Gefühl seiner Lippen an meinem Hals, dem rauen Stoff seiner Jeans zwischen meinen Beinen. Ich wollte alles von diesem Mann, alles, was er mir geben konnte, ohne Rücksicht auf irgendwelche Konsequenzen. Genau in diesem Moment glaubte ich, dass es alles das hier wert sein würde.

Er ließ mich auf das Bett gleiten, sah zu mir hinunter, wie ich so entblößt vor ihm saß und seinen Blick erwiderte. Seine dunklen Augen folgten meinen Bewegungen, als ich meine Hände ausstreckte und langsam den Knopf seiner Jeans öffnete, dann den Reißverschluss, ihm die Hose mit seiner Hilfe über die Hüften schob. Die Boxershorts folgten, meine zitternden Hände, die über warme Haut und sein Becken strichen, und dann stand er groß und breit vor mir. Ich seufzte. Da war Paul, so unendlich viel Paul. Und das träge, verführerische Lächeln um seine Lippen, mit dem er zu mir hinunterblickte, als er meine ausgestreckte Hand ergriff und sich von mir auf das Bett ziehen ließ, war wunderschön.

Das Knistern von Folie, das Kondom, das ich ihm aus der Hand nahm und ihm überstreifte. Wortlos, weil kein Wort der Welt ausdrücken konnte, was ich in diesem Augenblick empfand. Denn da war dieser Blick, der mich noch mehr zum Zittern brachte, meinen Körper und mein ganzes Sein, Verlangen und Herz.

In einer fließenden Bewegung setzte ich mich auf ihn, legte eine Hand auf seine Brust und drückte ihn nach hinten auf die Matratze. Und als Paul unter mir lag, ließ ich mich, den Blick auf sein schönes Gesicht mit den markanten Zügen gerichtet, langsam auf ihn sinken, mit den Händen auf seine Brust gestützt. Da waren feste Muskeln und das schnelle Pochen seines Herzschlags unter meinen Fingern. Da war die längliche Narbe an seinen Rippen, die mich daran erinnerte, dass es nicht selbstverständlich war, dass er lebte.

Pauls Blick ruhte auf mir, mit einer Zärtlichkeit, die ich dort niemals vermutet hätte. Nicht mehr. Und als er tief in mich eindrang und mir dabei noch tiefer in die Augen sah, rückte etwas in mir an den richtigen Platz. In diesem Moment füllte er mich aus, füllte seine Leere meine aus. Wir zwei Teile, die ein Ganzes ergaben, zumindest hier in der Dunkelheit, in der dieser Mann und ich alles waren, was zählte.

Paul

Louisa biss sich auf ihre vollen Lippen und schien den Atem anzuhalten, begann sich dann zu bewegen, ihre Hüften quälend langsam vor und zurück zu wiegen. Ich keuchte. Ein animalischer Laut, der mir bei ihrem Anblick unkontrolliert über die Lippen kam, bei dem unfassbaren Gefühl von mir in ihr.

Unter halb gesenkten Lidern sah sie mit einem unstillbaren Hunger in den blauen Augen auf mich hinunter, weiche Schatten, die ihre langen Wimpern auf ihre Wangen zeichneten, die geschwollenen Lippen leicht geöffnet, und das Stöhnen, das ihnen entwich, hallte tief in mir nach. Es machte mich an, dass Louisa mich auf eine Art und Weise in sich aufnahm, wie auch sie selbst war: bedacht und tief. Und dabei so völlig versunken in das Gefühl von mir, in das beständige Auf und Ab.

Der Schwung ihrer Brüste zeichnete sich gegen das silbrig schimmernde Licht des Mondes ab, dazwischen glänzten vereinzelte Wassertropfen auf ihrer Haut. Sie rannen zwischen ihren Brüsten herab, über ihre harten Nippel, die weiche Haut ihres Bauchs, bis sie schließlich auf meinen Händen landeten. Fest lagen sie an ihren Hüften, während sie mich in immer noch quälend langsamen Bewegungen in sich gleiten ließ, nur um ihre Hüften im nächsten Moment wieder anzuheben. Doch Louisa wurde drängender, mit jeder einzelnen Bewegung fordernder. Sie stöhnte unkontrolliert auf, die Augen geweitet, als sie mich mit jedem Mal tiefer in sich sein ließ. Gott, sie blickte zu mir hinunter, als wäre sie genauso überrascht wie ich von der Tatsache, dass das hier passierte.

»Louisa«, stöhnte ich.

Sie begann, sich schneller und schneller zu bewegen, ein immer treibenderer Rhythmus, während meine Hände über ihre Taille glitten, über ihren Bauch strichen, ihre Brüste umfassten, die sich in meinen Händen im selben Rhythmus wie sie bewegten. Himmel, sie so zu sehen, war das mit Abstand Heißeste, was ich je erlebt hatte, so wild und frei, so völlig in diesem Moment. Sie wiegte sich auf mir und die Laute, die tief aus meiner Brust kamen, wurden immer dunkler. Auf und ab, immer höher, immer weiter. Jede meiner Berührungen war fester als die davor, hemmungsloser und roher. Da war nur noch sie und das Gefühl, in ihr zu sein.

Es kostete mich all meine Selbstbeherrschung, meine Hände nicht um ihren Hintern zu legen und ihre Bewegungen zu dirigieren, mir mehr und immer mehr zu nehmen von diesem Mädchen, das mich seit der ersten Sekunde um den Verstand gebracht hatte.

Doch ich wollte, dass Louisa sich das nahm, was *sie* in diesem Moment brauchte. Gott, sie sollte nicht denken, dass ich sie nur noch einmal würde ficken wollen, dass das hier ein Spiel für mich war – nicht bei ihr. Niemals bei diesem Mädchen aus Feuer. In diesem gestohlenen Moment gehörte sie wieder mir, gehörte ich ihr. Sie und ich – so verdammt viel mehr, als ich verdient hatte, und alles, was jetzt zählte.

Louisa beugte sich leicht zu mir nach vorn, stützte sich mit einer Hand neben meinem Kopf ab. Zerzauste, grelle Locken, die ihr ins Gesicht fielen. Sie schrie auf, als sie zuließ, dass ich noch tiefer in sie drang, und dann konnte ich nicht mehr an mich halten. Ein Blick in diese tiefblauen Augen und mir war klar, dass sie es wusste.

»Ja«, raunte sie, noch bevor ich die Frage hatte formulieren können. »Bitte.«

Und dann packte ich sie an ihren Oberschenkeln, hielt dieses Mädchen fest in meinen Händen und begann, mich mit ihr zu bewegen, während ihr Ozeanaugenblick unablässig auf meinem Gesicht ruhte.

»Mehr, Paul ...«, wisperte sie, und mehr brauchte ich nicht. Schneller, härter, tiefer. Immer wieder drang ich in sie ein, kostete das Gefühl voll und ganz aus. Louisas Finger bohrten sich fast schmerzhaft in meine Oberarme, während ich nur noch tiefer in sie stieß. Ein treibender Rhythmus, der mich zusammen mit der Hitze in ihren Augen um den

Verstand zu bringen drohte. Immer höher, immer weiter. So kurz davor zu fallen. Und als Louisas Stöhnen immer lauter wurde, sie den Kopf mit geschlossenen Augen in den Nacken warf, war alles in mir kurz davor, zu explodieren. Weil diese Frau, die sich in diesem Moment auf mir bewegte, Louisa war, mein Feuermädchen, weil sie sich gehen ließ, weil sie mir genug vertraute, um sich mir so zu zeigen.

Meine Finger bohrten sich in ihre Schenkel, wahrscheinlich drückte ich viel zu fest zu, doch sie beschwerte sich nicht. Ich zog Louisa an mich, auf mich hinunter, immer und immer wieder. Ich war so unglaublich kurz davor, mich endgültig in ihr zu verlieren, in ihr zu ertrinken.

»Paul«, keuchte sie, fast ein Wimmern. Ein Flehen nach mehr, ein Flehen nach *mir*. Ihre Beine begannen, zu zittern, und ich hielt sie, hielt sie fest, während ihre Lider flatterten, doch sie sah mich weiterhin an, bis dieser lustverhangene, entrückte Ausdruck in ihrem Gesicht mir endgültig den Rest gab. Ein letztes Mal drang ich in sie ein. Ein harter Stoß und dann explodierte alles um mich herum, zersprang in tausend Teile. Ich löste mich unter diesem Mädchen auf, Welle für Welle für Welle, setzte mich langsam wieder zusammen.

Louisa hielt meinen Blick fest, fast schon erstaunt, ein Moment für die Ewigkeit, dann erbebte auch sie auf mir, schrie meinen Namen, so laut und schön und echt.

Zitternd sank sie auf meine Brust herab. Und ich hielt sie fest in meinen Armen, zog sie an mich.

Wir atmeten schwer, fanden nur langsam zurück in die Wirklichkeit, zwischen dem Geräusch des Regens, der immer noch schwer gegen die Scheiben trommelte, das laute Pochen unserer Herzen. Sie vergrub ihren Kopf in meiner Halsbeuge, küsste die erhitzte Haut unter ihren Lippen.

»Louisa«, flüsterte ich in ihre Locken. Meine Lippen, die über ihre grellen Haare strichen, ihre Schläfe, ihre warme Haut.

Louisa. Immer und immer wieder.

Louisa

Das sanfte Licht des Mondes war immer noch das Einzige, das das Zimmer erhellte. Ein Schimmern auf zerwühlten Laken und meinen nackten Armen.

Immer noch Nacht, doch der Regen hatte aufgehört. Erinnerungen an das Gefühl von Paul unter meinen Händen sickerten langsam in mein Bewusstsein durch, als ich von Sekunde zu Sekunde wacher wurde. Wie er tief in mich eingedrungen war, mich ausgefüllt hatte, wie er mich immer noch berührte, als könnte ich niemals zerbrechen. Er war roh gewesen und wild und gleichzeitig auf eine fast unerträgliche Art und Weise sanft, wie wir uns ununterbrochen in die Augen gesehen hatten, bei jedem einzelnen Stoß. Irgendetwas war da in seinem Blick gewesen. Ich seufzte, blinzelte und merkte sofort, was anders war. Pauls Arme um mich fehlten, diese starken Arme, in denen ich eingeschlafen war.

Mit dem Rücken zu mir saß er an der Bettkante. Leicht nach vorn gebeugt, den Kopf in die Hände gestützt. Mondlicht fiel auf die Bilder auf seinem linken Arm. Paul schien wie versteinert, allein das Beben seiner Schultern zeichnete sich in dem schwachen Licht ab. Erst flüsterte ich seinen Namen, setzte mich dann auf. Das leise Rascheln der Bettdecke, als ich zu ihm nach vorn rutschte. Verunsichert streckte ich eine Hand nach ihm aus, strich ihm über den Rücken. Doch Paul reagierte nicht, alles, was ich spürte, war ein unablässiges Zittern unter meinen Fingerspitzen. Ohne die Berührung zu unterbrechen setzte ich mich neben ihn, verunsichert und gleichzeitig besorgt. Vielleicht hätte ich einfach verschwinden sollen, statt mich der Müdigkeit und der Wärme in meinem Bauch hinzugeben.

Denn mit diesem Mann zu schlafen war kein Abschied gewesen, kein letztes Mal, keine einmalige Sache – wenn ich ehrlich zu mir selbst war, dann hatte mir jede einzelne Sekunde etwas bedeutet. Noch immer glaubte ich, ihn auf meiner nackten Haut zu spüren, noch immer schwang in mir diese Mischung aus angenehmer Leere und Vollkommenheit nach.

»Paul«, wisperte ich noch einmal und hatte mit einem Schlag wahnsinnig Angst, dass er mir gleich sagen würde, dass diese Nacht ein Fehler gewesen sei. Dass er mich gleich rausschmeißen würde, weil ich doch nur eine von vielen war und ich mir den sanften Ausdruck in seinen Augen eingebildet hatte. Doch da war dieses Gefühl in mir. Das Gefühl, dass irgendetwas nicht stimmte.

Vorsichtig legte ich also eine Hand an sein Gesicht, das vertraute Kratzen seines Bartes unter meinen Fingerspitzen. Und ich hob sein Gesicht an, bis er mir entgegenblickte. Der Mond schien durch das Fenster, betonte nicht nur jede Linie seiner markanten Gesichtszüge, sondern auch das Glänzen in seinen dunklen Augen. Schwimmendes Bernsteinbraun. Verwirrt hielt ich seinen Blick fest – und tatsächlich: Diesem wunderschönen, großen, starken Mann standen Tränen in den Augen. Und dann begann es, aus ihnen zu regnen. Einem Impuls folgend legte ich auch die andere Hand an sein Gesicht, links und rechts, um Tränen aufzufangen, von denen ich nicht wusste, woher sie kamen.

Schockiert sah Paul mich an, als würde er erst jetzt realisieren, dass ich hier neben ihm saß und meine Hände sein Gesicht umfingen. Er wich meinem Blick aus, als aus lautlosen Tränen ein Zittern und Beben wurde, das seinen ganzen Körper zu durchdringen schien. »Scheiße, es tut mir so leid, Louisa!«, sagte er so leise, dass ich ihn beinahe nicht verstanden hätte. Und jedes einzelne, heiser ausgesprochene Wort war voller Schmerz. »Oh Gott, es tut mir so unfassbar leid!«, wiederholte er immer und immer wieder. Und mit jedem Mal klangen die Worte gequälter. Der Blick seiner Augen war dunkel und ernst, als hätten sie Dinge gesehen, die sie niemals hätten sehen sollen. Ein Blick, der die Stille zwischen seinen Entschuldigungen laut machte.

Ja, er hatte sich mir gegenüber wie ein Arschloch benommen, er hatte mir nicht nur wehgetan, sondern mir das Herz herausgerissen, aber so gequält wie seine Entschuldigung klang, schlich sich immer lauter die Vermutung in meine Gedanken, dass es hier um mehr ging. Oder auch um etwas völlig anderes. Jetzt gerade war der Mann neben mir vollkommen nackt, nicht nur auf die offensichtlichste Art. Es war die ehrlichste, die verletzlichste und vielleicht kaputteste Version seiner selbst. Es war vier Uhr in der Früh, noch nicht morgen, aber auch nicht mehr ganz gestern. Und obwohl zwischen uns nichts geklärt zu sein schien, fühlte ich mich Paul genau in diesem Augenblick nah. So unfassbar nah.

Langsam verschränkte ich meine Hände mit seinen. Und er ließ zu, dass ich ihn zurück auf das Bett zog. Er auf dem Rücken und ich, die sich eng an ihn schmiegte, ein Bein zwischen seinen, mein Kopf in seiner Armbeuge. Warme Haut an warmer Haut, meine Hand auf den festen Muskeln seiner Brust mit seinem beständigen Herzschlag unter meinen Fingern. Ich wusste mit absoluter Sicherheit, dass dieser Mensch mir nach wie vor die Welt bedeutete, sein Herz, das wahrscheinlich sogar noch zerbrochener war als mein eigenes. Egal, was inzwischen passiert sein mochte: Paul hatte mich so oft zusammengehalten, mich vor dem Auseinanderfallen bewahrt, und in diesem Moment wollte ich das Gleiche für ihn tun.

»Ich habe es nicht gewusst, Louisa. Hätte ich es von Anfang an gewusst, dann hätte ich doch niemals … Ich hätte *dich* niemals …« Verzweifelt rieb er sich über das Gesicht, fuhr sich dann durch den Bart. Ich hob den Kopf, sah ihn an, und der Ausdruck in seinen Bernsteinaugen brach mir zusammen mit dem Anblick der immer noch darin schimmernden Tränen fast das Herz.

»Louisa, ich wusste es wirklich nicht. Scheiße, du bist mein verdammtes Licht, du bist mein …« Seine Worte verloren sich in der Dunkelheit. Wovon sprach er? Was hatte er nicht gewusst? Hatte er wieder einen dieser Albträume gehabt, die ihn in manchen Nächten wachhielten, über die er aber nie sprach?

»Paul«, murmelte ich seinen Namen, weil ich nicht wusste, was ich hätte sagen sollen, fuhr ihm zärtlich und bedacht durch die vom Schlaf zerzausten Haare. In dieses eine Wort versuchte ich, all das hineinzulegen, was ich gerade dachte: Dass es okay war, zu weinen, dass es okay war, kaputt zu sein. Und dass es auch okay war, wenn seine Albträume nur langsam verschwanden.

Doch von Sekunde zu Sekunde verstärkte sich das Gefühl, dass Paul gar nicht von der Tatsache, wie das mit uns zu Ende gegangen war, sprach. Dass es irgendetwas anderes sein musste, das ihn so quälte. Vielleicht war es diese eine Sache, wegen der er diese schlechten Träume hatte. Diese Sache, von der er mir an dem Thanksgiving-Wochenende hatte erzählen wollen. Diese Sache, über die wir letztendlich nie gesprochen hatten, weil ich gesagt hatte, dass es für mich keine Rolle spielen würde. Doch was sollte seine Vergangenheit mit mir zu tun haben?

Ich griff nach der Decke und breitete sie über uns beiden aus, bevor ich mich erneut eng an Paul kuschelte. Wir zwei unter dem weißen Laken, zwei warme, nackte Körper, mit meinem Herz an seinem. Seines an meinem. Ein schützender Kokon, der die Welt aus- und uns beide einschloss.

»Ich bin hier, okay?«, wisperte ich und zeichnete mit einer Hand Endloskreise auf seinen Oberkörper. Ich malte Geschichten, Gedanken und Gefühle, die ich nicht aussprechen konnte.

»Ich bin hier, Paul.«

Und vielleicht würde ich sogar bleiben, wenn du mich darum bittest.

Tatsächlich beruhigten seine Atemzüge sich unter meinen Berührungen langsam, das Beben ließ nach, schien nicht mehr seinen ganzen Körper einzunehmen. Seine Arme zogen mich fester an sich, mein Gesicht an seiner Brust, seine Finger, die durch meine Locken glitten. Immer und immer wieder. Wir beide ineinander und in die Decke verschlungen, bis ich nicht mehr sagen konnte, wer sich an wem festhielt.

Kurz bevor ich wieder einschlief, glaubte ich, ihn etwas murmeln zu hören, glaubte zu spüren, wie er seine Lippen für einen Moment an diese Stelle hinter meinem Ohr presste, fest und sanft zugleich, und ein Kribbeln auf meiner Haut.

Ich liebe dich, Feuermädchen.

Und auch wenn ich mir das sicher nur einbildete, seufzte ich mit einem warmen Hoffnungsschimmer im Bauch auf, irgendwo an dieser Schwelle zwischen Traum und Wirklichkeit, zwischen gestern und morgen.

Schockherz

11. KAPITEL

Paul

So hell und sanft die Sonne durch das Dach der Tannen fiel, so schwer und schnell trafen meine Füße auf den weichen Waldboden. *Uitwaaien*, hatte Louisa es einmal genannt, ein niederländisches Wort. Es hieß so viel wie *allein im Wind laufen*, um den Kopf freizukriegen. Mein Herz hämmerte unablässig gegen meine Rippen, schlug immer schneller – wegen der Steigung des gewundenen Weges, der tiefer zwischen die Bäume führte, vor allem aber wegen der Erinnerungen an die letzte Nacht, an all die Grenzen, die ich innerhalb kürzester Zeit nach und nach überschritten hatte. Der Moment, in dem Louisas Lippen sich warm auf meine gelegt hatten und sie mich sehnsüchtig geküsst hatte, hatte meinen Widerstand für gestohlene Stunden niedergerissen.

Dass sie gegangen war, hatte ich gewusst, noch bevor ich heute Morgen die Augen geöffnet hatte. Rausgeschlichen wie ein verdammter One-Night-Stand, doch der Geruch nach ihr hatte in der Luft gehangen, an den Kissen, den Laken – und an meiner Haut.

Ich hasste mich dafür, dass ich so unglaublich schwach gewesen war, meine Gefühle und diese Reue zerfraßen mich von innen, trieben mich immer tiefer in den Wald hinein. Es auf den scheiß Alkohol zu schieben, dass ich so gedankenlos mit Louisa geschlafen hatte, war einfach nur eine richtig schlechte Ausrede. Ich hatte einfach nicht nachgedacht, hatte mich in und mit ihr verloren. Das Schlimmste aber war, dass ich jede einzelne Sekunde, in der ich so tief in ihr gewesen war, genossen hatte. Dass es sich richtig angefühlt hatte. Sie auf diese Art zu spüren war wahnsinnig berauschend, sie auf mir kommen zu sehen

199

überwältigend, und dieses Mädchen endlich wieder in meinen Armen zu halten, absolut perfekt gewesen. Die Erinnerung an ihr Lächeln ließ mich meine Schritte beschleunigen. Gott, wie konnte sich eine Sache gleichzeitig so verflucht vollkommen und so erschreckend falsch anfühlen?

Louisa hatte gestern Nacht sogar das Ausmaß meiner Verzweiflung gesehen. Beschissene Tränen, die sonst niemand zu Gesicht bekam. Sie hatte noch deutlicher vor Augen gehabt, wie kaputt und düster es tatsächlich in mir aussah. Mit Sicherheit hatte sie kein Wort von dem verstanden, was ich ihr da hatte sagen wollen, und doch hatte sie mir in ihrer sanften Art einfach das Gefühl gegeben, völlig in Ordnung zu sein. Ich hatte mir selbst versprochen, Louisa eine Erklärung zu liefern, stattdessen hatte ich alles nur noch schlimmer gemacht. Was für eine Widerspruch in sich und Ironie des Schicksals, dass ausgerechnet sie die einzige Person war, die mich vergessen ließ, wer sie *eigentlich* war.

Immer weiter trieb ich mich durch das Grün der Tannen, auch wenn meine Muskeln inzwischen brannten. Vielleicht tat ich es auch genau deswegen, weil das eine Art Schmerz war, auf den ich mich so viel leichter konzentrieren konnte. Das dumpfe Geräusch meiner Schuhsohlen auf dem Waldboden.

Schritt.

Tief Luft holen.

Schritt.

Ausatmen.

Schritt.

Kurz nicht denken und dann doch wieder.

Wie hatte ich das tun können, wie hatte ich mich so mitreißen lassen können? Ich durfte sie nicht lieben und noch weniger durfte ich Louisa das Gefühl geben, dass sie von mir mehr erwarten konnte als diese eine Nacht. Je später es geworden war, desto mehr hatte sie sich mit all ihren Gedanken und Gefühlen vor mir ausgebreitet, auch wenn sie das meiste davon nicht ausgesprochen hatte. Sie hatte mich sie ansehen, *richtig* ansehen lassen – ihr Blick, in dem alles lag, was ich wissen musste. Ich sah wieder den zärtlichen Ausdruck in ihren großen, blauen Augen vor mir. Und ich erinnerte mich an die Hoffnung, die in ihnen geschimmert hatte. Hoffnung, die ganz allein *ich* dort gesät hatte und die *ich* ihr wieder nehmen musste – ganz egal wie sehr es diesen kranken Teil in mir berührte, dass dieses eine Mädchen immer noch das Gute in mir zu sehen schien. Louisa, deren Meinung die einzige war, die zählte.

Zurück in der WG steuerte ich als Erstes die Küche an und schnappte mir ein Glas Wasser, das ich direkt gegen die Spüle gelehnt herunterstürzte. Ich war verschwitzt, erschöpft, ein vorübergehender Rausch an Endorphinen – die Gedanken aber blieben, so wie sie es immer taten.

»Morgen!« Isaac kam mit einem leeren Becher herein, schenkte sich Kaffee aus der Kanne auf der Küchenzeile nach und lehnte sich gähnend neben mich, die Beine überkreuzt.

»Hey«, murmelte ich abwesend und füllte das Wasserglas noch einmal auf, trank es begierig aus, bevor ich mir auch einen Kaffee einschenkte.

»Du und Lou ...«, fing Isaac plötzlich an und mein verdammtes Herz setzte einen Moment aus. »Ihr seid also wieder zusammen?«

Ich zuckte zusammen. *Oh fuck!*

»Wie kommst du darauf?«, erwiderte ich schroffer als beabsichtigt. Gott, was für eine dumme Gegenfrage. Wir wohnten in einer WG, unsere Zimmer lagen direkt nebeneinander, natürlich hatte er bemerkt, dass jemand hier gewesen war. Und wahrscheinlich hatte er einfach nur eins und eins zusammengezählt. Immerhin hatten gestern ja alle mitbekommen, dass wir zusammen gegangen waren.

Isaac rückte seine Brille zurecht und lachte: »Erstens lagen eure Klamotten im ganzen Wohnzimmer verteilt, als Taylor und ich gestern Nacht zurückgekommen sind, und zweitens hab ich Lou vorhin gesehen, als sie gegangen ist.«

»Wir sind nicht wieder zusammen«, sagte ich hart, doch bei meinen Worten zog sich alles in mir schmerzhaft zusammen.

Als ich wenig später das Wasser in der Dusche aufdrehte und es heiß über mein Gesicht lief, traf ich eine endgültige Entscheidung: Ich würde ihr die Wahrheit sagen. Jetzt oder nie – weil eine Frau wie sie nicht nur eine Erklärung verdient hatte, sondern vor allem absolute Ehrlichkeit.

Louisa

Möglichst langsam und, wie ich hoffte, geräuschlos drehte ich den Schlüssel im Schloss herum, die Schuhe in der Hand und nur mit der Strumpfhose auf dem Boden – alles, damit Aiden mich möglichst nicht hörte, mich nicht sah: den zerknitterten Rock von gestern, meine zerzausten Haare, die verlaufene Mascara um meine Augen. Ein einziger Blick, und er hätte es gewusst. Wahrscheinlich ahnte er es ohnehin schon.

Erleichtert atmete ich aus, als ich aus dem Bad das Rauschen von Wasser hörte. Wenn ich mich beeilte, würde ich es wieder aus der Wohnung schaffen, bevor Aiden mich bemerkte – und könnte den Fragen entgehen, die er mir womöglich stellen würde. Doch für diesen einen, kleinen kurzen Moment ließ ich mich erschöpft auf mein Bett sinken, mich mit ausgestreckten Armen nach hinten fallen und starrte an die Decke.

Vor einer halben Stunde war ich in Pauls Armen aufgewacht, genauso, wie ich in ihnen eingeschlafen war, nachdem er sich wieder beruhigt hatte. Ich hatte mich sicher gefühlt und beschützt mit dem regelmäßigen Heben und Senken seiner Brust unter meinen Händen, mit diesem vertrauten Geruch nach Wald und Paul und Sicherheit, mit seiner warmen, nackten Haut so eng an meiner. Doch einfach zu gehen, ohne ihn zu wecken, war einfacher gewesen, als mir einzugestehen, dass ich gestern Nacht nicht ehrlich zu mir gewesen war. Denn wenn es um diesen Mann ging, dann war es für mich unmöglich, Sex und Gefühle zu trennen. Das eine ging ohne das andere nicht – nicht bei Paul. Ihm so nah gewesen zu sein, hatte mich tief berührt. Die Momente, in denen ich diesen sanften Ausdruck in seinen Bernsteinaugen zu sehen geglaubt hatte, hatten etwas in mir bewegt. Jeder Blick, jede Berührung – als wäre keine Zeit vergangen. Als wären da nur er und ich, die zusammen ganz waren. Und obwohl es das nicht sollte, flatterte mein Herz bei der Erinnerung. Gleichzeitig fühlte es sich seltsam leer an.

»Hey.«

Ich zuckte zusammen und setzte mich auf. Aiden lehnte im Türrahmen meines Zimmers, zwei große Becher mit Kaffee in der Hand. Wasser tropfte aus den blonden Haaren auf sein Shirt und hinterließ dunkle Flecken auf dem Stoff, als er den Kopf schief legte und den Blick über mich gleiten ließ, mit einer in die Höhe gezogenen Augenbraue. Seufzend stieß er sich von dem Türrahmen ab, um sich mir gegenüber auf meinen Schreibtischstuhl zu setzen.

»Es tut mir leid, dass ich so überstürzt gegangen bin und euren Auftritt verpasst habe«, sagte ich, doch Aiden winkte bloß ab.

Stattdessen drückte er mir einen der beiden Becher in die Hand. »Du siehst aus, als könntest du den jetzt brauchen!«, meinte er.

»Vielen Dank für das Kompliment, Aiden«, sagte ich trocken, nahm den Kaffee aber dankbar entgegen.

Er zwinkerte mir grinsend zu. »Also, ich persönlich finde ja, ein guter Walk of Shame muss mit richtig viel Kaffee enden. Das macht alles viel erträglicher!«

»Na, du scheinst auf jeden Fall zu wissen, wovon du sprichst«, lachte ich und genoss das wärmende Gefühl unter meinen Fingern.

»Habt ihr wenigstens auch miteinander geredet?«, sagte Aiden plötzlich doch ernst.

Ich schwieg.

Ein Stirnrunzeln. »Ich hoffe, du weißt, was du da tust.« Er musterte mich, und in seinen sonst so sonnigen Augen lag ein Ausdruck, als gäbe es da etwas, das er mir am liebsten sagen würde. Und auch der Unterton in seiner Stimme, den ich nicht deuten konnte, entging mir nicht. Da war wieder dieser merkwürdige Blick, mit dem er mich bedachte, seit er mit dem blauen Auge nach Hause gekommen war.

Gestern Nacht hatte ich tatsächlich gedacht, ich wüsste, was ich tat, doch heute im grellen Licht eines neuen Tages war ich mir da nicht mehr so sicher. *Nur noch ein letztes Mal*, hatte ich mir eingeredet, mich aber davongeschlichen, weil Paul im Schlaf so friedlich und auf eine rohe Art schön ausgesehen hatte, die Gesichtszüge markant, aber entspannt. Weil die Erinnerung an seinen gequälten Gesichtsausdruck mir auch heute wieder das Herz brach. Und weil ich unter gar keinen Umständen bereit für Sätze wie *Das war ein Fehler* oder *Das hatte nichts zu bedeuten* gewesen war.

Ich sah Aiden an und sagte leise: »Wenn ich ehrlich bin, dann habe ich keine Ahnung.«

Professor Brown war im Begriff, die breite Flügeltür zu schließen, als ich auf den Hörsaal zurannte und gerade noch so durch die Tür huschte. Er hasste es, wenn jemand zu spät zu seinen Vorlesungen zur *Elementary Linear Algebra* kam, und hatte deshalb schon einige Studenten für den Term aus der Vorlesung geschmissen. Erleichtert ließ ich mich in der letzten Reihe auf einen freien Platz sinken.

In der nächsten halben Stunde versuchte ich, seinen Ausführungen und den schnell geschriebenen Ziffern auf der dunkel schimmernden Tafel zu folgen und das Wichtigste mitzuschreiben. Doch ich war unkonzentriert. Die Zahlen und Gleichungen auf meinem Block verwandelten sich in Wörter, sobald meine Gedanken von dem eigentlichen Thema der Vorlesung abwichen. Minuten später starrte ich auf das Blatt, auf das, was ich da so hingekritzelt hatte, und seufzte auf, weil die Erinnerungen an vergangene Nacht so unausweichlich schienen.

Bernstein.

Mond.

Zwischen gestern und morgen.

Regenschauer.

Herz an Herz.

Haut an Haut.

Baby.

Licht.

Gemeinsam einsam.

Zusammen ganz.

Mit den Fingerspitzen fuhr ich die Ecken und Kanten meiner Schrift nach. Ich war aufgewühlt. Ich war verwirrt. Ich wusste beim besten Willen nicht, was ich denken sollte.

Als Professor Brown die Vorlesung zehn Minuten früher beendete, stieß ich erleichtert Luft aus. Ich hätte heute genauso gut zu Hause bleiben können, ich hatte sowieso kaum etwas mitbekommen, konnte das Thema der heutigen Sitzung mit Müh und Not gerade so umreißen. Langsam packte ich meine Sachen zusammen und lief dann über den Campus Richtung *AMC*, um Bowie von ihrem Theater-Kurs abzuholen. Wir wollten uns im Firefly einen Kaffee holen und dort unsere Pause zusammen verbringen. Ich hoffte inständig, dass sie mich nicht danach fragen würde, was gestern Abend passiert war. Ich konnte und wollte noch nicht darüber sprechen. Und dann, zwischen den vereinzelten Bäumen und all den Leuten, die allein oder in Grüppchen an mir vorbeieilten, vibrierte mein Handy.

Wir müssen reden.

Mitten auf dem Weg blieb ich stehen. Ich achtete nicht auf die anderen Studenten, die die Augen verdrehten und um mich herumgehen mussten. Noch während ich verwirrt auf das starrte, was Paul mir geschrieben hatte, leuchtete mein Handy erneut auf.

Können wir uns sehen?

Er wollte mit mir reden, wollte mich sehen. Er schrieb mir, obwohl ich mich heute morgen aus Angst vor seiner Reaktion rausgeschlichen hatte. Vielleicht, ganz vielleicht ... wollte Paul mich fragen, ob ich bleiben würde. Bei ihm. Erst überlegte ich, welche Worte die richtigen wären, doch dann tippte ich einfach los. Denn das zwischen uns war lange schon kein Spiel mehr, und ich hoffte, Paul würde die Karten dieses Mal offen auf den Tisch legen.

Du hast recht, wir sollten reden, schrieb ich deshalb.

Dann: *Mein letzter Kurs ist um drei vorbei, danach könnten wir uns treffen.*

Und noch in derselben Sekunde begann auch Paul, wieder zu schreiben.

Die Lichtung?

Okay.

Also um halb vier auf der Lichtung.

Yes. Halb vier auf der Lichtung.

Paul

Mit dem Rücken zu mir saß Louisa auf dem Stein in der Mitte der Lichtung. Sonnenlicht fiel durch die Tannen auf ihre grellen Locken, ließ sie fast golden glänzen. Ich blieb stehen und gab mir diesen einen letzten Moment, sie so zu sehen, bevor ich alles kaputt machen würde. Wahrscheinlich hatte Louisa die Augen geschlossen und lauschte auf den Wind, der durch die kahlen Bäume fuhr. Einmal, als wir hier zusammen gesessen hatten, hatte sie mir mit diesem typischen Funkeln in den Ozeanaugen erzählt, dass das eines ihrer Lieblingsgeräusche wäre. Direkt nach dem Rascheln von Buchseiten, wenn man über diese strich und sie umblätterte, und dem leisen Knistern von Marshmallows, die über ein Lagerfeuer gehalten werden. Weil all das nach Glück und Freiheit klingt, hatte sie ernst und fast schon feierlich erklärt.

Ein Ast knackte unter meinen Schuhsohlen und Louisa drehte sich zu mir um. Das Lächeln, das sich ganz langsam auf ihren Lippen ausbreitete, als sie mich am Rand der Lichtung stehen sah, brach mir das Herz. Es war ein vorsichtiges Lächeln, ein ängstliches, aber auch ein durch und durch ehrliches. Eines, das sagte, dass sie die letzte Nacht nicht bereute, dass sie trotz meines beschissenen Verhaltens nach wie vor etwas für mich empfand. Es war ein hoffnungsvolles und vor allem wunderschönes Lächeln, weil es mein Feuermädchen war, das so lächelte. Ich versuchte es zu verinnerlichen, mir jedes Detail davon einzuprägen, weil es, das letzte Mal war, dass sie mich so ansehen würde. Ein Foto gemacht mit meiner Kopfkamera. Ein Moment, der jetzt schon eine Erinnerung war.

Am liebsten wäre ich wieder umgedreht, doch ich schuldete Louisa die Wahrheit. Ich hatte mir eingeredet, ich würde sie beschützen, indem ich ihr verschwieg, dass und vor allem unter welchen Umständen wir beide uns vor fünf Jahren schon einmal begegnet waren, doch weiß Gott, eigentlich hatte ich damit nur mich selbst schützen wollen – das wurde mir in dem Moment klar, als ich langsam auf sie zuging. Vor ihrem Schock, vor ihrem Schmerz und der Tatsache, dass sie mir niemals würde vergeben können. Ich hatte das Richtige tun wollen, sofern das überhaupt noch möglich war, und war letztendlich einfach nur verdammt egoistisch gewesen.

Louisa stand auf, immer noch mit dem leisen Lächeln auf den Lippen, kam mir entgegen. Einen Schritt. Zwei Schritte. Dann zögerte sie, und ihr Blick ruhte nachdenklich auf meinem Gesicht. Vielleicht wusste sie nicht, wie sie mich begrüßen sollte. Vielleicht wusste sie nicht, was sie sagen sollte. Ich hatte doch selbst keine Ahnung, weil Louisa die erste Frau war, die mich in manchen Momenten meine Selbstsicherheit vergessen ließ, mich sogar nervös machte. Und weil es jetzt sowieso keine Rolle mehr spielte.

»Hey«, sagte sie dicht vor mir. Und ich tat es ihr gleich, die Hände in meine Jackentaschen geschoben, bevor sie noch auf die Idee kamen, sie zu berühren.

»Okay, lass uns …«, sagte ich und schluckte schwer, »… lass uns reden.«

Ich schob mich an ihr vorbei und setzte mich auf den großen Stein, wartete, bis auch Louisa sich wieder neben mir niedergelassen hatte. Schulter an Schulter. Ich hatte keine Kraft, weiter an den Rand zu rücken. Vielleicht war ich nach wie vor ein egoistisches Arschloch, aber ich wollte in den letzten Minuten, in denen ich für sie nur diese eine Version meiner selbst war, die sie kennengelernt hatte, so viel von ihr in mir aufnehmen, wie ich nur konnte.

»Ich … ich habe dir einmal gesagt, dass ich etwas getan habe, von dem du wissen solltest«, fing ich an. »Etwas, das die Art, wie du mich siehst, für immer verändern könnte.«

Keine unnötige Einleitung, kein langsames Herantasten. Sie sollte direkt wissen, worum es ging.

Louisa nickte. »Ja, aber …«

Doch ich gab ihr nicht die Gelegenheit, etwas zu erwidern – noch nicht.

Also unterbrach ich sie. »Und als du mir in der Nacht von deinem Geburtstag, als wir draußen auf der Ladefläche von meinem Pick-up saßen, gesagt hast, dass das für dich keine Rolle spielt und nichts an deinen Gefühlen für mich ändern wird, wollte ich dir so gerne glauben, Louisa. Wenn ich ehrlich zu mir selbst bin, habe ich es mir damit einfach nur leicht gemacht. Ich hätte es ja schließlich noch einmal probieren können. Ich hätte noch einmal den Versuch unternehmen können, dir alles zu erzählen«, sprach ich es aus und konnte nicht verhindern, dass ein verbittertes Lachen meine Lippen verließ. »Doch das habe ich nicht. Das da auf dem Pick-up war ein echt beschissener Versuch, dir die Wahrheit zu sagen.«

»Die Wahrheit?«, wiederholte Louisa und sah mich verunsichert an. Inzwischen war das Lächeln endgültig aus ihrem Gesicht verschwunden.

und hatte einem viel zu ernsten Ausdruck Platz gemacht. »Paul, so wie du mich gerade ansiehst ...Du machst mir Angst«, sagte sie leise.

Scheiße! Ich würde nichts lieber tun, als den Arm um sie zu legen und ihr zu sagen, dass alles gut werden würde. Verzweifelt rieb ich mir über das Gesicht, wusste beim besten Willen nicht, wo ich anfangen sollte. Also fing ich ganz am Anfang an. An dem Punkt, ab dem alles schiefgelaufen war.

Louisa

»Im vorletzten Highschooljahr«, fing Paul plötzlich zu erzählen an, »habe ich Heather kennengelernt. Okay, was heißt kennengelernt, wir kannten uns, wir waren immerhin im selben Jahrgang. Aber in diesem Jahr mussten wir zusammen nachsitzen und haben danach angefangen, Zeit miteinander zu verbringen. Sie war bei den Cheerleadern und schien auf den ersten Blick einem Klischee zu entsprechen, aber so war sie nicht. Sie war zwar schön, aber null oberflächlich. Heather war witzig, hatte einen ganz speziellen Humor und hat mich damit immer wieder zum Lachen gebracht. Außerdem war die Situation mit ihren Eltern ähnlich. Nicht unbedingt, was das Geld anging, aber die Erwartungen. Sie hat mich verstanden und wusste, wie es sich anfühlt, wenn versucht wird, einem die Möglichkeit einer eigenen Wahl zu nehmen. Und dabei war sie einer von diesen unfassbar optimistischen Menschen, die so viel Energie haben, dass am Ende des Tages immer viel zu viel davon übrig ist. Sie hat mich damit angesteckt, mit dieser Suche nach dem Unvorhergesehenen und dem nächsten Abenteuer. Mit ihr zusammen war alles so leicht und gleichzeitig aufregend. Manchmal war Heather auch egoistisch und nicht wirklich bereit, Kompromisse einzugehen, nicht wenn sie selbst dafür zurückstecken musste. Aber Gott, ich war sechzehn Jahre alt. Was wusste ich schon über Liebe oder Beziehungen? Ich war verknallt, ich fand sie toll und sie mich, und das war in diesem Moment alles, was für mich wichtig war.«

Paul hielt inne, und ich blinzelte, konnte mir keinen Reim darauf machen, wieso er mir ausgerechnet von seiner Ex-Freundin erzählte. Bis jetzt hatte ich nicht einmal ihren Namen gehört, nicht einmal gewusst, dass da mal jemand gewesen war, auch wenn es mich natürlich nicht überraschte. Ich dachte an das erste Mal, als Paul und ich auf dieser Wiese auf dem Campus gestanden und miteinander gesprochen hatten, vor einem halben Jahr. Als ich ihn damit aufgezogen hatte, dass er auf den ersten Blick allen Bad-Boy-Klischees entsprechen würde. Seine Gegenwart hatte mich so ungewohnt nervös gemacht, mich aufgewühlt, und ich hatte versucht, das mit einem spöttischen Lächeln und einem Witz zu überspielen.

Und lass mich raten: Du hast eine tragische Vergangenheit. Etwas Schlimmes, das die Frau, die du geliebt hast, dir angetan hat ... Und deshalb kommt keine Frau mehr an dich und dein geschundenes Herz heran, hallten meine eigenen Worte in meinem Kopf wider.

Damals hatte ich geglaubt, einen Schatten über sein Gesicht huschen zu sehen. Hatte ich am Ende doch recht gehabt? Hing das mit dieser Sache zusammen, die er mir nie erzählt hatte? Die hinter diesem oftmals zu ernsten dunklen Ausdruck in seinen Augen steckte? War das der Punkt, an dem unsere Geschichte ihr Ende finden würde, an dem Paul mir nach all den Wochen der Ungewissheit einen Schlusssatz gab?

Er sah mich an, wich meinem Blick dann wieder aus. Er schien nervös zu sein auf eine Art, die ich noch nie an ihm gesehen hatte. Und wie Wellen schwappte dieses Gefühl auf mich über, ergriff Besitz von mir. Ich wusste nicht, was ich hätte sagen sollen, nickte nur und sah Paul abwartend an.

»Für Heather ...«, er zögerte und schluckte schwer, ehe er fortfuhr. »Für sie war es keine Option, nach dem Abschluss in New Forreston zu bleiben oder so wie Aiden, Trish und ich nach Redstone zu ziehen. Sie wollte unbedingt raus aus Montana und etwas von der Welt sehen, wenigstens in einem anderen Bundesstaat leben und dort studieren, und natürlich hat sie sich gewünscht, dass ich mitkomme. Zu dem Zeitpunkt waren wir ungefähr ein Jahr zusammen, ich siebzehn, Luca erst zehn. Und das absolut Letzte, was ich wollte, war, ihn mit unseren Eltern allein zu lassen. Ich meine, wie hätte ich denn verdammt nochmal *so richtig* für ihn da sein sollen mit Tausenden Meilen zwischen uns? Grandpa und Grandma waren tot, und unsere Eltern haben uns behandelt, als wären wir nur irgendwelche Mittel zu ihren ganz persönlichen Zwecken. Das ist kein Umfeld, in dem man seinen kleinen Bruder zurücklassen kann, das … fuck!«

Paul rieb sich über den Bart, und die Verzweiflung in seinen dunklen Augen wurde von Sekunde zu Sekunde größer. Noch immer verstand ich nicht, wieso er mir diese Dinge erzählte. Und die Unruhe in mir wurde von Sekunde zu Sekunde größer, weil das hier nur die Ruhe vor dem Sturm sein konnte. Einem Impuls folgend griff ich nach seiner Hand, wollte meine Finger mit seinen verschränken, ihm Halt geben bei diesen Dingen, die auszusprechen ihm so offensichtlich schwerzufallen schien. Vielleicht aber wollte ich mich auch nur selbst irgendwo festhalten, weil sich langsam ein flaues Gefühl in meinem Bauch breitmachte.

Paul zuckte unter meiner Berührung zusammen, sah mich mit einem Blick an, der mich erschreckte. Und ich verstand ihn und die Welt noch ein Stück weniger.

»Paul«, wisperte ich zusammen mit dem Rauschen der Tannen im Wind. »Was ist passiert?«

Ich wollte endlich Gewissheit haben über das, was ihn so um- und uns auseinandertrieb, und gleichzeitig hatte ich Angst vor dem, was er mir gleich eröffnen würde.

Paul hatte sich von mir abgewandt, ich erkannte nur sein Profil mit den ausgeprägten Wangenknochen und dem dunklen Bart. Sein Blick schien nicht den Rand des Waldes zu sehen, sondern Erinnerungen, die sich wie ein Film vor seinen Augen abspielen mussten.

»Ich bin zusammen mit Heather nach Sacramento gefahren, damit sie sich dort die California State University ansehen konnte«, fing Paul wieder zu sprechen an. Seine Stimme klang tonlos, als wäre er nicht mehr mit mir auf dieser Lichtung, sondern weit weg an einem anderen Ort in der Vergangenheit. »Ich hab ihr zwar von Anfang an gesagt, dass ich auf ein College nahe New Forreston gehen möchte, um in Lucas Nähe zu sein, aber ich dachte, dass wir eines dieser Paare sein könnten, bei denen die Entfernung keine Rolle spielen würde. Dass wir das schon irgendwie hinkriegen würden.« Paul lachte verbittert auf. »Bescheuert, ich weiß. Aber damals war ich mir sicher, dass dieses Leben in Kalifornien ihr ganz großer Traum wäre, und wieso hätte ich dann versuchen sollen, sie davon abzuhalten? Also wollte ich Heather zumindest eine Freude machen, indem ich sie begleite, als sie sich den Campus anschauen wollte. Ich dachte, wir könnten daraus einen Road Trip machen mit geiler Musik und eben nur wir zwei, und ich hab das in dem Moment echt gern für sie gemacht. Und auch wenn es schwierig geworden wäre, wäre ich bereit gewesen, es mit einer Fernbeziehung zu versuchen. Nur …« Paul zögerte und sah mich an, und ich glaubte, dieser Mann hatte nie schöner und zeitgleich gebrochener ausgesehen. Mein Herz hämmerte inzwischen unfassbar laut und fast schon schmerzhaft. Inzwischen hatte ich wirklich richtige Angst. Da war so ein Gedanke in mir, ein Gefühl, eine Warnung.

»Wir sind auf dem Rückweg gewesen, die Stimmung war gut, das kalifornische Lebensgefühl war irgendwie ansteckend. Nur dann hat Heather gesagt, dass sie will, dass ich mich auch in Sacramento bewerbe und dass wir es ansonsten ja gleich lassen könnten, wenn ich das nicht einmal in Betracht ziehen würde. Sie hat es so gesagt, als wäre das keine große Sache, sich deshalb zu trennen. Und dann habe ich mich ihr gegenüber richtig scheiße verhalten. Ich habe angefangen, Heather in diesem Auto anzuschreien, ich war wirklich gemein zu ihr, richtig fies. Und die meisten Dinge, die ich gesagt habe, hätte ich wenige Minuten später am liebsten wieder zurückgenommen. Irgendwann hat sie angefangen, zu weinen, und ich habe einfach immer weiter gemacht. Keine Ahnung ... ich war so wütend, enttäuscht, hab mich so verraten gefühlt. Ich konnte einfach nicht mehr damit aufhören, selbst als sie mich darum gebeten hat. Und dann ging plötzlich alles so verdammt schnell.« Paul atmete tief ein und aus, schluckte und suchte schließlich meinen Blick, den er ewig festhielt, bevor er weitersprach. »Ich weiß immer noch nicht genau, wie es eigentlich passiert ist, vielleicht waren es die Straßenverhältnisse, vielleicht wollte Heather kurz an den Rand fahren, um das zwischen uns in Ruhe zu klären, vielleicht hat sie einfach so die Kontrolle über den Wagen verloren. Und ich ... ich ... oh Scheiße.« Pauls Stimme bebte. »Wir kamen ein Stück von der Straße ab, auf die andere Fahrbahn, und dann hab ich ihr ins Lenkrad gefasst, um das Auto herumzureißen, doch da war es schon zu spät. Bis heute kann ich nicht sagen, ob mein Eingreifen richtig gewesen ist oder alles nur noch schlimmer gemacht hat. Aber dann kam schon dieses andere Auto auf uns zugerast. Es hatte angefangen, zu regnen, draußen hat es gestürmt, und die Lichter sind immer näher gekommen. In diesem Moment wusste ich, dass ich absolut nichts mehr ändern konnte ... Dann hat es gekracht, und irgendetwas hat Feuer gefangen.«

Eine eiserne Faust begann, sich um mein Herz zu schließen, drückte von Wort zu Wort fester zu. Und das Zittern fing in meinen Fingerspitzen an, breitete sich von dort ausgehend auf meinem gesamten Körper aus.

Pauls Autounfall in Kalifornien, ausgerechnet Kalifornien, meine Heimat.

Wenn Paul damals siebzehn Jahre alt gewesen war, dann war das inzwischen fünf Jahre her.

Genau so lang wie Dads Tod.

»Es war die Interstate 80«, sagte Paul schließlich kaum hörbar, und das war der Moment, in dem ich begriff, ohne zu verstehen.

Paul, der bereits einen Autounfall gehabt hatte und sich selbst die Schuld für irgendetwas aus seiner Vergangenheit gab. Der mit seinen ganz eigenen Dämonen zu kämpfen hatte – wie schlimm tatsächlich, wusste ich spätestens seit diesen Stunden zwischen gestern Nacht und heute Morgen, als ich meine Arme um ihn geschlungen und ihn beim Weinen gehalten hatte. Die Tatsache, dass er mich seit diesem zweiten Unfall an Weihnachten mit allen Mitteln von sich zu stoßen versuchte. Der ernste und gequälte Ausdruck in seinen sonst so warmen Augen. Dass er immer der Meinung gewesen war, nicht gut genug für mich zu sein.

»Nein«, sagte ich und meine eigene Stimme klang seltsam fremd in meinen Ohren. »Nein, das kann unmöglich sein! Das ist nicht möglich.«

»Louisa …«

Blut rauschte in meinen Ohren, bis ich mehrere Wimpernschläge lang nur noch ein schrilles Pfeifen hörte. Ich war wie gelähmt. Dazwischen drangen nur noch Fetzen von dem, was Paul sagte, zu mir durch:

»… hab dich aus dem Auto gezogen … Tür hat geklemmt … hast dich geweigert rauszukommen«.

»… dein Dad … sofort tot.«

Ich versuchte, möglichst ruhig zu atmen, versuchte, genug Luft in meine Lunge zu ziehen, doch es fühlte sich an, als würde sie mir entweichen, bevor ich sie überhaupt hatte einatmen können. Inzwischen bebte mein ganzer Körper.

»… Krankenwagen gerufen …«

»… hast nicht mehr aufgehört, zu weinen und zu schreien … an mir festgeklammert … ich wusste nicht, was ich tun sollte.«

Erinnerungen holten mich ein, unaufhaltsam und alle auf einmal. So vieles, das ich vor fünf Jahren in die hintersten Ecken meines Verstandes geschoben hatte. Ein Teil von mir hatte dies bewusst getan, der andere, mein Unterbewusstsein, schien gewusst zu haben, dass es besser so war und ich die Bilder nicht ertragen hätte. Es waren verschwommene Erinnerungen wie hinter schmutzigem Glas, dann wieder klare Momente. Wie mein Lieblingslied im Radio gelaufen war und wie ich jedes Mal komplett schief mitgesungen hatte. Wie Dad mich angelächelt hatte, mit dem Mund inmitten eines von Grau durchzogenen Bartes, aber vor allem mit den freundlichen blaugrauen Augen. Dann hatte sein Blick sich verändert. Plötzlich spiegelte er nur noch blankes Entsetzen wider. Und Angst. Ein Krachen und Luft, die mir schmerzhaft aus den Lungen gedrückt wurde. Dad, dessen Kopf seltsam zur Seite hing und das blaue Grau, in dem das Licht erloschen war. Wie ich an ihm gerüttelt hatte, weil ich nicht glauben wollte, dass er tot war. Doch Dad, der sonst immer so energiegeladen gewesen war, hing schlaff in seinem Gurt. Dann die Tür, die von irgendjemandem aufgerissen wurde, jemand, der versuchte, mich nach draußen zu ziehen, obwohl ich das doch gar nicht wollte. Jemand, der mich festhielt, als ich weinte und schrie und um mich schlug. Und jemand, der mir wahrscheinlich das Leben gerettet hatte. Aber wieso lebte ich, wenn Dad es nicht mehr tat? Wieso hatte es für mich eine Chance gegeben? *Wieso ich und nicht er*, das war in dieser Nacht einer meiner wenigen Gedanken gewesen. Das Schlimmste war jedoch gewesen, dass Mom mir dieselbe Frage gestellt hatte und es wahrscheinlich bis heute tat.

»… als der Krankenwagen kam … natürlich zu spät …«

»… das letzte Mal gesehen … du … plötzlich weg … mitgenommen.«

»… mit meiner Mom gesprochen … sicher gehen.«

Ich bekam immer noch nicht richtig Luft, und die Panik überrollte mich in immer heftigeren Wogen, während Bild um Bild auf mich niederprasselte. Erbarmungslos. Schonungslos. Unaufhaltsam.

»Ich will das nicht hören«, sagte ich leise. Pauls Arm berührte meine Schulter, und ich zuckte erschrocken zusammen, wich erst vor ihm zurück und sprang dann auf. Atmen. Ich musste atmen. Ein und aus. Ein. Aus. Einen Schritt nach hinten, noch einen. Schritt um Schritt, immer näher heran an den Rand der Lichtung.

»Ich will das nicht hören«, wiederholte ich, lauter dieses Mal. »Verdammt, ich will nichts davon hören!«

»Louisa, du musst atmen«, sagte Paul leise und ruhig. Auch er war inzwischen aufgestanden und hatte beide Hände erhoben, als er jetzt langsam auf mich zukam.

Jeder einzelne Atemzug tat weh. Die Wahrheit tat weh, und dieser Blick aus seinen braunen Augen tat es noch mehr.

»Ich …« Meine Stimme brach. Ein zweiter Anlauf: »Ich kann das jetzt nicht! Bitte!«

Paul nickte kaum merklich. Ich lief zum Rand der Lichtung, zu den Tannen. Dann rannte ich. Und ich rannte und rannte und rannte durch den Wald, Hauptsache weg. Doch die Gedanken blieben bei jedem Schritt, das Wissen blieb. Mein Herz schrie und hämmerte gegen meine Rippen, obwohl ein Teil von mir sich seltsam unbeteiligt und taub fühlte. Betäubt und leer. Als würde das alles jemand anderem passieren, doch nicht mir. Mein Herz … es tobte, es flehte, es schrie, es weinte. Es schlug nicht nur, nein, es schlug um sich. Und trotzdem war es im Auge des Sturms einfach nur still. Mit mir, meinen Erinnerungen und dem, was ich jetzt wusste.

Paul

Louisa stürmte davon, und innerhalb von Sekunden verschwanden ihre orangefarbenen Locken zwischen den Bäumen. Obwohl alles in mir mit einer quälenden Verzweiflung danach schrie, ihr hinterherzurennen und mich zu vergewissern, dass sie klarkommen würde, stand ich wie versteinert da und tat nichts weiter, als ihr hinterherzusehen. Allein wegen ihres bittenden Blickes versuchte ich nicht, sie einzuholen, weil es mir in diesem Moment wichtiger als alles andere war, dass Louisa den Raum bekam, den sie brauchte – Raum ohne mich. Doch die Sorge um sie schnürte mir die Luft ab, hielt mich mehr gefangen als alles andere, was gerade passiert war.

Der Blick in Louisas Augen, als die Wahrheit langsam zu ihr durchgedrungen war, würde sich für immer in mein Gedächtnis einbrennen. Das Blau ihrer Augen war Stück für Stück gefroren, je mehr sie verstanden hatte, je mehr der Puzzleteile sie zusammengesetzt hatte. Zwei tiefblaue Seen mit einer matten, undurchdringlichen Schicht Eis darüber.

Ich hatte gedacht, dass ich auf irgendeine Art und Weise erleichtert sein würde, doch ich war nur leer und ausgebrannt. Nichts daran fühlte sich richtig an, denn Louisa war weg, und ich hatte keine Ahnung, ob sie okay war – so weit zumindest, wie es in diesem Moment möglich war.

Sich ausgerechnet hier im Wald mit ihr zu treffen, um ihr alles zu erzählen, war offensichtlich eine richtig dumme Idee gewesen. Ich konnte nicht einmal sagen, wieso ich diesen Ort vorgeschlagen hatte. Es war ein Impuls gewesen, ein Gefühl. Vielleicht weil einem auf dieser Lichtung inmitten des Waldes, umgeben von einem Ozean aus Grün und dem Licht, das sich in den Blättern brach, alles andere seltsam unwirklich erschien. So, als wäre die Realität hier weniger erschütternd. Auch jetzt hätte ich am liebsten ewig hier gestanden und dem Wald so lange beim Atmen zugesehen, bis ich mich darin aufgelöst hätte.

Irgendwann bewegten meine Beine sich doch und trugen mich in langsamen Schritten zurück zum Campus. Ich begann, eine Nachricht an Aiden zu tippen, rief ihn dann aber doch an. Erst beim dritten Mal ging er ans Telefon, und ich fasste so kurz wie möglich zusammen, was passiert war. Wenn schon ich mich nicht versichern konnte, dass es Louisa gut ging, sollte jemand anderes nach ihr sehen, und Aiden war der Einzige, dem sie vertraute *und* der die ganze Wahrheit kannte. Meine Eifersucht, als ich erfahren hatte, dass die beiden sich geküsst hatten, erschien mir mit einem Mal unendlich weit weg. Nichts war von Bedeutung, nichts wichtig, als dass es diesem Mädchen aus Feuer irgendwie wieder gut ging.

Louisa

Die Kälte war mir unter die Haut gekrochen, und mit zitternden Fingern sperrte ich die Tür auf. Ich brauchte mehrere Anläufe, bis der Schlüssel im Schloss steckte.

Sobald ich den kleinen Eingangsbereich betrat und mir die Schuhe von den Füßen streifte, trat Aiden mit dem Handy am Ohr aus der Küche. Als er mich sah, ließ er das Telefon sofort sinken und legte ohne ein weiteres Wort auf.

»Lou«, stieß er erleichtert aus, »da bist du ja endlich. Ich …«

»Wusstest du es?«, unterbrach ich ihn tonlos. Stille. Das Knarzen von Holz, als ich auf den Ballen leicht hin und her wiegte. Meine Augen brannten schon die ganze Zeit, seit Stunden, in denen ich erst aus dem Wald hinaus und dann ziellos über den Campus gelaufen war, den Blick auf den Weg vor mir gerichtet und gleichzeitig in die Ferne. So, als wüsste ich, was ich jetzt tun sollte, als wüsste ich, was ich fühlte. Alle um mich herum waren zu sehr mit ihrem eigenen Leben beschäftigt, um zu bemerken, dass meins plötzlich still stand. Die ganze Zeit hatte ich die Tränen gespürt, die in mir aufzusteigen drohten, aber ich konnte nicht weinen. Und ich hätte es gewollt, ich hätte schreien wollen und toben und mir all den Schmerz und die Wut auf das Leben von der Seele weinen. Aber es ging nicht, es tat einfach nur weh …

Ich stand ganz still und leise da, blickte Aiden abwartend an. Er sah mich an und ich ihn. Er presste die Lippen aufeinander, öffnete sie, doch nur, um sie im nächsten Moment erneut zu schließen. Helle Augen vor dunklen Schatten. Ich wartete, doch Aiden sagte kein Wort. Und sein Schweigen war Antwort genug.

Übrig blieb nur ich. Und mein Schockherz.

12. KAPITEL

Paul

Es war verrückt. Ich konnte mir beim besten Willen nicht erklären, wieso ich hier tatsächlich saß. Oder wie zur Hölle ich mich dazu hatte überreden lassen können. Doch hier war ich und wartete. Natürlich hätte ich theoretisch einfach aufstehen und wieder gehen können, schließlich hatte ich bisher noch nicht einmal etwas bestellt. Ich könnte wieder zurück nach Redstone fahren, und wenn meine Mutter in wenigen Minuten das Café betreten würde, wäre da nur der leere Tisch links neben dem Eingang mit den Kaffeespuren auf dem lackierten Holz. Keine Spur von mir, keine Spur von ihrem Sohn, der gegen alle Vernunft eingewilligt hatte, sie zu treffen.

Ihr Anruf war gestern gekommen. Drei Tage, nachdem ich Louisa offenbart hatte, welches Geheimnis unsere beiden Leben miteinander verband, und ich sie das letzte Mal gesehen hatte. Meine Mutter hatte am Telefon nicht viel gesagt, nicht viel erklärt, nur, dass sie mich treffen wollte.

Nachdenklich fuhr ich mit den Fingern die Rillen im Holz nach, zeichnete unsichtbare Bilder auf die Tischplatte. Von Aiden wusste ich, dass Louisa ihn gefragt hatte, ob ich ihn eingeweiht hätte. Scheinbar hatte er sie nicht anlügen können, verdammt, ich hätte es auch nicht gekonnt. Und dann hatte sie ihre Sachen gepackt und war verschwunden. Aus der Wohnung, vom Campus, vorerst aus meinem Leben. Gott, ich machte mir so viele Sorgen, weil ich einfach absolut nicht wusste, was in ihr vorging. Niemand von uns wusste es. Das Einzige, was wir mit Sicherheit sagen konnten, war, dass sie bei Mel war. Sie hatte Trish geschrieben, damit wir uns keine Sorgen machten. Das einzige Lebenszeichen.

Immer wieder sah ich diesen völlig ausdruckslosen Blick in Louisas blauen Augen vor mir, der mir auch als Erinnerung jedes Mal aufs Neue das Herz brach. Einen Moment zuvor hatten noch Gefühle darin getobt.

Dabei ging es mir nicht um sie und mich, nicht um das zwischen uns, was jetzt noch viel weniger sein durfte, sondern darum, dass ich mir nichts mehr wünschte, als dass es Louisa gut ging. Ich wusste, wie stark sie war, doch jeder Mensch hatte irgendwo seine Grenzen, und ich wusste, dass ich sie mit der schonungslosen Wahrheit nicht nur dazu gebracht hatte, ihre Grenzen ungewollt zu überschreiten, sondern sie völlig aus der Bahn geworfen hatte.

Vielleicht hatte ich deshalb dem Treffen mit meiner Mutter zugestimmt: Weil die letzten Wochen mich schwach gemacht hatten, die Tage nach der Nacht mit Louisa weich und nachgiebig. Trotzdem hatte ich darauf bestanden, dass wir uns nicht in der Villa, sondern außerhalb trafen. An einem Ort, der Teil *meiner* Welt war.

Ein verhaltenes Räuspern und ich hob den Blick. Meine Mutter stand plötzlich vor mir. Und mit ihr eine vertane Chance, denn jetzt konnte ich nicht mehr einfach verschwinden.

»Danke, dass du gekommen bist, Paul«, sagte sie statt einer Begrüßung. Nett. Höflich. Distanziert. Ich nickte und sie setzte sich auf den Stuhl mir gegenüber, die Beine elegant übereinandergeschlagen, die Hände im Schoß gefaltet. Meine Mutter wirkte völlig fehl am Platz in der bunt zusammengewürfelten Einrichtung mit dem gemütlich-chaotischen Charme und der lockeren Atmosphäre.

Das Café war nur zehn Gehminuten von der *New Forreston High* entfernt. Aiden, Trish und ich hatten hier mehr Pausen verbracht, als ich zählen konnte, und jeden Dienstag und Donnerstag nach der Schule waren wir zusammen hierhergegangen, um Waffeln zu essen, bis uns schlecht wurde.

Ich bestellte mir einen Cappuccino, meine Mutter einen Kaffee. Schwarz, mit einem Glas Leitungswasser. Und wir schwiegen erneut. *Sie* hatte um dieses Treffen gebeten, also war es auch an ihr, mir zu sagen, was ich hier tat. Doch stattdessen blätterte sie durch die Karte, die nur aus handbeschriebenen Seiten bestand. Auf der linken Seite waren sie mit einer roten Schnur und einer Schleife zusammengebunden.

»Kannst du etwas empfehlen?«, fragte sie und steckte eine Strähne ihres honig blonden Haars zurück in den tiefsitzenden Dutt. Das Gold ihrer Ringe glänzte dabei im Licht. Und als Mom mich anblickte und sich an einem Lächeln versuchte, sah ich für einen Moment Unsicherheit in ihren grünen Augen aufblitzen. Diese kleine Gefühlsregung genügte, um sie menschlicher und so viel greifbarer wirken zu lassen. Es machte sie mehr zu der Frau, die ich aus meiner frühesten Kindheit kannte. Die Frau, die über Grandpas Witze gelacht und mich getröstet hatte, wenn ich hingefallen war.

»Die Waffeln«, antwortete ich nach einer Ewigkeit. »Die Waffeln sind verdammt gut!« Und ich gab mir Mühe, das Lächeln zu erwidern. »Der Triple Chocolate Dream ist am besten«, schob ich nach einem kurzen Blick auf die Karte hinterher.

»Gut«, sagte sie und legte die Karte zurück auf den Tisch, »dann werde ich das nehmen.«

Überrascht sah ich Mom an, die meinem Blick nicht auswich. Nicht dieses Mal. Keine Ahnung, wann ich sie das letzte Mal etwas Richtiges hatte essen sehen. Etwas, das weder ein gehyptes Superfood war, noch auf Kohlenhydrate verzichtete. Etwas, das man aß, nur weil es einem schmeckte.

»Wie geht es dir, Paul?«, wollte sie wissen, nachdem wir bestellt hatten. Zwei Triple Chocolate Dream Waffeln mit extra viel Soße.

»Gut«, sagte ich, auch wenn das natürlich gelogen war, aber was hätte ich ihr sonst sagen sollen? Dass mein Leben ein verfluchtes Chaos und von einem schwarzen Loch geschluckt worden war?

Ob unbewusst oder absichtlich – wir umschifften die Themen, von denen wir beide wussten, dass sie zwischen uns standen, führten ein Gespräch, das an der Oberfläche kratzte. Es war verkrampft und steif und oftmals wussten wir nicht, was wir sagen sollten. Immer wieder gab es unangenehme Momente der Stille, in denen nur das Kratzen unseres Bestecks auf den Tellern zu hören war, aber weiß Gott, immerhin war es eine einigermaßen normale Unterhaltung. Die erste richtige seit Jahren, wenn man von meiner Zeit im Krankenhaus absah.

Nach dem Essen bestellten wir beide uns jeweils noch einen Kaffee, auch wenn ich viel lieber etwas Hochprozentiges gehabt hätte. Oder zumindest eine Zigarette, doch die hatte ich in Aidens Auto vergessen. Denn irgendetwas sagte mir, dass der schwierige Teil erst noch kommen würde. Außerdem hatte Mom mir immer noch nicht gesagt, wieso sie mich so unbedingt hatte sehen wollen.

»Dein Vater…«, setzte sie schließlich an, als der Kaffee vor uns stand, und sofort versteifte ich mich wegen all der bestätigten Vermutungen. Wenn er sie hierhergeschickt hatte und es wieder um die ewig gleiche Sache ging, zu der ich meine Meinung nach wie vor nicht geändert hatte, würde ich ausrasten. Oder einfach sofort aufstehen und gehen. Langsam aber sicher war meine Geduld am Ende, spätestens seit Weihnachten, als mein Vater mir unmissverständlich klargemacht hatte, wie er zu mir und meiner Lebenseinstellung stand. An diesem Tag, an dem ich trotz allem, was geschehen war, einen Schritt auf meine Eltern hatte zugehen wollen. *Miss Bennett wird dir einen Termin geben, wenn es so weit ist*, hatte er gesagt, hatte mich an seine scheiß Sekretärin verwiesen, statt einmal in seinem Leben ein Vater zu sein.

»Wenn das der eigentliche Grund dafür ist, wieso ich hier bin, dann gehe ich jetzt lieber«, sagte ich unterkühlt und wollte schon aufstehen, hielt jedoch inne, als meine Mutter sich vorbeugte und mir eine Hand auf den Unterarm legte. Eine ungewohnte Berührung, die mich innehalten ließ. Der unverkennbare Geruch ihres Parfüms stieg mir in die Nase.

»Nein, Paul«, sagte sie und neigte leicht den Kopf. »Deshalb wollte ich mich nicht mit dir treffen.«

»Wieso dann?«

»Du bist hier, weil …« Sie stockte und schien mit einem Mal nervös zu sein. Eine Gefühlsregung, die so gar nicht zu meiner sonst immer so perfekten Mutter zu passen schien. »Bitte bleib hier und lass mich einfach aussprechen, Paul.«

Ich seufzte, weil ich nicht wirklich überzeugt war, doch ich ließ mich wieder zurück auf den Stuhl sinken. Womöglich lag es an ihrem Blick, der heute sanfter zu sein schien, oder daran, dass allgemein etwas anders war an ihr. Oder aber daran, dass sowieso alles verrückt zu spielen schien. Mit vor der Brust verschränkten Armen wartete ich auf das, was sie mir zu sagen hatte.

»Dein Vater und ich … wir sind nicht immer einer Meinung, wie du weißt. Und ich hätte dir das schon deutlich früher sagen sollen, aber genau wie dein Großvater bin ich der Meinung, dass es nicht deine Pflicht ist, bei *Berger Industries* einzusteigen und die Firma eines Tages zu übernehmen. Vielleicht liegt es auch daran, dass es nicht *mein* Erbe ist, sondern seins. Mir ist es wichtig, dass du weißt, dass ich möchte, dass du dein eigenes Leben lebst und deine eigenen Entscheidungen triffst.«

Überrascht sah ich Mom an. Ich hatte keine Ahnung, was ich erwartet hatte, das jedoch mit Sicherheit nicht. Zwar hatte meine Mutter die Meinung meines Vaters nicht mit der lauten Vehemenz vertreten wie er, doch etwas anderes hatte sie auch nie gesagt. Und für mich hatte sich ihre Tatenlosigkeit mindestens so schlimm angefühlt wie sein gefühlskaltes Verhalten. Die Beziehung zwischen ihr und mir war Jahr für Jahr mehr in die Brüche gegangen.

»Danke«, sagte ich schlicht.

»Dennoch … ich kann mich nicht …«, setzte sie an, brach dann jedoch ab.

»Aber du kannst dich nicht gegen ihn stellen«, murmelte ich und vervollständigte damit den Satz für sie. Wir sahen uns an und wussten beide, dass es das war, was sie hatte sagen wollen.

Sie nickte kaum merklich. »Trotzdem ist es mir wichtig«, sagte sie und legte ihre Hände auf dem Tisch übereinander, »dass du weißt, dass ich auf deiner Seite bin, auch wenn es mir nicht möglich ist, dir das auf die Art zu zeigen, wie ich es als deine Mutter tun sollte. Tatsächlich finde ich es sogar bewundernswert, wie du seit drei Jahren dein eigenes Leben lebst und dabei trotzdem für deinen Bruder da bist. Ich selbst hätte in deinem Alter nie den Mut gehabt, derart selbstständig zu sein und mich von meiner Familie zu lösen.« Sie senkte die Stimme. »Ich habe den Mut ja nicht einmal heute.«

Ich wusste nicht, was ich sagen sollte. Mit dem meisten hätte ich niemals gerechnet, mit dem letzten Satz aber am allerwenigsten.

»Seit du nach Redstone gezogen bist, habe ich gedacht, dass dein Vater eines Tages einlenken würde, doch inzwischen ist mir klar geworden, dass das wohl nicht mehr passieren wird. Nicht solange du nicht das tust, was in seinen Augen das Richtige ist. Und selbst dann bin ich mir da nicht sicher. Er ist kein schlechter Mensch, Paul, er ist nur … sehr festgefahren in seinen Ansichten. Als an Weihnachten der Anruf kam, dass du im Krankenhaus liegst, kurz nachdem du so Hals über Kopf unser Haus verlassen hast, habe ich mir nicht nur Vorwürfe gemacht, sondern auch wahnsinnige Sorgen. Plötzlich war alles wieder da: die Angst und die Verzweiflung, die ich schon vor fünf Jahren empfunden hatte.« Sie schluckte und überprüfte in einer nervösen Bewegung ihre Frisur. »Nur warst du dieses Mal zum Glück nicht Hunderte Meilen entfernt. Das klingt natürlich so, als hätte ich diesen Autounfall an Weihnachten gebraucht, um zu begreifen, wie wichtig du mir als mein Sohn bist, und daran ist mit Sicherheit auch etwas Wahres. Aber ich möchte ehrlich zu dir sein. Sind es nicht solche Momente im Leben, die einen zum Umdenken bringen? Als ich die ganzen Tage an deinem Bett saß, ist mir etwas bewusst geworden: Ich weiß nicht, welche Musik du hörst. Nicht, wie du neben dem Studium deine freie Zeit verbringst. Wo du nebenbei arbeitest. Mir ist klar geworden, dass ich dich plötzlich nicht mehr zu kennen scheine, und das ist doch nicht, wie es zwischen einer Mutter und ihrem Kind sein sollte. Und ich merke, wie auch Luca mir entgleitet. Natürlich ist mir genauso klar, dass du inzwischen erwachsen bist und mich nicht mehr brauchst und dass das jetzt vermutlich reichlich spät kommt, weil so vieles schon kaputt ist, aber ich möchte dir sagen, dass ich versuchen will, dir eine Mutter zu sein. Ich möchte Teil deines Lebens sein, so gut ich es kann. Würden wir wieder Kontakt miteinander haben, würde mir das wirklich unwahrscheinlich viel bedeuten – vorausgesetzt natürlich, dass du das willst.«

Mom holte tief Luft. In Dads Gegenwart war sie meistens so ruhig, schön anzusehen und dabei doch fast schon unsichtbar, ihre Worte bedacht, sodass ich ganz vergessen hatte, wie viel sie reden konnte, wenn sie wollte. Wenn man sie ließ.

»Ehrlich gesagt, habe ich keine Ahnung, wie das richtig geht, und werde sicher viele Fehler machen«, ergriff sie noch einmal das Wort, »aber ich möchte es sehr gern versuchen. Etwas, das ich schon viel früher hätte tun sollen, und ich kann verstehen, wenn das für dich alles sehr plötzlich kommt und du dir das erst einmal durch den Kopf gehen lassen möchtest ...«

In dem Grün ihrer Augen erkannte ich nichts als Aufrichtigkeit und ehrliches Interesse. In dem nun unmaskierten Gesicht sah ich Mom. Mom, in meinen frühesten Erinnerungen mit einem haltlosen Lachen, bevor eine lieblose Ehe und ein einsames Leben es ihr genommen hatten.

Ich ließ mir jeden einzelnen ausgesprochenen Satz durch den Kopf gehen und tat das, was ein Mädchen aus Feuer mir vermutlich geraten hätte: Ich hörte tief in mich hinein, weil irgendwo in mir vergraben sowieso schon die Antwort wartete. Meine Mutter hatte recht: Manche

Dinge ließen sich beim besten Willen nicht mehr ungeschehen machen, die große Einsamkeit eines kleinen Jungen in einem riesigen Haus zum Beispiel, das Gefühl, dass Liebe nicht bedingungslos, sondern mit Leistung verbunden war, oder ein traumatisierender Unfall, nach dem ich mit jemandem hätte sprechen müssen.

Die wichtigsten Menschen in meinem Leben hatten mir zweite Chancen gegeben, jetzt war es an mir, eine zu geben. Denn wer war ich, nach allem, was passiert war, dass ich jemanden für sein Handeln verurteilte?

Langsam nickte ich, erst zögerlich, dann fest. »Es ist wirklich verdammt viel passiert in den letzten Jahren, und die meisten Dinge kann ich nur schwer vergessen, aber wir können uns ja regelmäßiger treffen und … reden. Und sehen, wie es läuft.«, schlug ich vor.

Ein Moment Stille. Nur unterbrochen von leisen Gesprächen und dem Kratzen von Besteck auf Tellern.

»Vielen Dank, Paul, das bedeutet mir wirklich sehr viel. Ich kann mir vorstellen, wie schwierig das alles für dich sein muss.«

Unentschlossen sahen wir uns über den Tisch hinweg an, jetzt, wo offensichtlich alles gesagt zu sein schien. Zumindest das, was wir in diesem Moment preiszugeben bereit waren.

Sie warf einen Blick auf die schmale, glänzende Uhr an ihrem Handgelenk. »Ich habe noch eine halbe Stunde Zeit. Vielleicht möchtest du mir für den Anfang von Trish und Aiden erzählen? Oder wo du nebenbei arbeitest und ob es dir Spaß macht. Machst du eigentlich immer noch Fotos? Früher hast du nach der Schule an den meisten Tagen nichts anderes getan …«

»Du erinnerst dich an Trish und Aiden?«, fragte ich und blickte sie ungläubig an. Bis jetzt war ich davon ausgegangen, dass meine Eltern nicht mal mehr die Namen meiner Freunde kannten.

»Natürlich erinnere ich mich an die Freunde von meinem Sohn, Paul!«, sagte Mom, und ich erahnte ein Lächeln in ihren Mundwinkeln.

»Und als du Trish vor ein paar Jahren an Thanksgiving mitgebracht und sie als deine Freundin vorgestellt hast, war mir im Gegensatz zu deinem Vater sofort klar, dass ihr beide nicht wirklich zusammen seid. Ihn konntet ihr vielleicht täuschen, aber nicht mich.«

Einen Moment sah ich Mom einfach nur an, dann musste ich mit einem Mal laut loslachen. Dass es ein echtes Lachen war, überraschte mich wohl am meisten.

»Ich bin aufmerksamer, als du denkst«, merkte sie nach einem Blick in mein Gesicht an, und dann lachte auch sie. Meine Mutter saß in diesem Junge-Menschen-Café und lachte. Einfach so und mitten am Tag. Das alles hier war so dermaßen absurd!

Der Abschied war so unbeholfen wie die Begrüßung und all das dazwischen.

»Das nächste Mal erzählst du mir von dem Mädchen, wegen dem du in manchen Momenten so abwesend bist, Paul«, sagte Mom, als ich schon die ersten Schritte Richtung Auto gelaufen war.

Ich drehte mich zu ihr um und sah sie sprachlos an. Und als ich endlich Aidens Wagen aufsperrte, griff ich als Erstes nach meinen Zigaretten.

Das nächste Mal hallte es in meinem Kopf nach, als ich abends schwitzend in der Küche vom Luigi's stand. Die Hitze des Pizzaofens lag auf jedem Zentimeter meiner Haut. Obwohl es ein Dienstag war, war der Laden zum Bersten voll, ich kam mit den Bestellungen kaum hinterher und trotzdem hatte ich offensichtlich Zeit, in Gedanken immer wieder das Treffen mit meiner Mom durchzugehen. Hätte ich nicht diese scheiß Fehler gemacht und Louisa für immer verloren, wäre ich nach der Arbeit sofort zu ihr gegangen und hätte ihr davon erzählt. Doch das ging nun nicht mehr. Stattdessen setzte ich mich zu Aiden an die Bar, als schon fast alle Lichter aus waren.

Louisa

Bunte Bilder flackerten über das Laptop auf meinem Schoß. Ich saß auf dem Bett, die Decke über den Schultern, doch mir war trotzdem kalt. Ich sah hin und sah doch nichts. Seit heute Morgen lief eine Folge *Gilmore Girls* nach der nächsten, weil diese Serie wie nach Hause kommen war, wie Ankommen und sich in Vertrautheit ausruhen. Ich wollte mich ablenken, wollte mich wie sonst auch ein kleines bisschen in Jess verlieben, weil er vielleicht nicht am besten zu Rory passte, aber am besten zu mir. Ich wollte mich in Rory und Lorelais schnellen Dialogen verlieren, doch es war, als würde jedes Bild und jeder Ton einfach an mir abperlen.

Als ich vor einer Woche mit der großen Tasche in den Händen vor Mels Tür gestanden hatte, hatte sie mich wortlos hereingelassen. Sie hatte mich besorgt angesehen, und dieser Blick hatte gereicht, um Tränen in mir aufsteigen zu lassen. Ich hatte mich gefühlt wie unter Wasser, alles verlangsamt und unendlich weit weg. Eine Schwere, die mich unaufhaltsam nach unten drückte. Und dann war ich zusammengebrochen, vor meiner großen Schwester, die mich so nicht hatte sehen sollen. Aber ich wusste nicht, wohin. Sie war meine Familie, das, was davon noch übrig war.

Mel schickte mich ins Bett. Das Zimmer mit den dunklen Holzmöbeln, den Büchern und den kuscheligen Decken, in dem ich geschlafen hatte, bevor ich auf den Campus gezogen war. Irgendwann schlief ich erschöpft ein, schreckte aber ständig aus einer Mischung aus Träumen und Erinnerungen hoch. Und als Mel plötzlich mitten in der Nacht in meinem Zimmer stand und sich in ihren besorgten Blick auch noch Angst mischte, als sie sich zu mir ins Bett legte und fragte, was passiert sei, erzählte ich ihr alles. Nicht nur das, was Paul mir offenbart hatte. Ich fing bei dem Tag an, an dem ich zu ihm in die WG gegangen war, um ihn zur Rede zu stellen. Nachdem das letzte Wort verklungen war, hatte Mel geweint. Wir hatten es beide getan.

Seitdem versuchte ich, mich irgendwie zusammenzuhalten und nicht von dem, was passiert war, überwältigen zu lassen – so lange, bis mir wieder einfiel, dass das schon längst geschehen war. Die Last der wieder lebendig gewordenen Erinnerungen hinderte mich daran, aufzustehen oder überhaupt etwas zu fühlen, außer die Hilflosigkeit, die ich so allumfassend empfand. Es war, als wäre ich zerbrochen, tausend Teile, die in Scherben lagen, von denen ich nicht wusste, wie sie wieder zusammenpassen sollten.

»Lou?«, rief Mel durchs Haus. »Essen ist fertig. Kommst du?«

Ich seufzte und zog die Decke noch enger um meine Schultern. Bisher war ich kein einziges Mal nach unten gekommen, um mich zusammen mit Robbie, Mary und ihr an den Tisch zu setzen. Mel ignorierte diesen Umstand und rief mich trotzdem jeden Tag wieder zum Essen. Doch ich ertrug ihre Blicke genauso wenig wie ihre betont fröhlichen Gesichter, mit denen sie so zu tun versuchten, als wäre alles normal.

Denn normal war seit dem Moment auf der Lichtung gar nichts mehr. Meine Welt war aus ihren Angeln gehoben worden, und bis jetzt hatte ich immer noch nicht wirklich begriffen, was das alles bedeutete. Geschweige denn, wie es tatsächlich in mir aussah. Alles, was ich wusste, war, dass ich eingeholt worden war. Ich war geflohen, war gerannt und hatte mich schließlich sicher gefühlt. Und dann war alles über mir zusammengestürzt, das Feuer, vor dem ich mich fünf Jahre lang so gefürchtet hatte, war zurück. Dantes Inferno, so wie in dieser einen Nacht. Plötzlich schien ich mich an jedes noch so winzige Detail zu erinnern, und es fühlte sich an, als wäre mein Dad ein zweites Mal vor meinen Augen gestorben. Immer noch glaubte ich, die Worte zu hören, die im Krankenhaus zu Mom gesagt wurden: Aortenabriss. Sofort tot. Aortenabriss. Sofort tot.

Eine Endlosspirale in meinem Kopf.

Die Treppe knarzte, dann Schritte auf dem Holz, die näher kamen.

Gleich würde Mel an der Zimmertür klopfen und ihren Kopf mit einem geduldigen Lächeln durch die geöffnete Tür strecken. Und ich würde wieder *Nein* sagen, weil ich einfach nicht konnte. Die gleichen Worte, seit einer Woche jeden Tag. Ich wollte mit niemandem reden, sogar mit ihr nicht, obwohl sie die Einzige war, der ich alles erzählt hatte.

Ich hatte unzählige entgangene Anrufe und Nachrichten von Trish und Aiden, auch Bowie hatte mehrmals versucht, mich zu erreichen. Doch ich hatte sie alle ignoriert, weil ich nichts zu sagen hatte.

Ich hätte mir gewünscht, dass Paul mich nicht schon wieder einfach von sich gestoßen hätte, anstatt mit mir zu reden. Denn das war es, was er über Wochen getan hatte, statt mir zu sagen, was er wusste. Und Aiden hatte die Wahrheit gekannt. Aiden, der mein bester Freund geworden war und mein sicherer Ort. Aiden, von dem ich mich gewissermaßen verraten fühlte, weil er geschwiegen hatte – und ich wusste nicht einmal wie lange, ob Tage, Wochen oder sogar Monate. Und Trish? Immer wieder fragte ich mich, ob sie es auch gewusst hatte. Doch auch wenn mein Gefühl mir sagte, dass dem nicht so war … war sie es immer noch gewesen, die Paul von dem Kuss erzählt hatte. Eine Sache, die mir angesichts der Erinnerungen an Dads Tod nichtig erschien und doch schmerzte. All das fühlte sich an wie Verrat, Verrat an meinem Herzen. Es fühlte sich so an, als hätten Trish und Aiden ihre Prioritäten, was ihre Freundschaften anging, und die lagen offensichtlich nicht bei mir.

Vor vier Tagen war der Akku meines Handys ausgegangen. Und ich hatte es seitdem nicht mehr aufgeladen. Wenigstens hatte ich kurz nachdem ich aus der WG gestürmt war, noch daran gedacht, Brian zu schreiben, dass ich wegen eines dringenden Familiennotfalls nach Hause hatte fahren müssen und erst einmal ausfiele, mich aber melden würde. Ich hoffte einfach, er würde nicht genauer nachfragen. Immerhin war *nach Hause* in diesem Fall nur eine halbe Stunde Autofahrt vom Campus entfernt.

Die Tür ging auf, doch es war nicht Mel, die hereinkam, sondern …

»Trish?!«, sagte ich ungläubig.

Mit zwei Tellern, die sie in der rechten Hand balancierte, stand sie im Türrahmen und grinste mich an. Ihre Haare waren zu zwei Knoten zusammengebunden, die auf ihrem Kopf thronten. Sie sah aus wie ein süßer, kleiner Alien, und unter anderen Umständen hätte ich ihr das auch genauso gesagt. Wir hätten zusammen darüber gelacht.

»Ich hoffe, du hast Hunger«, sagte sie, schloss leise die Tür und setzte sich neben mich auf das Bett. »Mel hat mir das hier in die Hand gedrückt.«

Erst jetzt bemerkte ich den verführerischen Duft nach Käse, nach Mac and Cheese, und ich spürte die Tränen, die erneut kurz davor waren, in mir hochzusteigen. Ich versuchte, das Brennen in den Augen zu unterdrücken. Ich klappte das Laptop zu, nahm schweigend den Teller entgegen und begann, zu essen. Wir schwiegen, nur unterbrochen von dem Kratzen von Besteck auf Geschirr und dem leisen Summen meines Laptops.

»Was machst du hier?«, fragte ich schließlich leise.

Trish legte einen Moment den Kopf schräg und musterte mich eindringlich, bevor sie zu sprechen begann. »Du warst plötzlich weg, und ich hab überhaupt nichts von dir gehört, Lou. Ich weiß nur wegen Mel, dass du hier bist. Die restliche Zeit habe ich mir einfach Sorgen um dich gemacht.«

In mir rührte sich das schlechte Gewissen, dass ich einfach so verschwunden war.

»Ich bin hier, weil du meine beste Freundin bist und ich deshalb nach dir sehen wollte. Irgendjemand musste ja herkommen und dich aus deiner Hobbithöhle ausgraben!« Trish griff nach meiner Hand und lächelte mich an, ein sanfter Ausdruck in den grauen Augen. »Das wird dich jetzt wahrscheinlich wahnsinnig schockieren, Lou, aber ich bin nicht hier, um dich zurückzuholen, auch wenn ich mir wünschen würde, dass du darüber nachdenkst. Und ich werde dich auch nicht fragen, was genau passiert ist. Es muss mehr dahinterstecken, als dass das mit Paul und dir nicht funktioniert hat – und es ist in Ordnung, wenn du noch nicht bereit bist, darüber zu sprechen aber … wir vermissen dich, Lou. Bowie, Aiden, ich. Sogar Isaac und Luke haben mehrmals nach dir gefragt! Es ist wirklich nicht dasselbe ohne dich!«

Und dann konnte ich die Tränen nicht länger zurückhalten. Trish, die extra hierhergefahren war, weil sie sich Sorgen um mich machte. Die aus Rücksicht auf meine Gefühle ihre ewige Neugierde hinunterschluckte und mit einem Mal so ruhig und bedacht war. In diesem Moment beschloss ich endgültig, ihr zu verzeihen, dass sie Paul von dem Kuss erzählt hatte. Sie hatte einen Fehler gemacht, doch das machte sie nicht zu einer schlechten Freundin. Letztendlich hatte sie es mit guten Absichten getan.

Die Tränen liefen über meine Wangen, und Trish sah mich zerknirscht an. »Bist du noch böse auf mich, Lou? Oder habe ich etwas Falsches gesagt?«

Ich drückte ihre Hand. »Nein«, sagte ich und schüttelte den Kopf. »Du hast genau das Richtige gesagt. Ich bin nur froh, dass du hier bist. Mir wird gerade erst bewusst, wie sehr ich dich vermisst habe, Trish. Wie sehr ich euch alle vermisst habe«, gab ich leise zu. Denn war das Redstone College inzwischen nicht mein Zuhause? Waren die Menschen, die ich dort in mein Herz gelassen hatte, nicht eine zweite Familie für mich geworden?

Erleichtert lächelte Trish mich an. »Ich würde dir am liebsten die Fab Five schicken.«

»Weil ich einen neuen Haarschnitt und coolere Klamotten brauche?«

Trish rollte mit den Augen. »Nein. Weil die Fünf so viel Liebe und Ordnung in ein Leben bringen und einem zeigen, wie wunderbar man selbst ist. Und jeder von uns braucht ab und zu einen Jonathan van Ness, Süße!«

Ich schmunzelte. Trish und ich waren uns spätestens seit der zweiten Folge *Queer Eye* einig, dass Jonathan unser Lieblingsmitglied der Fab Five war.

»Du bist süß«, sagte ich und ich spürte das erste, echte Lächeln seit Tagen auf meinen Lippen.

»Aber«, meinte Trish und ließ ihren Blick über meine löchrige Leggins mit den aufgedruckten Pizzastücken, die Mel mir vor einer Ewigkeit geschenkt hatte, und den viel zu großen, aber flauschigen Pulli gleiten. »Wenn ich so darüber nachdenke: Vielleicht wären trendigere Klamotten auch nicht so verkehrt.«

Ich schnaubte, griff nach dem Kissen neben mir und schmiss es auf Trish, die mir kichernd auswich und mich anschließend in ihre Arme zog. »Ich habe dich wirklich ganz schrecklich vermisst. Das war zwar nur eine Woche, aber so ganz ohne Kontakt … Mach das nie, nie, nie wieder!«, murmelte sie irgendwo in meine Locken hinein. Und ich erwiderte ihre Umarmung.

»Und bitte denk darüber nach, ob du nicht wieder zurückkommst. Du kannst mich doch nicht mit diesen verrückten Menschen allein lassen.«

Dann hob ich die Decke an, damit Trish sich zu mir kuscheln konnte. Wir sahen uns das Serienfinale von *Gilmore Girls* an und für diesen Moment war alles ein bisschen besser.

Flammenmeer

13. KAPITEL

Louisa

Als die Tür aufgerissen wurde und Mel ohne Ankündigung hereinwehte, zuckte ich erschrocken zusammen. Die Woche nach Trishs Besuch war in einem Wirbel aus Netflix-Serien und traurig schönen Büchern, die es trotz meines eigenen Schmerzes schafften, mich tief zu
berühren, an mir vorbeigezogen.

Ich war wirklich froh, Trish gesehen zu haben, zu wissen, dass ich ihr
wichtig war. Und tatsächlich dachte ich jeden Tag darüber nach, ob ich
am nächsten zurück an den Campus gehen würde. Doch dann verschob
ich die Entscheidung wieder um vierundzwanzig Stunden und verkroch
mich hier mit meinen Geschichten.

»Ich möchte allein sein«, murmelte ich.

Mels dunkle Augenbrauen zogen sich zusammen. Dann schüttelte
sie bestimmt den Kopf. »Oh nein, Louisa. Damit ist jetzt Schluss! ich
mache das keinen einzigen Tag länger mit. Ich habe mir das jetzt mit angesehen, seit du plötzlich vor der Tür standst. Und ich habe mir wirklich Mühe gegeben, dir Zeit zu lassen. Aber es reicht jetzt wirklich.«

Sie sagte das mit ihre Mom-Stimme, bei der klar war, dass Widerspruch sinnlos war. Und trotzdem zog ich mir die Bettdecke wieder über
den Kopf. Hier war alles ein bisschen besser, in diesem warmen dunklen Kokon, der mich von der Welt abschottete. Ich wollte nicht nachdenken, weil ich Angst vor meinen eigenen Gefühlen hatte. Vor dem,
was aus mir hervorbrechen würde, sollte ich sie erst einmal zulassen. Ich
wollte alles nur noch eine Weile wegschieben, nur noch ein paar Tage
lang. Diese Pause, bevor ich mich endgültig mit dem auseinandersetzen

musste, was Paul mir auf dieser Lichtung erzählt hatte, noch ein bisschen ausdehnen. Und dem, was dieses Wissen letztendlich für mich bedeutete.

»Sofort!«, unterbrach Mel ungeduldig meine Gedanken und zog mir zeitgleich die Decke weg. »Ich warte im Auto auf dich, weil wir beide jetzt einen Ausflug machen werden. Ich gebe dir genau zehn Minuten und keine Sekunde länger.«

Die Sonne stand bereits tief, als wir losfuhren. Ich hatte mir die Zähne geputzt, mir kaltes Wasser ins Gesicht gespritzt und mir die Haare notdürftig mit den Fingern durchgekämmt. Ich versank förmlich in meinem übergroßen Redstone-College-Hoodie, dessen Kapuze ich hochgezogen hatte. Ein Kokon zum Mitnehmen. Robbie stand mit Mary im Arm in der Küche und warf mir ein aufmunterndes Lächeln zu. Wir wussten beide, dass es keinen Sinn hatte, Mel etwas auszureden, wenn sie es sich erst einmal in den Kopf gesetzt hatte.

Letztendlich hatte ich zwanzig Minuten gebraucht statt zehn. Doch Mel hatte nichts gesagt, nur eine Augenbraue in die Höhe gezogen und den Wagen erst wortlos aus der Einfahrt, dann aus Redstone hinausgelenkt. Meine Stirn lehnte an der kühlen Fensterscheibe, in der sich mein Gesicht spiegelte. Ich sah mir selbst in die Augen, sah dunkles Blau und tiefe Schatten darunter. Das Blau gehörte zu mir, die Schatten eigentlich nicht.

Wenige Minuten später ließen wir Redstone hinter uns. Wir zwei fast allein auf dem Highway. Da waren nur die kahlen Äste, die sich dem eisig blauen Himmel entgegenstreckten, während weit dahinter die Rocky Mountains erhaben thronten – so, als wären sie immer schon da gewesen und würden es auch für den Rest der Ewigkeit bleiben. In dem orangefarbenen Schein der Sonne sah ich weit oben Schnee auf den rauen Felsen glänzen.

»Wo fahren wir hin?«, fragte ich irgendwann. Ich hauchte gegen die

Fensterscheibe und malte mit den Fingern eine Wolke auf das beschlagene Glas.

»Siehst du dann schon«, murmelte Mel, den Blick auf die Straße gerichtet. Dann sagte keiner von uns mehr etwas. Stattdessen verband ich mein Handy mit Mels Lautsprechern. *Running Up That Hill* von Placebo. Ich drehte auf, machte die Musik laut, so laut. Der regelmäßige, tiefe Bass fühlte sich an, als wäre er Teil meines Herzschlags. *It doesn't hurt me. Do you want to feel how it feels? Do you want to know that it doesn't hurt me?*

Tatsächlich merkte ich in diesem Moment mit den näherkommenden Bergen, wie dringend ich raus gemusst hatte, nicht nur aus dem Haus, sondern vor allem aus dem Gefühl, wie erstarrt zu sein. Ich machte das Fenster auf und zog mir die Kapuze vom Kopf, genoss den kalten Wind auf meinem Gesicht und in den Haaren. Das Gefühl, lebendig zu sein. Und ich glaubte den Ansatz eines Lächelns zu sehen, als ich Mel einen kurzen Blick zuwarf.

Be running up that road, Be running up that hill, Be running up that building.

Mel und ich, wir sangen beide den Refrain mit, während die Welt in Form von Montanas Weiten an uns vorbeizog.

Erst den Highway entlang, dann Abbiegen und den Weg bis an den Fuß des Berges. So nah an den zerklüfteten Felsen fühlte die Welt sich übermächtig und ich selbst unbedeutend an. Und war ich das auf das große Ganze gesehen nicht auch? Wir Menschen neigten ohnehin dazu, uns selbst viel zu wichtig zu nehmen, doch was war ein Menschenleben schon in Relation zu über vier Milliarden Jahren, in denen dieser Planet bereits existierte?

Mel folgte der gewundenen Straße den Berg hinauf, an Bäumen, die zu blühen begannen, und vereinzelten Häusern vorbei. Erst als der Weg zu schmal für das Auto wurde, parkte sie am Rand, stieg aus und bedeutete mir, den Rest mit ihr zu laufen. Sie schnappte sich eine große

Tasche aus dem Kofferraum und nahm meine Hand. Zog mich zwischen den Tannen hindurch. Ich erkannte keinen Weg, wusste nicht, was Mel ansteuerte. Währenddessen sank die Sonne tiefer und tiefer.

Fast stolperte ich in Mel hinein, als sie abrupt vor mir stehen blieb. Tannen, die sich lichteten, und der Anblick vor uns in sanftes Licht getaucht. Wir waren nicht so weit oben, wie ich es an Thanksgiving gewesen war, und doch war der Ausblick atemberaubend. Steil fiel der Felsen vor meinen Schuhspitzen ab, gab den Blick auf Redstone frei; schmale bunte Häuser, deren Dächer in der untergehenden Sonne leuchteten. Ich sah den Lake Superior in einem warmen Licht.

»Sobald es dunkel wird, wird es hier oben sehr schnell sehr kalt«, sagte Mel und reichte mir eine Mütze und einen Schal, die ich dankbar entgegennahm. Außerdem kramte sie aus ihrer Tasche zwei Decken. Eine breitete sie zu unseren Füßen aus und ließ sich darauf sinken, die andere legte sie sich zur Hälfte um die Schultern und bot mir an, mich zu ihr zu kuscheln. Mit angezogenen Beinen setzte ich mich neben sie auf den Boden.

Ich seufzte. »Was mache ich hier, Mel?«

Doch auch dieses Mal bekam ich keine Antwort. Stattdessen beugte sie sich über ihre Tasche. Einen Augenblick später hielt sie eine Thermoskanne und zwei Becher in den Händen, von dem sie mir einen reichte. Mel schenkte uns ein und als der Duft nach heißer Schokolade mir in die Nase stieg, schloss ich für einen kurzen Moment die Augen.

»Ich hab auch an unsere Marshmallows gedacht«, grinste Mel und raschelte mit einer Packung. Die weißen für sie, die rosafarbenen für mich, so wie früher. Ich schluckte, weil die Geste mich wirklich berührte. Egal, wieso ich auch hier sein mochte ... Mel hatte sich Mühe gegeben. Und während wir an den heißen Bechern in unseren Händen nippten, sahen wir der Weite unter uns zu. Und ich wartete. Wartete darauf, dass Mel mir sagte, wieso sie mich hierher gebracht hatte. Wieso wir auf diesem Felsvorsprung saßen und auf Redstone hinabblickten.

»Ich mache mir Sorgen, weil du nie die Gelegenheit hattest, um Dad zu trauern, Lou. Und das ist etwas, das du unbedingt nachholen musst«, begann Mel, zu sprechen, kurz bevor die Sonne hinter den Bergen verschwand. »Weißt du, das habe ich nicht einmal vor Robbie so deutlich ausgesprochen, aber ich gebe zum Teil auch mir selbst die Schuld daran, dass du das nie richtig tun konntest. Ich bin zwar sofort mit dem nächsten Flieger nach Hause gekommen und habe Mom mit der Beerdigung geholfen und bin auch danach noch zwei Wochen geblieben. Aber ich hätte mehr tun können. Ich meine, du warst erst vierzehn Jahre alt! Hätte ich gewusst, wie schlimm es wirklich um Mom steht, dann hätte ich wenigstens versucht, dich zu mir zu holen. Vielleicht hat sie es zu gut vor mir versteckt oder ich wollte es womöglich nicht sehen.« Für einen kurzen Moment stockte Mels Stimme. »Oder aber es ist eine Mischung aus beidem«, gestand sie sich und mir leise ein.

»Ach, Mel.« Vorsichtig legte ich eine Hand auf ihren Unterarm, lehnte mich gegen sie. »Es gab wirklich eine Zeit, da habe ich mich allein gelassen gefühlt, das will ich auch gar nicht leugnen, aber inzwischen ist mir klar, dass du alles getan hast, was du konntest. Du warst und bist die beste Schwester, die ich mir hätte wünschen können, und ich bin so froh, dich in meinem Leben zu haben. Niemand konnte erwarten, dass du plötzlich auch noch die Rolle einer Mutter übernimmst. Du hast dich mehr um mich gekümmert als sonst jemand. Aber als ich nach dem Unfall von Tag zu Tag mehr begriffen habe, was es bedeutet, dass Dad nicht mehr da ist, hatte ich so furchtbare Panik, dass ich nach ihm auch noch Mom verlieren könnte. Dich hatte ich nicht verloren, du bist ja schon zum Studieren weggezogen, da war ich neun. Ich wusste also, wie es ohne dich ist. Aber mit Mom allein war das Haus plötzlich so leer und still. Und die Abwesenheit von Dad hat sich so viel lauter angehört als seine schweren Schritte auf der Treppe, die Spiele der Lakers im Fernsehen oder sein Lachen«, erzählte ich und warf Mel einen kurzen Seitenblick zu. Wunderte sie sich auch darüber, dass ich mit einem Mal nicht mehr aufhören konnte, von den letzten fünf Jahren zu erzählen? Doch der Bann war gebrochen. Da war all das, was viel zu lange tief und ungesagt am Grund meiner Seele gelegen hatte.

»Mom hat ihn vermisst«, fuhr ich fort. »So sehr, dass es plötzlich keinen Raum dafür gab, dass auch ich ihn vermisste. Nach der Beerdigung hat sie angefangen, Pillen aus dem Tablettendöschen zu nehmen, das ich im Krankenhaus bekommen habe. Sie hat gesagt, sie würde es brauchen, weil sie so traurig wäre und ich das doch sicher nicht wollen würde. Und natürlich wollte ich das nicht.«

Ich hielt inne. Für einen Moment überrollte mich die Erinnerung an die Angst und die Leere, die ich empfunden hatte, immer dann, wenn Moms Augen so glasig und ihre Worte so hart geworden waren. Wenn sie wie in Trance war und ich Hunger hatte, weil sie wieder vergessen hatte, einzukaufen. Der rötliche Abdruck ihrer Hand auf meinem Gesicht, weil sie mich für undankbar hielt.

»Dann wurde aus dem Glas Wein am Abend erst ein Glas mehr und dann eine ganze Flasche.« Ich stockte, senkte die Stimme. »Als ich endlich gemerkt habe, dass Mom wirklich ein Problem hat, und ich mutig genug war, es dir zu erzählen, ist das mit Amber passiert. Sie war in derselben Klasse wie ich, wir waren so etwas wie Freundinnen. Sie hat bei ihrem Dad gewohnt, ihre Mom kannte sie nicht. Ambers Dad hatte aber ein Drogenproblem und hat scheinbar auch mit ihnen gedealt. Irgendwann war die Polizei bei ihnen in der Wohnung und hat Amber mitgenommen. Sie ist zu einer Pflegefamilie gekommen und war auch wirklich glücklich dort, viel glücklicher als bei ihrer richtigen, aber … ich wollte nicht weg von Mom. Dad war tot, du hast inzwischen in einem anderen Bundesstaat gewohnt und dort studiert … ich wollte Mom nicht auch noch verlieren. Es hat sich so angefühlt, als wäre es nur eine Frage der Zeit, bis ich ganz allein übrig bleiben würde. Deshalb habe ich bei unseren Telefonaten und deinen Besuchen wirklich alles getan, damit du und auch sonst niemand mitbekommt, wie viel sie wirklich getrunken hat.«

»Scheiße, Lou«, sagte Mel belegt und schluckte. »Ich habe nicht gewusst, wie schlimm es wirklich war. Ich habe etwas geahnt, aber ... Du musst dich so allein gefühlt haben ...«

Ich nickte und versuchte mich an einem Lächeln. »Aber jetzt bin ich hier und ...« Ich brach ab. Der Moment auf der Lichtung kam mir in den Sinn, Pauls Worte, die sich Stück für Stück zu einer schmerzhaften Wahrheit und all den klaren und auch verschwommenen Erinnerungen geformt hatten. Fünf Jahre und über zweitausend Meilen später war ich eingeholt worden. Die Vergangenheit war offensichtlich nichts, dem man entgehen konnte, sondern etwas, dem ich mich nun endlich würde stellen müssen.

»Du musst loslassen, Lou. Ein für alle Mal! Damit du das neue Leben, das du hier hast, auskosten kannst. Ich weiß, ein Teil von dir denkt, der Schmerz und die Trauer um Dad würden nie richtig aufhören, aber das werden sie, Lou. Du musst es nur zulassen. Drück diese ganzen Gefühle nicht weg, weil sie so viel größer als du sind. Lass dich fallen, als ob du ertrinkst, denn irgendwann wirst du anfangen, zu schwimmen. Dann wird jeder Atemzug, um den du kämpfst, dich stärker machen. Und ich verspreche dir: Du schaffst das. Aber dafür musst du endlich *richtig* Abschied nehmen!«

Abschied nehmen. Erst in diesem Moment wurde mir klar, wie sehr ich das in den vergangenen fünf Jahren verpasst hatte. Zuerst waren da die Fragen gewesen, wieso ich weiterleben durfte und Dad nicht. Dann musste ich erwachsen sein, weil Mom es nicht für mich war, musste es für uns beide sein. Und plötzlich war keine Zeit mehr dafür gewesen.

»Bist du bereit?«, fragte Mel sanft.

Ein Schlucken. Ein Nicken.

»Okay, also ...« Mel stellte ihren Becher ab, beugte sich über ihre Tasche und begann, darin zu kramen. Es waren sechs Himmelslaternen, die sie schließlich lächelnd in die Höhe hielt. »Ich dachte, wir könnten die Lichter nacheinander in den Himmel steigen lassen«, sagte sie und reichte mir die Hälfte. »Ein symbolischer Abschied von Dad.«

Und das Herz begann, schneller in meiner Brust zu schlagen. Zum einen war Abschiednehmen wichtig, um loslassen zu können – das wusste ich. Doch zeitgleich fühlte es sich seltsam an, so endgültig. Vielleicht weil ein Teil von mir sich immer noch fragte, wieso ich überlebt hatte. Und ich an manchen Tagen nicht wusste, ob ich überhaupt glücklich sein *durfte*. Ob das letztendlich nicht Verrat an Dad wäre, wenn ich loslassen würde.

Ich erinnerte mich an das, was Aiden einmal zu mir gesagt hatte: Dass es darum ging, das im Gedächtnis zu behalten, für das wir den Menschen, den wir verloren hatten, bewunderten. Was ihn ausgemacht hatte. All die Spuren, die diese Person in der Welt hinterlassen hatte.

»Wir könnten uns für jedes Licht eine Lieblingserinnerung an Dad erzählen?«, schlug ich deshalb leise vor.

»Oh ja! Das würde ihm gefallen.« Mel lächelte dieses Lächeln, das ich so sehr an ihr mochte. Etwas leiser fügte sie hinzu: »Deine Liebe zu Geschichten hast du sowieso von ihm.«

Sie griff nach dem ersten Licht und zündete es an. »Ich habe es geliebt, wenn wir in die Berge gefahren sind«, sagte sie. »Am ersten Abend in der kleinen Hütte haben wir nach dem Essen immer so lange Karten gespielt, bis du meistens noch auf dem Sofa eingeschlafen bist. Du warst eigentlich immer die Erste, die schlappgemacht hat. Ich erinnere mich noch an den warmen Apfelkuchen, den Dad dort so oft für uns gemacht hat.«

Zusammen mit den letzten Worten ließ Mel das Licht in den Himmel steigen. Ein heller Punkt, der immer kleiner und kleiner wurde. Fast sah er aus wie einer der Sterne, die über den Horizont flossen. Mel und ich sahen ihm die ganze Zeit nach. Auch dann noch, als es längst schon in dem Schwarz des Firmaments verschwunden war.

Ich griff nach dem nächsten, brachte es zum Brennen und begann, zu sprechen, während ich vorsichtig losließ. Den Kopf leicht in den Nacken gelegt, um auch diesem schwachen Leuchten nachzublicken. »Dad hat mit mir zusammen heimlich *Dr. House* angesehen, obwohl Mom dagegen war. Sie meinte, ich wäre zu jung dafür. Wir haben uns immer eine Folge angeschaut, wenn sie nicht da war, und dazu salziges Popcorn gegessen. Und Mom hat immer so getan, als würde sie uns nicht durchschauen, obwohl sie das wahrscheinlich von der ersten Sekunde an getan hat.«

Mel lachte. »Sie wusste es definitiv. Mom hat es mir erzählt, als wir mal telefoniert haben. Als ich Robbie Dad vorgestellt habe«, begann Mel mit dem nächsten Licht in den Händen zu sprechen, »hat er zu ihm gesagt, dass er ihm drohen könnte, was er tun würde, sollte er mir das Herz brechen. Aber dass das gar nicht nötig sei, weil ich das doppelt so gut hinbekommen und ihn dazu gar nicht brauchen würde. Ich werde nie vergessen, wie Robbie in diesem Moment geschaut hat. Irgendwie erleichtert und belustigt, aber auch verstört.« Mel lachte, als das letzte ihrer Worte verklungen war.

»Am Anfang der Highschool habe ich einen Jungen aus meiner Klasse im Kunstunterricht den Eimer mit der roten Farbe über den Kopf geschüttet, weil ...«

»Du hast *was* getan?«, unterbrach Mel mich überrascht.

»Ähm ... ich hab die Farbe über ihm ausgekippt, weil er schon seit Wochen ein Mädchen gemobbt hat. Und als ich sie verteidigen wollte, hat er mir auch noch richtig fiese Sachen an den Kopf geworfen. Das mit der Farbe war wirklich nicht die beste Idee, aber das Erste, was mir in dem Moment eingefallen ist. Als ich vor dem Büro des Rektors saß und auf Dad warten musste, damit er mich abholt, bin ich fast gestorben, weil ich so Angst hatte, dass er enttäuscht von mir sein würde. Du weißt doch, wie er uns immer gepredigt hat, dass man jedes Problem auch vernünftig lösen kann. Ich dachte, ich bekomme den Hausarrest meines Lebens. Aber als wir dann im Auto saßen, hat er plötzlich angefangen, laut zu lachen, und meinte, ich solle das zwar wirklich unter gar keinen Umständen wiederholen, aber er wäre sehr stolz auf seine Kleine, die offensichtlich so gut auf sich allein aufpassen konnte ...« Ich stockte. »Und er meinte, er würde alles leugnen, sollte ich Mom erzählen, dass er das gesagt hat.«

Mel kicherte, als ich das Licht in den Himmel steigen ließ. »Mensch, Lou, und ich dachte, ich kenne meine Schwester. Ich habe dich immer für einen der Menschen gehalten, die so schnell nichts aus der Ruhe bringt.«

Dann griff sie nach dem nächsten Licht. »Einmal, als ich nach Hause gekommen bin, haben Mom und Dad im Wohnzimmer getanzt. Sie hatten das große Sofa an die Wand geschoben, um mehr Platz zu haben«, erzählte Mel mit einem Lächeln in der Stimme und ließ das vorletzte Licht in den Himmel steigen. »Ich habe die beiden gefragt, wieso sie tanzen würden. Ich glaube, es war ein Dienstag, auf jeden Fall mitten in der Woche. Und sie haben mich einfach angelächelt, und Dad meinte, dass er keinen Grund brauchen würde, um mit seiner Frau zu tanzen.«

Dad war Moms große Liebe gewesen, und ein Teil von mir verstand tatsächlich, wieso sie diesen Verlust nicht nur nie überwunden hatte, sondern auch Alkohol und Tabletten zu Hilfe nahm, um den Schmerz erträglicher zu machen. Und doch hatten Mel und ich auch einen geliebten Menschen verloren – unseren Dad. Das hatte Mom vor fünf Jahren vergessen.

Mit zitternden Fingern griff ich nach dem letzten Licht, zündete es an und verlor mich einen Augenblick lang in dem Anblick der kleinen Flamme, bevor ich losließ und eine letzte Erinnerung mit meiner Schwester und dem Himmel teilte.

»Das ist jetzt keine bestimmte Erinnerung, sondern eher eine allgemeine Sache«, fing ich dieses Mal an. »Ich habe Dad immer so sehr dafür geliebt, dass er so viel gelacht und in allem das Positive gesehen hat. In jeder Situation, so verfahren sie auch gewesen sein mag. Ich liebe jede einzelne Erinnerung, die zeigt, dass er einer dieser Das-Glas-ist-halb-voll-

Menschen gewesen ist und ich …« Ich schluckte schwer. »Und ich wünsche mir für mein Leben, dass ich das eines Tages auch schaffen werde.«

Mel legte ihre Hand über meine, und so saßen wir da. Zwei Schwestern, aneinandergebunden durch Blut, Erinnerungen, Zuneigung und Schmerz. Wir hielten uns an den Händen und blickten über die Weite unter uns, die einzelnen Lichter, die wie Glühwürmchen in der Nacht leuchteten. Eine Unendlichkeit kleiner Lichtpunkte, die zeigten, wieviel Leben in dieser Welt steckte.

So wie Mels heiße Schokolade mich wärmte – von innen wie von außen –, so taten es auch die vergangenen zwei Stunden. Jedes Detail dieses Abends und jedes Wort, schon jetzt bewahrt in den Tiefen meines Herzens.

»Das wirst du, Lou«, sagte Mel irgendwann.

Ich lächelte sie an. »Das glaube ich auch«, erwiderte ich leise und meinte jedes Wort absolut ernst.

Sanft strich der Wind über mein Gesicht. Und ich ließ den Schmerz und die Trauer zu. Es tat unfassbar weh, aber gleichzeitig machte mein Herz einen Satz, und es war, als würde ich wieder atmen können. So sehr atmen, wie ich es seit Jahren nicht mehr hatte tun können. Die Art von Atmen, die einen nicht *über*leben, sondern leben lässt.

»Danke«, sagte ich zu Mel, die mit Sicherheit wusste, was ich mit diesem schlichten Wort alles zu sagen versuchte. Ich würde Dad immer vermissen, das würde ich mein Leben lang tun. Doch er hätte nicht gewollt, dass dieses Gefühl mein eigenes Glück auf jedem Schritt überlagern würde. In diesem Fall war das keine leere Floskel, sondern die Wahrheit. Wäre Dad hier gewesen, hätte er begonnen, Pläne zu schmieden, wie wir das Beste aus der Situation machen konnten.

Als am späten Abend der Abspann von *Chocolat* über den Fernseher im Wohnzimmer flimmerte, drehte Mel sich zu mir. Wir hatten zusammen gekocht, als wir wieder zurückgewesen waren, hatten es uns mit einer großen Kuscheldecke und den vollen Tellern auf dem Sofa gemütlich gemacht und uns seitdem nicht mehr von der Stelle bewegt. Robbie hatte Mary ins Bett gebracht und war selbst irgendwann nach oben gegangen. Mein rechter Oberschenkel berührte unter der Decke Mels. Es war warm und ich angenehm erschöpft.

»Lou? Du weißt doch, dass Paul nicht für diesen Unfall verantwortlich ist, oder?«, sagte Mel leise.

Ich schluckte und drehte mich langsam zu meiner Schwester. »Ja, das weiß ich.«

Und darum ging es in erster Linie auch gar nicht, auch wenn die Wahrheit mir in den ersten Tagen beinahe den Boden unter den Füßen weggerissen hatte. Für einen Moment hatte ich darunter nur die Flammen gesehen, die fünf Jahre zuvor alles niedergebrannt hatten. Doch je weiter ich in mich hineinhörte, desto bewusster wurde mir, dass ich die Ereignisse dieser Nacht anders empfand als Paul. In *meiner* Dimension, *meiner* Welt, *meinem* Universum war er nicht der Schuldige, war er nicht irgendeine Form von Täter. Er war nicht gefahren, und nur meinetwegen war Dad so spät noch unterwegs gewesen. Ich hatte gequengelt, hatte keine Ruhe gegeben, weil ich unbedingt zu Leah gewollt hatte. Solange bis Dad nachgegeben und versprochen hatte, mich abzuholen. War es dann nicht genauso meine Schuld, dass er so spät überhaupt auf dieser Straße gewesen war? Oder am Ende doch Heathers, weil sie am Steuer gewesen war? Oder war Dad vielleicht selbst unaufmerksam gewesen? Doch auch wenn ich Paul nicht für das, was geschehen war, verantwortlich machte, so standen diese Nacht und der Tod meines Dads dennoch zwischen uns. Es war nicht wegzudenken und während keines einzigen Atemzugs zu ignorieren.

Trotzdem fühlte ich mich in diesem Moment auf eine ungewohnte, merkwürdige Weise nicht mehr von meiner Vergangenheit eingeholt. Heute hatte ich meinem Dad nach fünf Jahren Lebewohl gesagt, und zum ersten Mal fühlte es sich so an, als wäre meine Vergangenheit ein

Teil von mir und nicht etwas, das ich hinter mir lassen musste. Es war seltsam, wie man etwas durch das Loslassen noch viel enger an das eigene Leben band, nur mit mehr Leichtigkeit.

Wir sahen uns noch einen Film an. Und es fiel bereits das erste Licht eines neuen Tages durch die zugezogenen Vorhänge, als meine Augen immer häufiger zufielen, die Müdigkeit drückender und drückender auf mir lastete und mich tiefer in das Sofa und die bunt gemusterten Kissen sinken ließ. Als läge die Erschöpfung der vergangenen Jahre auf einmal komplett auf mir. Zeitgleich fühlte ich mich erleichtert, losgelöst und schwerelos. Und in meinen Träumen sah ich einen tintenblauen Himmel voller Lichter, ein Meer aus kleinen Flammen und Wellen aus Erinnerungen. Ein schönes Wort, ein *Flammenmeer*.

Paul

Zwei Wochen. So lange war das Redstone Festival inzwischen her und damit die Nacht, in der ich mit Louisa geschlafen hatte. Dann der darauffolgende Tag, als ich ihr alles erzählt und ich sie das letzte Mal gesehen hatte.

Die Zeit verging quälend langsam, jeder Tag schien aus Sekunden zu bestehen, die sich wie Stunden anfühlten. Ich begann, für die Finals zu lernen, ging laufen, so oft es ging, traf mich mit Luke im Fitnessstudio. Ich lief mit meiner Kamera ziellos über den Campus und durch die Stadt, machte Fotos wie ein Besessener. Doch egal, was ich tat: Ich war ruhelos und getrieben. Ich wartete jeden Tag und wusste letztendlich doch nicht, worauf. Darauf, dass Louisa zurückkam? Darauf, dass ich plötzlich wusste, was ich tun sollte?

Am Dienstag traf ich mich mit meiner Mom – wieder in New Forreston, weil ich noch nicht bereit gewesen war, sie in mein Leben hier in Redstone zu lassen. Wie auch in der Woche davor gab es diese seltsamen

Momente zwischen uns, diese Angespanntheit und Unsicherheiten. Aber es wurde besser. Wir redeten nicht über meinen Vater, weil es keinen Sinn hatte und sowieso nichts ändern würde. Aber wir redeten über uns, die Menschen, die wir in den letzten Jahren geworden waren. Und inzwischen glaubte ich ihr wirklich, dass ihr Interesse an mir und meinem Leben ehrlich war. Sie wollte zusammen mit Luca zum Essen ins Luigi's kommen, weil sie diesen Teil meiner Welt sehen wollte – ein seltsamer Gedanke. Himmel, ich konnte nicht einmal sagen, ob ich die Idee besonders gut oder schlecht fand. Meine elegante Mutter in dem kleinen italienischen Bistro. Aber wir waren dabei, uns einander anzunähern und bis jetzt lief es ... okay.

Ich hatte Aiden und Trish davon erzählt. Nein, ich war vielmehr gezwungen gewesen, es ihnen zu sagen. Weil die beiden mich wirklich unter keinen Umständen aus den Augen zu lassen schienen, seit Louisa mit diesem lauten Knall verschwunden war. Und es nervte mich, wie es mich gleichermaßen berührte. Wahrscheinlich wollten sie verhindern, dass ich wieder anfing, zu viel zu trinken und zu viele Frauen flachzulegen. Doch inzwischen wusste ich, dass nichts davon etwas daran ändern konnte, wie es tief in mir aussah. Vielleicht konnte es mich vorübergehend betäuben, doch wenn der Schmerz dann wieder am, fühlte er sich viel schlimmer an als zuvor. Und ich dachte an sie, ich dachte an Louisa, jeden einzelnen, quälenden Tag. Alles in mir schrie danach, zu ihr zu fahren, sie in meine Arme zu nehmen und zu fragen, wie es ihr ging. Doch ich tat es nicht.

Auch heute hatte Trish mich so lange genervt, bis ich nach meiner Laufrunde zugestimmt hatte, mich nachmittags mit ihr in der Bibliothek zu treffen. An einem Samstag! Ich fing erst an, zu lernen, als Aiden nach seiner Bandprobe nachkam. Davor zeichnete ich kleine Bilder auf meine Mitschriften, schnell gezogene dunkle Linien.

Als es draußen dunkel wurde, packten wir unsere Sachen zusammen und liefen über den Campus zu mir. Trish und Aiden hatten sich mehr oder weniger selbst eingeladen, bei mir noch etwas zu essen zu machen. Wir steuerten sofort die Küche an, um uns *Peanut Butter and Jelly Sandwiches* zu machen – eines der Dinge, bei denen keine Gefahr bestand, dass Aiden am Ende die ganze Küche in die Luft jagen würde. Vorsichtshalber hatte Trish ihn trotzdem dazu verdonnert, sich schon einmal auf das Sofa im Wohnzimmer zu setzen und zu warten, während wir uns in der Küche um die *PB&Js* kümmerten. Zwei Schichten Erdnussbutter, zwei Schichten Marmelade. Jedes Mal wenn Trish dachte, dass ich nicht hinsehen würde, schmierte sie noch eine extra Schicht Erdnussbutter auf die Toastscheiben. Und ich tat wie immer so, als würde ich es nicht bemerken, weil die Sandwiches ohne Trishs typische Extraschicht für mich nicht das Gleiche waren.

Mit drei Tellern mit darauf gestapelten Sandwiches in den Händen liefen wir ins Wohnzimmer. Aiden hatte eines von Taylors Spielen gestartet und starrte konzentriert auf den Bildschirm. Die Lippen hatte er zusammengekniffen, außer er stieß einen Fluch aus, weil er wieder ein Leben verloren hatte. Trish und ich ließen uns neben ihn auf das Sofa fallen und sahen ihm zu, kommentierten zusammen das Spiel, so wie früher im Haus der Summers mit dem blonden Zwerg in der Mitte.

Doch irgendwann drifteten meine Gedanken ab. Sie waren wie eine Endlosspirale, die unausweichlich zu Louisa führte. Ich dachte daran, wie ich gestern mit meiner Kamera unterwegs gewesen war. Meine Schritte hatten mich wie von selbst zu der Lichtung im Wald geführt. Ich hatte am Rand gestanden. Blinzelnd, weil die Sonne tief stand und durch das Grün der Tannen brach, mich blendete. Ich hatte Aiden die Wahrheit erzählt, ich hatte es Louisa gesagt – schlimmer konnte nichts mehr sein. Ich war es so verflucht leid, zu lügen, hatte keine Kraft mehr, all das Dunkle tief in mir zu verstecken, wo man es doch sowieso entdeckte, wenn man nur genau genug hinsah.

Ich holte tief Luft wegen der Entscheidung, die ich in dieser Sekunde getroffen hatte. In mir Worte kurz vor dem Überlaufen. Entschlossen wandte ich mich Trish zu. »Du weißt doch, dass Heather und ich diesen Autounfall hatten, als wir auf dem Rückweg von Sacramento waren …«, fing ich an und knetete meine Hände im Schoß. Plötzlich hatte ich keinen Hunger mehr, stellte den Teller mit den PB&Js vor mir auf den Tisch.

Aiden ließ erst den Controller fallen und starrte mich dann überrascht an.

Trish nickte. »Mhmm?« Dann biss sie mit geschlossenen Augen von ihrem Sandwich ab, wobei ihr ein übertriebenes Stöhnen entwich.

Aiden und ich warfen uns einen Blick zu. Seine blauen Augen sagten *Bist du dir sicher*, meine wahrscheinlich so etwas wie *Ich hab eine scheiß Angst*. Dann atmete ich tief durch und erzählte ihr die Geschichte eines siebzehnjährigen Jungen, meine Geschichte. Jedes Detail, jede Facette. Und von einem Mädchen mit Sommersprossen und Ozeanaugen.

Als das letzte Wort ausgesprochen war, betrachtete Trish mich mit schief gelegtem Kopf, die grauen Augen leicht zusammengekniffen. Sie hatte mich ausreden lassen, ab und zu genickt und an manchen Stellen kurze Fragen gestellt, dann wieder genickt. Keine einzige Wertung. Obwohl ich sie fast mein ganzes Leben lang kannte, konnte ich in diesem Moment absolut nicht sagen, was in ihr vorging. War sie schockiert? Würde sie sich von mir abwenden, jetzt, wo sie wusste, was für ein Mensch ich war? Jetzt, wo sie wusste, was ich Louisa angetan hatte – damals und heute?

Wortlose Sekunden verstrichen und plötzlich lagen Trishs zierliche Arme warm und fest um meinen Hals, ihr Gesicht auf meiner Schulter. Da waren überall wirre, blonde Haare, die mich kitzelten.

Ich hatte vermutlich mit allem gerechnet, aber nicht mit dieser Berührung. Trish roch nach diesem widerlichen Erdbeershampoo, das sie eigentlich schon immer benutzte. Ich war völlig überrumpelt und mein ganzer Körper angespannt – doch der Geruch war verbunden mit den schönsten Erinnerungen aus meiner Kindheit und mein rasendes Herz beruhigte sich langsam Schlag für Schlag.

»Ach, Paul«, murmelte der blonde Zwerg. »Wieso hast du denn nie etwas gesagt? Fünf Jahre lang all diese Gefühle und Erinnerungen mit dir herumzutragen – das wäre doch für jeden Menschen zu viel gewesen. Du hättest mit jemandem reden müssen, *richtig* reden, vielleicht zu einem Therapeuten gehen. Ich meine, wie soll ein siebzehnjähriger Junge so etwas auch verarbeiten? Ich ...« Trish hielt inne und schien nachzudenken. »Ich wünschte einfach, ich hätte es gewusst und etwas tun können. Auch wenn ich das natürlich nicht geschafft hätte, aber ... Ich bin doch deine beste Freundin, Paul ...«

Ich hatte absolut keine Ahnung, was ich sagen sollte. Gab es überhaupt noch etwas, das ich sagen konnte? *Verdammt!* Ich hatte dieses wortbrabbelnde Mädchen so unfassbar gern, auch wenn ich ihr meistens sagte, wie furchtbar nervig sie war. Und weiß Gott, ich konnte mich unheimlich glücklich schätzen, diesen Scheiß nicht mehr allein durchstehen zu müssen. Louisa nach dieser regnerischen Nacht mit ihr in meinen Armen verloren zu haben, schmerzte mehr, als ich es mir hätte vorstellen können. Ich hatte gedacht, ich wüsste, wie es wäre, sie zu verlieren, doch ich hatte mich getäuscht. Ich hatte absolut keine Ahnung gehabt, wie es sich anfühlen würde. Hatte nicht geahnt, dass Leere noch leerer und Dunkelheit noch dunkler sein konnte. Und trotzdem standen diese beiden Menschen hier zu mir, Aiden und Trish – trotz der einzelnen Teile meines abgefuckten Herzens.

»Ähm, kannst du mich jetzt bitte endlich zurückumarmen? Ich fühle mich langsam ein bisschen blöd!«, murmelte Trish mit dem Gesicht immer noch an meiner Halsbeuge.

Das leise Lachen kam mir ganz selbstverständlich über die Lippen. Es klang kratzig und rau, so, als müsste ich es erst wieder lernen, weil es doch gar nicht zu dieser Situation zu passen schien. Aber das war das, was Trish eben tat: jeden Moment zu etwas Schönem zu machen. Ich drückte sie also an mich, so lang und fest, bis sie zu quietschen begann und mit ihren Händen auf meine Oberarme schlug.

»Schade, dass ihr beide auf Frauen steht. Ihr wärt echt süß zusammen.«

»Klappe, Cassel«, sagten wir gleichzeitig, und Aiden schüttelte lachend den Kopf.

»Und was ist mit Lou? Was hast du jetzt vor?«, wollte Trish wissen, als sie sich langsam wieder neben mich in die Polster sinken ließ und nach ihrem Sandwich griff.

»Was sollte ich schon vorhaben«, sagte ich verbittert und fuhr mir unruhig durch den Bart. »Louisa wird nichts mehr mit mir zu tun haben wollen. Nie wieder. Sie hat gesagt, dass sie das nicht kann, sie hat es kaum ertragen, mir in die Augen zu sehen. Sie …«, ich schluckte, »sie hasst mich, Summers. Und ohne mich ist sie wirklich besser dran. Das wisst ihr genauso gut wie ich.«

»Wieso denkst du, dass sie dich hassen würde? Hat Lou dir das gesagt?«, hakte Trish nach.

Ich schnaubte. »Hast du mir gerade nicht zugehört? Wie könnte sie mich bitte nicht hassen?«

Sie lehnte sich mit dem Teller in den Händen wieder gegen mich, ihr Kopf in meiner Armbeuge.

»So, wie ich das sehe, ist Lou einfach nur wahnsinnig mit der Situation überfordert, was ja auch wirklich mehr als verständlich ist. Ich meine, wie reagiert man denn bitte richtig, wenn einem der Kerl, in den man sich verliebt hat, plötzlich erzählt, dass er bei dem Unfall, bei dem der Dad gestorben ist, in dem anderen Auto saß? Kann man da überhaupt in irgendeiner Weise richtig reagieren?« Trish schien tatsächlich darüber nachzudenken, mehrere Möglichkeiten in ihrem Kopf durchzuspielen. »Ich habe ehrlich gesagt keine Ahnung, wie ich mich an ihrer Stelle verhalten hätte. Ich wäre auf jeden Fall niemals so ruhig geblieben wie Lou, ich hätte wahrscheinlich vielmehr um mich geschlagen und wäre durchgedreht.«

»Trish hat recht.« Aiden nickte zustimmend. »Das ist ganz schön viel auf einmal zu verarbeiten und hat in erster Linie nicht unbedingt etwas mit dir zu tun. Und selbst wenn, es ist doch klar, dass das Zeit braucht, zu begreifen, woher ihr beide euch eigentlich schon kennt. Und dass es ausgerechnet die Nacht gewesen ist, in der Lous Dad gestorben ist.«

Langsam nickte ich.

Obwohl ich es so verzweifelt hatte richtig machen wollen, hatte ich unglaublich viele Fehler gemacht, was Louisa anging. Ich hatte dieser eine Mensch sein wollen, der sie immer auffangen würde. Doch ich hatte sie nach unserem ersten Kuss von mir gestoßen, weil sie als Aidens Mitbewohnerin zunächst absolut tabu für mich gewesen war, und die Gefühle, die sie in mir ausgelöst hatte, mir eine scheiß Angst gemacht hatten. Ich hatte meinen Freunden gegenüber verheimlicht, was zwischen uns gelaufen war, weil es einfacher so gewesen war. Ich hatte Louisa von mir gestoßen, als das Gefühl von Nähe zwischen uns immer stärker und eindringlicher geworden war und hatte es im *New Forreston Hospital* erneut getan, als ich die Wahrheit über uns beide kannte.

Dieser zerstörerische Hurrikan aus Schuld und Selbsthass, der sich innerhalb der letzten fünf Jahre von Tag zu Tag mehr zusammengebraut hatte, hatte mich und meine Handlungen gelähmt. Jedes Mal, wenn es innerhalb der letzten Monate schwierig geworden war, war ich sofort davon ausgegangen, dass es an *mir* liegen musste: an *meinen* Fehlern, *meinen* Schwächen und dem Geheimnis, welches jetzt keins mehr war. Und jedes Mal hatte ich als einzige Lösung gesehen, mich von dem Mädchen, das mir innerhalb kürzester Zeit so viel bedeutet hatte, zurückzuziehen, mich von ihr fernzuhalten. Und Gott, ihr sogar wehzutun, wenn sie nicht zu verstehen schien, dass ich niemals der richtige Mann für sie sein konnte.

Statt Louisas in mich gesetztes Vertrauen zu erwidern und ehrlich zu ihr zu sein, hatte ich also allein und über ihren Kopf hinweg Entscheidungen getroffen, ohne ihr die Möglichkeit zu geben, über ihre Sicht der Dinge zu sprechen.

»Hier geht es nicht um Lou, Paul, es geht um dich!«, sagte Aiden da. »Du musst endlich loslassen und dein Leben leben. Mit deiner Vergangenheit, deiner Zukunft, vor allem aber mit dem Hier und Jetzt!«

»Und egal, was passiert, du bist auf jeden Fall nicht allein dabei«, sagte Trish und versuchte, ein Gähnen zu unterdrücken.

Ein warmes Gefühl stieg in mir auf, als ich von dem blonden Zwerg zu Aiden und wieder zurück sah. Ja, ich war nicht allein, nicht mit diesen beiden Menschen, die Teil meiner Welt sein wollten, komme, was wolle.

Ich dachte über die Worte der beiden nach. Hier ging es nicht um Louisas Vergebung für das, was ich getan hatte. Es ging auch nicht darum, dass Mel oder ihre Mom es taten, nicht um Heather, nicht um sonst jemanden, dessen Leben in irgendeiner Weise mit den Ereignissen dieser Nacht verbunden war. Es ging nicht um Erlösung oder Absolution. Genau in diesem Moment wurde mir klar, was tatsächlich von Bedeutung war: Selbstvergebung. *Ich* war die einzige Person, die das tun konnte, nein, tun *musste*. *Ich* war der einzige Mensch, der in der Lage war, mir diese erdrückende Last von den Schultern zu nehmen. Louisas Dad mochte tot sein, doch *ich* lebte. Und war ich es diesem Mann, den ich nie kennengelernt hatte, nicht sogar schuldig, dieses Leben in jeder Sekunde bewusst zu erleben, statt mir selbst die Schuld an etwas zu geben, das ich niemals würde ändern können? War ich es ihm nicht schuldig, lebendig zu sein, statt nur vor mich hinzuvegetieren?

Das Herz hämmerte mir hart gegen die Rippen, als ich mich an Aiden wandte, der mit hinter dem Kopf verschränkten Armen im Sofa saß. Trish war inzwischen mit ihrem Kopf an meiner Schulter eingenickt. Ihre langen blonden Haare kitzelten mich am Arm.

»Ich weiß jetzt, was ich tun muss«, sagte ich fest.

Aiden fragte nicht nach, nickte nur, als wüsste er mit Sicherheit, dass ich meinen Weg aus diesem Chaos finden würde.

»Spielen wir noch eins?«, fragte er mich stattdessen, nachdem ich mich vorsichtig von Trish gelöst und die leeren Teller in die Küche gebracht hatte.

Ich grinste. »Klar. Ich lass mir doch nicht die Gelegenheit entgehen, dich fertig zu machen.«

Trish saß immer noch in sich zusammengesunken in unserer Mitte und schlief tief und fest. Und alles war wie immer und trotzdem komplett anders.

Cercle Vertueux

14. KAPITEL

Louisa

»Vergiss nicht, dass ich heute Abend dran bin, den Film auszusuchen«, sagte Aiden mit einem verschmitzten Grinsen und zog die Wohnungstür hinter uns zu.

»Als ob ich das vergessen könnte«, murmelte ich. Das bedeutete, ich würde mir nach meinem letzten Kurs wahrscheinlich wieder einen Horrorfilm ansehen müssen, nur um mich dabei von Aiden auslachen zu lassen, weil ich bei jedem einzelnen schlechten Jump Scare nicht nur zusammenzuckte, sondern mich zu Tode erschreckte – ganz egal, wie offensichtlich er auch sein mochte.

»Jetzt schau mich nicht so gequält an, Lou«, kommentierte Aiden meinen Gesichtsausdruck. »Würdest du mich nicht zwingen, mir Filme wie *Das Leuchten der Stille* oder *Wild Child* anzusehen, dann wäre ich bei meiner Auswahl auch viel umgänglicher!«

»Ich bin wirklich beeindruckt, dass du dir die Titel gemerkt hast.«

Er schnaubte. »Ha! Als hätte ich eine Wahl gehabt! Und daran siehst du: Ich gehe mit meiner Filmauswahl bloß auf dich und deine Vorlagen ein. Das ist Aktion und Reaktion.«

Ich hob eine Augenbraue, während wir nebeneinander den Flur Richtung Aufzug entlangliefen.

»Wir können auch einfach wieder mit *Game of Thrones* anfangen?«, schlug ich hoffnungsvoll vor. Und Aiden schien für einen kurzen Moment tatsächlich darüber nachzudenken.

Im Aufzug drückte er auf den Knopf für das Erdgeschoss und lachte schließlich laut auf. »Vergiss es!«

Die Sonne kitzelte mich im Gesicht, als wir nach draußen traten und den Weg Richtung Firefly einschlugen. Robbie hatte mich gestern Nachmittag zurück ans RSC gefahren, und wenig später war Trish vorbeigekommen. Wir hatten zusammen gekocht, und beim Essen hatte sie mir erzählt, was ich in den vergangenen zwei Wochen verpasst hatte: von ihrer Vermutung, dass Brian einen neuen Freund hätte, weil er neuerdings so gut gelaunt und redselig war, über das Gerücht, Luke hätte etwas mit Olivia am Laufen bis hin zu der Tatsache, dass Trishs Lieblingsdozentin letzte Woche verkündet hatte, dass sie schwanger sei und im kommenden Term deshalb nicht am Redstone College sein würde. Und um mir zur Feier meiner Rückkehr ein Lächeln ins Gesicht zu zaubern, wie Trish es feierlich ausgedrückt hatte, hatte sie mir ein schönes Wort mitgebracht: *Karamellkaubonbon*. Ich hatte also noch gar keine Gelegenheit gehabt, mich damit auseinanderzusetzen, was es für mich bedeutete, wieder auf dem Campus zu sein.

»Ich finde es echt schön, dass du wieder hier bist, Lou«, sagte Aiden und legte den Arm um mich, als hätte er meine Gedanken erraten. »Ohne dich ist es nur halb so cool.«

Ein Seufzen. Ich hatte ihn auch vermisst, genauso wie Trish und Bowie. Mehr, als ich vermutet hätte. Die Wut auf Aiden war bereits in den ersten Tagen in sich zusammengefallen, denn er hatte mir nicht wirklich etwas verheimlicht. Er hatte sich einfach nur herausgehalten, als er die Wahrheit erfahren hatte, und Paul die Chance gegeben, es mir selbst zu erklären. Und war es nicht das, was ich an Aiden so mochte? Dass er ein wahnsinnig guter Freund und immer auf die Gefühle seiner Mitmenschen bedacht war? Egal was ich im ersten Moment auch empfunden haben mochte – wenn es jemand gut meinte, dann ganz sicher er.

»Ich bin auch froh, wieder hier zu sein«, sagte ich ehrlich und lehnte mich einen Augenblick gegen ihn.

Während Aiden es sich direkt an der Theke gemütlich machte und die Blätter mit seinen neuen Songtexten auf dem dunklen Holz ausbreitete, lief ich durch das Café, machte Lichter und Kaffeemaschine an, zählte das Geld in der Kasse, holte meine Schürze aus dem Mitarbeiterraum und beendete damit den üblichen Kontrollgang. Kurz bevor die ersten Leute das Firefly begleitet von dem typischen leisen Bimmeln betraten, startete ich die Spotify-Playlist, die morgens immer lief – eine leichte Mischung aus entspanntem Folk und Indie Bands. Zwei Songs von *Goodbye April* hatten es dank Trish und mir auch auf die Liste geschafft.

Während ich Kaffee für die ersten Leute machte, begann die Melodie von *I am the Changer* von den Cotton Jones durch den Raum zu wehen. *Everything has turned around*, hieß es in der ersten Zeile. Und es war auf fast alle nur erdenkliche Arten wahr: Nichts war mehr wie an dem Tag, an dem ich hier das erste Mal in meiner Lieblingsnische gesessen und *Alles Licht, das wir nicht sehen* gelesen hatte. Und nichts war mehr wie an dem Tag, an dem Paul mich geküsst und mir gesagt hatte, dass er sich in mich verliebt hatte – mit dieser Mischung aus absolutem Ernst und stiller Überraschung in der Stimme.

Die Schlange an Leuten mit Coffee-to-go-Bechern direkt am Tresen wurde langsam kürzer. Als ich dem letzten Studenten seinen Kaffee hingestellt hatte, drehte ich eine erste Runde durch das Café und nahm die Bestellungen an den wenigen besetzten Tischen auf. Eine der großen Tassen mit Kaffee platzierte ich zusammen mit einem Schokomuffin vor Aiden, bevor ich die anderen Bestellungen verteilte. Und als alle versorgt waren, griff ich nach einem großen Becher auf der Kaffeemaschine, um mir einen Cappuccino zu machen.

Ich war völlig versunken in den Anblick meiner eigenen Hände, die Espresso machten und diesen mit geschäumter Milch auffüllten, dass ich gar nicht bemerkte, wie offensichtlich seit einigen Minuten jemand an der Theke lehnte und darauf wartete, dass ich aufsah. Ein Schatten, der auf das dunkel schimmernde Holz fiel, dicht gefolgt von einem Räuspern. Dunkel, so vertraut.

»Könnte ich auch einen haben?«

Ich holte tief Luft und wappnete mich. Dann hob ich den Blick, mit einem Herzen, das einen Schlag aussetzte, noch bevor ich ihn sah.

Paul.

Bernsteinaugen unter dunklen Brauen.

Grübchen.

Braune Haare, die unter der Kapuze seines schwarzen Hoodies herausrutschten und ihm wie immer in die Stirn fielen, die Hände in die Taschen seiner Lederjacke geschoben.

Ich schluckte schwer. Und mein Blick huschte zur Seite, doch Aiden war nirgends zu sehen. Nur die weißen, dicht beschrifteten Seiten mit seinen Texten und der halb ausgetrunkene Kaffee zeugten davon, dass er gerade eben noch hier gewesen war.

Dann war wieder alles, das ich sah, Paul, der so unerwartet vor mir stand. Und ich, die plötzlich blind für alles andere war, die sich nicht bereit fühlte, ihm gegenüberzustehen. Noch nicht.

Tief atmete ich ein und aus und nickte schließlich automatisch. Als ich Paul wenige Minuten später den Becher mit perfektem Milchschaum auf dem Kaffee in die Hand drückte, bedankte er sich, und für einen Wimpernschlag berührten sich unsere Fingerspitzen. Er hielt inne, ich tat es auch. Nur für wenige Sekunden, doch der Moment reichte für das Kribbeln auf meiner Haut aus – weil offensichtlich nur mein Verstand begriff, dass alles anders war.

Das Geld lag passend auf der Theke. Paul wandte sich zum Gehen, doch im letzten Moment drehte er sich noch einmal zu mir um. Sein Blick ruhte einfach nur auf mir und meinem Gesicht, still und laut zugleich.

Ich fragte mich, was er wohl sah, was er in *mir* sah. In diesem Moment war meine größte Angst, dass das Gefühl in seinen Augen Mitleid war. Dass er in mir nur noch das kleine, hilflose Mädchen sah, das er vor fünf Jahren hatte retten müssen. Das arme Mädchen, das seinen Dad hatte sterben sehen müssen. Ein Gedanke, den ich kaum ertrug, denn wenn mir die letzten Monate am Redstone College etwas gezeigt hatten, dann, dass ich so nicht mehr war, dass in mir so viel mehr steckte als dieser Moment aus meiner Vergangenheit, so sehr er mein Leben auch für lange Zeit zum Schlimmen verändert hatte und die Erinnerung immer noch schmerzte.

Es schien, als wollte Paul etwas sagen, doch dann wandte er sich wieder ab und verschwand begleitet von dem leisen Bimmeln durch die Tür. Und fast war es so, als wäre er nie hier gewesen. Paul hätte alles sagen können, doch das hatte er nicht. So wie ich nicht all die Fragen gestellt hatte, die ich ihm hätte stellen wollen. Zu sehr fürchtete ich mich vor den Antworten, zu wenig wusste ich, wie ich die Fragen formulieren sollte.

Ein deutscher Roman kam mir in den Sinn, als ich auf die schwingende Tür blickte. Ausgerechnet einer, den Paul mir letztes Jahr geschenkt hatte. Die Freundin seines Cousins hatte so davon geschwärmt, dass er sich auf die Suche nach einer englischsprachigen Ausgabe gemacht hatte. In *Gut gegen Nordwind* schreibt Leo in einer seiner Mails an Emmi, dass Worte Maske und Enthüllung zugleich wären. Es ist eines dieser Bücher, die mit Sprache spielen, in denen jedes einzelne Wort bewusst gewählt und eingesetzt wird, sich aus einfachen Sätzen unendlich viele Bedeutungen ergeben. Schon beim ersten Mal Lesen hatte dieser Satz in mir nachgeklungen. *Maske und Enthüllung.* Sagte das nicht alles darüber aus, wie wir Sprache nutzten? Wir konnten uns hinter Worten verstecken oder mit ihnen das Wahrste formulieren, das in uns steckte, das lag an uns allein. Doch wie sollten Paul und ich unsere Worte wählen, wenn wir uns das nächste Mal gegenüberstanden? Es gab Millionen Möglichkeiten und doch keine einzige.

Kurz nachdem Paul weg war, tauchte Aiden wieder auf. Er war kurz hinten gewesen, weil seine Schwester angerufen hatte. Als er sich wieder setzte und mir augenrollend erzählte, dass Ally sich erneut von ihrem Freund getrennt hatte und es sowieso nur eine Frage der Zeit wäre, bis das Ganze wieder von vorn losgehen würde, versuchte ich, mir nicht anmerken zu lassen, wie aufgewühlt ich war. Natürlich war es unvermeidbar, dass ich Paul auf dem Campus begegnen würde, doch ich hatte nicht damit gerechnet, dass es schon jetzt passieren würde, gleich am allerersten Morgen. Ich hatte mir eingeredet, dass ich noch Zeit hätte, bevor ich mich dem allen würde stellen müssen.

Am Nachmittag traf ich mich mit Trish vor dem Hörsaal, in dem ihre Vorlesung zu den Britischen Schauergeschichten stattfand. Jetzt waren da zwar zwei Wochen, in denen ich nicht Teil dieser Welt gewesen war und die mich an den Schreibtisch fesselten wegen all dem, was ich vor allem in meinen Mathe-Kursen aufzuholen hatte – trotzdem wollte ich nicht auf diese Vorlesung verzichten.

Heute würde es um *Das Bildnis des Dorian Gray* gehen, und weil das eins meiner Lieblingsbücher war, hatte ich meine eigene Ausgabe mitgenommen. Ich hatte das Buch auf einem Flohmarkt gefunden, es war abgegriffen, voller Knicke und vereinzelter Risse. Voll mit meinen Notizen am Rand und Klebezetteln bei all den Passagen, die auf irgendeine Weise etwas Besonderes für mich gewesen waren. Es war ein Buch, dem man ansah, dass es geliebt wurde.

Trish hakte sich bei mir unter und zog mich in den Hörsaal. Wir steuerten eine Reihe möglichst weit vorn an, weil ich so viel wie möglich von der heutigen Vorlesung mitbekommen wollte. Trish wusste das. An unseren Plätzen holte ich die Papiertüte mit den Muffins aus dem Firefly aus meinem Rucksack und reichte Trish einen von ihnen zusammen mit einer Serviette.

»Oh Gott, Blaubeere«, seufzte sie glücklich, »meine Lieblingssorte.« Und in der nächsten Sekunde hatte sie schon den ersten Bissen genommen.

Trish schien die ganze Zeit wahnsinnig hibbelig und aufgedreht zu sein, als wäre da etwas dicht unter der Oberfläche, das kurz davor war überzulaufen. Sie sprach sonst nahezu alles aus, was sie dachte – ich fragte mich, wieso sie es dieses Mal nicht zu tun schien. Und als wir am Ende der Vorlesung unsere Sachen zusammenpackten, stupste ich Trish schließlich in die Seite. Die langen blonden Haare fielen ihr vors Gesicht, als sie ihre Bücher in ihrem Rucksack verstaute.

»Jetzt sag mir schon endlich, was los ist. Ich habe Angst, dass du gleich platzt, wenn du es noch länger für dich behältst.« Ich lächelte und beobachtete, wie Trish ertappt damit aufhörte, unruhig auf ihrem Platz hin und her zu rutschen. Erst kräuselten ihre Lippen sich zu einem Lächeln, dann zu einem breiten Grinsen, als sie in ihren Bewegungen innehielt und sich zu mir drehte. Die grauen Augen waren vor Begeisterung geweitet, die Wangen gerötet. »Ich ziehe nächste Woche zu Bowie!«, sagte sie so schnell, dass ich sie fast nicht verstanden hätte.

»Was ... Moment ... Du ziehst zu Bowie?«, echote ich überrascht. »Nächste Woche schon?«

Trish lachte über meinen Gesichtsausdruck. »Ich weiß, das ist alles superschnell und plötzlich. Und verrückt noch dazu, weil es auch noch mitten im Term ist, aber ... Bowies Mitbewohnerin zieht kurzfristig aus, weil ihr Freund einen Job in Redstone gefunden hat und die beiden jetzt zusammenziehen. Und ich bin doch sowieso die meiste Zeit bei ihr. Ich habe ehrlich gesagt keine Ahnung, wann ich das letzte Mal bei mir zu Hause geschlafen habe«, erklärte sie. »Bevor Bowie sich jetzt also jemand Neues für das Zimmer sucht, nehme ich es einfach.«

»Ist das etwas, dass *du* beschlossen hast, oder hat Bowie dich gefragt?« Ich musste das Grinsen, das ich schon in meinen Mundwinkeln zu spüren glaubte, unterdrücken.

»Hm. Eine Mischung aus beidem«, sagte Trish mit einem frechen Funkeln in den grauen Augen.

Als ich meine Ausgabe von *Dorian Gray* in den Rucksack gleiten ließ, erzählte sie mir, dass sie sogar schon einen Nachmieter für ihr Zimmer im Wohnheim gefunden hatte.

Ich war insgesamt nur zweimal bei Trish gewesen. Das Zimmer war schön eingerichtet, so bunt und fröhlich wie Trish selbst, doch die meiste Zeit war sie bei Paul, Bowie oder Aiden und mir – weil sie gerne Menschen um sich hatte und es bei ihr zu eng für uns alle war.

»Ich wollte zuerst nichts sagen wegen allem, was zwischen Paul und dir passiert ist und weil du doch gerade erst zurück bist … ich möchte es dir nicht unter die Nase reiben, dass es bei Bowie und mir so gut läuft und dich damit irgendwie traurig machen«, gab Trish leise zu. »Und dann …«

»Hey«, unterbrach ich sie und griff einen Moment nach ihrer Hand. »ich finde es wirklich süß von dir, dass du dir Gedanken um mich machst, aber das musst du nicht. Bowie und du, ihr seid mir beide wichtig, und das ändert sich nicht, weil da bei mir plötzlich dieser Haufen an Problemen ist. Du sollst mir immer alles erzählen können, die guten und die schlechten Sachen.«

So wie ich dir immer alles erzählen kann. Weil du meine beste Freundin bist.

Trish seufzte erleichtert. »Danke, Süße.« Sie drückte mich überschwänglich an sich.

Ich lächelte in ihre Haare hinein. »Ich freue mich wirklich sehr für euch zwei Lovebirds.«

Das mit Bowie und Trish war ein *cercle vertueux.* Zwei französische Wörter, die nicht nur wie Teil einer besonders schönen Melodie klangen, sondern deren Bedeutung auch so wunderbar passend war: Es ging um das Gegenteil eines Teufelskreises, beschrieb jene Momente des Lebens, in denen alles am Schnürchen lief und ein gutes Ereignis zu einem anderen führte. Und ich war mir sicher: Irgendwann würde auch mein Leben einem *cercle vertueux* gleichen.

Paul

Meine Schuhspitzen berührten den Rand der Fußmatte, zeigten auf die großen bunten Blumen, die darauf abgedruckt waren. Nervös hob ich den Blick und richtete ihn auf die helle Tür zwischen den gelb gestrichenen Wänden. Doch statt endlich zu klingeln, wie ich es mir seit zehn Minuten vornahm, trat ich nur angespannt von einem Fuß auf den anderen. Ich war noch nie bei Mel zu Hause gewesen, und das erste Mal hatte ich mir irgendwie anders vorgestellt.

Ich hatte mir wieder einmal Aidens Wagen geliehen, um Luca in New Forreston abzuholen und mit ihm zum Lake Superior fahren zu können. Und auf dem Weg zurück zum Campus war ich früher abgebogen, war zu der Adresse gefahren, die Louisa mir kurz vor Weihnachten gegeben hatte, damit ich hatte nachkommen können. Ich hatte es einfach so getan, impulsiv. Und doch war der Gedanke, dass ich mich all meinen Dämonen stellen musste, spätestens seit dem Gespräch mit Aiden und Trish tief in mir verankert. Ich musste es für *mich* tun.

Mel und ich hatten einen ähnlichen Sinn für Humor, hatten über dieselben schlechten Witze gelacht und ewig miteinander geredet, als Louisa sie bei einem von Aidens Gigs im Heaven mitgebracht hatte. Wir hatten uns die wenigen Male, die wir uns gesehen hatten, wahnsinnig gut verstanden, doch das alles zählte jetzt nicht mehr. Unsere Leben waren enger miteinander verknüpft als rein durch die Tatsache, dass ich mich in ihre kleine Schwester verliebt hatte.

Und für einen Moment erlaubte ich mir den Gedanken an Louisa, wie sie mir am Montag einen Kaffee gemacht hatte. Sie hatte müde ausgesehen und erschöpft, aber etwas an ihr war anders gewesen. Das hatte ich selbst in diesem kurzen Augenblick erkennen können, in dem sie mit den zusammengebundenen Locken und konzentriertem Ausdruck in den tiefblauen Augen das Milchkännchen mit einer Hand geschwenkt hatte. Auf dem Weg zur Tür hatte ich mich noch einmal umgedreht, weil ich doch irgendetwas zu ihr sagen musste, aber ich hatte beim besten Willen nicht gewusst, was dieses *Etwas* sein sollte.

Es tut mir leid, dass ich in diesem anderen Auto saß.

Es tut mir leid, dass ich dich absichtlich verletzt habe, statt dir die Wahrheit zu sagen, als ich sie kannte.

Es tut mir leid, dass ich mit dir geschlafen habe, obwohl ich längst wusste, wer du bist.

Es tut mir leid, dass ich dich nach wie vor liebe und es nicht schaffe, dich endgültig aus meinem Leben zu streichen, weil mir noch nie eine Frau so viel bedeutet hat wie du.

All das waren Wahrheiten, doch ich wusste nicht, wie ich mit ihnen umgehen sollte – noch nicht. Und ich würde keine von ihnen aussprechen, solange ich mir nicht zu hundert Prozent darüber im Klaren war, auf welche Weise ich mein Leben ändern würde. Ein Leben, in dem ich meine Fehler nicht wiederholen würde.

Plötzlich öffnete sich die Tür, und ich machte überrascht einen Schritt zurück.

»Wie lang wolltest du denn noch da draußen warten, bis die Tür sich auf magische Weise von selbst öffnet?«, fragte Mel mit einer in die Höhe gezogenen Augenbraue und einem breiten Lachen, das ich genauso wenig erwartet hatte wie die aufschwingende Haustür.

Perplex starrte ich sie an und bewegte mich nicht von der Stelle.

Ihre Haare waren unordentlich zusammengebunden, ein Knoten aus dunkelbraunen Locken, in dem zwei Stifte steckten. Einer war leuchtend rot, der andere blau. Schnell zog Mel sie heraus, als sie meinen Blick bemerkte, und murmelte etwas von *Arbeiten korrigieren*.

»Jetzt komm schon rein, Paul!« Sie trat zur Seite. »Ich habe mich sowieso schon gefragt, wie lange es dauern würde, bis du hier auftauchst.«

Überrascht musterte ich sie von hinten, als ich ihr durch einen großzügigen Flur in ein Wohnzimmer folgte, das von einem großen Sofa mit bunt gemusterten Kissen darauf eingenommen wurde. Die Wände hingen voller Fotos in farbigen Rahmen. Und ich entdeckte mein Lieblingsbild sofort: Es war nicht besonders groß, doch der Holzrahmen leuchtete in einem intensiven Grün. Darauf zu sehen war eine jüngere Version von Louisa. Sie hielt Mary, die dort erst wenige Wochen alt sein konnte, in den Armen, während ihr Blick direkt in die Kamera gerichtet war. Das Foto schien genau die Sekunde festzuhalten, in dem sie den Kopf gehoben hatte, in ihren ernsten blauen Augen Überraschung und eine sanfte Friedlichkeit, die mich berührte.

Ich setzte mich auf das Sofa und wartete auf Mel, die verschwand, nur um kurze Zeit später mit zwei großen Tassen Kaffee zurückzukehren. Sie stellte beide vor uns auf dem Tisch ab und ließ sich neben mich in die Polster sinken.

»Du siehst zwar aus, als könntest du gerade etwas Stärkeres vertragen«, sagte sie, »aber ich befürchte, da musst du jetzt durch. Es gibt nur Kaffee.« Sie zwinkerte mir zu und griff nach ihrer Tasse.

Ich tat es ihr gleich. Das heiße Brennen in meinem Rachen lenkte mich für einen Augenblick davon ab, wie scheiß nervös mich die Situation machte.

»Wie geht es dir?«, wollte Mel wissen. Es klang aufrichtig und so, als würde es sie tatsächlich interessieren.

»Wie … Ähm, wie es mir geht?«, echote ich, weil mich diese Frage völlig überrumpelte. Ich hatte mit Ablehnung gerechnet, mit Vorwürfen und plötzlicher Kälte, aber nicht damit. Selbst wenn Louisa ihr die Wahrheit über uns beide nicht erzählt haben sollte, irgendetwas musste sie ihr doch gesagt haben! Immerhin war sie fast zwei Wochen hier gewesen, und nachdem, was Trish erzählt hatte, war es Louisa in dieser Zeit sehr schlecht gegangen. Sie hatte gemeint, dass sie das Gästezimmer fast die ganze Zeit nicht verlassen hatte.

Geduldig blickte Mel mich an, während sie sich mit den Fingern durch die dunklen Locken fuhr.

»Mir geht es …« Ich hielt inne und dachte über meine Worte und

Gedanken nach, knetete meine Hände unruhig in meinem Schoß.

»Okay. Ehrlich gesagt, ging es mir schon mal besser. Aber ich bin nicht hier, um mit dir über meine Probleme und mein verkorkstes Leben zu reden. Ich ... ich bin gerade dabei, alles irgendwie zu ordnen und zu entwirren, weil alles ein riesiges Chaos ist. Die Dinge anzupacken und vor allem endlich das Richtige zu tun! Und mit dir zu sprechen, scheint mir dabei ziemlich weit oben auf der Liste zu stehen.« Ich hielt inne und zögerte, bevor ich schließlich die nächsten Worte aussprach: »Es gibt etwas, das ich dir gern erzählen würde, Mel.«

»Also geht es dabei in erster Linie nicht um Lou?«

Ich schüttelte den Kopf. »Nein«, sagte ich ehrlich, »eigentlich geht es um mich. Und vielleicht auch um dich. Und dann erst um Louisa.«

Mel nickte, als würde sie verstehen, wovon ich sprach. Gott, vielleicht verstand sie es ja tatsächlich.

»Okay, hör zu, Paul: Egal, was du mir gleich auch erzählen wirst, ich möchte, dass du weißt, dass ich dich nicht dafür verantwortlich machen werde, dass mein Dad bei diesem Autounfall gestorben ist.«

Stille und angehaltener Atem, dazwischen mein rasendes Herz, dessen Schlagen sich innerhalb von Sekunden beschleunigte.

Mel verschränkte die Arme vor der Brust und musterte mich aus ihren blauen Augen, die denen von Louisa manchmal so ähnlich waren. Dann, wenn sie dunkler zu sein schienen, mehr wie das Meer als wie ein wolkenloser Himmel.

»Sie hat es dir erzählt?«

Ich war erstaunt und doch wieder nicht. Ein Nicken. Ich stieß erleichtert Luft aus, die ich unbewusst angehalten hatte. Natürlich war ich in dem vollem Bewusstsein, alles noch einmal aussprechen zu müssen, hierhergekommen, das war Teil des Plans gewesen, doch erst jetzt merkte ich, wie unfassbar erdrückend dieser Gedanke gewesen war. Ich musste mit meinen Worten nicht schon wieder in diese Nacht zurückkehren, mit der Angst, Mel wie zuvor Louisa das Lächeln von den

272

Lippen zu nehmen. Erst jetzt drang die Bedeutung ihrer Worte tatsächlich zu mir durch.

Ich werde dich nicht dafür verantwortlich machen, dass mein Dad bei diesem Autounfall gestorben ist.

»Danke«, sagte ich. Und ich wusste weiß Gott nicht wofür. Für alles, schätze ich. Weil Mel es mir auf ihre Art leicht zu machen versuchte. *Verdammt!* Das war so viel schwerer, als ich dachte, ich konnte ja nicht einmal mit Sicherheit sagen, was ich hier eigentlich machte – nur dass es mir wichtig erschien. Ein Schritt in die Richtung Leben, das ich führen wollte.

»Wieso?«, wollte ich wissen. »Wieso machst du mich nicht dafür verantwortlich?«

Mel seufzte und schloss für wenige Sekunden die Augen. Und als sie sie wieder aufschlug, schimmerten Tränen darin. »Einen Schuldigen zu suchen, bedeutet letztendlich nur, dass wir nicht akzeptieren können, dass schlimme Dinge in unserem Leben passieren, die sich völlig unserer Kontrolle entziehen«, sagte sie leise und dennoch mit fester Stimme. »Wenn wir jemandem die Schuld geben können, und sei es uns selbst, dann gibt uns das das Gefühl, das Schicksal zumindest ein bisschen in der Hand zu haben, auch wenn es am Ende nichts an den Tatsachen ändert – außer dass es uns und andere unglücklich macht.«

Ich nickte. »Das ist etwas, das ich gerade zu begreifen versuche. Und nach diesen ganzen Jahren, in denen ich mich selbst zum Täter gemacht habe, ist das unfassbar schwer.«

»Außerdem ...«, setzte Mel an, »keiner von uns wird jemals mit absoluter Sicherheit sagen können, wie genau dieser Unfall passiert ist. Aber was ich weiß, ist, dass jemand den Krankenwagen gerufen und Lou aus diesem Auto gezogen hat, bevor etwas noch Schlimmeres hatte passieren können. Und inzwischen ist klar, dass du diese Person gewesen bist. Vielleicht hast du meiner kleinen Schwester das Leben gerettet. Und das ist doch etwas wert, oder?«

Ich schluckte schwer. Das waren Dinge, die wir niemals wissen konnten. Was-wäre-wenn-Fragen, Möglichkeiten und Eventualitäten.

»Es tut mir so unfassbar leid, dass du deinen Dad verloren hast, Mel. Es tut mir für Louisa und dich leid, für euch beide. Das sollte nicht so früh passieren.«

»Mir tut es auch leid«, sagte Mel mit einem traurigen Lächeln, das irgendwie auch erleichtert wirkte. Ich lehnte mich ein Stück nach vorn, legte meine Hand für einen Augenblick auf ihren Unterarm.

»Aber ich habe meinen Frieden damit geschlossen. Ich bin mit einem wunderbaren Mann zusammen, den ich bald heiraten werde und mit dem ich eine zauberhafte Tochter habe. Und dann ist da noch Lou. Ich könnte mir wirklich keine bessere Schwester und Freundin wünschen. Du musst auch deinen Frieden damit machen. Wenn du nicht bald anfängst, nach vorn zu schauen, dann wirst du es in deinem Leben verpassen, wirklich glücklich zu sein.«

»Deshalb bin ich hier. Ich möchte keine Geheimnisse mehr haben«, sagte ich. »Ich habe das alles fünf Jahre mit mir herumgeschleppt. Und ich bin inzwischen der Meinung, dass ich es allen – und damit meine ich dich, Louisa und auch mich selbst – schuldig bin, über das zu sprechen, was passiert ist, zumindest ein einziges, verdammtes Mal ehrlich damit zu sein, egal, wie furchtbar es sich anfühlt. Ich habe Menschen, die mir wichtig sind, mit meinem Verhalten verletzt und vor den Kopf gestoßen. Und das alles nur, weil ich so krampfhaft versucht habe, alles ganz allein hinzukriegen.« Ich seufzte. Und für einen Moment vergrub ich das Gesicht in meinen Händen. Das war alles so schwer, all diese ausgesprochenen Worte! Und doch wusste ich, dass es richtig war.

»Ich mag dich, Paul«, sagte Mel ernst und strich sich eine dunkle Locke aus der Stirn. »Ich kenne dich noch nicht sehr gut, aber ich mag dich. Vielleicht weil du mich ein bisschen an Robbie erinnerst, so wie er war, als ich ihn am College kennengelernt habe. Und dass ich dich mag, ist ganz unabhängig von dem, was zwischen meiner Schwester und dir ist. Aber Lou und du, ihr tut einander gut, das konnte ich in so vielen Momenten sehen. Lasst euch das nicht von einer Vergangenheit kaputtmachen, die ihr so oder so nicht ändern könnt. Ich weiß, dass du sie liebst.«

Gott, ja, ich liebte Louisa. Daran hatte sich nichts geändert, vielleicht waren meine Gefühle sogar noch stärker geworden. Tiefer. Intensiver. Aber das spielte vorerst keine Rolle, denn zuerst musste ich lernen, mir selbst zu vergeben. Erst wenn ich all meine Schatten und Dämonen hinter mir lassen konnte, würde ich tatsächlich bereit für das Mädchen aus Feuer sein. Erst dann würde nichts mehr zwischen uns stehen, und ich könnte sie voll und ganz lieben. Insgeheim war ich dieser Idiot, der darauf hoffte, dass Louisa mir vergeben und wieder Vertrauen zu mir fassen würde. Dass sie auf mich warten würde, ohne dass ich sie darum bat. Mir war aber bewusst, dass das wahrscheinlich Bullshit war.

Ein Schlüssel drehte sich im Schloss, und Mel und ich wandten uns um. Ein Rascheln im Flur, das Abstreifen von Schuhen und eine tiefe Männerstimme, dazwischen immer wieder das helle Glucksen eines Kindes. Marys kleine Hand lag in der eines großen Mannes in Uniform, als sie zusammen das Wohnzimmer betraten. Robbie. Mary hielt in ihren kleinen Schritten inne, als sie mich, einen Fremden, auf dem Sofa sitzen sah. Grüne Kulleraugen, die mich eindringlich musterten, leuchtender noch als auf den Bildern, die Louisa mir vor einer Ewigkeit gezeigt hatte.

»Das ist Paul«, sagte Mel an die beiden gewandt.

Robbie durchbohrte mich mit finsteren Blicken, was ich ihm wirklich nicht verübeln konnte. Doch ich knickte nicht ein, wandte mich nicht ab, sondern ging auf ihn zu, gab ihm die Hand und stellte mich ihm vor, wie ich es auch getan hätte, wenn ich an Weihnachten wie geplant hier gewesen wäre. Hätte sich jemand Aiden, Trish oder Luca gegenüber so benommen, wie ich es Louisa gegenüber getan hatte, würde ich diese Person genauso ansehen. Wahrscheinlich würde *ich* es im Gegensatz zu Robbie nicht dabei belassen können.

Mit zwei tapsenden Schritten überbrückte Mary den Abstand zwischen uns, die blonden Haare mit einem pinken Haargummi zu einem Zopf zusammengebunden, die Wangen von der Kälte draußen gerötet.

»Sie mag Bärte«, warnte Mel mich lachend vor, als ich vor der Kleinen in die Hocke ging.

»Hey, Mary«, sagte ich. Und schon im nächsten Moment waren ihre kleinen Hände an meinem Gesicht, und ich konnte gar nicht anders, als diesen kleinen Menschen anzulächeln, der offensichtlich beschlossen hatte, mich gern zu haben.

Einfach so.

15. KAPITEL

Louisa

Sonnenlicht brach durchs Fenster und malte helle Kreise auf das Laken und die darauf liegenden Polaroid-Fotos. Ein Durcheinander von in Quadraten gefangenen Erinnerungen, von denen jede einzelne im Licht glänzte.

Ich runzelte die Stirn und versuchte zum wiederholten Mal, die schönsten Bilder herauszusuchen und in eine sinnvolle Reihenfolge zu bringen. Auf allen waren Bowie und Trish zu sehen, allein oder mit ihren Freunden, Momentaufnahmen ihrer gemeinsamen Zeit am RSC: eine auf Pauls WG-Sofa schlafende Bowie, der jemand mit einem Edding einen Schnurrbart ins Gesicht gemalt hatte. Trish auf Aidens Schultern, einen roten Becher mit einem breiten Lachen in die Höhe gestreckt. Bowie und Trish, die sich am Lake Superior küssten, als würde ihnen niemand dabei zusehen. Das Thanksgiving-Wochenende und Bowie, die Trish und mir mit einem konzentrierten Gesichtsausdruck die Fußnägel lackierte. Ein Gruppenbild von uns am Feuer vor der Hütte. Ein Selfie von Aiden, Bowie, Trish und Paul am Memorial Day. Bowie und Trish mit zur Hälfte blau geschminkten Gesichtern, weiße Sterne darauf. Aiden und Paul mit der US-Flagge auf den Wangen.

Ich hatte Paul nicht nach den Bildern fragen wollen, hatte mich nicht dazu durchringen können, ihm zu schreiben oder direkt darum zu bitten. Doch bei unserem letzten *Game-of-Thrones*-Abend, als ich nach der *Roten Hochzeit* minutenlang und mit rasendem Herzen auf den schwarzen Bildschirm gestarrt hatte, hatte Aiden mir wortlos einen Stapel Fotos in die Hand gedrückt.

Jetzt saß ich hier. Mittags hatte ich meine erste Vorlesung und musste nachmittags noch ins Firefly. Ich hatte keine Ahnung, wann ich das Geschenk für die beiden fertig bekommen sollte.

»Schatz«, drang Mels Stimme wie aus weiter Ferne zu mir durch. »Hast du mir gerade eigentlich zugehört?«

Ein kurzer Blick auf den aufgeklappten Laptop vor mir und Mel, die die dunklen Locken zu einem unordentlichen Dutt zusammengebunden hatte und in ihren Händen die *Luke's-Diner*-Tasse hielt, die ich ihr letztes Jahr zum Geburtstag geschenkt hatte. Ein abwesend gemurmeltes *Ja*.

»Du hast also kein einziges Wort von dem gehört, was ich dir erzählt habe«, lachte Mel. »Aber weil ich so eine phänomenale, große Schwester bin, verzeihe ich dir.«

Ich hob den Blick und lächelte Mel entschuldigend an. »Es tut mir leid. Trish und Bowie ziehen morgen schon zusammen, und das hier muss bis dahin fertig sein. Ich dachte, ich könnte das einfach nebenbei machen«, erklärte ich und zog eine Grimasse. »Aber ich bin wohl doch nicht so multitaskingfähig, wie ich dachte.«

Mel legte neugierig den Kopf schräg und versuchte, etwas zu erkennen.

Ich strich mir eine Locke hinters Ohr. »Ich möchte den beiden eine Art Mobile zum Zusammenziehen schenken«, erklärte ich. »Als ich das letzte Mal Laufen war, habe ich diese beiden Äste aus dem Wald mitgenommen.« Ich hielt sie vor die Kamera. Mit einer Schnur hatte ich sie schon überkreuzt zusammengebunden. »Ich werde an allen vier Seiten Schnüre mit Polaroid-Fotos von Trish und Bowie in unterschiedlichen Längen festmachen.«

Mels Mund zog sich in die Breite. »Oh, das ist eine richtig süße Idee. Die beiden werden sich riesig freuen!«

Lächelnd schlug sie vor, mir zu helfen, zumindest virtuell. Wir gingen zusammen die Fotos durch, Bild für Bild, und zu manchen erzählte

278

ich die passende Geschichte. Eine Stunde später knotete ich die letzte Schnur mit Fotos an den Ästen fest und hing das Mobile schließlich an mein Bücherregal. Auf dem Weg zurück zum Bett stolperte ich fast über die Lichterketten, die vor ein paar Tagen von der Zimmerdecke gefallen waren und jetzt als wirrer Knoten neben der Kommode lagen. Ich seufzte. Ich vermisste meine Ersatzsterne, meinen eigenen Himmel, der nur mir allein gehörte und mich besser einschlafen ließ.

»Und du möchtest mir nicht einmal einen klitzekleinen Hinweis geben, was mich am Samstag erwarten wird?!«, bettelte Mel, als ich wieder vor dem Laptop saß. Selbst auf dem Bildschirm wirkten ihre blaugrauen Augen in diesem Moment riesig, und ich war für den Bruchteil einer Sekunde versucht nachzugeben. Je näher Mels Junggesellinnenabschied rückte, desto häufiger versuchte sie, irgendetwas aus mir herauszubekommen. Was das anging, war sie fast so neugierig wie Trish, wenn nicht schlimmer. Zusammen mit Trish hatte ich den Abend geplant, weil niemand so gut darin war wie sie.

Entschlossen schüttelte ich den Kopf, meine Locken ein Wirbeln in der Luft. »Vergiss es, Mel! Alles, was du wissen musst, ist, dass Talida dich um sechs abholen und für ein paar Stunden entführen wird, bis es losgeht.«

Talida und Mel hatten sich am College kennengelernt, hatten dort sogar zusammen gewohnt und sich am Anfang nicht ausstehen können, weil sie auf denselben Kerl gestanden hatten. Inzwischen jedoch war sie ihre beste Freundin.

Bei dem Gedanken an das, was Trish und ich in ruhigen Minuten während unserer Schichten im Firefly und an einigen Abenden hier in der WG geplant hatten, musste ich unwillkürlich grinsen. Bei der Erinnerung an die Stunden, die wir auf Pinterest gestöbert hatten.

»Glaub mir, es wird dir gefallen.«

»Wird Aiden sich ausziehen?«, fragte Mel mit einem unschuldigen Lächeln und beugte sich ein Stück näher an ihren Laptop heran.

Ich verdrehte die Augen. »Kein Kommentar!«

»Das ist kein eindeutiges Nein«, merkte sie zufrieden an.

»Doch, das ist es.«

»Spielverderberin!«

Mel grinste mich frech an und unwillkürlich hatte ich ein Bild von Mary im Kopf. Ich musste laut loslachen, ein Kribbeln bis in die Fingerspitzen. Ich dachte, dass es genau das war, wofür ich meine Schwester so liebte: Dass sie mich immer zum Lachen brachte und mich weniger ernst sein ließ, dass es mit ihr so leicht war, sie in den richtigen Momenten aber die Ältere war, die die passenden Worte fand und mir half, meinen Weg im Leben zu gehen.

»Danke übrigens«, sagte ich und erinnerte mich daran, wie Mel und ich die Lichter in den Himmel hatten steigen lassen. An dieses Gefühl der Schwere, das nach und nach einer ungewohnten Leichtigkeit gewichen war. Es war nicht so, dass die Erinnerungen und der Schmerz völlig verschwunden waren, doch die Bilder waren ruhiger, die Trauer leichter.

»Dafür, dass ich bei euch bleiben konnte und du mich an diesem Tag aus dem Bett gescheucht hast und mit mir in die Berge gefahren bist. Ich habe das wirklich gebraucht«, sagte ich. »Ich merke jetzt erst, wie sehr.«

»Das ist nichts, wofür du dich bedanken musst«, erwiderte Mel sanft. »Du bist meine kleine Schwester.« Damit war alles gesagt.

»Wie geht es dir denn?« Eine vorsichtig gestellte Frage. »Ich meine wegen Paul. Habt ihr euch schon gesehen?«

Der Moment, als unsere Fingerspitzen sich im Firefly berührt hatten und ich wie erstarrt gewesen war, schoss durch meinen Kopf. So viele ungesagte Worte, die zwischen uns standen, die sich von Tag zu Tag nur noch mehr anhäuften, immer bedrohlicher. *Ich kann das jetzt nicht*, hatte ich zu Paul gesagt, als er mir die Wahrheit erzählt hatte. Und jetzt, fast einen Monat später, dachte ich immer noch: Ich kann das jetzt nicht.

Ich wusste beim besten Willen nicht, wo ich hätte anfangen und wo aufhören sollen, all meiner Worte beraubt.

Es war nicht nur all das, was Paul mir auf der Lichtung offenbart hatte. Seit ich wieder zurück auf dem Campus war, hatte ich ihn kein einziges Mal mehr mit einer anderen Frau gesehen, und auch die Geschichten und Gerüchte, die um ihn und seine Sexabenteuer kursiert hatten, waren nach und nach verstummt. Jedes Mal, wenn wir uns kurz sahen, Begegnungen, die unvermeidbar waren, war Paul mir gegenüber freundlich, aber dennoch ungewohnt distanziert.

Das war eine ganz neue Version von ihm. Nicht die, die sich von mir fernzuhalten oder mich zu verletzten versuchte, aber auch nicht die aus den Tagen und Wochen, in denen wir zusammen gewesen waren. Nicht der Herzensbrecher und nicht der Mann mit dem warmen Ausdruck in den Augen. Und jedes Mal, wenn ich Paul sah, dachte ich daran, wie ich nach dem Redstone Festival in seinen Armen gelegen, wie ich mich sicher und beschützt gefühlt hatte. Wie ich der Meinung gewesen war, ich würde ihm bestimmt immer noch etwas bedeuten. Und im gleichen Atemzug überrollten mich die Erinnerungen daran, wie sich einen Tag später auf dieser Lichtung alles geändert hatte. Ich wusste nicht, wie wir miteinander umgehen sollten, und noch weniger, wie wir mit dem umgehen sollten, was wir jetzt wussten. Paul schien sich dessen ebenso wenig sicher zu sein.

»Es ... Ich weiß es nicht. Ich weiß das alles deutlich kürzer als Paul. Ich ... Ich brauche Zeit, um meine Gedanken und Gefühle zu ordnen. Um zu wissen, was ich sagen und tun möchte.«

Mel nickte verständnisvoll. »Er ist übrigens hier gewesen«, sagte sie plötzlich.

Mein Herz setzte für einen Moment aus. »Wie meinst du das, *Er ist hier gewesen?!*«

»So, wie ich es gesagt habe. Paul ist hier gewesen. Er stand am Freitag einfach vor der Tür.«

Es dauerte einen Moment, bis ich begriff. Paul war bei ihr gewesen, in meiner Welt. Ich starrte auf den Bildschirm, auf Mel, die nachdenklich den Kopf schief legte, ganz so, als würde sie den Tag noch einmal Revue passieren lassen.

»Okay«, sagte ich möglichst ruhig, doch meine Hände, die nervös durch meine Locken fuhren, verrieten mich. »Und was wollte er?«

Mel schien einen Moment über meine Frage nachzudenken. Es schien, als wüsste sie nicht genau, was sie mir über diese Begegnung sagen sollte. Oder konnte.

»Ich glaube, letztendlich ging es darum, dass Paul für sich ein paar Dinge klären und mit mir über Dads Tod sprechen wollte, über diesen Autounfall. Er meinte, es wäre nicht fair, nur das Gespräch mit dir zu suchen, weil ich genauso seine Tochter gewesen bin.« Ein entschlossener Ausdruck huschte über das Gesicht meiner Schwester. »Über alles andere werde ich nicht mit dir sprechen. Paul hat ja nicht mir geredet, damit ich dir alles erzähle, was er gesagt hat ... Es ist nur ... Ich glaube, er vermisst dich, Lou. Ich wollte einfach, dass du das weißt.«

Ich schluckte. Wie konnte Paul mich vermissen? Vermisste er nicht vielmehr die Frau, die ich für ihn gewesen war? Sein *Feuermädchen*? Wie konnte ich jemals wieder diese Person für ihn sein? Nein, es war nicht möglich, dass er *mich* vermisste, höchstens die Erinnerung an eine Version von mir. Oder schlimmer noch: die Idee von mir. Die Idee eines Mädchens, das letzten September in ihn hineingestolpert war und das er in diesem Moment zum ersten Mal gesehen hatte.

Ich schluckte. »Ich glaube nicht, dass —«

»Paul ist einer von den Guten, Louisa«, unterbrach mich Mel. »Vergiss das nicht. Und vergiss nicht, was er für dich gewesen und vielleicht immer noch ist.«

Ich blinzelte, wusste nicht, was ich sagen sollte.

»Außerdem mag Mary ihn«, schob Mel mit einem ernsten Ausdruck in ihren blaugrauen Augen hinterher. Und sie sagte das so ruhig und bestimmt, als wäre dieser Satz der Abschluss einer ausgeklügelten Reihe verschiedener Argumente, die sie vorgebracht hatte.

»Sie mag ihn nur, weil er einen Bart hat«, erwiderte ich trocken.

Bei diesen Worten saß ich ganz ruhig da. Doch in mir wütete ein Sturm aus widerstreitenden Gedanken und Gefühlen.

Paul

»Danke für eure Hilfe!«, sagte Trish und setzte sich auf Bowies Schoß. Strich dabei durch deren kinnlange schwarze Haare. Aiden und ich hatten ihr geholfen, ihre Sachen rüber in Bowies Wohnheim zu tragen, insgesamt aber gerade einmal eine Stunde gebraucht, weil es wirklich nicht besonders viel gewesen war. Trishs Kisten stapelten sich in dem schmalen Flur und in Bowies Zimmer, weil sie ihr eigenes später noch streichen wollte. Wir saßen in ihrer winzigen Küche um den Tisch mit den zusammengewürfelten Stühlen herum und aßen uns durch die Sachen aus dem Firefly, Reste, die Trish am Tag zuvor für heute eingepackt und mitgebracht hatte.

»Für diesen Schokoladenkuchen würde ich so ziemlich alles tun, Summers! Tu dir also keinen Zwang an, wenn du demnächst nochmal umziehen möchtest«, sagte Aiden grinsend und schob sich genießerisch eine Gabel in den Mund, leckte sich anschließend die Krümel von den Lippen.

Bowie musterte ihn mit schief gelegtem Kopf, begann dann laut zu lachen. »Die Art, wie du diesen Kuchen isst, hat etwas an sich, das wirklich nicht jugendfrei ist.«

Trish verschluckte sich fast bei dem Versuch, gleichzeitig zu essen und zu lachen. Und dann setzte sie noch einen drauf: »Da draußen gibt es Frauen und Männer, die würden sich wünschen, dieser verdammte Kuchen zu sein.«

»Keine Sorge, Paul: Die Art, wie du den Muffin auf deinem Teller grimmig anstarrst, ist auch ziemlich sexy«, warf Bowie ein und gab sich alle Mühe, mich ernst anzusehen. Doch das Glitzern in ihren Mandelaugen verriet sie.

Ich rollte grinsend mit den Augen. Und Aiden und ich warfen uns einen Blick zu, der so viel hieß wie *Die beiden auf einem Haufen, das wird das reinste Chaos: ein blöder Spruch nach dem nächsten und das Beste, was Trish passieren konnte.*

Bowies Wohnung war ein buntes, fröhliches Durcheinander. Wild zusammengewürfelte Möbel vor farbigen Wänden und liebevoll ausgewählte Details. Im Flur hing ein riesiges, eingerahmtes Plakat. *You've gotta dance like there's nobody watching, Love like you'll never be hurt, Sing like there's nobody listening, And live like it's heaven on earth,* stand in einer schnörkeligen Schrift darauf. An der oberen Ecke des Bildes war neben einem Bild von Trish und ihr eins der Polaroid-Fotos, die ich an ihrem Geburtstag im Heaven gemacht hatte, befestigt: Bowie inmitten ihrer Freunde und über das ganze Gesicht strahlend.

Wir redeten noch eine Stunde lang wild durcheinander, und Gelächter füllte die kleine Küche aus. Alles war perfekt, ein warmes Kitzeln im Bauch, doch etwas fehlte: Louisa. Ich wusste nicht, wieso sie nicht hier war, ob es daran lag, dass sie keine Zeit hatte, oder ob sie es einfach nicht ertragen konnte, Zeit mit mir zu verbringen, auch wenn wir nicht allein miteinander wären. Doch ihre Abwesenheit war greifbar. Sie war inzwischen eine von uns. Louisa würde hier sitzen, sich ihre Locken aus dem Gesicht streichen und ein schönes Wort finden, das diesen Moment hier mit jeder Silbe und jedem Ton perfekt beschreiben würde. Sie würde über Bowies Sprüche lachen und sich gegen Trish lehnen. Seit sie letzte Woche auf den Campus zurückgekehrt war, hatten wir beide kein einziges Wort über das verloren, was ich ihr auf der Lichtung offenbart hatte, waren kein einziges Mal allein in einem Raum gewesen, bis auf den kurzen Augenblick, als ich mir im Firefly einen Kaffee geholt hatte.

Trish war nach wie vor der Meinung, Louisa wäre nur wahnsinnig überfordert mit der Situation, womit sie recht haben mochte. Und doch war da mein scheiß Herz, das glaubte, dass sie mich mit Sicherheit hassen müsste. Ich hätte mit Louisa sprechen können, hätte es eigentlich tun *müssen*, doch ich wollte sie nicht bedrängen, immerhin hatte ich mehr Zeit gehabt, mich mit all dem auseinanderzusetzen als sie. Ich versuchte, mich zurückzuhalten, weil ich nicht wirklich wusste, wie ich mit ihr umgehen sollte, weil ich nicht einschätzen konnte, wie groß die aus meinen Wahrheiten errichtete Wand, die zwischen uns stand, tatsächlich war. Und jedes Mal, wenn wir uns für einen flüchtigen Moment sahen, versuchte ich die stille Sorge, die ich ihretwegen empfand, zu verbergen. Versuchte, ihr Raum zu geben.

Nachdem Bowie und Aiden gegangen waren, sie zu einem Treffen mit ihrer Theater-Gruppe, er zu der Probe mit *Goodbye April*, legten Trish und ich den Boden ihres Zimmers mit Folie aus und klebten die Steckleisten ab, damit nichts mit Farbe volltropfte, sobald wir mit dem Streichen anfingen.

»Ich finde es so mega cool, dass ich trotzdem mein eigenes Zimmer habe und wir hier einfach wie in einer WG wohnen«, sagte Trish.

»Alles andere würde auch nicht zu euch passen«, sagte ich schmunzelnd. Zu gut erinnerte ich mich daran, wie sie sich in Bowie verliebt hatte, das Bad Chick, das Mädchen mit den frechen Sprüchen, das niemand wirklich halten konnte – niemand außer Trish. Verdammt, sie hatte geweint wegen ihr, sich von mir trösten lassen, als sie Liebeskummer gehabt hatte, weil Bowie einfach nicht zu kapieren schien, was da zwischen ihnen zu entstehen begann. Dass die beiden inzwischen so glücklich miteinander waren und jetzt sogar zusammenzogen, berührte mich. Wenn ich jemandem ein Happy End wünschte, dann Trish.

»Aber nachts schlafen wir natürlich trotzdem in einem Bett.« Ein zweideutiges Lächeln.

»Das Beste aus zwei Welten also.« Lachend öffnete ich den Eimer mit der mintgrünen Farbe.

»Das Beste aus *allen* Welten!« Trishs Grinsen wurde breiter, das freche Funkeln in ihren grauen Augen intensiver. Sie verband ihr Handy mit dem kleinen Lautsprecher, den sie auf das Fensterbrett stellte. Sekunden später erfüllte *Soul meets Body* von Death Cab for Cutie das Zimmer, wehte Ton für Ton durch den Raum.

»Eine Sache fehlt aber noch«, sagte sie und verschwand kurz in der Küche. Ihre blonden Haare waren zusammengebunden, als sie zurückkam, darauf thronte ein aus alten Zeitungen gefalteter Papierhut. Einen weiteren hielt sie in ihrer Hand.

»Ähm … muss ich das Ding wirklich aufsetzen?«

Trish nickte. »Das machen die in Filmen auch immer so, und das wird ja wohl einen Grund haben, oder?« Sie verschränkte die Arme vor der Brust. »Außerdem sieht es lustig aus!«, fügte sie hinzu.

Ich verdrehte die Augen, griff dann aber nach dem Papierhut und setzte ihn mir auf, bevor ich mich wieder der Farbe widmete und alle Utensilien, die wir brauchen würden, neben dem Eimer verteilte.

Ich griff nach der Walze und tauchte sie in die Farbe. Ein vorsichtiges Abstreifen am Abtropfgitter und die erste gestrichene Bahn. Eine Spur aus Mintgrün, die das *langweilige Weiß* des Zimmers, wie der blonde Zwerg es nannte, bald komplett schlucken würde.

Trish bewegte sich im Takt der Musik, während sie sich der Wand mir gegenüber widmete, summte leise die Melodie mit. Wir arbeiteten uns an unserer jeweiligen Wand von links nach rechts, zwischen hellem Grün und stumpfem Weiß. Und wie auch bei meinem Job im Luigi's kam ich nicht umhin festzustellen, wie befriedigend es war, etwas mit den eigenen Händen zu erschaffen. Fast schon meditativ. Etwas, das die Macht hatte, Gedanken zum Schweigen zu bringen. Und dabei hatte man am Ende das Ergebnis ganz klar vor Augen.

»Du hast aufgehört, dich durch die Gegend zu vögeln«, stellte Trish plötzlich fest, und ich spürte ihren Blick in meinem Nacken, während ich mit dem Farbroller möglichst unbeirrt weiter über die Wand vor mir fuhr.

»Stimmt«, erwiderte ich, weil Trish niemals locker lassen würde, wenn ich sie ignorieren würde.

In der Nacht, in der ich mit Louisa geschlafen, an dem Tag, an dem ich ihr die Wahrheit gesagt hatte, hatte ich damit aufgehört, mich in diesen Bedeutungslosigkeiten zu verlieren, um den Schmerz in mir erträglicher zu machen. Es gab andere Dinge, die jetzt wichtig waren.

»Und?«, sagte Trish gedehnt. »Bedeutet das, dass du …«

»Das bedeutet überhaupt nichts, Summers«, fiel ich dem blonden Zwerg ins Wort. »Das bedeutet erst einmal nur, dass ich meinen Scheiß irgendwie hinkriegen muss.« Eine Wahrheit mit Leerstellen, und meine beste Freundin, die immer schon ein zu gutes Gespür für meine Empfindungen gehabt hatte, die wahrscheinlich jedes Detail zwischen den Zeilen erahnte. Manchmal war ich mir nicht sicher, ob ich sie dafür liebte oder sie mir deshalb unwahrscheinlich auf die Nerven ging.

»Okay, aber, gibt es abgesehen davon vielleicht einen speziellen Grund dafür?!«, hakte sie nach. »Du weißt, dass du es mir sagen kannst, wenn es so ist.«

Jetzt drehte ich mich doch zu Trish um. »Nein!«

»Oh Gott, du bist heute wieder so super mürrisch«, sagte sie mit den Augen rollend und drehte dann die Musik lauter. »Du musst tanzen, Paul. Tanzen macht alles besser! Wenn man tanzt, dann kommt das Glück von ganz allein!« Und ohne meine Reaktion abzuwarten, begann Trish sich mit diesem bescheuerten Papierhut auf ihren Haaren und ihrem Farbroller in den Händen im Rhythmus der Musik durch ihr leeres Zimmer zu bewegen und den Text schief mitzusingen, die Arme von sich gestreckt.

Ich machte keine Anstalten, mich ebenfalls lächerlich zu machen, immerhin trug ich schon diesen dämlichen Hut. Und doch musste ich bei Trishs Anblick lächeln. Auch wenn mein ganzes Leben Kopf zu stehen schien, gab es Dinge, die sich niemals ändern würden.

Kopfschüttelnd wandte ich mich wieder der Wand in meinem Rücken zu, da griff Trish nach meiner freien Hand und versuchte, mich durch das Zimmer zu zerren und mich irgendwie zum Tanzen zu animieren. Aber das konnte sie wirklich sowas von vergessen! Stattdessen zielte ich mit der Farbwalze ohne Vorwarnung auf Trishs Gesicht und rollte einmal darüber. Die sprang kreischend zurück und starrte mich schockiert an. Und ich konnte gar nicht anders, als in schallendes Gelächter auszubrechen, wie sie da vor mir stand mit in die Hüften gestemmten Händen und einem Blitzen in den Augen, während die eine Hälfte ihres Gesichts grün glänzte. Ich konnte es mir nicht erklären, aber ich lachte und lachte.

In der nächsten Sekunde tauchte Trish ihre Hände in den Farbeimer und rannte auf mich zu, schaffte es, mich an meinem Bart zu streifen und mir einen fetten Abdruck auf mein Shirt zu verpassen, die andere Hand landete samt Farbe auf der Wand in meinem Rücken.

Und dann war Krieg. Wir gegeneinander, Mintgrün unsere Munition. Irgendwann traf Trish mich doch im Gesicht und ich packte sie, warf sie mir über die Schulter, damit sie endlich Ruhe gab. Doch sie zappelte so sehr herum, dass sie am Ende uns beide mit einem dumpfem Laut zu Boden riss. Ich stöhnte auf, als ich schmerzhaft auf dem Rücken landete, Trish auf mir und ihr Ellenbogen, der sich unangenehm in meinen Bauch bohrte.

»Ich gebe auf!«, keuchte sie, als sie von mir herunterrutschte und neben mir auf dem Rücken liegen blieb. Der Papierhut lag irgendwo in der Ecke. Trishs Haare waren zerzaust mit Farbe darin. Schwer atmend sahen wir uns um: zwei Wände, die zur Hälfte gestrichen waren. Der Rest helles Weiß übersät von wilden Sprenkeln von Mintgrün und irgendwo dazwischen wild verteilte Abdrücke unserer Hände.

»Also, ich finde, das kann man eigentlich so lassen!«, sagte Trish. »Hat etwas von einem abstrakten Gemälde, oder?«

Zu Hause zog ich mir das Shirt voller Farbe eilig über den Kopf. Wenn ich mich beeilte, würde ich es noch in die Dusche schaffen, bevor ich ins Luigi's musste. Ich wusste nicht, woran es lag, doch aus irgendeinem Grund blieb mein Blick an dem Spiegel neben dem Schrank hängen, an der Reflexion von mir. Und ich hielt in meinen Bewegungen inne, stand dort wie erstarrt. Ich sah einen Mann mit schwarzer Tinte auf seiner Haut und Träumen darunter, mit einem getriebenen Blick in den Augen und Gefühlen dahinter, mit Muskeln vom Laufen und den Tagen im Fitnessstudio und dieser länglichen Narbe an meinem linken Oberarm, die ich unter der dunklen Farbe mehr erahnte, als dass ich sie wirklich erkennen konnte. Und ich sah *mich*, all das, was sonst niemand zu Gesicht bekam – die unverfälschteste Version von mir, die höchstens Louisa mal gesehen hatte.

Mein Blick fiel auf die Tätowierung direkt unter meinem linken Brustmuskel. Auf die vier übereinanderstehenden Zeilen mit einer Schrift so kraftvoll und breit wie die widerstreitende Gefühle, die in mir miteinander kämpften, intensiv waren. *Neue Wege entstehen, indem wir sie gehen.* Vorsichtig fuhr ich über die einzelnen Buchstaben, die inzwischen komplett verheilt und somit ein Teil von mir waren.

Einen Schuldigen zu suchen, bedeutet letztendlich nur, dass wir nicht akzeptieren können, dass schlimme Dinge in unserem Leben passieren, die sich völlig unserer Kontrolle entziehen.

Wenn wir jemandem die Schuld geben können, und sei es uns selbst, dann gibt uns das das Gefühl, das Schicksal zumindest ein bisschen in der Hand zu haben, auch wenn es am Ende nichts an den Tatsachen ändert.

Wenn du nicht bald anfängst nach vorn zu schauen, dann wirst du es in deinem Leben verpassen, wirklich glücklich zu sein!

Fünf Jahre lang all diese Gefühle und Erinnerungen mit dir herum-
zutragen – das wäre doch für jeden Menschen zu viel gewesen.

Mel. Aiden. Trish. Die Sätze dieser Menschen, die genauso wie auch all meine Tätowierungen Teil meiner verdammten Geschichte waren, wirbelten unaufhörlich durch meine Gedanken, während ich diesen Kerl anstarrte, der mir so vertraut und gleichzeitig so fremd erschien – als wüsste ich nicht, wer ich ohne meine Geheimnisse war. Ohne diese Dunkelheit.

Ich hatte mir nach Thanksgiving das Nietzsche-Zitat stechen lassen, um mich daran zu erinnern, dass ich im Leben jederzeit einen neuen Weg einschlagen konnte. Ich musste mich nur dafür entscheiden, nur den ersten Schritt gehen. Ich hatte Louisa die Wahrheit gesagt, weil mit ihr alles begonnen hatte. Meine beiden besten Freunde wussten Bescheid, kannten jedes Detail meines Lebens und hatten sich entscheiden können, wie sie damit umgehen wollten – sie hatten sich *für* mich entschieden. Ich hatte meiner Mom eine zweite Chance gegeben und auch mit Mel über diese Nacht gesprochen, weil ich das Gefühl gehabt hatte, es ihr schuldig zu sein, immerhin war sie ebenso die Tochter von Michael Davis wie Louisa.

Ich sah meinem Spiegelbild fest in die Augen und gab mir selbst ein Versprechen: Ich würde mich nicht länger von den Schatten dieser Nacht und all dem Schmerz beherrschen lassen, von diesem zerfressenden Gefühl der Schuld. Es lag an mir, eine neue Richtung einzuschlagen und, Gott, ich vermisste Louisa, mein Mädchen mit dem Feuerherzen. Inzwischen war mir klar: Ich würde weder mich aufgeben noch sie.

»Neue Wege entstehen, indem wir sie gehen«, murmelte ich, als ich mich nach dem Duschen anzog und das Tattoo wieder unter Stoff verschwand.

Einen neuen Weg gehen. Das war genau das, was ich tun wollte.

16. KAPITEL

Louisa

Mels goldene Plastikkrone funkelte im Licht, als wir alle zusammen anstießen.

»Auf die zukünftige Mrs. Brown!«

»Auf eine grandiose Nacht in Freiheit!«

Becher, die enthusiastisch aneinanderprallten. Hin und her schwappende Flüssigkeit, ein Grölen und Johlen und eine über das ganze Gesicht strahlende Mel. Musik dröhnte aus den beiden Boxen, die auf der breiten Kommode im Wohnzimmer standen, und die Deko, die Trish und ich in der ganzen unteren Etage des Hauses verteilt hatten, leuchtete in allen Schattierungen von Pink, Rosa und Gold.

Der Tisch im Wohnzimmer bog sich unter Süßigkeiten und Essen. Bowie hatte Kekse in Herzform gebacken, sie auf den Kopf gedreht und mit farbiger Glasur BHs oder Höschen daraufgemalt. Grinsend hatte sie sie mir als ihre *B'n'B Plätzchen* präsentiert: Boobie and Booty. Außerdem hatte sie verführerisch duftende Muffins mit einem pinken *Team-Bride*-Topping gemacht. Das Beste aber waren die Schokobananen, deren eindeutige Glasur mich erst recht zum Lachen brachte. Trish und ich hatten bei The Bean außerdem noch eine kleine Erdbeersahnetorte bestellt. *Future Mrs. Brown* stand dort über der Abbildung von Handschellen. Daneben standen bunte Shotgläser und Becher, auf denen in geschwungener Schrift *Same Penis forever* geschrieben stand. Dahinter die Flaschen mit dem Alkohol, durchsichtig und bernsteinfarben schimmernde Flüssigkeiten im Licht.

Talida hatte Mel am frühen Abend abgeholt und abgelenkt und war

291

vor ungefähr einer Stunde wieder mit ihr aufgetaucht. Nach und nach waren auch die anderen eingetrudelt. Robbie war mit seinen Jungs sogar schon gestern nach Seattle gefahren, um dort seinen Junggesellenabschied zu feiern. Seine Eltern hatten Mary abgeholt und würden die Kleine über das Wochenende bei sich behalten. Trish und ich hatten also genug Zeit gehabt, um alles vorzubereiten, mit laut aufgedrehter Musik und einem Lachanfall nach dem nächsten, als sie versucht hatte, den Penis-Luftballon aufzublasen, aber jedes Mal daran gescheitert war. Der Plan war, nach der großen Überraschung, die noch auf Mel wartete, ins Heaven weiterzuziehen. Aiden hatte dafür gesorgt, dass wir heute alle umsonst reinkommen würden: Bowie, Trish, Mel, Talida, Jasper und Lucy und ich.

Jasper und Lucy waren neben Talida Mels engste Freunde. Jasper arbeitete an derselben Elementary School wie Mel. Er war ein paar Jahre jünger, teilte ihren Sinn für Humor und war genauso verrückt nach *Game of Thrones* wie ich. Sein größter Crush war aber nicht Jon Snow sondern Robb Stark. Lucy hatte Mel genau wie auch Talida am College kennengelernt.

»Also mal ganz ehrlich. Lucy und ich hätten in unserem ersten Term wirklich niemals damit gerechnet, dass ausgerechnet Mel und sexy RobRob heiraten würden«, sagte Talida gerade und grinste bei der Erinnerung. Sie trug ihre dunklen Haare, die ihr bis zu den Hüften reichten, zu dünnen Braids geflochten. Ihre Haut schien im Licht fast im selben Ton zu schimmern. »Ich glaube, wir dachten alle, dass das höchstens auf eine mehrwöchige Sexgeschichte hinauslaufen würde.«

»Ähm, Süße, kannst du bitte aufhören, meinen Verlobten sexy RobRob zu nennen?«, sagte Mel lachend, sodass allen klar war, dass sie das gar nicht schlimm fand.

»Sexy RobRob?«, ich verzog ebenfalls lachend das Gesicht. »Das ist übel, Talida. Bitte sag das nie wieder!«

»Oh Gott, es ist so süß, wie du *mein Verlobter* sagst, Mel«, meinte Jasper.

»Sag es nochmal«, forderte Trish sie auf und wackelte dabei mit den Augenbrauen.

Mel kicherte. »Mein Verlobter«, wiederholte sie die Worte.

Wir spielten erst *Kiss, Marry, Kill* und dann ein *Bachelorette Bingo*, das Trish auf Pinterest gefunden und ausgedruckt hatte. Dazu ein Trinkspiel nach dem nächsten, bis ich den Überblick über all die verschiedenen Regeln verlor – und das, obwohl ich die einzige Nüchterne war. Als es schließlich klingelte, war die Stimmung ausgelassen, die Gesichter waren erhitzt und das Lachen laut. Auf dem Tisch stapelten sich die Shotgläser, von denen sich Bowie, Jasper und Lucy gerade jeweils eins nachfüllten und herunterkippten.

»Machst du schnell auf?«, fragte ich Mel und tat so, als müsste ich dringend etwas aus der Küche holen und könnte deshalb nicht gehen. »Das ist bestimmt das Essen, das wir bestellt haben.«

Trish und ich liefen Mel hinterher, um auch ja nichts zu verpassen. So unauffällig wie möglich. Die Tür ging auf und gab den Blick frei auf einen großen, gut aussehenden Polizisten mit breiten Schultern, der draußen stand und wartete. »Melody Davis?«, fragte er.

Verwirrt sah Mel zu ihm hoch. »Ähm … ja?!«, erwiderte sie und strich sich ihre dunklen Locken zurück.

»Ich habe hier eine Beschwerde wegen Ruhestörung vorliegen. Dürfte ich einen Moment reinkommen?«

Mels ließ ihren Blick über die Uniform des Mannes gleiten und ihre blaugrauen Augen wurden riesig, als sie begriff, was es mit dem Kerl auf sich hatte, der sich gerade an ihr vorbeischob und Trish ins Wohnzimmer folgte. Ich holte einen Stuhl und er bedeutete Mel, sich darauf zu setzen. Und als die ersten Takte von *Pony* von Ginuvine aus den Boxen dröhnten und jemand das Licht dimmte, nahm er die Mütze ab, um sie Mel aufzusetzen. Langsam begann er, sich vor ihr im Rhythmus der Musik zu bewegen. Ein gleichmäßiger Schritt nach links, einer nach rechts, hin und her, bis er fast zwischen ihren Beinen stand. Er tanzte dort, ging tiefer und richtete sich vor Mel wieder auf, sein Gesicht fast vor ihrem. Er und dieser Song schienen eins miteinander zu sein, und es wurde schlagartig wärmer im Raum.

»Ach. Du. Scheiße«, stieß Bowie mit großen Augen hervor und blickte zwischen Trish und mir hin und her, »dagegen ist *Magic Mike* nichts, sag ich euch. Gar nichts!« Sie schluckte. »Wo habt ihr den bitte gefunden?«

»Ist das Absicht, dass er wie ein Cop angezogen ist?«, kicherte Talida und spielte mit einem ihrer Braids. »Das macht es einfach noch *so* viel besser!«

»Ich wette, er ist nicht mehr lange angezogen«, lachte Lucy und trank einen großen Schluck aus ihrem Becher. »Zumindest hoffe ich es.« Ich grinste, als ich in die Gesichter der anderen sah. Ich war mir ziemlich sicher, dass wir alle das hofften.

»Vielleicht ist das auch gar nichts Neues für Mel?!«, warf Jasper ein und rieb sich über seine Bartstoppeln. »Vielleicht macht Robbie das ja öfter, wenn er von der Arbeit nach Hause kommt?«

»Das bezweifle ich«, warf Trish grinsend ein. »Wäre Mel gerade sonst so krass am Sabbern?«

»Oh Gott«, ich zog eine Grimasse, »nicht schon wieder. Ich will mir das einfach nicht vorstellen. Nicht wenn es um Robbie geht.«

»Du weißt aber schon, wie das mit Mary passiert ist, oder?«, meinte Bowie und wackelte mit den Augenbrauen, bis sie fast unter den Fransen ihres Ponys verschwanden.

»Das heißt aber nicht, dass ich mir die Details vorstellen möchte.«

Mel kicherte erst, schluckte dann aber, als der Mann vor ihr sich in einer schnellen Bewegungen die Jacke von der Brust riss und sich nur noch schmale schwarze Hosenträger über seinen muskulösen Oberkörper spannten. Er warf die Jacke zur Seite, und Bowie fing sie johlend auf, während der Kerl vorn nach Mels Händen griff und sie sich an seine Brust legte.

»Oh Gott, er ist auch noch tätowiert«, seufzte Lucy mit geröteten Wangen, als der Cop sich an der Stuhllehne in Mels Rücken festhielt und sein Becken in geschmeidigen Bewegungen vor und zurück bewegte.

Als der Song vorbei war, lehnte ich mich zu Bowie: »Du hast recht. Dagegen ist *Magic Mike* nichts!«

Mel legte den Kopf in den Nacken, trank den Shot, den Talida ihr in die Hand drückte, und fiel Trish und mir dann kichernd um den Hals. Dann verkündete sie, dass *unser Magic Mike* offensichtlich noch eine halbe Stunde gebucht war und sie ihn gern mit uns teilen würde. Ihre Worte gingen im Kreischen der anderen und noch mehr Shots unter.

»Lou, du bist die Erste«, meinte Trish und zwinkerte mir zu.

»Oh Gott, nein …« Ich schüttelte den Kopf. Doch schon wurde die Musik wieder lauter gedreht und ich auf den Stuhl gezogen, auf dem wenige Momente zuvor noch Mel gesessen hatte.

Vibrierende Beats und das Johlen und Lachen der anderen. Und der Kerl war mir so nah, war überall. Er hatte schöne Augen, eine durchdringende Mischung aus Blau und Grün mit einem Funkeln darin, als er sich näher zu mir beugte und mir lange in die Augen sah. Er schaffte es, nur mit diesem Blick mit mir zu flirten und Bilder in mir aufsteigen zu lassen. *Kopfkino*, eins der Wörter, die ich von Paul kannte. Ich schluckte. Natürlich war er gut darin, es war sein Job: mich mit seinen Blicken, seinem Körper und schönem Gesicht für einen kurzen Moment Fantasien leben zu lassen, dafür zu sorgen, dass ich mich begehrt fühlte. Und er wusste ganz genau, was er tat, wusste nur zu gut um seine Wirkung, als er mich angrinste, nach meinen Händen griff und sie auf seinen Oberkörper legte. Meine Finger unter seinen, er steuerte meine Berührung, fuhr mit meinen Händen unter seinen über seine muskulöse Brust, den harten Bauch, bis hinunter an den Saum seiner Hose.

Er ließ meine Hände unvermittelt los und sah mich auffordernd an. Ich glitt über seinen Körper, während er sich weiterhin im Takt der

Musik bewegte. Unter meinen Fingern spürte ich glatte, warme Haut, feste, harte Muskeln. Kurz dachte ich an Paul, doch in der nächsten Sekunde schob ich den Gedanken zu Seite – das war Mels Junggesellinnenabschied und dieser Kerl gefiel mir. Ich sollte das genießen und Spaß haben. Schwarze Tinte unter meinen Fingern, ein großflächiges Tattoo, welches sich von seinem rechten Oberarm über seine Brust erstreckte, sich schließlich auf der rechten Seite seines Oberkörpers ausbreitete und kurz unter seinem Bauchnabel endete. Linien unter meinen Händen. Doch sie waren mir nicht vertraut. Es fühlte sich nicht richtig an. Und unwillkürlich fragte ich mich, ob die Tinte auf seiner Haut wohl etwas über sein Leben erzählte – so wie es der Phönix an meinem Handgelenk tat, so wie es all die dunklen Bilder bei Paul taten.

Mit einem Mal war der Gedanke an Paul so groß und übermächtig, dass es mir für einen kurzen Moment beinahe die Luft abzuschnüren drohte. In dieser Situation, mit diesem fast schon absurd heißen Stripper vor mir, mit Bowie, Trish, Mel und ihren Freunden, die johlten, während mit einem Mal alles wie unter Wasser zu sein schien.

Ich vermisste Paul, ich vermisste ihn auf alle Arten, auf die ich es konnte. Und in diesem Moment wünschte ich mir nichts mehr, als dass ich die Wahrheit niemals erfahren hätte. Ich sehnte mich nach der Zeit, als wir einfach nur Louisa und Paul gewesen waren, als allein unsere Angst vor Nähe und Gefühlen zwischen uns gestanden hatte. Ich vermisste Pauls Lachen, ich vermisste die Art und Weise, wie er es jedes Mal schaffte, mich zum Lächeln zu bringen. Ich vermisste die Gespräche, wie er mir aus *Die unendliche Geschichte* vorlas, mir seine deutschen Lieblingswörter ins Ohr flüsterte, ich vermisste den Mann, in den ich mich verliebt hatte, und das Mädchen, das ich in seiner Gegenwart gewesen war.

In diesem Augenblick machten mir die Erinnerungen schmerzhaft klar, wie sehr ich mich nach ihm sehnte. Und wie viel er mir trotz all der Wahrheiten und Erinnerungen bedeutete. Meine Gefühle für ihn waren zu keinem Zeitpunkt weg gewesen, brannten unaufhörlich in mir – ich hatte nur versucht, sie zu verdrängen und beiseitezuschieben, hatte sie mir selbst verboten, weil ein Teil von mir dachte, dass das nicht sein durfte, jetzt wo ich wusste, dass es dieselbe Nacht war, die uns beide so umtrieb. Und dass Liebe eben nicht immer für ein Happy End ausreichte, nicht, wenn so viel geschehen war.

Gegen den Kühlschrank gelehnt stand ich eine Viertelstunde später in der Küche und konzentrierte mich auf das Gefühl der kühlen Oberfläche unter meinen Händen. Nur ein kurzer Moment zum Luftholen, bevor ich zurück zu den anderen musste, ein Augenblick, um die Gedanken zu vertreiben, die so unaufhaltsam durch mich hindurchwirbelten. Um damit klarzukommen, dass die Sehnsucht nach diesem einen Mann mich gerade in unaufhaltsamen, heftigen Wellen überrollte.

»Du vermisst ihn«, sagte Trish. Mit einem von Bowies Muffins in der Hand kam sie in die Küche herein und sah mich an. Es war keine Frage, sondern eine Feststellung. Aus dem Wohnzimmer drang Musik zu uns. Das Gelächter der anderen, wild durcheinandergerufene Sätze und dazwischen immer wieder Mels Kichern.

Ich überlegte, es zu leugnen. Durfte ich Paul überhaupt vermissen? Konnte ich mir das leisten? Doch dann nickte ich, weil es sinnlos war, Trish zu belügen. Sie wusste es. Sie wusste es mit absoluter Sicherheit.

»Ja, ich vermisse ihn. Eindeutig mehr, als gut für mich ist«, gab ich schließlich leise zu.

Trish nickte langsam, schwieg einige Sekunden, ehe sie weitersprach. Ganz so, als wartete sie, dass ich dem noch etwas hinzufügen würde.

»Aber du gibst ihm nicht die Schuld an dem, was passiert ist?«

Ich schüttelte den Kopf.

»Was ist es dann?«

Ich nahm mir einen Moment Zeit, meine Gedanken zu sortieren, all die an die Oberfläche drängenden Emotionen. Ich spielte mit einer Locke, zwirbelte sie um meinen Zeigefinger.

»Er …«, begann ich schließlich, »er hat mir so unfassbar wehgetan, Trish. Und … irgendwo tief in mir drin tut es immer noch verdammt weh. Aber ich verstehe es auch, weißt du? Ich kann nachvollziehen, wieso er so gehandelt hat. Wieso er mir nicht früher die Wahrheit gesagt hat. Ich kann auch verstehen, wieso er mit diesen ganzen Frauen geschlafen hat, und ein Teil von mir versteht sogar, wieso er mich absichtlich verletzt hat. Ich habe viel darüber nachgedacht, und ich verstehe es wirklich. Ich weiß nicht, wie ich an seiner Stelle gehandelt hätte …«

Trish kam zu mir und ließ sich mir gegenüber auf die in einem Schachbrettmuster angeordneten Fliesen sinken. Ich zögerte einen Moment, dann tat ich es ihr gleich. Wir beide hockten im Schneidersitz auf dem Küchenboden, und unsere Knie berührten sich. Sie auf einer weißen Fliese, ich auf einer schwarzen. Schachmatt.

»Das klingt so, als würde darauf noch ein *Aber* folgen.« Trish musterte mich nachdenklich während sie mit dem goldenen Ring in ihrer Nase spielte.

»Stimmt«, sagte ich und versuchte mich an einem Lächeln. *Aber.* Ein kleines Wort, doch seine Schwere und Intensität wirkte endlos.

»Ich frage mich, ob ich Paul wieder vertrauen kann. Nicht weil ich denke, dass er diesen Unfall verschuldet hat. Es geht darum, dass er so lange damit gewartet hat, mir die Wahrheit zu sagen und es mir zu einem Zeitpunkt erzählt hat, an dem es eigentlich schon zu spät gewesen ist. Dass er den Weg gewählt hat, mir das Herz zu brechen und mir wehzutun, anstatt mit mir zu sprechen. Bevor wir zusammen gewesen sind, hat er mich mehrmals stehen lassen, hat den leichteren Weg genommen, statt sich seinen Gefühlen zu stellen. Und weil er die Wahrheit für sich behalten hat, fühle ich mich schon wieder stehen gelassen. Selbst wenn er es mir versprechen würde … Ich bin mir nicht sicher, ob ich ihm das dann glauben kann. Und …« Ich schluckte und dachte an unsere

Begegnung im Firefly vor fast zwei Wochen. Das war das letzte Mal gewesen, dass wir für einen kurzen Moment allein gewesen waren. »Ich weiß nicht einmal, ob das alles noch eine Rolle spielt, und ich habe keine Ahnung, wie Paul darüber denkt. Und dazu kommt«, sagte ich ehrlich, »dass ich mich frage, ob dieser Unfall nicht so oder so alles andere überschatten wird.«

Konnte ich in Paul jemals wieder den Mann sehen, in den ich mich so unwiderruflich verliebt hatte, ohne das Bild des siebzehnjährigen Jungen vor Augen zu haben, der mich aus dem brennenden Auto gezogen hatte? Und viel wichtiger: Würde er in mir jemals wieder *mich* sehen? Die wahrste Version meiner selbst, an deren Grund er schon fast von der ersten Sekunde an hatte blicken können? Oder würde ich immer das Mädchen bleiben, das in die Flammen hinter sich blickte und sich selbst nicht hatte retten können?

»Vielleicht ist dann jetzt doch der Moment gekommen, in dem ihr beide endlich miteinander sprechen müsst, Lou. Das ist der einzige Weg, wie du herausfinden kannst, wie Paul zu all dem steht«, sagte Trish ernst, und ich sah das stille Verständnis in ihren grauen Augen. »Dieser Schwebezustand tut keinem von euch beiden gut. Ihr solltet das klären. Je früher, desto besser.«

»*Du* könntest mir doch sagen, wie er dazu steht!«, schlug ich scherzhaft vor.

Sie hob beide Hände und lachte auf. »Vergiss es, Süße. Selbst wenn ich irgendetwas wüsste, würde ich es dir nicht erzählen. Ich habe aus dieser Kusssache gelernt und werde mich nie wieder einmischen und versuchen, das Richtige zu tun, wenn es um euch beide geht. Das müsst ihr ohne mich hinkriegen.« Trishs Gesichtsausdruck wechselte unaufhaltsam zwischen zerknirscht und entschlossen.

»Das ist so wahnsinnig erwachsen von dir«, sagte ich grinsend. »Ich bin beeindruckt.«

Dann wurde Trish wieder ernst. Und ich auch.

»Es gibt nur zwei Möglichkeiten. Du kannst Paul weiterlieben – und ich weiß ganz genau, dass du das tust – und mit ihm zusammen sein. Oder du liebst ihn im Stillen. Mehr Optionen hast du nicht, Lou. Die Frage ist also: Kannst du ohne ihn leben? Oder brauchst du ihn und kannst lernen, ihm wieder zu vertrauen?«

Das war etwas, das nur ich allein wissen konnte.

Trish bot mir die andere Hälfte ihres Muffins an, und wir aßen beide, während jede von uns für einen Moment ihren eigenen Gedanken nachhing – vielleicht war es aber auch derselbe Sturm, an den wir dachten.

Talida stolperte in die Küche und runzelte verwirrt die Stirn, als sie Trish und mich auf dem Boden sitzen sah. »Was macht ihr denn hier?«, fragte sie, ließ uns jedoch gar keine Zeit, ihr zu antworten. Stattdessen griff sie nach unseren Händen und zog uns beide enthusiastisch nach oben. »Mel meinte, wir dürfen Jello Shots aus ihrem Bauchnabel trinken. Also los, los. Kommt schon! Das wird super lustig!«

Paul

Heute Filmabend bei uns?

Es war Montag, und ich brauchte eine gute halbe Stunde, um Aiden auf diese Nachricht zu antworten, weil ich unsicher war, ob es tatsächlich eine gute Idee war, zu ihm in die WG zu gehen. Zu ihm und Louisa. Aber ich vermisste mein Feuermädchen, hatte letzte Woche den Entschluss gefasst, mich nicht länger von der Vergangenheit beherrschen zu lassen und uns aufzugeben. Vielleicht wäre ein Videoabend ein winziger Schritt in Richtung Normalität. Eine neue Form der Normalität, denn wirklich normal war schon lange nichts mehr.

Aiden, Trish und ich entschieden uns für *Green Book* und hatten schon über die Hälfte des Films gesehen, als die Wohnungstür sich mit einem leisen Geräusch öffnete. Leise Schritte im Flur und Aiden, der den Film auf Pause stellte.

»Lou?«, rief er in den Flur, aus dem ein Rumpeln zu hören war. Wahrscheinlich zog Louisa sich gerade Schuhe und Jacke aus. Dann das Geräusch des sich öffnenden und wieder schließenden Kühlschranks in der Küche, und Louisa streckte ihren Kopf durch Aidens angelehnte Zimmertür. Zerzauste orangefarbene Locken und Ozeanaugen, die mich überrascht musterten. Natürlich hatte sie nicht damit gerechnet, mich hier zu sehen. Schnell glitt ihr Blick weiter zu Trish, dann zu Aiden.

»Ja?«

»Möchtest du mitschauen?«, fragte Aiden, als wäre alles wie immer. Ich hielt den Atem an, fuhr mir plötzlich nervös über den Bart. »Wir schauen uns *Green Book* an.«

Verdammt, wieso sollte sie plötzlich zustimmen, sich im gleichen Raum wie ich aufzuhalten? Wieso sollten wir beide etwas tun, dass uns letztendlich nur wehtat? In den letzten zwei Wochen hatten weder Aiden noch Trish vorgeschlagen, dass wir doch wieder einmal etwas zu viert machen könnten. Und doch war ich Aiden in diesem Moment dankbar, dass er fragte.

Louisas Blick huschte zurück zu mir, dann wieder zu Aiden. Ein blauer Sturm an Gefühlen, von dem ich nicht einmal die Hälfte verstand.

Lauf nicht weg, Louisa, renn nicht davon! Ich will wenigstens mit eigenen Augen sehen, dass es dir gut geht!

Der Moment schien sich zu einer verdammten Ewigkeit auszudehnen, jeder einzelne Herzschlag dröhnte mir laut und pulsierend in den Ohren.

»Ähm ... ja, okay«, sagte Louisa. »Ich zieh mir nur schnell etwas anderes an und bin gleich wieder da!« Sie nickte, doch es wirkte so, als müsste sie nicht uns, sondern sich selbst davon überzeugen, dass das eine gute Idee war.

Wenige Minuten später setzte sie sich zwischen Aiden und Trish aufs Sofa, und doch war ich mir ihrer Anwesenheit so bewusst, als wäre das ganze Zimmer mit ihr aufgeladen. Es war das erste Mal seit einer Ewigkeit, dass wir mehr als wenige Minuten im selben Raum verbrachten.

Louisa sah sich mit uns zusammen die letzten zwanzig Minuten von *Green Book* an, danach entschieden wir uns für *Breakfast Club.* Wir alle hatten den Film schon mehrmals gesehen und unterhielten uns zwischendurch immer wieder leise darüber. Vor wenigen Monaten noch hätte Louisa Aiden und mich mit einem empörten Blitzen in ihren Ozeanaugen darauf hingewiesen, dass alles, was über mitgesprochene Dialoge hinausging, beim Filmesehen beinahe einem Verbrechen gleichkäme. Doch wir beide, wir redeten nicht miteinander, nicht wirklich.

Einmal aber hörte ich Louisas helles Lachen, nachdem Trish sie in die Seite gestoßen und etwas vor sich hingemurmelt hatte. Und Gott, das war in diesem Moment mehr als genug: Ihr in den Nacken gelegter Kopf, das Schimmern ihrer Feuerlocken in dem schummrigen Licht von Aidens Zimmer und ihr Profil mit den von Sommersprossen übersäten Wangen und den in die Höhe gezogenen Mundwinkeln. Sie lachte dieses atemberaubende Lachen, von dem ich dachte, ich hätte es ihr genommen. Lachte ihr Feuerlachen. Ich hätte wegsehen sollen, doch ich konnte nicht. Gott, ich sollte mich wirklich zusammenreißen! Aiden und Trish – sie waren unser Puffer, unsere Absicherung, die neutrale Zone, in der wir uns bewegten. Sie waren die Wände eines Raums, in dem Louisa und ich zusammen und doch jeder für sich sein konnten.

Louisa

Draußen hing der Himmel voller Sterne, als ich nach Ende des Filmes aufstand und mich ins Bett verabschiedete. An Aidens Zimmertür hielt ich inne und drehte mich noch einmal um. Kopfschüttelnd beobachtete

Trish Paul und Aiden, bevor sie sich wieder der Schüssel mit Popcorn auf ihrem Schoß widmete. Paul hatte Aiden lachend in den Schwitzkasten genommen wegen irgendetwas, das er gesagt hatte. Die dunklen Haare fielen ihm wirr in die Stirn, und er lachte, während Aiden erst einen Fluch ausstieß, sich dann aber mit einem zufriedenen Grinsen aus Pauls Griff befreite und sich mit vor der Brust verschränkten Armen wieder in die Polster sinken ließ. Paul aber lachte immer noch, laut und rau. Um seine dunklen Augen bildeten sich fächerförmige Lachfältchen. Ich schluckte und wandte mich ab, als ich seine Grübchen sah.

In meinem Zimmer dauerte es mehrere Sekunden, bis zu mir durchdrang, was anders war. Ich machte kein Licht an, und doch erkannte ich die Umrisse meiner Möbel in einem sanften Schimmern, das Bett direkt unter dem Fenster, damit ich die Sterne sehen konnte. Die Lichterketten hingen wieder an der Decke, kreuz und quer verteilt, fast im selben Muster, in dem ich sie kurz nach meinem Einzug unter Aidens belustigten Blicken angebracht hatte. Er musste sie wieder aufgehängt haben, als ich im Firefly gewesen war. Und während ich unter dem warmen Licht im Bett lag und mir vorstellte, ich läge genauso irgendwo draußen in der Natur mit Wind, der mir um die Nase strich, und der Unendlichkeit des Himmels über mir, dachte ich daran, dass ich mich bei Aiden bedanken musste.

Mir fielen die Augen zu. Doch bevor ich wegdämmerte, schossen mir erneut Trish Worte durch den Kopf.

Kannst du ohne ihn leben? Oder brauchst du ihn und kannst lernen, ihm wieder zu vertrauen?

Sternenlicht

17. KAPITEL

Paul

Ich genoss den Wind, der an meiner Jacke zerrte, die Unebenheiten der Straße unter mir, während die Bäume rechts und links an mir vorbeizogen. Vorbei am Lake Superior, dessen Blau in der Sonne glitzerte. Durch das Stück mit den Tannen hindurch, die das Licht schluckten, und wieder hinaus in die Helligkeit. Ich legte mich in die nächste Kurve und merkte erst jetzt, wie sehr ich das hier vermisst hatte. Genau deshalb war ich extra früher losgefahren, um meine erste Fahrt dieses Jahr voll auskosten zu können. Nicht auf direktem Weg ins Luigi's, sondern eine Stunde lang nur der Highway und ich.

Mit dem April kam das mildere Wetter. Und die Sonne, die immer häufiger und länger durch die Wolken brach und den Regen endgültig zu vertreiben schien. Endlich konnte ich wieder Motorrad fahren und war für die nächste Zeit nicht mehr darauf angewiesen, mir Aidens Auto zu leihen. Auch wenn ich das Geld, das in dieser Maschine steckte, für einen neuen Wagen hätte gebrauchen können, wollte ich sie unter keinen Umständen aufgeben. Wegen dieser atemberaubenden Art von Freiheit, dem Gefühl verdammter Schwerelosigkeit. Wahrscheinlich machte mich das unvernünftig, aber mein Motorrad während des Winters nicht nutzen zu können, hatte mich in den Wahnsinn getrieben. Ich brauchte das, brauchte diese Schnelligkeit – trotz der beiden beschissenen Autounfälle, von denen der eine mich traumatisiert, der andere fast das Leben gekostet hatte. Vielleicht hätten diese Erinnerungen mir Angst machen sollen, als ich im Rauschen des Windes beschleunigte und der gelbe Streifen in der Mitte immer schneller an mir vorbeizog, doch das taten sie nicht. Nicht mehr.

»Sie wirkt auf jeden Fall ein bisschen lockerer«, meinte Aiden nachdenklich, während er hinter der Bar Gläser polierte, und nickte in Richtung des hellen Holztisches, an dem sich Luca und meine Mom gegenübersaßen, zwischen ihnen eine Cola für ihn, ein Weißwein für sie. Auf den dunkelgrünen Platzsets standen außerdem die beiden Pizzen, die ich gemacht und den beiden gerade gebracht hatte.

Luca erzählte Mom etwas, das ihn wirklich begeistern musste. Seine Augen leuchteten und er riss immer wieder die Hände in die Höhe, um das Gesagte zu unterstreichen. Mom saß da und schien ihm zuzuhören, *wirklich* zuzuhören. Auf den ersten Blick war alles wie immer. Sie die elegante, reservierte Frau, die Beine übereinandergeschlagen, das honigblonde Haar in perfekte Wellen gelegt und die Lippen dezent geschminkt. Während Luca begann, die Pizza mit den Händen zu essen, schnitt sie sich mit Gabel und Messer fast schon lächerlich kleine Stücke ab.

Doch seit unserem ersten Treffen in New Forreston vor einem Monat sah ich immer öfter die Frau, die sie früher gewesen war. Sie lachte für kurze Momente und redete fast so viel, wie sie es getan hatte, als sie und mein Vater noch glücklich miteinander gewesen waren – ein Zustand, an den ich mich kaum erinnern konnte. Sie zeigte Interesse an Lucas und meinem Leben, hatte letzte Woche sogar Katie kennengelernt und anschließend kein einziges schlechtes Wort über sie verloren, sondern betont, dass sie es schön fand, dass Luca und sie so verliebt ineinander waren. Sie hatte außerdem damit begonnen, sich regelmäßig bei mir zu melden. Nicht diese bedeutungsleeren Floskeln wie letztes Jahr auf der Karte, die zu meinem Geburtstag gekommen war, sondern echte Fragen zu meinem Leben. Sie hatte auch mehrmals auf das Mädchen angespielt, *das mir so offensichtlich den Kopf verdreht* hatte, mich gefragt, ob es das mit den Locken war, das mit Aiden und Trish im Krankenhaus gewesen war, aber während wir außer über Dad über alles andere sprachen, schwieg ich, wenn es um Louisa ging. Ich wollte sie zurück und unter keinen Umständen aufgeben, dessen war ich mir mehr als sicher. Doch ich würde erst darüber reden, wenn ich wusste, ob ich gescheitert war oder nicht.

»Ja, ich schätze, sie gibt sich Mühe«, sagte ich zu Aiden, bevor ich wieder nach hinten in die Küche ging. Ich wollte nicht zugeben, dass mich das hier berührte. Die Tatsache, dass sie zusammen mit meinem kleinen Bruder hier vorbeikam, um einen Teil meines Leben zu sehen, einen Teil meiner Welt. Ich wollte nicht zugeben, dass es sich gut anfühlte, eine Mom zu haben. Gott, ich versuchte einfach mich selbst zu schützen, um am Ende nicht enttäuscht zu werden.

In der nächsten Stunde vergaß ich fast, dass die beiden dort draußen saßen, verlor mich ganz und gar in dem Gefühl von Teig und Mehl zwischen meinen Fingern, war ganz konzentriert auf die Arbeit meiner Hände.

»Es war wirklich köstlich«, sagte Mom und lächelte mich vorsichtig an, als ich mich am Ende meiner Schicht zu den beiden setzte. Es war seltsam, wie normal sich die Situation anfühlen konnte. Aber das war es, was Familien taten, oder? Zeit miteinander verbringen, füreinander da sein, einander zuhören.

»Das freut mich«, sagte ich. »Und du, Kleiner? Hat es dir auch geschmeckt?«

Luca sah sich mit einem Blitzen in den grünen Augen an. »Verdammt, Paul, wann hörst du endlich auf, mich so zu nennen?«, wollte er genervt wissen.

»Hmm«, ich tat, als würde ich tatsächlich darüber nachdenken, »Vielleicht wenn du nicht mehr kleiner bist als ich?«

»Das sind fünf Zentimeter, okay? Lass es einfach sein!«

»Fünf Zentimeter sind fünf Zentimeter«, sagte ich grinsend und verschränkte die Arme vor der Brust. Wozu hatte man einen kleinen Bruder, wenn man ihn nicht ab und zu aufziehen konnte?

Luca schnaubte. »Mom, sag ihm, er soll damit aufhören!«

»Ernsthaft? Du spielst die Mom-Karte aus?«

»Ich hab ja wohl keine andere Wahl«, verteidigte Luca sich, während Mom uns eindeutig amüsiert beobachtete.

»Paul«, sagte sie schließlich und zupfte ihre Frisur zurecht. »Hör auf, deinen Bruder zu ärgern.«

»Danke, Mom«, sagte Luca und grinste zufrieden. »Du bist sowieso viel cooler, seit du wieder mit Paul redest.«

»Gott, ich bin zweiundzwanzig«, brummte ich. »Ich kann ihn ja wohl nennen, wie ich will.«

Mom zog eine ihrer feinen Augenbrauen in die Höhe und ließ anschließend den Blick zwischen uns hin- und herwandern. Dann lachte sie, ein Funkeln in den Augen, fast so stark wie das der goldenen Ringe an ihren schmalen Fingern.

Grinsend legte ich den Arm um Luca. »Erzähl uns doch lieber, was du an deinem Geburtstag machen willst, *Kleiner*.«

Luca würde nächsten Monat sechzehn werden, das machte ihn so viel ... erwachsener. Er war nicht mehr der *Kleine*, das wusste ich genauso gut wie er. Zwei Jahre und dann hätte er seinen Abschluss, würde mich nicht mehr brauchen – ich war mir nicht einmal sicher, ob er das jetzt noch tat. Luca würde seinen Weg gehen, und ich war so oder so stolz auf meinen Bruder.

»Oh Gott, Paul. Fick dich!«, sagte er und starrte mich finster an. Mom räusperte sich, und Luca sah betreten in ihre Richtung. »Sorry, Mom.« Ein fast nicht zu hörendes Murmeln.

Ich sah von Mom zu Luca und wieder zurück. Und ich seufzte, weil sich das hier gleichzeitig so unerwartet schön und befreiend anfühlte.

Louisa

Vor dem Firefly ließ ich mir die Sonne ins Gesicht scheinen und wartete auf Aiden. Ich hätte auch schon reingehen können, doch ich hatte den ganzen Tag erst in meinen Vorlesungen und danach mit Bowie in der Bibliothek verbracht und atmete die frische Luft so tief wie nur möglich ein. Als Aiden zehn Minuten später auftauchte, natürlich wie immer zu spät, holten wir uns einen Kaffee und machten uns auf den Weg zu der Fakultät, in der Literatur gelehrt wurde. Im Untergeschoss lag die Redaktion der *Storylines*.

Es war das erste Redaktionstreffen, an dem ich teilnehmen würde. Bisher hatte ich immer alles mit Aiden direkt abgesprochen und ihm die Texte geschickt, doch inzwischen fühlte ich mich bereit dafür, auch die anderen kennenzulernen und meine Worte mit ihnen zu teilen. Außerdem war Aiden nur während dieses Terms der Chefredakteur. Wenn es mir also wichtig war, weiterhin für die College-Zeitung zu schreiben, musste ich über meinen Schatten springen.

Nebeneinander liefen wir über den Campus, die Becher in unseren Händen, den gewundenen Weg entlang, an Bäumen vorbei, die von Tag zu Tag mehr erblühten.

»Ich finde es richtig cool, dass du heute mitkommst«, sagte Aiden und lächelte mich von der Seite an. »Die anderen freuen sich schon riesig auf dich.«

Ich nickte, sagte aber nichts, weil sich nun doch Nervosität in mir breitmachte, ein Kribbeln, welches von meinen Fingerspitzen ausging und sich auf jeden Zentimeter meiner Haut zu legen schien.

»Du musst deswegen nicht aufgeregt sein, Lou«, meinte Aiden. »Erstens sind deine Texte einfach mega gut, und die Leute bei der *Storylines* sind all cool. Du musst dir also absolut keine Sorgen machen.«

Und er behielt recht: Insgesamt waren wir nur zehn Leute, das machte es mir leichter. Es war schön und tat gut, mit Menschen in einem Raum zu sein, die Literatur nicht nur liebten wie man selbst, sondern die ebenso begeistert von Sprache und dem Schreiben eigener Texte waren. Wir redeten über die letzte Ausgabe des Terms, die Mitte April erscheinen würde, hielten einige organisatorische Details fest und einigten uns auf einen Tag, an dem wir uns alle treffen und den neuen Chefredakteur wählen würden.

»Danke übrigens, dass du meine Lichterketten wieder angebracht hast«, sagte ich auf dem Weg nach Hause und hakte mich bei Aiden unter. Wir hatten uns seit dem Filmabend am Sonntag kaum gesehen und ich somit noch keine Gelegenheit gehabt, mich bei ihm zu bedanken. »Du bist wirklich der Beste«, fügte ich lächelnd hinzu.

Erst huschte Verwirrung über sein Gesicht, dann lachte er: »Mein Ego liebt es zwar, wenn du mir sagst, wie großartig ich bin, aber ich muss dir leider ehrlich sagen, dass ich das nicht gewesen bin.«

Überrascht sah ich ihn an. Es gab nur zwei Menschen, die sonst noch in unserer WG gewesen waren.

Und mit einem Mal glaubte ich, zu wissen, wer meinen ganz eigenen Sternenhimmel wieder zum Leuchten gebracht hatte.

Abends kam Trish vorbei, um mir den Ansatz nachzufärben. Sie lieh sich wieder ohne zu fragen eins von Aidens Shirts und arbeitete sich geübt von Strähne zu Strähne vor. Grelles Orange, das sie in gleichmäßigen und routinierten Bewegungen auf meinen Locken verteilte.

»Ganz ehrlich, Lou, so ganz erholt habe ich mich von Samstag noch nicht«, gestand sie und stöhnte.

»Das glaube ich dir sofort.« Ich musste lachte, weil mich das kein Stück überraschte. Nachdem Talida zu uns in die Küche gekommen war, hatten sie, Lucy und Trish, tatsächlich noch Jello Shots aus Mels Bauchnabel getrunken, und nicht nur einen. Bis wir schließlich ins Heaven losgekommen waren, waren die anderen schon längst betrunken gewesen. Und obwohl ich im Gegensatz zu ihnen nüchtern gewesen war, hing sogar mir das Aufräumen am nächsten Tag nach.

Aber das war es wert gewesen. Mel hatte den ganzen Abend über gestrahlt und immer wieder gesagt, wie großartig sie ihre Bachelorette-Party fand. Und es machte mich glücklich, dass ich es mit Trishs Hilfe geschafft hatte, ihr einen unvergesslichen Abend zu bescheren, nach allem, was sie in den letzten Monaten für mich getan hatte, nach all den Momenten, in denen sie für mich da gewesen war.

Als die Farbe verteilt und die Einwirkzeit vorbei war, wusch ich sie aus meinen Haaren, föhnte meine Locken und ließ mich dann zusammen mit Trish auf mein Bett fallen, den Laptop auf dem Schoß. Wir wollten uns *Queer Eye: We're in Japan* ansehen. Zwar kannten wir schon alle vier Folgen, mochten diese Ministaffel aber fast noch lieber als die anderen. Ich klappte den Laptop auf, als Trish mich plötzlich in die Seite stupste. Ich sah auf.

»Hast du eigentlich eine Entscheidung getroffen?«, sagte sie vorsichtig und blickte mich fragend an. »Also wegen Paul?«

Ich schluckte. »Ich bin mir nicht sicher«, erwiderte ich dann leise und blickte nach oben zu meiner Zimmerdecke: kreuz und quer hängende Lichterketten, die mein Zimmer in ein sanftes Licht tauchten. Winzige Sterne, die nur für mich leuchteten. Ich seufzte, denn wenn ich ehrlich zu mir selbst war, dann hatte ich eine Tendenz. Ich hatte zwar auch Angst, doch da war das Glimmen eines kleinen Funkens in mir. Ein Gefühl, eine Richtung.

18. KAPITEL

Paul

Die leise Melodie, die ich gerade eben noch auf der Gitarre gespielt hatte, klang in mir nach. Ich warf einen Blick auf die Uhr: noch eine Minute, dann wäre wieder eine schlaflose Stunde vorbei. Während Mondlicht durch das große Fenster fiel, wartete ich auf die Müdigkeit, die einfach nicht kommen wollte. Mein Körper war es, doch mein Kopf nicht.

Die Minute war vorbei. Drei Uhr morgens. Seufzend stand ich auf und schnappte mir den Laptop vom Schreibtisch. Bläuliches Licht von dem Bildschirm breitete sich in meinem Zimmer aus, als ich ihn aufklappte und mich damit wieder auf das Bett fallen ließ. Ich könnte *Dark* weiter anschauen. Oder irgendeine andere Serie, die hoffentlich die Müdigkeit mit sich bringen würde.

Gerade als ich mein Netflix-Konto öffnete, vibrierte mein Handy. Und der Name, der darauf aufleuchtete war ... Louisas.

Ich hielt in meiner Bewegung inne und starrte auf das Display, so lange, bis das Licht von selbst wieder erlosch. Dann erst entsperrte ich den Bildschirm.

Man sieht heute keine sterne am himmel.

Ungläubig starrte ich auf die Nachricht, die sie mir geschrieben hatte.

Louisa, mein Feuermädchen.

Mein Herz setzte einen Schlag aus. Was wollte sie mir damit sagen? Wieso um Himmels willen schrieb sie mir mitten in der Nacht? Und wieso ausgerechnet jetzt?

Mein Handy vibrierte erneut.

Danke!

Und da erst begriff ich, wovon sie sprach. Als ich Anfang der Woche bei Aiden gewesen war, hatte Louisas Zimmertür am Ende des winzigen Flurs offen gestanden. Und die offensichtlich heruntergefallenen Lichterketten hatten wild durcheinander auf dem Boden gelegen. Nur zu gut wusste ich, wie viel die Sterne Louisa bedeuteten, dass sie nachts vor dem Einschlafen mit dem Gesicht Richtung Fenster lag, damit das Letzte, was sie an jedem Tag sah, der Himmel und all seine Schattierungen waren. Und dass sie diese Lichterketten als Sternenersatz brauchte für die schlechten Tage, an denen die Nacht voller Wolken hing.

Aiden war kurz unter der Dusche gewesen, und ich hatte gar nicht groß darüber nachgedacht, als ich in ihr Zimmer gegangen war und begonnen hatte, Kette für Kette wieder an der Decke zu befestigen. Kreuz und quer und in einem ähnlichen Muster, wie sie selbst sie zu Beginn des Terms aufgehängt hatte. Es war eine Bauchentscheidung gewesen, ein Impuls. Ich hatte ihr einen Gefallen tun wollen, hatte dafür sorgen wollen, dass es Louisa gut ging. Also hatte ich die Lichterketten wieder befestigt, noch bevor wir uns den ersten Film angesehen hatten. Ich hatte nichts gesagt, weil sie nicht denken sollte, dass ich dabei irgendwelche Hintergedanken gehabt hatte. Denn die gab es nicht.

Gern geschehen, schrieb ich schlicht. Denn alles andere, das ich gern ausgesprochen hätte, war zu groß und zu wichtig, um es in eine kurze Nachricht zu fassen. Und es war zu früh dafür, viel zu früh. Stattdessen hielt ich das Handy in die Höhe, schoss ein Foto von der Wand mir gegenüber und drückte auf *Senden.*

Noch letztes Jahr hatte Louisa dort direkt über dem Schreibtisch Klebeleuchtsterne angebracht. Es waren insgesamt nur zehn Stück, doch sie leuchteten immer noch gegen die Dunkelheit meines Zimmers an. Ein beständiges Fluoreszieren. *Weißt du nicht mehr? Nächte sind doch unser Ding,* hatte sie mit ihrem süßen Grinsen und einem frechen

Funkeln in den Ozeanaugen erklärt, als ich sie gefragt hatte, was sie da mit meinem Zimmer machen würde.

Wieso hast du sie nicht weggemacht?

Ich hatte es nicht übers Herz gebracht, sie wieder von der Wand abzuziehen, nachdem ich Louisa auf eine so beschissene Art verloren hatte. Vielleicht war ich in den Tiefen meines Herzens ein Masochist. Vielleicht würden sie dort so lange hängen, wie dieses Mädchen mir etwas bedeutete. Aber am meisten war es wohl der Wunsch, eines Tages wieder mit ihr zusammen zu sein. Wenn es stimmte, dass die Zeit alle Wunden heilte. Und wenn Louisa überhaupt noch etwas für mich empfand. Ich schluckte. Nicht *wenn*, sondern *falls*. Zwei kleine Wörter, zwei alternative Realitäten, die sie erschufen.

Weshalb hätte ich das tun sollen?

Sekunden vergingen, Minuten, und ich ärgerte mich darüber, dass ich mit dieser Gegenfrage reagiert hatte, in der auf den zweiten Blick zu viel mitschwang. Gott weiß, ich wollte nicht, dass dieses Gespräch, das doch letztendlich nur aus wenigen Worten bestand, endete.

Wieso bist du noch wach?, schrieb ich also.

Wieso schläfst du nicht?

Ihre Nachricht gesendet in derselben Sekunde, in der ich meine abgeschickt hatte.

Sie. Ich. Ein Gedanke.

Und ich spürte das Lächeln in meinen Mundwinkeln, weil es in diesem Moment nur uns und unsere Worte in der Nacht zu geben schien. Weil wir beide uns hinter eben diesen verstecken und uns doch nah sein konnten.

Zu viele gedanken, die mich wach halten, antwortete ich ehrlich.

Bei mir auch.

Woran denkst du?

Träume und erinnerungen.

Die leise Poesie, die in ihren Worten mitschwang, verstärkte das schmerzhafte Ziehen in mir. Doch ich wollte das Handy nicht weglegen, wollte noch mehr von ihren Worten lesen.

Sind es gute?

Nicht nur.

In meinem Kopf begannen die Wörter, zu kreisen, die ich nicht schrieb: *Denkst du auch an uns, Feuermädchen? Daran, wie wir zusammen waren? An das, was wir beide zusammen hatten?*

Findest du auch, dass gedanken lauter sind, sobald es draußen dunkel ist?, fragte sie.

Ja, schrieb ich, *aber gleichzeitig ist da nachts auch mehr raum zum denken. mehr freiheit.*

Aber zwischen freiheit und dunkelheit kann man sich schnell allein fühlen.

Hypothetisch? Oder fühlst du dich gerade allein?

Ich wartete, blickte auf das Handy in meinen Händen, doch Louisa schrieb nicht mehr. Mit laut hämmerndem Herzen fischte ich eine Jogginghose und einen bequemen Hoodie aus dem Schrank, zog mir beides über und ging in die Küche. Ich stürzte ein Glas Wasser hinunter und schnappte mir zwei Stücke Pizza aus dem Karton, der von gestern noch auf der Anrichte lag. War ich vorhin schon wach gewesen, so stand ich jetzt unter Strom, tigerte durch die dunkle Wohnung, während ich insgesamt zwanzig Minuten wartete, bis mein Handy erneut leise vibrierte.

Spielt das denn eine rolle?

Ja, für mich schon, schrieb ich, zurück in meinem Zimmer, sofort und versuchte erst gar nicht, zu verbergen, dass ich auf ihre Antwort gewartet hatte. Hier war kein Raum mehr für Spielchen.

Dann: ja. gerade in diesem moment fühle ich mich allein.

Ich mich auch gab ich zu, und mein Herz begann immer schneller zu schlagen, immer lauter, das Schlagen war das einzige Geräusch, das in meinem Zimmer zu existieren schien.

Der Messenger zeigte an, dass Louisa schrieb. Dann war sie wieder offline, nur um anschließend erneut zu schreiben. Hin und her. Und ich, der wie hypnotisiert von den drei Pünktchen war.

Ich bin in fünfzehn minuten bei dir, leuchtete es plötzlich auf. Dann war sie wieder offline.

Einen Moment lang bewegte ich mich nicht, schluckte nur schwer.

Heilige Scheiße! Ich sprang von meinem Bett auf, das Handy immer noch in der Hand. Und ich las Louisas letzte Nachricht wieder und wieder, wollte sichergehen, dass ich sie nicht vielleicht doch falsch verstanden hatte. Gott, sie war auf dem Weg hierher.

Zu mir.

Es war mitten in der Nacht, und ich tat mein Bestes, mir nicht die Frage zu stellen, was es zu bedeuten hatte, dass sie bei mir sein wollte.

Aus irgendeinem Grund war da …

Louisa

… das drängende Bedürfnis, ihn zu sehen. Und ich war es so leid, meine Gefühle und Gedanken zu analysieren, meine eigenen Handlungen zu hinterfragen. Also tat ich es nicht länger, als ich meine Lieblingsleggins und einen flauschigen Pulli aus meiner Kommode zog und beides in meinem dunklen Zimmer mit den Lichterketten eilig anzog. Auch nicht, als ich im schwachen Licht der Laternen den kurzen Weg über den leeren Campus bis zu Pauls Wohnheim lief. Und ich tat es nicht, als ich vor seiner Tür stand und ihm ein letztes Mal schrieb statt zu klingeln, um Isaac und Taylor nicht zu wecken. Wenige Sekunden vergingen, dann öffnete sich die Tür einen Spalt breit, und Paul trat hinaus. Unschlüssig und abwartend standen wir einander gegenüber. Dann machten wir gleichzeitig einen Schritt aufeinander zu und umarmten uns flüchtig. Eine Berührung, die so unbeholfen war, wie sie sich warm und vertraut anfühlte. Ich stand auf Zehenspitzen, schloss die Augen einen winzigen Moment lang und atmete Paul ein, inhalierte ihn in leisen, langsamen Zügen. Er roch nach Wald und Sommerregen, nach gestern und morgen. Und immer noch nach Geborgenheit.

»Hey«, raunte er fast lautlos, als wir uns wieder voneinander lösten.

»Hey«, gab ich ebenso leise zurück und erwiderte den Blick aus seinen Bernsteinaugen.

»Hast du Lust, aufs Dach zu gehen?«, fragte Paul und zog die Tür schon hinter sich zu, ohne meine Antwort abzuwarten. »Die Sonne müsste bald aufgehen.«

Das letzte Mal, als wir hier gestanden hatten, hatten meine Beine um seine harten Bauchmuskeln gelegen, seine Hände an meinem Hintern, als er mich vom Aufzug bis zur Wohnung getragen hatte. Meine Lippen an seinen. Oder waren es seine an meinen gewesen? Vom Regen durchnässt, waren wir übereinander hergefallen, ohne an die Konsequenzen zu denken. Es war *vorher* gewesen. Und jetzt, während wir beide in diesem leeren Flur standen, dachte ich an diesen Moment. Ja, ich wollte mir den Sonnenaufgang ansehen, wollte mit Paul irgendwohin, wo es keine Erinnerungen an ein *uns* gab, sondern wir nur sein konnten.

Einen flüchtigen Moment lang ruhte Pauls Blick auf meinem Gesicht, bevor er den Gang entlanglief und an der breiten, verglasten Tür am Ende auf mich wartete. Und ich glaube, er dachte dasselbe. Ich folgte ihm durchs Treppenhaus, Stufe für Stufe weiter nach oben. Da waren nur unsere Schritte, die von den Wänden widerhallten, und das leise Summen des elektrischen Lichts.

Das letzte Stockwerk und Paul, der die schwere Tür öffnete. Ich trat hinter ihm nach draußen und schloss für einen Moment die Augen, als kühler Wind über mein Gesicht strich. Noch war der Himmel tiefblau, doch es würde nicht mehr lange dauern, bis die Sonne über den Bergen aufgehen und den Campus in ihr sanftes orangefarbenes Licht tauchen würde.

Wortlos liefen wir bis zur Kante des Daches. Paul setzte sich und ließ seine Beine lässig über den Rand baumeln, als würde es nicht meterweit nach unten gehen.

Ich ließ mich neben ihn sinken. Langsamer, zögerlicher, bedachter. Vorsichtig schob ich mich Stück für Stück weiter nach vorn, bis auch meine Beine über den Rand hingen. Mein Herz raste, doch ich wollte auch nach unten blicken, wollte den in Dunkelheit gehüllten Campus sehen.

Das Klicken von Pauls Feuerzeug und ein Glühen in der Nacht. Die Schachtel Zigaretten, die wieder in seiner Jackentasche verschwand. Die vertrauten Bewegungen seiner Hände beruhigten mich. Paul würde mich nicht fallen lassen, da war ich mir sicher, als ich meinen Blick erst über ihn, dann durch die Nacht schweifen ließ. Er würde mich auffangen.

Das letzte halbe Jahr war ein stetiges Auf und Ab gewesen, ein Leben zwischen Verdrängung und Enthüllung, zwischen Glück und Wahrheit. Paul mochte der Mann sein, der in der Nacht, als mein Dad gestorben war, in dem anderen Auto gesessen hatte, aber er war auch der Mann, der mich ich selbst hatte sein lassen und mich glücklich gemacht hatte. Und inzwischen verstand ich, wieso er sich seit Weihnachten mir gegenüber so verhalten hatte, auch wenn es mich nach wie vor verletzte. Aber war ich wirklich in der Position, darüber zu urteilen, auf welche Art er mit der Wahrheit über uns umgegangen war? Er hatte nicht nur mir den Boden unter den Füßen weggerissen, sondern auch sich selbst.

»Wieso bist du hier, Louisa?«

»Ich konnte nicht schlafen und dachte …«

»Nein.« Paul schüttelte den Kopf und sah mich ernst an. »Ich meine, wieso bist du *hier*?«

Hier bei dir, Paul? Hier neben dir auf diesem Dach, obwohl es mitten in der Nacht ist und die Welt noch schläft?

Ich schluckte und strich mir eine meiner Locken hinters Ohr. »Weil ich gerade nirgendwo anders sein möchte«, gab ich mit einer Ehrlichkeit zu, die mich selbst überraschte – zu zerbrechlich war das, was nach allem womöglich zwischen uns zu entstehen begann. Aber vielleicht war auch genau das der Grund für absolute Offenheit, weil alles bereits schlimmstmöglich kaputt gegangen war und es nichts mehr zu verlieren gab, nur noch zu gewinnen.

Einen Moment lang musterte Paul mich schweigend, und ich wandte den Blick nicht ab.

»Ich möchte gerade auch genau hier sein«, sagte er rau, bevor er einen Zug seiner Zigarette nahm. Der Rauch stieg in den Himmel auf, in Richtung Unendlichkeit.

Es war seltsam. Wir hatten das alles schon einmal miteinander geteilt: Nächte und Wörter, Himmel und Wahrheiten. Und doch saßen wir hier, tasteten uns mit dem Gesagten vorsichtig voran, immer mit der Befürchtung, zu weit zu gehen und eine unsichtbare Grenze zu überschreiten. Weil wir zwar immer noch dieselben Menschen waren, immer noch dieselbe Zusammensetzung aus Atomen, und inzwischen doch um so vieles verändert.

»Mel hat mir erzählt, dass du bei ihr gewesen bist«, sagte ich in die Nacht hinein.

Paul nickte langsam. »Ja, es gab … es gab Dinge, die ich ihr gern sagen wollte.«

»Sie hat mir nichts über euer Gespräch gesagt, falls du dir deshalb Gedanken machen solltest«, sagte ich leise.

»Sie kann es dir erzählen, Louisa. Ich habe keine Geheimnisse vor dir.« Langsam drehte er sich zu mir und hielt meinen Blick fest. »Nicht mehr.«

Was sollte ich darauf erwidern? War das eine Tatsache? War es eine Frage? Oder doch ein Versprechen?

Paul ließ seinen Blick über den dunkeln Campus schweifen, über die im Schein der Laternen schimmernden Wege und die hell erleuchteten

Eingänge der Wohnheime. Die Bibliothek, die wegen ihrer Lage auf der Anhöhe immer am besten zu erkennen war.

»Ich möchte einfach ein paar Dinge in meinem Leben klären und angehen«, sagte er.

Er klang entschlossen, als er mir von der Suche nach einem Praktikum für den Sommer erzählte. Fotojournalismus, immer noch sein großer Traum. Paul berichtete mir, dass er sich mit seiner Mom getroffen hatte, dass er ihr eine zweite Chance gab, auch wenn die Situation mit seinem Dad sich niemals ändern würde. Er erzählte von dem Tag, an dem sie ihn zusammen mit Luca während seiner Schicht im Luigi's besucht hatte. Für wenige Stunden hatte es sich tatsächlich so angefühlt, als wäre er Teil einer normalen Familie. Gemeinsames Pizza essen und Interesse am Leben der anderen.

Ich erzählte ihm, dass ich mich endlich getraut und Trish zu einem ihrer Literaturkurse begleitet hatte und ich unter gar keinen Umständen wieder damit aufhören wollte. Dass ich es liebte, für die *Storylines* zu schreiben und bei meinem ersten Redaktionstreffen gewesen war. Dass mir klar geworden war, dass ich Literatur als Rettungsanker nicht verlieren würde, wenn ich diese Leidenschaft auslebte, dass ich nur etwas zu gewinnen hatte. Und ich wusste nicht, wieso, aber trotz oder genau wegen dieses zerbrechlichen Friedens zwischen uns sprach ich auf diesem Dach in Pauls Gegenwart zum ersten Mal laut aus, dass ich mich entschieden hatte, am Ende des Terms zwar meine Mathe-Prüfungen zu schreiben, für den nächsten aber zu Literatur im Hauptfach wechseln wollte. Und ich glaubte bei meinen Worten so etwas wie Stolz in Pauls Augen aufflammen zu sehen.

Wir redeten und redeten und redeten. Fast war es so wie früher, mit all den Worten zwischen uns. Dieses Mal jedoch war es ein sich einander Annähern, ein Herantasten und Umschiffen dessen, was eigentlich zwischen uns stand.

»Es gibt etwas, das ich dir sagen möchte«, meinte ich deshalb, bevor der Mut mich wieder verlassen konnte. »Vielleicht ist es letztendlich auch gar nicht so wichtig, aber ich möchte es zumindest einmal ausgesprochen haben!«

Ein Nicken. Ein ernster Blick. Ich griff nach der Zigarette zwischen Pauls Fingern, nahm selbst einen Zug, dann noch einen, ehe ich sie ihm zurückreichte und zögerlich zu sprechen begann.

»Weißt du, ich habe mir selbst sehr lange die Schuld an diesem Unfall und vor allem an Dads Tod gegeben. Und letztendlich glaube ich, dass jeder, der in dieser Nacht dort gewesen ist, irgendeinen Grund finden würde, wieso er zumindest teilweise verantwortlich ist. Vielleicht sind wir alle schuld, vielleicht ist es aber auch niemand von uns.« Ich holte bebend Luft, weil ich die folgenden Worte noch nie laut ausgesprochen hatte. »Ich weiß schon gar nicht mehr genau, worum es eigentlich ging, nur noch, dass meine beste Freundin und ich uns an diesem Abend unbedingt sehen wollten. Mom und Dad waren eigentlich dagegen, weil wir am nächsten Tag schon sehr früh am Flughafen in Sacramento sein mussten. Wir wollten Mel und Robbie besuchen. Ich hab aber so lange gequengelt, bis die beiden es mir erlaubt haben. Dad ist also spät abends extra noch einmal losgefahren, um mich abzuholen, am nächsten Tag wäre es ein unnötiger Umweg gewesen. Es war spät, Dad müde, und er ist trotzdem gefahren, nur um mir eine Freude zu machen. Ich hatte so lange furchtbare Schuldgefühle deswegen. Und ich glaube, eine der schlimmsten Sachen dabei ist und war, dass ich mich nicht einmal daran erinnern kann, wieso Leah und ich uns so dringend sehen wollten. Wenn es wenigstens irgendetwas wirklich Wichtiges gewesen wäre ... Ich möchte, dass du weißt, dass du nicht die Verantwortung trägst für das, was passiert ist. Zumindest nicht in meinen Augen.«

Aortenabriss. Als ich älter war, hatte ich es gegoogelt. Hatte begriffen, dass Dad keinerlei Chance gehabt hatte, nicht ab dem Moment, als das Auto in die Fahrerseite gekracht war.

»Danke. Es bedeutet mir wirklich viel, dass du das sagst. Inzwischen weiß ich auch, dass ich die Schuldgefühle hinter mir lassen muss. Aber es geht nicht nur um das Sich-verantwortlich-Fühlen. Ich … ich bin nicht mehr der Junge von damals«, sagte Paul heiser, und sein Blick bohrte sich in meinen. »Ich habe mich verändert. Und ich weiß manchmal nicht, ob ich das wegen dieser Nacht getan habe oder weil ich erwachsen geworden bin. Vielleicht ist es beides.«

Überrascht musterte ich ihn. »Das Leben hat dich verwandelt, Paul«, sagte ich. »Das hat es vor fünf Jahren auch mit mir getan. Ich werde diese Nacht niemals vergessen, genauso wie du. Aber wieso sollten wir überhaupt leben, wenn wir nicht zulassen, dass uns das Leben verändert?! Veränderung ist das, was uns das Gefühl von Lebendigkeit gibt.«

»Ich kannte deinen Dad nicht, aber ich denke, dass es genau das ist, was ich ihm schuldig bin, oder? Diese ganzen Veränderungen anzunehmen, mich als den Menschen zu akzeptieren, der ich heute bin, und lebendig zu sein.«

»Dad war so ein positiver Mensch. Ich bin mir sicher, es wäre das gewesen, was er sich gewünscht hätte. Aber Paul … du bist es nicht ihm schuldig, sondern ganz allein dir selbst. So wie ich es mir schuldig bin.«

»Dann ist das hier ein Ich-lebe-Pakt?«

»Ich schätze, ja«, erwiderte ich, und für die Flüchtigkeit eines Augenblicks breitete sich ein warmes Gefühl in meinem Bauch aus.

»Weißt du, es ging nie darum, dass ich dich verantwortlich gemacht habe. Das habe ich auch in dem Moment nicht getan, in dem du mir alles erzählt hast. Zuerst stand ich einfach nur unter Schock, aber dann … ich war einfach enttäuscht und habe mich verraten gefühlt. So als hättest du mich wieder übergangen, mich ausgeschlossen, und das hat doppelt wehgetan, weil es dabei um mein eigenes Leben ging!«

»Denkst du immer noch so?«

»Ich bin mir nicht sicher. Irgendwie schon, zumindest in Teilen.« Ich zögerte. »Aber am meisten bewundere ich dich dafür, dass du den Mut gefunden hast, mir alles zu sagen. Ich weiß nicht, ob ich das an deiner

Stelle geschafft hätte. Ich glaube, du warst mutiger, als ich es jemals hätte sein können.«

Tief holte ich Luft und stieß diese wieder aus, versuchte, das Zittern meiner Hände wegzuatmen.

»Aber ... spielt das alles denn überhaupt noch eine Rolle?«, fügte ich hinzu.

Alles war anders, und es gab keine Chance zu vergessen, wer wir beide gewesen waren. Er siebzehn, ich vierzehn. Wie ein Schatten oder ein Gedanke, der bei jedem Schritt mitschwang. Ein dicker Kloß bildete sich in meinem Hals, drohte, mir die Kehle zuzuschnüren. Ich spürte die heißen Tränen, die in mir aufstiegen, die ich aber krampfhaft zu unterdrücken versuchte.

War es nicht seltsam, wie nah sich zwei Menschen sein konnten, ohne einander wirklich nah zu sein? Ich saß neben diesem Mann, in den ich mich gegen jede Vernunft verliebt hatte. Neben dem Mann, der so viel mit mir geteilt hatte, mich sein Innerstes hatte sehen lassen, in dem sich für mich so viel spiegelte. Zwischen uns auf den ersten Blick nur wenige Zentimeter, auf den zweiten aber fast eine ganze Welt, zu viel *gestern*, zu wenig *morgen*.

Paul beugte sich ein Stück zu mir und musterte mich eindringlich. Er war mir nah, doch er berührte mich nicht, auch wenn seine Augen sagten, dass er es gern getan hätte. Diese intensive Mischung aus Bernstein und Braun. Flüssiges Karamell. In der Farbe nichts als Aufrichtigkeit.

»Wovor fürchtest du dich, Louisa?«, raunte er. Der Blick war warm, die Stimme sanft.

Egal wie schief in den letzten Wochen alles gelaufen war – dass Paul mir seit diesem Gespräch auf der Lichtung Raum gab, mich auf meine Weise mit der Situation umgehen ließ, mich nicht drängte und um nichts bat, sondern mich einfach *sein* ließ, berührte etwas tief in mir. Deshalb begann ich, mich mit meinen Gefühlen zögernd vor ihm auszubreiten, weil ich letztendlich nichts mehr zu verlieren hatte.

Ich wusste nicht, wie er zu mir stand, wusste ja nicht einmal, wie *ich* zu *ihm* stand. Aber dass Paul mir wichtig war, daran änderte alles, was geschehen war, nichts – dessen war ich mir inzwischen absolut sicher.

»Ich habe Angst, dass du jedes Mal, wenn du mich ansiehst, jedes Mal, wenn du mir in die Augen blickst, nur noch dieses Mädchen siehst, das du aus diesem Auto gezerrt hast«, sagte ich stockend und brach schließlich ab. Die Erinnerung an diesen Moment machte mir das Atmen schwer.

Kurz nachdem Paul mich aus dem Auto gezogen hatte, hatte der hintere Teil Feuer gefangen und sich durch das Metall nach vorn durchgefressen, zu Dad. Langsam, aber stetig. Doch er war schon tot gewesen, ich schon allein. Und Paul, in dieser Nacht nur ein namenloser Junge, war zu der anderen Seite gerannt, hatte versucht, die Tür zu öffnen, sie irgendwie aufzubrechen, doch sie hatte sich kein Stück bewegt. Ich hatte geweint und geschrien und dieser Junge mich festgehalten. Er hatte mich gehalten, während ein Mädchen mit langen blonden Haaren einige Meter entfernt auf der nassen Straße gesessen hatte. Mit angezogenen Beinen und einem leeren Blick in den Augen. Auf meinen Wangen hatten sich Tränen und Regen und das Blut von meiner Stirn vermischt. Und ich hatte mit meinen Fäusten auf seine Brust gehämmert, weil ich nicht gewusst hatte, wohin mit meiner Angst und Wut und Trauer. Paul hatte den Krankenwagen gerufen. Und bis wir die Sirenen hörten, hatten die Arme dieses Fremden um meinen zitternden Körper gelegen wie seine leisen, beruhigenden Worte um mein gerade gebrochenes Herz. Zuerst war da die Feuerwehr gewesen, hatte das brennende Auto gelöscht. Dann der Rettungswagen. Und dieser Junge hatte mich immer noch festgehalten, und das alles, obwohl Blut an seinem linken Oberarm hinabgesickert war und er Schmerzen gehabt haben musste. Ich hatte diesen Fremden nie vergessen, nicht wirklich.

»Ich habe Angst«, fuhr ich mit bebender Stimme fort, »dass du jedes

Mal nur daran denkst, dass du mich retten musstest. Dass du mich bemitleidest und bedauerst. Und das könnte ich nicht ertragen.«

Paul sah mich aus seinen dunklen Augen an, so intensiv wie die Stille nach meinen Worten laut war. Er wirkte überrascht, ließ seinen Blick nachdenklich über mich gleiten, ehe er zu sprechen ansetzte.

»Natürlich denke ich daran, Louisa«, sagte er schließlich. Fast hätte ich mich nach dieser Bestätigung meiner größten Angst abgewandt, doch ich widerstand dem Drang. Mit klopfendem Herzen hielt ich seinem Blick stand, bereit hinzunehmen, dass ich immer dieses Mädchen sein würde.

Paul schüttelte langsam den Kopf, zog die Beine an und setzte sich mir gegenüber. So, dass er mich direkt ansehen konnte. »Ja, ich denke daran, aber das ist nicht alles«, fing er an. »Wenn ich dich ansehe, sehe ich das weinende Mädchen, das ich versucht habe, irgendwie zu trösten, bis der Krankenwagen da war. Das ich versucht habe, zu beruhigen, obwohl ich selbst so scheiß überfordert war und unter Schock stand. Ich sehe das Mädchen, an das ich fünf Jahre lang immer wieder gedacht habe, weil ich wissen wollte, wer sie war und wie ihr Leben nach diesem Unfall aussah. Ich sehe die Frau, die letztes Jahr im Firefly in mich hineingerannt ist und die mir seitdem aus irgendeinem Grund nicht mehr aus dem Kopf gegangen ist. Ich sehe die erste Frau, die mich meine Regeln und Prinzipien hat vergessen lassen, die erste, in die ich mich wirklich verliebt habe. Ich sehe dein schönes Lachen, deine Augen, in denen ganze Welten liegen, ich sehe die Ernsthaftigkeit, mit der du alles tust, deine Begeisterungsfähigkeit. Ich sehe deine Liebe zu Geschichten, zu Wörtern. Ich sehe eine Frau, die Menschen nur langsam in ihr Herz lässt, die aber bedingungslos liebt, sobald ihr jemand wichtig geworden ist. Ich sehe deine Perfektheit und all deine Makel. Und ich sehe die Frau …

Paul

... die mir gezeigt hat, dass man kaputt sein und trotzdem lieben kann.«

Mein Herz schlug wie wild, hämmerte unablässig gegen meine Rippen, und ich holte tief Luft. Vielleicht war das zu viel gewesen und ich über das Ziel hinausgeschossen, hatte sie mit meinen Worten überfordert. Louisa, mein Feuermädchen ... sie hatte so verzweifelt ausgesehen. Und so sehr sie es auch zu verbergen versucht hatte, ich hatte das Zittern in ihrer Stimme gehört, hatte das leichte Beben ihrer auf den Oberschenkeln ruhenden Hände gesehen, genauso wie das glänzende, schwimmende Blau ihrer Augen. Deshalb war das alles aus mir herausgebrochen, das absolut Wahrste, das ich über sie dachte.

Gott, wie konnte sie nur denken, dass bei einem Blick in ihre Ozeanaugen die Erinnerung an das vierzehnjährige, verängstigte Mädchen mein einziger Gedanke war, wo es doch so viel mehr zu sehen gab. In ihr all das, was ich verdammt nochmal immer gesucht hatte. Sie war mutig und stark, ernst und bedacht, fordernd und frech. Louisa war wunderschön, von außen, am meisten aber von innen.

Eine einzelne Träne lief über ihre Wange, und dieses Mal rutschte ich näher an sie heran, legte meine Hand an ihr Gesicht. Einfach so, als wäre die unsichtbare Mauer zwischen uns mit unseren Worten eingerissen. Mein Daumen, der sanft über warme, weiche Haut strich, um die Träne aufzufangen. Bei meiner Berührung biss Louisa sich auf die Unterlippe und blickte mich an, die Augen ungläubig geweitet. Ein Sturm an Gefühlen, der in ihr zu toben schien, ihre warme Haut ein Feuer unter meinen Fingern.

»Danke, Paul«, wisperte sie. »Danke, dass du *mich* siehst.«

Ich räusperte mich, ließ meine Hand langsam wieder sinken und brachte erneut Abstand zwischen uns.

Kurz bevor es zu dämmern begann, ging ich nach unten in die WG, um uns beiden einen Kaffee zu machen. Ich bezweifelte, dass wir heute noch ins Bett gehen würden. Und obwohl ich in dieser Nacht keine einzige Sekunde geschlafen hatte, fühlte ich mich seltsam wach und klar im Kopf. Nicht Aufgeregtheit, sondern eine innere Ruhe, wie ich sie seit einer Ewigkeit nicht mehr empfunden hatte.

Mit zwei Tassen in den Händen stieg ich die Treppen wieder nach oben. *That's what I do: I drink and I know things*, stand auf einer von beiden. Ein Zitat von Tyrion Lannister, Louisas Lieblingsfigur aus *Game of Thrones*. Ich drückte ihr den Becher in die Hand, und so saßen wir schweigend auf dem Dach, mit nach unten baumelnden Beinen und in Erwartung der aufgehenden Sonne. Der Kaffee brannte heiß auf meiner Zunge. Wir schwiegen, doch die Stille zwischen uns war friedlich. Ganz bewusst teilten wir diesen Moment, und in diesem Augenblick wollte ich an keinem anderen Ort sein.

»Das ist meine Lieblingsfarbe«, sagte Louisa plötzlich.

Verständnislos sah ich sie an.

»Die Nacht«, erklärte sie und reckte das Gesicht Richtung Himmel.

Unwillkürlich musste ich grinsen, weil das so typisch sie war. Weil ihre Antworten auf den ersten Blick meist nicht zu meinen Fragen passten, auf den zweiten dafür umso mehr. Weil sie gleichzeitig ungewohnt schlicht und doch so voller Tiefe waren.

»Das ist keine Farbe, Feuermädchen.«

»Natürlich ist es das«, sagte sie mit einer Inbrunst und Ernsthaftigkeit, die es mir noch schwerer machte, meine Hand nicht erneut nach ihr auszustrecken. »Schau dir den Himmel an. Der ist nicht schwarz, aber auch noch nicht blau. Und die Sterne, diese winzigen Punkte, die als heller Schimmer über allem liegen, genau das ist meine Lieblingsfarbe. Der Moment, kurz bevor die Sonne aufgeht.«

Ich lehnte mich auf die Handballen gestützt zurück und folgte Louisas Blick in den Himmel, betrachtete ihre Lieblingsfarbe in all ihren Schattierungen. Je länger ich hinsah, desto besser verstand ich sie.

»Was ist deine?«, wollte Louisa wissen und pustete auf den heißen Kaffee in ihrer Tasse, bevor sie den ersten Schluck nahm.

»Blau«, sagte ich ohne Zögern und sah ihr dabei in die Augen. Die Tiefe von Seen und Ozeanen, die Unendlichkeit eines tosenden Meeres.

Die Sonne stieg höher und höher, bis ihr orangefarbenes Licht sich auf Louisas Gesicht legte, ihre Wangen mit den Sommersprossen, die geschwungene Nase. Als die ersten Strahlen auf ihre Haut trafen, lächelte sie. Es galt nicht mir, sie sah mich nicht einmal an, hatte den Blick stattdessen auf den golden schimmernden Horizont gerichtet. Doch sie lächelte, so berauschend warm und echt. Und in diesem Moment wusste ich, dass unsere Seelen nicht unter dem Gewicht dieser einen Nacht kollabieren würden. Ich hatte absolut keine Ahnung, wie es zwischen uns weitergehen würde, doch genau jetzt und hier war ich mir sicher, dass Louisa so oder so ein Teil meines Lebens bleiben würde – auf die eine oder andere Weise.

Apaixonar

19. KAPITEL

Louisa

Als hätte jemand auf Vorspulen gedrückt, flogen die Tage nach der Nacht mit Paul nur so an mir vorbei. Ich verbrachte die meiste Zeit in der Bibliothek oder zu Hause, um zu lernen, dazwischen meine Schichten im Firefly. Ende des Monats standen die Finals an, und danach wäre mein erstes Jahr am RSC vorbei. Acht Monate, in denen mein ganzes Leben sich verändert hatte. Auch wenn ich mir inzwischen sicher war, dass ich nach dem Sommer mit Literatur im Hauptfach weitermachen würde, war es mir trotzdem wichtig, mein erstes Jahr am College mit guten Ergebnissen abzuschließen. Dafür musste ich mich in Probability Theory deutlich verbessern, und auch in den anderen Fächern wollte ich mich bis zu den Prüfungen noch steigern. Inzwischen hatte ich alles aufgeholt, was ich in den zwei Wochen, die ich bei Mel gewesen war, verpasst hatte, doch mit einigen Dingen hatte ich trotzdem noch Schwierigkeiten.

Meine ganzen Lernunterlagen lagen quer in meinem Zimmer verteilt, und ich saß irgendwo in der Mitte mit einer Tasse Tee in den Händen. Trish würde später nachkommen, dann würden wir zum Lernen in die Küche umziehen und uns abends etwas zu essen bestellen. Doch für den Moment nutzte ich den Platz auf dem Boden meines Zimmers aus, um mir einen Überblick über das zu verschaffen, was alles zu tun war.

So sehr ich mich zu konzentrieren versuchte, musste ich mir doch eingestehen, dass ich immer wieder an Paul dachte, an das Gespräch letzte Woche, als wir auf dem Dach seines Wohnheims auf den Sonnenaufgang gewartet hatten. Kurz danach hatte Paul wieder damit begonnen, Wörter mit mir zu teilen. Er schrieb sie mir in Nachrichten.

Nachtschwärmer am Freitag, *Seelenheil* am Montag. *Tausendschön* irgendwann dazwischen. Sonst stand dort nichts. Ich antwortete ihm *Sehnsuchtsort*, *Sternschnuppe* und *Traumtanz*. Jedes einzelne Wort schrieb ich Buchstabe für Buchstabe und Zeile für Zeile in mein Notizbuch, seine und meine. Es war, als hätten Paul und ich eine eigene Sprache, eine Weniger-ist-mehr-Form der Kommunikation gefunden. Und ich stellte mir die Frage, ob das tatsächlich nur Wörter waren oder kleine Welten mit unendlichen Möglichkeiten an Bedeutungen.

Gestern, als ich bei Trish eingehakt über den Campus gelaufen war, hatte Paul mir ein neues Wort geschrieben: *apaixonar*. Ich versuchte, während der Vorlesung nicht daran zu denken, doch nach der Hälfte der Zeit gab ich auf und googelte es. Portugiesisch. Verb. Es bedeutete *begeistern*, *hinreißen*, *zutiefst bewegen*. Es bedeutete *Leidenschaft wecken*. Mein Herzschlag hatte sich beschleunigt, denn *apaixonar-se* hieß übersetzt so viel wie *sich verlieben*. War das Paul bewusst gewesen? Wollte er mir das sagen?

Ich sah wieder seinen ernsten Blick vor mir, hörte den sanften Klang seiner Stimme. *Wovor fürchtest du dich, Louisa?* Ich dachte an die einzelne Träne, die er mit seiner Hand an meinem Gesicht aufgefangen hatte, an all das Gesagte, das nur dafür sprach, dass er immer noch *mich* sah, die Frau, die ich *jetzt* war. Apaixonar war meine Vergangenheit und meine Gegenwart, wenn es um diesen Mann ging. Doch so sehr ich ihn nicht wieder verlieren wollte, so sehr fürchtete ich mich davor, dass Gefühle allein nicht reichten. Nicht mehr. Nicht nach allem, was geschehen war.

Ich sehe die Frau, die mir gezeigt hat, dass man kaputt sein und trotzdem lieben kann.

Seufzend stellte ich die Tasse vor mir auf den Boden und griff nach meinem Handy. Vielleicht sollte ich ihm einfach ein Wort zurückschreiben, irgendein schönes.

»Hey.«

Paul

Ich hatte gerade gehen wollen, als ich Louisas offene Zimmertür bemerkte. Und meine Füße hatten selbst entschieden, dass ich sie sehen musste. Inmitten dicht beschrifteter Seiten und aufgeschlagener Bücher, eins davon auf ihren überkreuzten Beinen, saß sie auf dem Boden. Louisa schien mich erst nicht zu bemerken, biss sich nachdenklich auf die Lippen, bis sie die Tasse in ihren Händen auf dem Boden abstellte und nach ihrem Handy griff, einen entschlossenen, aber nachdenklichen Ausdruck im Gesicht.

Versunken in ihren Anblick, stand ich im Türrahmen, und erst, als ich etwas sagte, hob Louisa den Kopf. Und Gott, wie sie mich ansah mit diesen Wahnsinnsaugen ... Ich spürte das Lächeln auf meinen Lippen, ich konnte gar nicht anders. Sie saß in diesem Durcheinander aus Blättern und schien darin trotzdem irgendeine Art von System zu sehen. Chaotisch, aber mit einem Ziel vor Augen. In diesem Moment war sie so sehr Louisa, so sehr mein Feuermädchen!

»Hey«, sagte sie, ein helles Echo. Ein Lächeln umspielte ihre vollen Lippen – weil sich in dieser Nacht auf dem Dach etwas zwischen uns verändert hatte? Weil sie es ebenfalls zu spüren schien?

Unschlüssig machte ich einen Schritt in ihr Zimmer hinein, ein fragender Blick. Und als sie nickte, ließ ich mich ebenfalls auf den Boden sinken. Ihr gegenüber in eine Lücke zwischen aufgeschlagenen Büchern und vollgeschriebenen Blättern.

»Bist du mit Aiden verabredet?«

»Ich war. Eigentlich gehe ich gerade.«

Überrascht sah Louisa mich an, und ich musste schmunzeln. Es war so typisch für sie, dass sie so versunken war in das, was sie tat, dass sie alles andere nicht mitzubekommen schien. Dass sie gar nicht gemerkt hatte, dass ich geklingelt und Aiden mich reingelassen hatte. Louisa, das Mädchen mit dem Kopf in den Wolken.

»Ich hab Aiden etwas zurückgebracht, das ich mir ausgeliehen hatte ...«, erklärte ich und brach schließlich ab. Okay, das war dermaßen bescheuert! Das war nicht das, was mir durch den Kopf ging, spätestens seit ich wieder angefangen hatte, Wörter mit ihr zu teilen. Wörter, von denen ich vermutete, dass sie ihr gefallen würden.

»Ich habe nachgedacht«, sagte ich langsam und ließ dabei Louisa nicht aus den Augen.

Sie legte den Kopf schräg und musterte mich, dann nickte sie. Ob sie auch ununterbrochen an mich gedacht hatte? Ob sie sich auch wünschte, dass wir die Vergangenheit hinter uns ließen und neu anfingen?

»Über dich, mich, uns. Das Leben und die Art und Weise, wie das Schicksal uns zusammengeführt hat«, fuhr ich fort. »Ich bin nie ein Mensch gewesen, der das Leben in Schwarz-Weiß gesehen hat, und mir ist klar geworden, dass das bei uns beiden auch nicht geht. Es gibt zu viele Schattierungen und zu viel Was-wäre-wenn.« Nervös rieb ich mir über den Bart.

Durch das Fenster fiel Sonnenlicht, das Louisas Haare hellorange leuchten ließ, Locken aus Feuer. Da war wieder der Drang, sie zu berühren, übermächtiger noch als auf dem Dach. Ihr zum wiederholten Mal zu sagen, dass sie keinen Grund hatte, sich zu fürchten, weil ich sie sah, wie sie war.

Ich schluckte, bevor ich erneut zu sprechen anfing: »Gott, deshalb versuche ich mit dem Denken aufzuhören. Ich habe dir die Wahrheit gesagt, und das ist alles, was ich tun konnte. Ehrlich zu sein, auch wenn ich dabei den richtigen Moment irgendwie verpasst habe. Ich versuche, mir selbst zu vergeben, versuche, um *meinetwillen* ein guter Mensch zu sein, weil du nicht der Grund dafür sein solltest.« Ich musterte Louisa und versuchte abzuschätzen, was in ihr vorging. »Was ich damit eigentlich sagen möchte, ist, dass ich dich in meinem Leben haben will, Louisa. Ich möchte Teil von deinem sein – wenn du das überhaupt willst. Verdammt, mir ist es einfach wichtig, dass du das weißt. Aber nach allem, was passiert ist, werde ich dich um nichts bitten.«

Aus geweiteten Augen sah Louisa mich an; sie biss sich auf die Unterlippe, wie sie es immer tat, wenn sie nachdachte. Und der Blick aus diesen tiefblauen Seen ihrer Augen machte mich völlig fertig. Meine Worte standen im Raum, eine stille Bitte.

Ich hatte keine Ahnung, was zum Teufel in mich fuhr, aber im nächsten Moment beugte ich mich zu ihr nach vorn, und dann war meine Hand in ihrem Nacken, meine Lippen lagen an ihrer warmen Haut, strichen erst über ihre Schläfe, dann ein Stück ihre Wange entlang. Viel zu langsam, viel zu schnell. Eine einzelne Locke kitzelte mich dabei in meinem Gesicht. Es war nicht einmal ein Kuss, es war nur …

Mein Herz hämmerte wie wild, und ich löste mich langsam von ihr, die eine Hand immer noch in ihrem Nacken. Ich verharrte in meiner Bewegung, meine Lippen nur wenige Zentimeter von ihrem Gesicht entfernt. Und ihr warmer Atem strich über meinen Mund, als wir uns auf dem Boden ihres Zimmers ansahen, nein, anstarrten. Noch immer fühlte es sich an, als wäre da ihre weiche Haut unter meinen Lippen.

Was machte ich hier? Hatte ich nicht gerade erst gesagt, dass ich sie nicht bedrängen wollte? Etwas, das ich nach wie vor so meinte, auch wenn mein Verhalten in diesem Moment so offensichtlich das Gegenteil zu zeigen schien.

Louisas Lippen waren leicht geöffnet, und sie fuhr sich mit der Zungenspitze über die Oberlippe. Dunkle Wimpern, die feine Schatten unter ihre Augen zeichneten. Und ich dachte an diesen einen Moment im Dezember, als das andere Auto unaufhaltsam auf mich zugerast war. An die letzten, verlangsamten Sekunden vor dem Aufprall, als all meine Gedanken nur ihr gehört hatten. Ich rief mir ins Gedächtnis, dass meine Lunge beinahe kollabiert wäre, dass ich hätte sterben können. Spannungspneumothorax, lebensbedrohlich. Eine Tatsache, an die mich die kleine Narbe zwischen meinen Rippen immer erinnern würde. Gott, ich wusste, was ich wollte, und das Leben konnte so unfassbar schnell vorbei sein. Ich hatte wirklich keinen Grund mehr, meine Gefühle länger vor ihr zu verstecken.

Als ich schließlich aufstand, um zu gehen, drehte ich mich in der Tür noch einmal nach ihr um. Ja, ich wusste, was ich wollte. Ich wusste es ganz genau.

Louisa

Und dann war er weg. Ich hatte geschwiegen, weil mir bei dem plötzlichen Wüten meiner Gedanken jedes Wort abhanden gekommen war. Mehrere Sekunden lang starrte ich auf meine halb geöffnete Zimmertür, durch die Paul gerade eben verschwunden war. Wie erstarrt und mit den Fingerspitzen an dieser Stelle neben meiner Augenbraue, an der empfindlichen Haut, an der eben noch so unerwartet seine Lippen gewesen waren. *Was ich damit eigentlich sagen möchte, ist, dass ich dich in meinem Leben haben will, Louisa. Aber nach allem, was passiert ist, werde ich dich um nichts bitten.*

Mein Herz schlug wie verrückt. Mit jedem Satz, den Paul ausgesprochen hatte, hatte sein Pulsieren sich beschleunigt, und mit jeder Sekunde, in der der Sturm in seinen Augen dieser absoluten Ruhe gewichen war, sein Flattern sich verstärkt. Und plötzlich war ich mir einer Sache ganz sicher gewesen: Die Nachrichten der letzten Tage, das waren keine bloßen Wörter – das waren Wörter mit viel mehr Bedeutung.

Ich sprang auf, stieß dabei fast die Tasse mit dem Tee um und riss eilig die Wohnungstür auf. Die Aufzugtüren am Ende des Flurs öffneten sich gerade, doch als Paul hörte, wie ich seinen Namen rief, drehte er sich langsam zu mir um. Überraschung in seinen dunklen Augen, als ich auf ihn zu rannte. Es spielte keine Rolle, dass die Gruppe Mädchen, die mir entgegenkam, mir irritiert hinterher sah. Es spielte keine Rolle, dass ich ihm genauso gut hätte schreiben können. Atemlos und barfuß blieb ich vor ihm stehen. Nach Luft ringend, beschleunigter Herzschlag. Schneller und schneller und schneller, als ich die richtigen Worte zu finden versuchte. Und Paul ... Er stand einfach dort mit den Händen in den Hosentaschen und wartete geduldig, bis ich aussprach, was ich ihm so offensichtlich zu sagen hatte. Weshalb ich so plötzlich Hals über Kopf aus der WG gestürmt war, deren Tür hinter mir immer noch weit offen stand.

Ernst ruhten seine bernsteinfarbenen Augen auf meinem Gesicht. Aufmerksam, warm, intensiv. Doch was mich am meisten überraschte: Er sah mich an, wie er es von Anfang an getan hatte. Wie am allerersten Tag. Er sah *mich*. Nicht das Mädchen, das ich mit vierzehn gewesen war, zumindest nicht nur. Paul schien alle Versionen von mir wahrzunehmen und damit die einzig Richtige, die Wahrste.

Trish hatte mich gefragt, ob ich ohne ihn leben konnte und dass das die einzige Frage wäre, die ich für mich beantworten müsste. Wahrscheinlich konnte ich das, aber ich wollte es nicht, wollte mir meine Welt nicht ohne ihn vorstellen. Das war meine einfache Antwort auf eine schwierige Frage.

Schwer schluckte ich. »Ich ... ich möchte auch, dass du Teil meines Lebens bist, Paul.« Ich zögerte und spielte nervös mit einer der Locken, die mir ins Gesicht gefallen waren. »Und ich möchte Teil deines Lebens sein.«

Er sah mich einen Moment an, ganz so, als müsste er erst sichergehen, dass ich meine Worte nicht zurücknehmen würde. Dann war da dieses schöne, raue Lachen. Mit den fächerförmigen Lachfältchen um seine Augen, mit den Grübchen und dem Vibrieren seiner Brust, das ich zu spüren glaubte, jetzt, wo ich so nah vor ihm stand. Da waren seine Fingerspitzen an meinen, eine federleichte Berührung, die für eine Gänsehaut auf meinem ganzen Körper sorgte. Seine Finger, die sich für einen kurzen Moment mit meinen verschränkten, dann stieg er in den Aufzug.

»Louisa Davis«, sagte er grinsend und schüttelte den Kopf. »Du bist mir wirklich hinterhergerannt.«

Ein letzter Blick, sich schließende Türen, und dann war er weg, dieses Mal wirklich. Vielleicht war das mit uns doch kein unvollendeter Satz, doch keine halb geschriebene Geschichte, fertig erzählt, aber ohne Ende. Vielleicht waren die vergangenen Monate nur ein Kapitel gewesen. Oder eine Peripetie, eine unerwartete Umkehr im Handlungsverlauf.

Und womöglich stand uns jetzt ein neues Kapitel bevor. Ein besseres.

Gezelligheid

20. KAPITEL

Louisa

Die meisten Lichter waren schon aus und die Stühle auf die Tische gestellt, als Trish und ich uns noch eine heiße Schokolade machten.

Vier Tage waren vergangen, seit Paul und ich uns einander gesagt hatten, dass wir uns in unseren Leben haben wollten.

Die letzten Gäste hatten das Firefly vor einer Stunde verlassen, seitdem hatten wir sauber gemacht, uns um die Abrechnung gekümmert und Brian eine Liste mit Dingen geschrieben, die er nachbestellen musste. Mit den warmen Tassen in den Händen setzten wir uns an den Platz direkt an der Fensterfront. Der Blick war frei auf den von Laternen erhellten Campus.

»Denkst du, das vorhin war Brians neuer Freund?«, fragte Trish mit einem frechen Funkeln in den grauen Augen und beugte sich verschwörerisch zu mir rüber.

»Moment«, sagte ich. »Wir wissen nicht einmal, ob er einen neuen Freund hat. Das war nur eine Vermutung.«

Seit der Getränkelieferant mit dem freundlichen Lächeln vorhin da gewesen war, sprach Trish von nichts anderem mehr. Brians Hand hatte vielleicht zu lange auf seinem Unterarm gelegen, und irgendetwas schien in der Luft gewesen zu sein … doch das musste nichts bedeuten.

»Ach komm schon, Lou. Dir muss doch auch aufgefallen sein, wie gut gelaunt er in letzter Zeit ist. Das liegt sicher an einem Kerl. Letzte Woche habe ich ihn in seinem Büro sogar laut singen gehört. Singen, Lou. Brian und Singen.« Trish lehnte sich zurück und nippte zufrieden an ihrer Schokolade. »Muss ich echt noch mehr Beweise anführen?«

»Okay, du hast recht. Irgendetwas ist definitiv anders«, gab ich schließlich lachend zu. Als ich vor ungefähr einem Monat auf dem Campus zurückgekehrt war, hatte Brian sehr verständnisvoll reagiert, dass ich wegen meines *Familiennotfalls* so kurzfristig ausgefallen war. Doch es war nicht nur das: Brian schien redseliger zu sein, verließ das Büro häufiger, um uns nach unseren Kursen und dem Studium zu fragen und uns von seinen Wochenenden zu erzählen.

»Die beiden wären auf jeden Fall süß zusammen«, stellte Trish fest, und ich legte seufzend die Füße auf ihren Schoß. Es war wahnsinnig viel los gewesen, und mir tat vom Hin- und Herlaufen alles weh.

Im Schein der Kerzen spekulierten wir noch eine Weile herum. Danach spülten wir die Tassen und packten noch einige Reste für den nächsten Tag ein: Sandwiches, Muffins, Brownies und natürlich etwas von dem legendären Schokoladenkuchen. Am Nachmittag würden wir zum ersten Mal in diesem Jahr wieder alle zusammen an den Lake Superior fahren. Der Term wäre bald vorbei, eine leise Ahnung des Sommers lag in der Luft, und auch wenn es abends noch sehr schnell kalt wurde, war es warm genug, um den Tag am See zu verbringen. Das Knistern des Feuers, der Geruch nach Marshmallows, das Gefühl von Freiheit. Der Gedanke an den See legte sich leicht und beschwingt um mein Herz.

»Paul wirkt seit ein paar Tagen irgendwie … ruhiger«, sagte Trish unbestimmt, als sie das letzte Sandwich zu den anderen in die braune Papiertüte gleiten ließ und sie oben zufaltete. Neugierig sah sie mich von der Seite an.

Doch ich konnte ihr nichts sagen. Noch nicht. Es hatte sich eindeutig etwas verändert, seit ich Paul hinterhergerannt war. Eigentlich schon, als wir auf dem Dach seines Wohnheims so offen und ehrlich miteinander gesprochen hatten. Kleine, beständige Schritte, die wir aufeinander zugingen.

Und dann waren da all die kleinen Dinge, in denen sich Pauls Verhalten mir gegenüber gewandelt hatte. Er hatte mir einen Cappuccino mitgebracht, als wir uns mit Bowie, Aiden und Trish getroffen hatten. Bei dem letzten Filmabend in der WG hatte er das Karamellpopcorn dabeigehabt, das ich so liebte. Er schrieb mir fast jeden Tag ein schönes Wort, und da waren diese Momente, in denen alles wie immer war. Sekunden, in denen er mich unbeschwert angrinste und ich seinen Blick erwidern musste. Er hielt mir einen Platz in der Bibliothek frei und schmuggelte einen Kaffee für mich hinein. Und auf der spontanen WG-Party bei ihm, Isaac und Taylor am Wochenende hatte er ewig mit mir am Fenster gestanden, eine Zigarette zwischen den Fingern, und sich mit mir unterhalten. Wir hatten ewig geredet, obwohl Aiden und Luke ihn immer wieder zu überreden versucht hatten, mit ihnen Bier Pong zu spielen. Obwohl ständig jemand anderes seinen Namen gerufen hatte. Wir hatten miteinander geredet, als die Leute nach und nach gegangen waren. Und als auch ich mich auf den Weg nach Hause gemacht hatte, hatte es sich angefühlt, als gäbe es da immer noch Dinge in unserer Welt, über die ich gerne mit ihm gesprochen hätte. Es war, wie Paul gesagt hatte: Er bat mich um nichts. Er überließ es mir, zu entscheiden, wie es weitergehen würde.

Tief in mir spürte ich trotzdem Angst. Ich wollte erst herausfinden, ob Paul und ich wirklich das Gleiche empfanden, bevor ich Trish gegenüber etwas erwähnte. Denn nur weil er mich in seinem Leben wollte und ich ihn, hieß das nicht, dass das mit uns wieder so sein konnte wie vorher. Und doch … Paul hatte mich auf dem Dach seines Wohnheims gefragt, wovor ich mich fürchtete, und der Blick in seinen Augen hatte daraufhin geantwortet, dass ich keinen Grund dazu hatte, es zu tun. Nicht bei ihm.

»Lou?« Trish hatte die Hand gehoben und wedelte mit ihr lachend vor meinem Gesicht herum. »Bist du noch da?«

Ich blinzelte. »Ähm … Ja, sorry!«

Ich überlegte, wie ich meine Gefühle am besten ausdrücken konnte, ohne zu viel zu sagen – als im nächsten Moment eine tiefe Erkenntnis wie eine Welle über mich hereinbrach. Die Einsicht, dass ich trotz meiner Ängste endgültig nicht mehr weglaufen wollte. Dass Paul der Mann war, der mich glücklich machte. Dass die letzten harten Monate, so schwer sie auch gewesen sein mochten, mich ihm letztendlich nur nähergebracht hatten. Wenn die letzten fünf Jahre und dieser Autounfall uns nicht auseinandergebracht hatten, nicht unsere Narben und die Angst vor Nähe, dann gab es nichts mehr, das zwischen uns stand. Paul hatte versprochen, mich um nichts zu bitten, mir Raum zu geben. Und jetzt war es an mir, ihm zu sagen, was ich ihm zu sagen hatte. Es war an mir, mutig zu sein, wenn ich ihn das nächste Mal sah.

Morgen am See.

Das Wasser glitzerte im Schein der Sonne, helles Blau blitzte zwischen den Bäumen hervor. Begierig sog ich den Anblick in mir auf, ließ das Fenster herunter und streckte den Kopf hinaus. Ein Wirbeln meiner Locken und der Wind in meinem Gesicht. Aiden lachte neben mir, trommelte mit den Fingern den Rhythmus der Musik auf dem Lenkrad mit. Und Bowie, Isaac und Taylor taten es mir auf der Rückbank gleich: geöffnete Fenster, kühler Wind und Sonnenwärme auf dem Gesicht.

Ich sprang förmlich aus dem Wagen und rannte zum Wasser, als Aiden sein Auto bei den Tannen direkt neben Luke parkte. Bowie war mir dicht auf den Fersen, ich hörte ihr Lachen und das Klimpern ihrer Armreife in meinem Rücken, als sie versuchte, mich einzuholen.

Am Ufer des Lake Superiors blieb ich stehen und nahm alles in mich auf. Das tiefe Blau des Wassers mit dem Schimmern der Steine darunter, all die Bäume, deren Grünschattierungen von Tag zu Tag zunahmen. Ganz bewusst atmete ich ein und aus und genoss das Gefühl, hier zu stehen und meine Lungen mit frischer Luft füllen zu können. Das Gefühl, lebendig zu sein. Ich drehte mich zur Seite und lächelte Bowie an. Sie grinste mit funkelnden Mandelaugen zurück.

Das Hupen eines Autos. Ein Pick-up kam neben Aidens und Lukes Wagen zum Stehen. Landon, die Jungs von *Goodbye April* und ein paar Mädchen sprangen von der Ladefläche. Wenige Minuten später war auch Paul auf seinem Motorrad da. Schwarz, das in der Sonne glänzte. Trish hatte darum gebettelt, bei ihm mitfahren zu dürfen, und als sie sich jetzt den Helm über den Kopf zog und in unsere Richtung sah, strahlte sie über das ganze Gesicht. »Oh mein Gott, Leute. Das war einfach so abgefahren!«, schrie sie und rannte auf uns zu.

»Versuch nächstes Mal, mir nichts abzuquetschen, wenn du dich panisch an mir festklammerst, Summers«, rief Paul ihr hinterher. Er lehnte sich gegen das Motorrad und zog sich den Helm aus. Dunkle zerzauste Haare, die er sich mit einer Hand lässig aus der Stirn strich. Und für die Flüchtigkeit eines Augenblicks trafen sich unsere Blicke. *Ich möchte Teil deines Lebens sein*, echote es in meinem Kopf.

Paul half den anderen, die Sachen aus den Autos zu holen und zu der Feuerstelle zu tragen, während ich zusammen mit Trish begann, die Lichter aufzuhängen – für später, wenn es dunkel werden und dieser Ort am Wasser sich unter dem Gewicht der Sterne noch magischer anfühlen würde. Es war ein geordnetes Chaos, wir alle arbeiteten Hand in Hand, um alles so schnell wie möglich fertig zu haben und anschließend die letzten Sonnenstrahlen des Tages genießen zu können. Jemand drehte die Musik auf, und Trish summte die Melodie mit.

Eine halbe Stunde später sah ich mich um. Ich war fertig, die Lichter verteilt. Isaac steckte gerade die letzte Fackel an dem Weg zum Wasser fest, als Landon mit dem Bier-Pong-Klapptisch unter dem Arm johlend an ihm vorbeirannte und mit Bowie, Taylor und Luke sofort die erste Runde zu spielen begann. Aiden saß dort, wo das Feuer später brennen würde, und stimmte seine Gitarre, während er sich mit zwei Mädchen unterhielt. Und dann waren da Trishs laute Rufe, während sie Bowie und Landon anfeuerte. Alle schienen beschäftigt zu sein, nur ich stand mit einem Mal ganz still da.

Paul schloss gerade den Kofferraum von Aidens Wagen. Er drehte sich um, zu mir, und sah mir dabei direkt in die Augen. Ein Moment, der sich wie eine Ewigkeit anfühlte. Mit einem Mal wurde mein Mund ganz trocken. Ich nickte Richtung Steg, und er verstand – die Geste und den Subtext. Mutig sein, erinnerte ich mich, als er mir folgte. Seine kraftvollen Schritte neben meinen, als wir am Wasser entlangliefen. Mutig sein, erinnerte ich mich, als die Tannen, hinter denen der Holzsteg versteckt lag, immer näher kamen. Mutig sein, als das Gelächter der anderen in immer weitere Ferne rückte und sich mit dem Rauschen des Windes in den Bäumen und dem Geräusch leiser Wellen vermischte. Und dem meines Herzschlags, der sich von Schritt zu Schritt zu beschleunigen schien.

Ich blieb stehen, inmitten sich lichtender Tannen und dem Glitzern des Wassers dahinter. Das Licht der Sonne brach sich auf der Oberfläche. Dazwischen die Holzlatten des Stegs, die weit in den Lake Superior hineinreichten. Wir waren allein, nur Paul und ich zwischen Wasser, Wind und Bäumen. Der Moment war aufgeladen mit ihm und mir und all den Worten, die so kurz davor waren, ausgesprochen zu werden. Mit dem, was sein könnte, wenn ich mich nur traute.

Langsam drehte ich mich zu Paul um, suchte mit klopfendem Herzen seinen Blick. Ruhig und abwartend sah er mir entgegen, und ich wünschte, seine Gelassenheit würde auf mich abfärben. Tief atmete ich ein und aus, versuchte, das Zittern meiner Hände zu verbergen.

»Ich möchte dir etwas sagen«, sagte ich schließlich, bevor ich es mir wieder anders überlegen konnte.

Paul nickte und machte einen winzigen Schritt auf mich zu. »Okay«, erwiderte er fest.

Wir wussten beide, dass ich eine Entscheidung getroffen hatte und dass es unumgänglich war auszusprechen, wie wir weitermachen wollten – als Freunde? Gute Freunde? Oder mehr, weil alles andere nicht ausreichte? Ich schluckte. Und mit einem Mal sah ich hinter Pauls lässiger Haltung doch Unsicherheit und Nervosität aufblitzen. Es war diese fahrige Bewegung, mit der er sich über den Bart strich, die Unruhe seiner Hände, die er schließlich in die Taschen seiner Jeans schob.

»Ich mag es, wer ich bei dir bin, Paul. Und ich mag, wer du bist, wenn du bei mir bist«, sagte ich und sah ihn mit aller Offenheit an. »Ich habe mich dir vom ersten Moment an verbunden gefühlt, weil ich etwas gesehen habe, das mich an mich selbst erinnert hat. Ich meine, ich wusste zuerst nicht, wer du bist oder wie du heißt, aber du kamst mir so vertraut vor.« Ich strich mir meine Locken hinter die Ohren und verlor mich in seinen Augen, die mir jetzt warm entgegenblickten. Ich hatte den ersten Schritt gemacht, hatte angefangen zu reden, und ich merkte, wie ich innerlich ruhiger wurde.

Pauls intensiver Blick ruhte auf meinem Gesicht, und deutlich erkannte ich den tosenden Sturm und das wild umherwirbelnde Braun darin, doch ich sah auch die Sanftheit, von der ich wusste, dass sie mir allein galt. Dass sie immer schon nur mir gehört hatte. Ich erinnerte mich an den Schmerz und all das Verlorene, das ich bei unserer ersten Begegnung in Pauls Augen gesehen hatte, als er nur ein Fremder mit einem erregenden Lachen gewesen war. Gefühle, die ich nur zu gut verstanden hatte, da sie einem Spiegelbild meiner eigenen gleichgekommen waren. Zum ersten Mal in meinem Leben hatte ich mich verstanden gefühlt.

»Jetzt, wo wir beide wissen, dass wir uns schon einmal begegnet sind, ist es im Nachhinein wohl kein Wunder, dass ich das Gefühl hatte, du wüsstest als einziger Mensch, wer ich wirklich bin«, fuhr ich fort. »Du hast mich in der Nacht, in der mein Dad gestorben ist, in den Armen gehalten und all das Zerbrochene in mir irgendwie zusammengehalten. Natürlich kann niemand sonst verstehen, was dieser Autounfall in mir verändert hat. Aber es ist nicht nur das. In deiner Gegenwart fühle ich mich wild, frei und endlich wieder glücklich. Einfach, weil du mich die sein lässt, die ich bin.«

Ich hielt den Atem an, stieß diesen geräuschvoll wieder aus. Die Luft zwischen uns schien zu vibrieren, ein Schwingen, dass sich unaufhaltsam ausbreitete.

»Ich kann wegen einer einzigen Nacht, so schrecklich sie auch gewesen sein mag, nicht aufgeben, wer wir beide zusammen sind, Paul. Ja, wir sind der Sturm, wir sind ein großes Durcheinander, aber dabei sind wir *wir*.«

Ich holte tief Luft, spürte mein Herz schnell und laut in meiner Brust pulsieren, während meine Worte in der Stille um uns herum nachhallten. In Paul steckten so viele Versionen seiner selbst, so wie auch in mir, wie in allen anderen Menschen. Ich wollte ihn mit alldem, was zu ihm gehörte, seinem ganzen Sein, seiner Vergangenheit und seiner Zukunft, mit all dem Guten und Schlechten und unserer gemeinsamen Geschichte. Ich wollte den Mann, an dem alles so intensiv zu sein schien. Der loyal und impulsiv war, intelligent und humorvoll. Der bedingungslos liebte, wenn er es tat, und mit seinen Bildern am liebsten die Welt verändern würde.

»Ich möchte dich nicht aufgeben«, sagte ich mit fester Stimme. »Ich *kann* dich nicht aufgeben.«

»Louisa, ich ...« Paul trat einen Schritt auf mich zu, umfasste mein Gesicht mit seinen Händen. Groß und warm lagen sie an meinen Wangen, als er zu mir hinunterblickte und mir dabei direkt in die Augen sah. Der Daumen seiner rechten Hand strich über meine Wange, fuhr unendlich langsam die Konturen meiner Lippen nach. Einmal. Zweimal. Und diese federleichte Berührung sandte ein Kribbeln meine Wirbelsäule hinab, legte sich schwindelerregend auf meine ganze Haut.

Mein Herz raste. Ich hatte es gesagt, ich hatte es ihm gesagt. Und ich dachte daran, dass das zwischen uns immer schon wie eine Urgewalt gewesen war, wie Feuer und Sturm, lodernd und stürmisch. Und letzten Endes so unausweichlich, ganz egal, was auch passierte.

Pauls Stimme klang kratzig, als er erneut zu sprechen begann. »Ich habe dich vermisst«, sagte er ernst, und ich spürte seinen warmen Atem als Kribbeln auf meinem Mund. »Gott, ich habe dich so vermisst, Louisa.«

Er brach ab, ließ seinen Blick nachdenklich über jeden Zentimeter meines Gesichts wandern, dann seufzte er, sah mich fragend an. Sehnsucht in den Augen. Und ich dachte: *Ja*. Sagte es leise gegen seine Lippen, während er eine Hand in meinen Nacken schob und mich in einer einzigen, festen Bewegung enger an sich zog. Ich stolperte gegen seine Brust, atemlos, doch Paul hielt mich fest. Und dann lagen seine Lippen auf meinen, warm und fordernd, und ich keuchte überrascht auf – an seinen Lippen, in seinen Mund hinein. Und dieser wunderschöne Mann stand dort und küsste mich. Endlich und nach so langer Zeit. Mein Herz setzte einen Schlag aus, nur um in der nächsten Sekunde unaufhaltsam schneller zu schlagen.

Ich auf Zehenspitzen. Mein Arme legten sich um seinen Hals, enger an ihn heran, näher, drängender. Seine Zunge an meiner, ein betörender Tanz, der mich an seinem Körper erzittern ließ.

»Paul«, seufzte ich, als er sich für den Bruchteil einer Sekunde von mir löste. Der Blick aus seinen Augen lustverhangen und sanft, mit einer Intensität darin, die mein Herz zum Flattern brachte und mir die Knie weich machte.

Und dann küsste ich ihn. Küsste, küsste und küsste ihn. Seine Hände an meinem Gesicht, in meinen Locken. Er war leidenschaftlich und stürmisch, fast schon grob. Das war kein Kuss, der wie ein Spiel war. Kein Necken, kein langsames Herantasten. Das war Paul, das war ungebändigte Leidenschaft, Instinkt, zurückgehaltene und alles verzehrende Sehnsucht. Und jedes Einzelne dieser Gefühle jagte durch meinen Körper, wurde zu meinen eigenen Empfindungen. Sie waren erst ein Flattern in meinem Bauch, dann ein Feuer, das von Sekunde zu Sekunde stärker brannte.

Paul trieb mich in den Wahnsinn mit seiner Zunge, seinen Lippen, seinen Zähnen. Und seinen Händen, die sich langsam aus meinen Locken lösten, an meinen Seiten herabwanderten und sich an meine Hüften legten. Wenige Sekunden, in denen sie dort ruhten, fest und schwer und elektrisierend. Ich spürte das belustigte Zucken seiner Mundwinkel an meinen Lippen, als ich einen leisen Schrei zu unterdrücken versuchte, während er mich plötzlich packte und hochhob.

Instinktiv schlang ich meine Beine um seine Hüften und hielt mich an ihm fest, während Paul mit seinen Lippen über meine strich. Meine Hände waren in seinen Haaren vergraben. Er stolperte vorwärts, presste mich gegen den Baum in meinem Rücken.

Ich legte meinen Kopf mit geschlossenen Augen in den Nacken, genoss das Gefühl von Pauls Lippen auf meiner Haut. Spuren, die sich meinen Kiefer entlangzogen, meinen Hals. Seine Zunge ein Brennen auf meiner Haut. Ich hatte ihn vermisst, hatte ihn so vermisst. Und jemanden zu vermissen, der ständig um einen war, schmerzte noch viel mehr als Sehnsucht über Distanz – ob zeitlich oder räumlich.

Meine Gefühle überrollten mich. Das Adrenalin und das, was ich für diesen Mann empfand, größer und übermächtiger, als ich es je für möglich gehalten hätte. Dann war sein Mund wieder an meinem, jede einzelne Berührung ein Pulsieren in meinem Körper. Oh Gott ... wie er mir in die Unterlippe biss. Das war Paul, so viel von ihm auf einmal. Das Gefühl seiner Erektion zwischen meinen Beinen ließ mich nach Luft ringen. Und als ich die Augen wieder öffnete, sah ich sein träges Lächeln, kurz bevor seine Lippen wieder auf meinen lagen. Auskostend. Sanft. Erregend. Und ein Kribbeln, das sich bis in meine Fingerspitzen ausbreitete.

»Lou?«, rief jemand. »Paul?« Schritte, die näher kamen, das Knacken von Holz. »Wo seid ihr denn?«

»Verdammt«, flüsterte ich und biss mir im nächsten Augenblick auf die Lippen. Angehaltener Atem, weil ich nicht wollte, dass er mich losließ. Noch nicht.

Paul rührte sich tatsächlich nicht von der Stelle. Ich zwischen seinen starken Armen und dem Baum in meinem Rücken. Sein Griff um mich war unverändert fest, der Blick seiner Augen unaufhaltsam und voller Bedeutung.

Wir beide atmeten schwer. Erinnerungen, die sich zwischen uns ausgebreitet hatten, uns überrollt und vergessen hatten lassen. Erst ihn, dann mich. Am Ende uns beide. Dazu die Magie des Augenblicks, weil die Vergangenheit vielleicht Vergangenheit sein konnte. Zitternd hielt ich mich an seinen Schultern fest, mein Gesicht nur wenige Zentimeter von seinem entfernt.

Paul räusperte sich, und seine Stimme klang ungewohnt heiser, als er zu sprechen begann. »Ich bin gerade so unglaublich glücklich, weil du mich nicht aufgeben willst.« Für einen Wimpernschlag waren seine Lippen an dieser Stelle hinter meinem Ohr. Eine federleichte Berührung, die für die Gänsehaut auf meinem Körper sorgte. »Weil du *uns* nicht aufgeben willst, Louisa.« Langsam ließ er mich zu Boden gleiten. »Dieses Mal werde ich dich nicht stehen lassen«, versprach er mir.

»Und ich werde nicht weglaufen.«

Es schien, als wollte er noch etwas sagen, doch dazu kam er nicht mehr.

»Oh Gott, da seid ihr ja! Ich habe euch gefühlt überall ge…« Trish brach mitten im Satz ab, als sie uns sah. Ihr Blick wanderte zwischen uns hin und her, und erst jetzt wurde mir bewusst, dass wir immer noch dicht voreinander standen. Meine Hände auf seiner Brust, mein Becken an seinen Oberschenkeln, seine Daumen an meinen Wangen, die Finger halb in meinen Locken vergraben.

Eine letzte atemlose Sekunde, dann ließ Paul mich los und trat einen Schritt zurück.

»Ich konnte ja nicht ahnen, dass ihr kurz davor seid, euch die Klamotten vom Körper zu reißen!« Trish hob amüsiert die Augenbrauen an und verschränkte die Arme vor der Brust. »Ich wollte euch nur

Bescheid geben, dass wir jetzt das Feuer anzünden. Ihr wisst schon, das erste in diesem Jahr, ein besonderer Moment und so. Aber«, sie wandte sich grinsend zum Gehen, »wenn ihr etwas Besseres vorhabt, lasst euch von mir nicht aufhalten.«

Die Sonne stand tief am Himmel, bald würde sie hinter den Bergen mit den Spitzen in den Wolken untergehen. Um das Feuer stehend stießen wir über den ersten brennenden Flammen mit roten Bechern an. Auf den Frühling und den nahenden Sommer, die Freundschaft und das immer näher rückende Ende des Terms. Bier schwappte über die Ränder der Becher und landete mit einem leisen Zischen in dem Orange und Rot.

Bowie hatte einen Arm um mich und ihren Kopf auf meine Schulter gelegt. Die Fransen ihres Ponys kitzelten über die Haut an meinem Hals. »Jedes Mal denke ich, es ist noch schöner als das letzte Feuer«, sagte sie ehrfürchtig, nachdem sie einen Schluck von ihrem Bier genommen hatte.

»Es ist jedes Mal schöner«, stimmte ich ihr zu. Vereinzelte bunte Lampions glänzten an den Bäumen direkt neben der Feuerstelle. Fackeln beleuchteten den Weg zum Wasser, und aus einem der Autos dröhnte Musik. Ein paar Leute saßen auf der Ladefläche eines Pickups, andere direkt am Wasser. Sie unterhielten sich und füllten den Abend mit ihren Gesprächen. Und es lag dieses aufgeregte Flirren über allem, als würde das Jahr jetzt erst richtig losgehen, Ende des Monats, wenn der Term vorbei wäre und der Sommer bevorstünde. Es war, als wäre das Grün der Bäume satter und die Flammen des Feuers wärmer. Ganz so, als wäre das Gefühl der Zusammengehörigkeit größer und das Lachen ansteckender. Das war *Gezelligheid*, wie es im Niederländischen genannt wird: diese entspannte Atmosphäre, wenn man mit den Menschen, die einem am Herzen liegen, zusammen war. Leichtigkeit, Wohlbefinden und Wärme.

Wir setzten uns wieder, und Aiden griff nach seiner Gitarre. Er begann, keine bestimmte Melodie zu spielen, schien mit den Händen einfach nur seinem Gefühl zu folgen. Ein leiser Rhythmus, der sich mit dem Knistern des Feuers vermischte und zusammen mit den glühenden Funken in den Himmel stieg. Trish hatte sich gegen ihn gelehnt und streckte ihre Hände der Wärme der Flammen entgegen. Und sie meinte zufrieden, dass Aiden das wirklich gut machen würde, woraufhin er zu spielen aufhörte und lachte. »Danke«, sagte er. Dann stieß er Paul mit dem Ellenbogen in die Seite und forderte ihn auf, sich die andere Gitarre zu nehmen.

»Ihr dürft euch nacheinander ein Lied wünschen, und wir spielen es dann für euch. Aber ...«, Aiden fuhr sich mit einer Hand durch die Haare und grinste, »... das bedeutet, ihr müsst auch wirklich alle mitsingen.«

»Au ja!«, rief Trish begeistert. Mit einem Mal schien sie wieder hellwach zu sein. »Das haben wir ewig nicht mehr gemacht!«

»Können wir nicht sagen, wir singen alle mit«, warf Isaac ein und rückte sich die Brille zurück, »aber Bowie nicht?«

Luke nickte zustimmend und stieß mit seinem Becher gegen Isaacs.

»Hey!«, rief Bowie empört und funkelte die beiden an.

Trish lachte. »Sorry, Baby, aber du kannst wirklich null singen. Also wirklich überhaupt nicht.«

»Ich muss ihr recht geben«, sagte ich und konnte mir das Grinsen auch nicht mehr verkneifen. »Aber dafür kannst du andere tolle Sachen.«

»Ich werde nie darauf klarkommen, dass ausgerechnet du nach David Bowie benannt bist«, meinte Paul grinsend und griff nach der anderen Gitarre, die an den Baumstamm gelehnt dagestanden hatte.

Bowie schob schmollend die Unterlippe vor. »Dann will ich aber wenigstens als Erste ein Lied aussuchen.« Einen Augenblick dachte sie nach, dann umspielte ein Lächeln ihre Lippen. Es war *Lemon Tree* von Fools Garden.

Aiden und Paul spielten, wir sangen. Bowie legte einen Arm um mich, ich lehnte mich gegen sie, und zusammen wippten wir im Takt der Musik. Und so wie der Himmel beständig dunkler wurde, so wurde das warme Gefühl in mir immer größer und weiter. Einfach nur wegen der ungeahnten Perfektion dieses Aprilabends.

»Du bist dran, Lou.« Aiden nickte mir zu, als der letzte Ton verklungen war.

Mein Blick huschte zu Paul. Er suchte meinen, fand ihn, hielt ihn. Bei der Art, wie er mich ansah, war das Flattern wieder da. *Gott, ich habe dich so vermisst, Louisa,* hörte ich ihn wieder sagen. Seine Hände an meinem Gesicht. Dieser Moment kurz bevor er mich geküsst hatte. Ob er auch immer noch meine Lippen auf seinen spürte? Dachte er daran, wie es sich anfühlte, mich festzuhalten, so, wie ich an seine Arme um mich dachte? Es schien, als hätte ich das zurück, was ich für immer verloren geglaubt hatte, doch die Angst war nicht völlig verschwunden. Die Angst, dass es noch einmal in die Brüche gehen würde, bevor es richtig begonnen hätte.

In diesem Moment lächelte Paul mich an. Dieses Lächeln, das seine Grübchen sichtbar machte und bis zu seinen dunklen Augen reichte.

»*Island in the Sun* von Weezer«, sagte ich.

Ich spürte, wie meine Mundwinkel sich von selbst auseinanderzogen. Und ich lächelte zurück.

Paul

Ich hatte Louisa küssen müssen, hatte gar keine andere Wahl gehabt, als sie an mich zu ziehen. Als ich neben ihr am Wasser entlanggelaufen war, hatte ich gewusst, dass sie eine Entscheidung getroffen hatte. Doch sie wirkte so angespannt, so unruhig, dass sich in mir Schritt für Schritt die Überzeugung breitgemacht hatte, sie wurde mir innerhalb der nächsten

Minuten sagen, dass wir zwar eine Vergangenheit, aber keine Zukunft hätten. Dass sie mich zwar in ihrem Leben wollte, aber nicht auf dieselbe Art wie ich. Ich dachte, ich hätte sie für immer verloren. Doch ich hatte auf sie gewartet, und jetzt schien es so, als hätten wir beide eine zweite Chance bekommen. Gott, ich hatte sie einfach spüren müssen, so kurz es auch gewesen war.

Louisa lächelte mich an, und ich hätte es am liebsten wieder getan, diesen schönen, lachenden Mund geküsst. Doch ich wollte das nicht überstürzen. Es reichte, dass Trish uns gesehen hatte. Verdammt, wir brauchten diese Zeit. Diese Zeit allein, ohne dass alle es wussten und ihren Senf dazugaben. Nur sie und ich, um zu begreifen, dass sie wieder mir gehörte. Dass das mit uns wieder echt sein konnte und keine bloße Erinnerung, die bei jedem Gedanken schmerzte.

Island in the Sun. Ich mochte den Song. Das war der Sommer, das war Freiheit. *We'll run away together. We'll spend some time forever. We'll never feel bad anymore.*

Louisa sah mich schon wieder an, während meine Hände über die Saiten der Gitarre strichen, und Gott, ich hoffte, dass das, was sie da gerade sang, wahr war.

Nachdem sich jeder ein Lied hatte wünschen dürfen, legten Aiden und ich die Gitarren zur Seite und holten uns noch etwas zu trinken.

»Nur noch drei Wochen, Leute, dann ist der Term vorbei«, seufzte Trish glücklich, als wir uns wieder setzten. »Könnt ihr das glauben?!«

Zustimmendes Gelächter und Gemurmel. Und die Frage nach unseren Plänen für die kommenden Monate und den Sommer.

Auf der anderen Seite des Feuers zog Louisa ihre Knie an und stöhnte gequält. »Gerade fühlt es sich so an, als wäre das, was ich bis zu den Finals noch lernen muss, so viel, dass ich so oder so nicht mehr damit fertig werde.« Sie lachte, versank fast in der großen Jacke, die Aiden ihr gegeben hatte, als es kühler geworden war. Sie sah so verdammt süß darin aus! »Ich habe gar keine Zeit, an den Sommer und die freie Zeit zu denken.«

»Ich finde, das klingt perfekt. Genau das hab ich auch vor«, sagte Luke und verschränkte für einen Moment die Arme hinter dem Kopf. »Der Plan ist, keinen Plan zu haben. Sich treiben zu lassen und die Freiheit zu genießen und nicht an Morgen zu denken.«

Ich blickte Luke an und musste dann laut loslachen. »Also genau das, was du während des Terms auch immer machst.«

Aiden erzählte von den kleinen Konzerten, die *Goodbye April* während des Sommers geben würde und von dem Festival, zu dem er zusammen mit den Jungs von der Band, seiner Schwester Ally und deren Freund fahren würde. Bowie würde zusammen mit Trish nach Hause fliegen und freute sich schon riesig auf die Pride Parade. Es war das erste Mal, dass Trish mitkommen würde. Und ich erzählte den anderen, dass ich wie jeden Sommer nach Deutschland zu meinem Cousin fliegen würde. Von Berlin, dieser bunten, lauten Stadt, die ich so liebte, obwohl ich mich eigentlich in der Natur am freiesten fühlte. Luca würde dieses Jahr hierbleiben, weil er den Sommer vor Katies erstem Term am RSC mit ihr zusammen verbringen wollte. Und für einen kurzen Augenblick erinnerte ich mich daran, wie Louisa mir an ihrem Geburtstag von der Bucket List ihres Lebens erzählt hatte, während wir uns auf meinem Pick-up die Sterne angesehen hatten. Und daran, wie ich gesagt hatte, sie könnte nächsten Sommer doch einfach mitkommen und sich einen Teil von Europa ansehen.

»Ich fände es super cool, wenn wir wie an Thanksgiving ein paar Tage alle zusammen wegfahren würden«, schlug Trish mit leuchtenden Augen vor.

Bowie klatschte begeistert in die Hände. Isaac versprach, seinen Onkel zu fragen, ob wir die Hütte im Sommer vielleicht für eine Woche haben könnten, und dann redeten alle laut durcheinander. Und plötzlich, keine zehn Minuten später, war es beschlossene Sache.

Luke hielt den Trichter in die Höhe und rief begeistert, dass wir daraus trinken müssten, und Bowie murmelte, dass das eine schlechte Idee wäre und diese Trichter-Sache bis jetzt nie gut geendet hätte. Doch Aiden und ich sprangen auf, nahmen lachend die Herausforderung an, und genau in diesem Moment war es so, wie Louisa gesagt hatte: Ich fühlte mich wild, frei und glücklich.

21. KAPITEL

Louisa

Als ich die Tür aufsperrte, stutzte ich. Aus der Küche drang leise Musik und das Klappern von Geschirr. Ich streifte mir die Schuhe von den Füßen und seufzte. Das Letzte, was ich jetzt gebrauchen konnte, war eine von Aidens plötzlichen spontanen Anwandlungen, Essen zu machen. Das würde nur wieder damit enden, dass ich ihm dabei helfen musste, die Küche aufzuräumen und wir uns danach etwas bestellten – doch ich war müde und erschöpft.

Fast drei Wochen lag das Feuer am Lake Superior zurück. Zusammen mit Aiden, Trish, Bowie und Paul hatte ich seitdem fast jeden Tag zum Lernen in der Bibliothek verbracht und vor einer halben Stunde schließlich meine letzte Prüfung geschrieben. Erst jetzt spürte ich, wie ausgelaugt ich vom Lernmarathon der letzten Wochen war. Heute Morgen war ich bei der Studienberatung gewesen und hatte mir die Formulare geben lassen, die ich brauchte, um im kommenden Term zu Literatur im Hauptfach zu wechseln. Noch immer spürte ich bei dem Gedanken daran ein warmes Kribbeln in mir, den Anflug von Nervosität. Aber ich war mir inzwischen absolut sicher, dass es die richtige Entscheidung war.

Paul und ich hatten den anderen nicht sagen wollen, dass wir es noch einmal probieren würden. Zumindest noch nicht. Es war so viel passiert, und wir brauchten diese Zeit allein. Zeit, von der wir wegen der Vorbereitungen auf die Finals sowieso zu wenig gehabt hatten. Da waren die schönen Wörter, die er mir jeden Tag schrieb, und die Tage, an denen er sich im Firefly zu mir an die Theke setzte und lernte, wenn

363

ich arbeiten musste. Wir hatten bisher nicht darüber geredet, was das mit uns jetzt war, vielleicht weil wir beide doch immer noch Angst hatten, auch wenn wir von unseren Gefühlen füreinander wussten. Doch ich musste es hören. Brauchte nach allem, was geschehen war, Gewissheit, um völlig loslassen zu können. Dieses eine letzte Stück, das mich immer noch zurückhielt. Das mich davon abhielt, mich in dem fallen zu lassen, was zwischen Paul und mir immer schon gewesen war und was aufs Neue entstand.

Mir lag schon ein Spruch auf den Lippen, doch im Türrahmen der Küche blieb ich wie angewurzelt stehen. Es war nicht Aiden, sondern Paul, der dort am Herd stand. Vor ihm ein Topf und eine große Pfanne. Es war ein betörender Geruch, der schon jetzt von der Küche durch die Wohnung strömte. Die Ärmel seines dunkelblauen Pullis waren hochgekrempelt und ließen den Blick auf seinen tätowierten Unterarm frei. Ein Geschirrtuch lag lässig über seiner rechten Schulter. Er bewegte sich so selbstverständlich und routiniert durch den kleinen Raum, als würde er das jeden Tag machen. Als wäre es das Normalste der Welt, an einem Mittwochabend bei Aiden und mir in der Küche zu stehen und etwas zu Essen zu machen.

»Was machst du da?«, fragte ich dennoch ziemlich dämlich.

Langsam drehte Paul sich zu mir um. »Für dich kochen«, sprach er das Offensichtliche aus und begann, sich wieder den Pilzen zu widmen, die er auf einem Brett in gleichmäßige Scheiben schnitt.

»Aber wie ...«

»Aiden ist heute mit Trish, Luke und Isaac unterwegs und hat mir den Schlüssel gegeben. Ich musste ihm schwören, dass wir den Küchentisch dieses Mal nur zum Essen benutzen.« Und dann war da dieses unverschämte Grinsen, so selbstverständlich. Meine Gedanken überschlugen sich, waren ein wildes Durcheinander.

Plötzlich stand Paul vor mir. So gefährlich nah, dass ich den Kopf leicht in den Nacken legen musste, um zu ihm hinaufsehen zu können.

»Hey«, raunte er.

»Hey«, entgegnete ich ebenso leise.

Die Intensität dieses Bernsteinaugenblicks.

Dann umfasste er mein Kinn mit einer federleichten und gleichzeitig bestimmten Berührung und küsste mich mit wilder Sanftheit. Er küsste mich, bis ich seufzte, bis ich mich mit meinen Händen an seinen Oberarmen festhielt. Er küsste mich, bis alles andere unwichtig erschien. So warm, so berauschend. So sehr Paul, auf alle nur erdenkliche Arten.

»Und wieso kochst du für mich?« Leise ausgesprochen in einer der atemlosen Sekunden zwischen den Berührungen seiner Lippen auf meinen. Sein Daumen, der zärtlich über meine Wange strich.

»Weil wir nie ein richtiges Date hatten«, sagte Paul rau.

»Wenn das ein richtiges Date sein soll, hättest du mich dann rein theoretisch nicht vorher fragen müssen, ob ich überhaupt mit dir ausgehen möchte?« Ich löste mich ein Stück von ihm und gab mir alle Mühe, ihn ernst anzusehen, statt mich in dem Braun seiner Augen zu verlieren.

Erst musterte er mich, dann verzogen seine Lippen sich zu einem schiefen Lächeln. »Wenn das ein richtiges Date sein soll, hättest du dann nicht wenigstens bis nach dem Essen warten sollen, bis du dich von mir küssen lässt?«

Ich schnaubte. »Du hast mich überfallen. Ich hatte keine Chance!«

»Ich will ja nichts sagen, aber du hast mich eindeutig so angesehen, als würdest du es wollen.« Schon wieder dieses verdammte Grinsen. Grübchen, die jetzt sichtbar wurden und deren Anblick sich als warmes Gefühl in mir ausbreiteten. Paul und ich. Wir beide und ein Date. Das war völlig verrückt, dachte ich. Und gleichzeitig hatte mein Herz bei seinen Worten einen Satz gemacht.

Plötzlich trat er einen Schritt zurück. »Möchtest du dieses Date mit mir, Louisa?«, fragte er.

Und er sagte es so, als wäre meine Antwort tatsächlich noch von

Bedeutung, obwohl er doch schon längst in der Küche stand. Und wie Paul dabei meinen Namen aussprach, jeden einzelnen Buchstaben zu betonen schien, als wäre es eines seiner Lieblingswörter ... Mein Herz schlug schneller. Immer noch lag seine Hand an meinem Gesicht, strich über meine Wange und begann, mit einer meiner Locken zu spielen. So vertraut. Ob er wusste, was er da tat?

»Ich muss darüber nachdenken.«

»Das ist verdammt nochmal keine Antwort auf meine Frage«, sagte er dunkel und zeichnete dabei die Konturen meiner Lippen nach.

Ich schluckte. »Was gibt es denn zu essen?«

Paul lachte dieses tiefe Lachen, bei dem sein ganzer Mund zu lachen schien, mit Zähnen, die im Licht blitzten, und diesen feinen Lachfältchen um die Augen. Mit dem Vibrieren seiner Brust so nah an mir. »Soll das etwa bedeuten, du triffst deine Entscheidung je nachdem, was ich koche?«, fragte er amüsiert, stellte sich zurück an den Herd und widmete sich wieder den Pilzen. »Sag einfach Ja, Louisa!«, meinte er.

Und das tat ich.

Es war *Jungle* von Tash Sultana, dessen Melodie zusammen mit dem verführerischen Duft durch die Küche wehte. Inzwischen hatte ich herausgefunden, dass Paul ein Pilzrisotto machte, doch als ich ihm hatte helfen wollen, bestand er darauf, alles allein zu kochen. Ich zog mir also etwas Bequemeres an, setzte mich auf das kleine Sofa neben dem Esstisch und sah ihm zu.

Der Anblick seiner großen Hände hatte etwas Hypnotisierendes an sich. Und während er die Sachen nach und nach in die Pfanne gleiten ließ, nach dem Risotto sah und den Tisch deckte, war er immer wieder für kurze Momente bei mir. Seine Hand für Sekunden in meinen Locken, als er die Teller aus dem Regal nahm, seine Fingerspitzen beim Vorbeigehen an meinen. Seine Hand an meiner Taille, als ich mich neben ihn stellte, weil mich das Sitzen und Warten nervös machte. Pauls

Daumen, der sanft über meine Lippen strich, nachdem er mir einen Löffel zum Probieren gegeben hatte. Ich sah zu ihm hinauf, irgendwie erstaunt. Das hier, das war so ... normal. Und es fühlte sich richtig an, wie etwas, auf das ich länger gewartet hatte, als mir bewusst war.

»Wieso hast du mich eigentlich nicht gefragt? Also vorher, meine ich«, fragte ich, als wir mit dem Essen fertig waren.

»Ich wollte dir keine Gelegenheit geben, Nein zu sagen.«

»Ich hätte nicht Nein gesagt.«

»Das konnte ich nicht wissen«, sagte er. »Außerdem arbeite ich daran, dich davon zu überzeugen, dass Überraschungen etwas Gutes sind.«

Ich dachte daran, wie Paul mir in Redstone das Book Nook gezeigt hatte und mir vorher nicht hatte sagen wollen, wo wir hinfuhren. Ich erinnerte mich an das Wochenende im November, als Paul und meine Freunde mich mit dem weltbesten Geburtstagsfrühstück überrascht hatten. An die Nacht auf seinem Pick-up mit den Sternen über uns und die Zeichnung des Phönix, die ich inzwischen auf meiner Haut trug.

»Ich schätze, du bist ziemlich gut darin«, gab ich schließlich zu.

Zufrieden lehnte Paul sich auf seinem Stuhl zurück. »Ich weiß.«

»Sei nicht so eingebildet!«

»Das bin ich nicht. Manchmal weiß ich einfach nur, was dich glücklich macht.« Er zwinkerte mir zu. »Essen zum Beispiel.«

Ich blinzelte.

Ja, Paul wusste, was mich glücklich machte, und er war ein Teil davon. Und doch gab es da noch diese eine Sache, die ich ihn fragen musste, die mir einfach keine Ruhe ließ.

»Das Tattoo an deinem Oberarm, es soll eine Narbe verstecken, oder?«, sprach ich vorsichtig meine Vermutung aus. Ich erinnerte mich an den Unfall und wie Paul an seinem linken Arm geblutet hatte, als er mich festgehalten hatte. An seine so offensichtlichen Schmerzen. Seine schroffe Reaktion, als ich ihn letztes Jahr nach der Bedeutung der

Tätowierung gefragt hatte und seine knappe Antwort: *Letztendlich geht es um das richtige Maß an Erinnern und Vergessen.*

Paul hatte mir nie verboten, ihn an dieser Stelle seines Körpers zu berühren. Doch instinktiv hatte ich immer gespürt, dass es da diese Grenze gab, wenn ich mit meinen Fingern den dunklen Linien seiner Tattoos folgte. Bis jetzt hatte ich sie akzeptiert und niemals überschritten, doch nach den letzten Monaten wünschte ich mir, dass endgültig nichts mehr zwischen uns stand.

Paul blickte mich an, schien über irgendetwas nachzudenken. Dann nickte er, wenn auch zögerlich. »Ich habe mich an dem Blech auf der Fahrerseite eures Autos geschnitten, als ich versucht habe, die Tür irgendwie aufzukriegen. Vielleicht war es auch das zerbrochene Glas«, erklärte er leise.

»Darf ich sie anfassen?«, wisperte ich. Dieses Mal bestand seine Reaktion bloß aus einem Nicken. In seinen Augen schien derselbe Sturm zu toben wie an dem Abend, an dem ich ihn nach der Geschichte hinter der Tätowierung gefragt hatte. Es schien Paul schwerzufallen, obwohl ich es jetzt doch wusste, obwohl ich inzwischen doch alles wusste, was es über diesen Menschen zu wissen gab. Keine Geheimnisse mehr, keine Schatten.

Langsam stand ich auf und umrundete den Tisch, bis ich direkt vor ihm stand. Entschlossen setzte ich mich auf seinen Schoß und zog ihm langsam seinen Pulli über den Kopf. Das weiße Shirt darunter, dessen Ärmel ich vorsichtig nach oben schob. Paul sah mich mit einem Blick an, der mir durch und durch ging: abwartend, ungewohnt verunsichert, vielleicht war da auch irgendwo Angst. Meine Stirn an seiner, Nasenspitze an Nasenspitze, und mein Blick, der ihm sagen sollte, dass alles okay war. Ich verschränkte die Finger meiner linken Hand mit seinen, strich mit meinem Daumen sanft über raue Haut. Dann wandte ich mich ab und betrachtete die verschlungenen dunklen Linien, die sich bis zur Innenseite seines Oberarmes ausbreiteten: das Bild eines

Waldes mit dem Wasserfall zwischen Tannen und der Weite des Himmels darüber. Wolken, die sich in filigrane Ornamente verwandelten. In deren Mitte eine detailreich ausgearbeitete Sanduhr.

Ich hielt die Luft an, als meine Finger auf warme Haut trafen. Fast hätte ich es nicht bemerkt, doch Paul zuckte unter meiner Berührung kaum merklich zusammen. Ich ließ mich nicht beirren, denn dieser Moment hier schien, wahnsinnig wichtig zu sein. Kleine Berührungen mit großer Bedeutsamkeit.

Ganz langsam strich ich über die schwarzen Linien, immer weiter nach oben und immer näher an die Innenseite seines Armes heran. Ich versuchte, sanft zu sein und zärtlich, mich langsam voranzutasten und ihm damit Zeit zu geben, sich an das Gefühl meiner Hand auf seiner Haut zu gewöhnen. Das Gefühl meiner Finger an dieser Stelle voller Erinnerungen: der schattierten Sanduhr mit der Rose an der linken Seite und Sand, der fast vollständig durch das Glas gerieselt zu sein schien. Ich nahm jedes Detail in mir auf, weil es das erste Mal war, das Paul es mir in diesem Maß gestattete. Je weiter meine Finger strichen, desto mehr spannte sein Körper sich unter mir an.

Und dann, an der Unterseite des unteren Kolbens der Sanduhr, spürte ich den Beginn einer länglichen Erhebung. Horizontal, ungefähr so lang wie die Hälfte meines Unterarms und fast nicht zu sehen. Das Schwarz der Tätowierung schien an dieser Stelle mehr zu glänzen, die Haut fast noch weicher zu sein. Ich drückte Pauls Hand, die um meine lag. Langsam beugte ich mich nach vorn und legte meine Lippen auf das untere Ende der Narbe. Ein Kuss. Noch einer. Eine feine Spur, die meine Lippen zogen. Vom Anfang bis zum Ende und wieder zurück – weil das ein Teil von Paul war und er es nicht länger als etwas ansehen sollte, das es zu verstecken galt. Ich hielt dabei die ganze Zeit seine Hand und spürte, wie er unter den vorsichtigen Berührungen meiner Lippen langsam losließ, sein Körper sich Sekunde für Sekunde mehr entspannte. Anspannung, die so überdeutlich aus seinen Muskeln wich.

Ich seufzte. Endlich. »Diese Narbe erinnert uns daran, dass wir beide leben«, sagte ich leise. »Und daran, dass wir noch so viel von diesem Leben vor uns haben, Paul. Das ist nichts Schlechtes, sondern etwas Gutes.«

Als ich den Blick wieder hob, überrollte mich die Zärtlichkeit in seinen dunklen Augen wie eine Welle. Und als er seine Hände an mein Gesicht legte, war ich endlich bereit, loszulassen und zu ertrinken, mich kopfüber hineinzustürzen. In seine Gefühle, in meine, in diesen Feuersturm zwischen uns.

Paul

Ich glaube, genau in diesem Moment begann ich dieses Mädchen auf meinem Schoß noch mehr zu lieben, als ich es ohnehin schon tat. Und wäre ich nicht sowieso schon völlig verrückt nach ihr, spätestens jetzt wäre ich Louisa endgültig verfallen.

Mit den Händen strich ich über ihre Wangen. Atemlos, verdammt sprachlos. Sie war mir so nah, unfassbar nah auf eine Art und Weise, die nichts mit ihrer Haut an meiner zu tun hatte. So sehr, dass es zusammen mit dem sanften und entschlossenen Blick in ihren Augen fast schon schmerzte. Himmel, das war die beste zweite Chance meines Lebens. Das hier war real und echt und definitiv alles wert. Und dieses außergewöhnliche, furchtlose Mädchen war es ebenso. Sie, die mich einfach so nahm, wie ich war. Die mich nahm, obwohl oder weil sie absolut alles über mich wusste und mich *so* ansah, ganz egal, wie beängstigend meine Vergangenheit und meine Geheimnisse auf den ersten Blick auch erscheinen mochten. Ohne dass ich es jemals hatte aussprechen müssen, hatte sie bis heute gewusst, dass ich an dieser Stelle nicht berührt werden wollte. Weil sie aufmerksam war und bedacht, weil sie Louisa war, mein Feuermädchen.

Ich löste meine Hände von ihren Wangen und zog vorsichtig das Band aus ihren Haaren. Grelle Locken, die sich lösten und auf ihre Schultern fielen. Mit einem Seufzen vergrub ich meine Hände in ihnen. Gott, wie ich diesen Anblick liebte, wie ich das Gefühl ihrer Locken zwischen meinen Fingern genoss. Louisa legte mir die Arme um den Hals, drängte sich ein Stück mehr gegen mich, und als dieses hinreißende Lächeln ihre vollen Lippen zu umspielen begann, setzte mein Herz einen Schlag aus.

Ich dachte nicht darüber nach, ich tat es einfach, als ich meine Hände fest um ihren Hintern legte, aufstand und Louisa in ihr Zimmer trug. Atemlos fing sie meinen Blick auf und biss sich auf die Unterlippe – ein Versprechen oder eine Provokation? Ich zog eine Spur winziger Küsse ihren Kiefer entlang, verharrte mit meinen Lippen an dem Muttermal an ihrem rechten Mundwinkel, doch ich beherrschte mich und küsste sie nicht. Noch nicht. Ihr Körper eng gegen meinen gepresst und wir beide, die im Takt unserer schnell schlagenden Herzen zu pulsieren schienen.

Im gedämpften Licht der Lichterketten an der Decke ließ ich Louisa sanft zu Boden gleiten, doch ich ließ sie nicht los, strich langsam über ihren Hals und die Schultern, dann ihre Arme entlang. Ich legte eine Hand an ihren unteren Rücken, die andere unter ihr Kinn und zog sie näher an mich. Und ich biss ihr in die Unterlippe, glitt mit meiner Zunge darüber und brachte sie dazu, an meinem Mund leise aufzustöhnen, ein Geräusch, das mir unter die Haut kroch. Ihre Hände, die sich ungeduldig unter mein Shirt schoben, und dann konnte ich mich nicht länger zurückhalten. Ich wollte sie, wollte sie so sehr. Unsere Münder prallten unaufhaltsam aufeinander, ihre Zunge an meiner. Ich küsste Louisa stürmisch und sanft, bedacht und gleichzeitig viel zu fest – weil ich so viel Zeit aufzuholen hatte. Monate, Wochen, Tage.

Ich zog ihr das knappe Top über den Kopf, strich über ihre Taille und schob ihr die Leggins mit ihrer Hilfe von den Beinen. Meine Hände überall auf ihr und das Gefühl ihrer Finger auf meiner Haut ein verdammtes Feuer.

»Zieh dich aus«, keuchte sie. »Bitte.«

Mehr brauchte ich nicht. Schwer atmend löste ich mich von ihr und zog mir mein Shirt über den Kopf, dann war ich wieder bei ihr. Gott, mich machte alles an dieser Frau so unglaublich an: jedes Seufzen, jeder Blick und all die klugen Dinge, die sie sagte.

Louisa auf Zehenspitzen, wie sie sich abwechselnd an mir festhielt und mich mit dieser verfluchten Intensität berührte. Ihre Lippen, die Spuren auf meinem Oberkörper zogen. Ihre Hände am Bund meiner Jeans, Finger, die tiefer wanderten und ... ich musste hart schlucken. Heute sollte es um sie gehen, doch wenn Louisa so weitermachte, würde ich die Kontrolle verlieren.

Schwarze Spitze auf ihrer Haut. Mit einem leisen Rascheln fiel der BH zu Boden. Ihre Brüste, die sich gegen meinen Oberkörper pressten, harte Nippel, die Sekunden später zwischen meinen Fingern waren. Sie stöhnte in meinen Mund hinein. Schnelles Atmen und erhitzte Haut. Mein ganzer Körper stand unter Strom wegen der Art und Weise, mit der sie zu mir hinaufsah. *Heilige Scheiße!* Ohne sie aus den Augen zu lassen, machte ich ein paar Schritte rückwärts und setzte mich langsam auf das Bett. Louisa stand dort inmitten dieses sanft schimmernden Lichts, fast völlig nackt und dabei wunderschön. Ich ließ meinen Blick über sie gleiten, über helle Haut und weiche Kurven, ihre zerzausten Locken und geschwollenen Lippen. Und Gott, ich genoss es, sie so zu sehen. Das Erregendste aber war das freche Funkeln in ihren meerblauen Augen, als sie mit ihren Händen an den Saum ihres Höschens glitt und die schwarze Spitze unendlich langsam von ihren Beinen strich.

»Komm her, Louisa!«, raunte ich und konnte das Verlangen in meiner Stimme nicht verbergen.

Louisa

Und während Paul das sagte, kräuselten sich seine Lippen zu diesem verführerischen Grinsen, das mir wie schon am allerersten Tag das Denken schwer machte. Mein Herz flatterte, und das Gefühl breitete sich aus, ein warmes, starkes Kribbeln in meinem Bauch. Mit langsamen Schritten ging ich auf ihn zu und war mir dabei jedes einzelnen dunklen, berstenden Blicks auf meiner Haut bewusst. Ein leises Zittern kroch mir über den Körper, als ich vor ihm stand und mit den Beinen seine Knie berührte. Ohne mich aus den Augen zu lassen, ließ Paul sich langsam auf den Rücken sinken. Dieser große schöne Mann mit den breiten Schultern, der auf meinem Bett lag und auf mich wartete. Mit all den Tattoos und Bildern und diesem Löwen, dessen Schattierungen im Bund seiner verwaschenen Jeans verschwanden, genauso wie die feinen Härchen unter seinem Bauchnabel. Ich biss mir auf die Lippen.

Auf seinen linken Unterarm gestützt, lächelte Paul träge zu mir herauf und streckte die andere Hand nach mir aus. »Komm her«, bat er mich noch einmal, mit einem Tonfall, der so bestimmt wie anziehend klang. Schwindelerregend legte der tiefe Klang sich auf meine Haut.

Ich verschränkte meine Finger mit seinen und setzte mich auf ihn. Scharf sog ich Luft ein, als da das Gefühl seiner Erektion zwischen meinen Beinen war. Der grobe Stoff seiner Jeans an mir, als er sich ein Stück bewegte. Ich unterdrückte ein Keuchen. Es hatte etwas wahnsinnig Sinnliches an sich, so völlig nackt auf ihm zu sitzen, während er bis auf sein Shirt noch alles trug.

Meine Hände auf seiner Brust, meine Finger auf warmen, harten Muskeln und der dunklen Tinte seiner Tattoos. Unter meinen Händen sein schnell schlagendes Herz, dieser Mann, dem ich mich näher fühlte als jemals zuvor. Ich wollte ihn, wollte ihn schon so lange! Das Gefühl brannte in mir und stand so kurz davor, sich in einem Feuer zu entladen.

»Näher, Louisa«, forderte Paul und legte seine Hände langsam an meine Taille. Ich schien die Berührung seiner Finger in jedem Winkel meines Körpers zu spüren und erschauderte, als er sie langsam weiter nach unten gleiten ließ und dabei mit sanftem Druck über meinen Hintern strich, ein Gefühl, das mir mit dieser Mischung aus Selbstverständlichkeit, unterdrückter Kraft und Bedeutsamkeit, mit der er mich anfasste, wahnsinnig anmachte. Dazu dieser Blick, eine Mischung aus Leidenschaft und Zärtlichkeit.

»Du vertraust mir, oder?«

Ich nickte. Würde ich das nicht tun, dann wäre Paul nicht hier bei mir. Dann würde ich ihn mich nicht auf diese Art sehen lassen, mit entblößtem Herzen und nackter Haut. Mit einer festen Bewegung hob er mich ein Stück hoch und zog mich höher an sich heran, an seinen Mund.

Oh Gott.

Herzstillstand.

Und im nächsten Moment ein wildes, aufgeregtes Pulsieren, das zwischen meinen Beinen endete.

»Baby«, raunte er sanft. »Entspann dich.« Seine Finger strichen über mich. »Ich tue nichts, was du nicht willst.«

Das weiß ich doch, Paul.

Und dann saß ich auf seinem Gesicht, während seine Hände fest um meinen Hintern lagen und sanft über meine Taille glitten. Sein Bart kitzelte über die Innenseiten meiner Schenkel, als er den Kopf leicht drehte und Küsse auf ihnen zu verteilen begann. Berührungen, die mich erschaudern ließen. Nervenaufreibende, lodernde Linien, die er mit seiner Zunge zog. Quälend langsam bewegte er sich weiter nach oben, und ich hatte schon jetzt das Gefühl, in Flammen zu stehen, konnte nicht mehr denken, nur spüren, nur fühlen: Der Druck seiner Finger, die fordernden und bestimmten Bewegungen seiner Zunge, weil Paul ganz genau wusste, was er da tat, das Vibrieren seiner Lippen an meiner Haut jedes einzelne Mal, wenn er meinen Namen murmelte.

Und so ungewohnt diese Position auch für mich war, von Sekunde zu Sekunde entspannte ich mich mehr. Weil das Paul war, weil ich beschlossen hatte, ihm wieder zu vertrauen. Weil er der Mann war, der dieses Vertrauen verdient hatte.

Im nächsten Moment glitt seine Zunge zwischen meine Beine. Und ich schrie auf, krallte mich mit beiden Händen an dem Kopfteil des Bettes fest. Paul begann, sich zu bewegen, erst langsam und leicht, dann immer fester und schneller. Jede einzelne Berührung sandte ein unkontrollierbares Zittern durch meinen Körper. Und als ich zu ihm hinuntersah und unsere Blicke sich trafen, während sein Mund mich langsam, aber stetig in den Wahnsinn trieb, gab mir das endgültig den Rest. In seinen Augen lag diese Dunkelheit, allumfassendes Braun. Ein tiefes Meer, in dem ich nicht nur zu ertrinken drohte, in dem ich ertrinken *wollte*: in seiner Hitze, seinem brennenden Verlangen nach mir. Und diesem sanften Ausdruck, von dem ich wusste, dass er nur mir allein galt.

Paul spielte mit mir, drang quälend langsam in mich ein, auskostend und leicht, dann wieder unkontrolliert und fest. Seine Hände dabei überall auf mir. Dass er mich auf diese Art nahm, fühlte sich intimer an als alles, was er bisher mit mir getan hatte. Das hier war Vertrauen, das hier war vielleicht auch ein Versprechen, denn in diesem Moment wusste ich mit absoluter Sicherheit: Diesem Mann, der mich festhielt, würde ich *alles* versprechen. Ihm würde ich erlauben, mich in all meinen Facetten zu sehen. Weil er alles war, was ich jemals gesucht hatte, die Leere zu meiner Leere, das Ganzsein zu meinem Ganzsein und der Sturm zu meinem Feuer.

»Louisa«, stöhnte er kehlig, meine zitternden Beine umfassend, mich haltend. »Baby, lass dich fallen!«

Ich drückte den Rücken durch, drängte mich seinem warmen Mund entgegen. Seine Küsse wurden immer stürmischer, immer verzweifelter. Ein mir den Atem raubender Rhythmus, der mich höher und höher trieb. Und jede einzelne Bewegung war berauschend und elektrisierend, ließ mich auf ihm wimmern und betteln. Nach mehr. Nach ihm. Nach mehr von ihm. Der Griff an meinen Hüften wurde beständig fester. Finger, die sich in meine Haut bohrten, während Paul mich auf diese stürmische Art mit seinem Mund berührte, fester und drängender. Mehr und mehr und mehr.

»Paul.« Sein Name, der als Stöhnen über meine Lippen kam, als ich mich seinem Mund entgegendrängte. Immer und immer wieder. Unkontrolliert und laut. Lodernd jagten seine Stöße durch meinen Körper. Das Holz kühl unter meinen Fingern, seine Zunge heiß zwischen meinen Beinen. Mein ganzer Körper war bereit alles zu tun und alles zu sein, was dieser Mann unter mir sich wünschte. Da war bloß Paul, der mich wollte. Er war das Einzige, das ich sah: Paul, der mich auf diese Art nahm. Paul, der mich ansah, als würde er absolut alles, was zwischen uns geschehen war, ohne einen Moment des Zögerns noch einmal durchleben, nur um mich haben zu können.

Und dann ließ ich los, ließ mich fallen, sprang in den Abgrund mitten hinein in die Welle, die mich unaufhaltsam überrollte. Welle um Welle um Welle. Ich fiel nicht, ich fiel auseinander. Eine Explosion, doch Paul hielt mich fest, wie er es immer tat. Meine Finger, die sich schmerzhaft in das Holz meines Bettes bohrten. Ein Beben, ein Zittern und die Hitze seines Mundes. Und Paul, Paul, Paul.

Er sagte meinen Namen. Ein animalischer Laut, ein sanfter. Kurz bevor ich auf ihm zusammenbrechen konnte, packte er mich an den Schenkeln und rollte sich in einer Bewegung mit mir herum. Paul zog mich in seine Arme, bis ich halb zwischen seinen Beinen saß, halb auf ihm lag. Hart presste sich seine Erektion gegen meinen Oberschenkel. Schwerer Atem. Mein Herz schlug wie wild, und nur langsam fand ich den Weg zurück in die Welt. Benebelt, entrückt.

Paul strich mit den Lippen über meine Schläfe, verteilte Küsse auf meinem Gesicht, meinem Hals, meinen Schultern. Ich schloss seufzend die Augen und genoss das Gefühl seiner Wärme. Sein Körper, der meinen umfing. Ich drehte den Kopf ein Stück und sah ihn an, sah einfach nur sein Gesicht und dieses selbstvergessene Lächeln.

»Ich …«, versuchte ich etwas zu sagen, brach dann aber doch ab. Das Gefühl, mich Paul auf diese Art spüren zu lassen, klang in mir nach. Die Selbstverständlichkeit, mit der er es getan hatte. Momentaufnahmen seiner tiefen Blicke, die mehr sagten, als Worte es gekonnt hätten. Ich fühlte mich so angenehm leer und gleichzeitig voll mit Gefühlen für diesen Mann, dessen Herzschlag ich beständig und fest an meiner Haut spürte.

Ein Kuss auf meine Schulter. Dann ein Murmeln in meine Locken, dass er gleich wieder da wäre. Er verschwand in der Küche und stand einen Augenblick später grinsend vor meinem Bett, in der einen Hand einen Becher Cookie-Dough-Eis, in der anderen zwei Löffel. Ich setzte mich wieder zwischen seine Beine, lehnte mich mit dem Rücken gegen seine starke Brust und versank noch tiefer in seinen Armen, als er die Decke über uns beiden ausbreitete. Ich sah Pauls großen Händen zu, wie sie die Packung Eis öffneten. Hypnotisierend.

»Hat das auch zu deinem Plan vom perfekten ersten Date gehört?«, wisperte ich. Meine Stimme war heiser.

Pauls Lippen strichen begleitet von dem Kratzen seines Bartes über meine Wange. »Was genau?«, raunte er.

»Mich zu verführen.«

Ich spürte sein leises Lachen an meiner Haut. »Eigentlich wollte ich nach dem Essen einen Film mit dir ansehen und dabei das Eis essen«, sagte er, und bei seinen nächsten Worten nahm seine Stimme einen dunkleren Farbklang an. »Wobei ich wirklich nichts gegen diese Planänderung einzuwenden habe. Du hast keine Ahnung, wie verdammt heiß es ist, dich so kommen zu sehen, Baby.«

Pauls letzte Worte krochen mir als angenehmer Schauer die Wirbelsäule hinab. Mit einer Hand strich er über meine Rippen, begann dort träge, Kreise zu zeichnen, und zog mich noch enger an seine Brust, ließ den Arm warm und schwer auf meinem Bauch liegen und drückte mir das Eis und einen Löffel in die Hand. Sein Kinn auf meinen Locken, Paul überall um mich herum, und das Flattern meines Herzens breitete sich immer weiter in meinem Bauch aus.

»Eigentlich habe ich diese Regel, bei Dates nicht gleich beim ersten Mal im Bett zu landen«, erwiderte ich, tauchte meinen Löffel in das cremige Eis und schloss genießerisch die Augen, als es auf meiner Zunge schmolz.

»Regeln sind langweilig, Louisa.«

»Und das sagst ausgerechnet du?«, meinte ich mit einem Grinsen und kuschelte mich enger an Paul. »War es nicht eine deiner Regeln, erst gar keine Dates zu haben?«

»An deiner Stelle wäre ich nicht so frech, Baby«, erwiderte er dunkel.

»Sonst was?«, gab ich provokant zurück.

Paul schnaubte und hatte mir im nächsten Moment blitzschnell das Eis aus der Hand genommen. »Vergiss nicht, dass *ich* das hier gekauft habe. Du solltest nett zu mir sein, wenn du es wiederhaben willst.«

Ich drehte mich um und starrte ihn einen Moment lang nur an, bevor ich versuchte, ihm den Becher aus der Hand zu reißen. Und je mehr er sein tiefes, sexy Lachen lachte, weil ich einfach nicht herankam und er viel stärker war als ich, desto mehr funkelte ich ihn an. Schließlich bekam ich das Eis doch zu fassen. Ich schob mir einen weiteren großen Löffel in den Mund und seufzte glücklich auf, als der Geschmack nach Keksteig sich süß und kalt auf meiner Zunge ausbreitete. Immer und immer wieder ließ ich den Löffel in das Eis sinken, völlig versunken, bis ich plötzlich merkte, dass Pauls Lachen verstummt war.

Ich hob den Kopf, begegnete seinem Blick aus dunklen Augen, der mit einem Schlag komplett ernst auf mir ruhte. Paul sagte nichts, sah mich einfach nur an. Und ich ließ den Becher mit dem Eis sinken. Mein Herz schlug nicht, es *über*schlug sich.

»Was ist los?«, flüsterte ich.

Ein Blitzen in seinen Augen, dann das Lächeln, das seine Lippen zu umspielen begann. »Ich wollte dich die ganze Zeit zurück, Louisa. Ich wollte dich schon in der Sekunde zurück, in der ich dich verloren hatte.«

Mein Herz machte einen Satz, und ich kletterte auf Pauls Schoß, meine Arme um seinen Hals, meine Hände in seinen Haaren. Meine Haut an seiner. Ein Wort kam mir in den Sinn, das Paul mir innerhalb der letzten Wochen geschrieben hatte: *Tausendschön*. Es war egal, dass ich den Becher gerade fallen gelassen hatte. Es war egal, dass das eine Sauerei geben würde und ich morgen mein Bett würde frisch überziehen müssen. An seinen Lippen sagte ich das Wahrste, was es in diesem Augenblick zu sagen gab.

»Du hast mich wieder, Paul. Und ich hab dich.«

Querencia

22. KAPITEL

Louisa

Eine kribbelige Aufregung schien über den ganzen Campus zu flirren, jetzt, wo die Finals geschrieben und der Term endgültig vorbei war. Gestern Morgen hatten Trish und ich unsere letzte Schicht im Firefly gehabt, bevor das Café, in dem für mich gewissermaßen alles begonnen hatte, über den Sommer schließen würde. Die Wohnheime leerten sich, es wurde ruhiger in den Gängen, und immer mehr Autos fuhren mit lauter Musik und Kisten auf der Rückbank, mit heruntergelassenem Verdeck oder geöffneten Fenstern Richtung Ferien.

Die Party bei Bowie und Trish heute war nicht nur die Einweihungsparty der beiden, sondern zeitgleich die letzte große Gelegenheit, um zusammen das Ende des Terms zu feiern, bevor nach und nach auch alle anderen nach Hause fahren und erst im September an das RSC zurückkehren würden. Das Gefühl, das sich bei diesem Gedanken in mir ausbreitete, war so groß und weit wie die Ereignisse der letzten acht Monate chaotisch und lebensverändernd gewesen waren. Bittersüß und ein seltsamer Geschmack auf der Zunge.

Ich freute mich auf den Sommer, den ich bei Mel verbringen würde, und auf die Woche Ende Mai, in der wir alle wie an Thanksgiving zu der Hütte inmitten von Montanas Bergen fahren würden. Doch ich würde es vermissen, diese Menschen jeden Tag um mich zu haben. Ich würde es vermissen, mit Aiden zusammenzuwohnen und Trish spätestens bei der Arbeit zu sehen. Und ich würde Paul vermissen, der schon früher als geplant nach Deutschland fliegen würde. Gestern hatte er mit der *Berliner Zeitung*, bei der er sich beworben hatte, geskypt und die Zusage

383

für das Praktikum bekommen. Und ich freute mich für ihn. Doch die Vorstellung, ihn ganze drei Monate lang nicht zu sehen, nachdem ich ihn doch gerade erst zurückhatte, trübte meine Stimmung – ob ich wollte oder nicht. Nie hatte ich besser verstanden, wieso man in solchen Momenten von einem lachenden und einem weinenden Auge sprach.

In den Tagen nach dem Abend, an dem er für mich gekocht hatte, hatte ich begonnen, ihn wieder beim Laufen zu begleiten. Meine Kondition hatte sich dank der vergangenen Monate, in denen ich allein joggen gewesen war, verbessert, und Paul musste viel seltener auf der Stelle laufen und auf mich warten.

Als ich mich auf der Lichtung zu ihm gedreht und ihn geküsst hatte, hatte er wissen wollen, wieso. Ich hatte sein Lächeln an meinen Lippen gespürt. Und ihm gesagt, dass ich diesen Ort mit neuen, schönen Erinnerungen füllen wollte.

Er las mir wieder vor, erst aus *Die unendliche Geschichte*, dann aus *Momo*. Ich liebte den tiefen Klang seiner Stimme bei jedem einzelnen Wort. Vorgestern hatte er mich zu einem Treffen mit seiner Mom mitgenommen. Er hatte ihr die Wahrheit über uns und den Unfall sagen wollen, ihr erzählen wollen, wer ich war, doch ich hatte ihn gebeten, es nicht zu tun. Dass wir es wussten, war genug. Es reichte, wenn sie wusste, dass ich das Mädchen war, in das ihr Sohn sich verliebt hatte.

Wir hatten zusammen mit Luca, Katie und ihr in einem Diner in New Forreston gegessen, und zuerst hatte mich diese elegante Frau eingeschüchtert, doch sie liebte ihre beiden Kinder ganz offensichtlich. Ich hatte es an dem stolzen Lächeln um ihre Lippen gesehen, als Paul von seinem Praktikum erzählte und an der Art und Weise, wie sie Luca angesehen hatte, als er den Arm um Katie legte. Daran, dass sie mich zu integrieren versucht und mir immer wieder interessierte Fragen gestellt hatte, einfach weil ich Paul wichtig war. Und ich war der Meinung, dass das alles war, was zählte.

Ich lief schon nachmittags zu Trish, um ihr mit den Vorbereitungen für die Party zu helfen und lächelte, als ich das Mobile mit den Fotos, das ich Bowie und ihr zum Zusammenziehen geschenkt hatte, im Flur hängen sah. Mit Aidens Auto fuhren wir zu Target und kauften Essen und Getränke für den Abend, ich half Trish bei der Bowle – eine mit Alkohol und eine ohne – und erstellte mit ihr zusammen eine Playlist, bevor Luke wieder auf die Idee kommen konnte, den DJ zu geben. Danach machten wir uns zusammen mit Bowie fertig. Ich lieh mir ein gepunktetes Top von ihr und ignorierte Trish, als sie mir wieder ihren kurzen schwarzen Rock andrehen wollte.

»Wisst ihr, was das Geheimnis von guten Partys ist?«, fragte sie, als wir zu dritt in der Küche saßen und die Bowle probierten. Die ersten Leute würden erst in einer halben Stunde kommen.

»Du wirst es uns bestimmt gleich sagen«, erwiderte ich grinsend.

»Jede Einzelne von ihnen hat die Macht, euer ganzes Leben zu verändern«, sagte Trish feierlich und führte ihren Becher an die rot geschminkten Lippen. »Das muss natürlich nicht passieren, aber es ist möglich. Und darauf kommt es letztendlich an!«

Bowie lachte. »Vielleicht wird der heutige Abend ja ein Leben verändern.«

Und unwillkürlich dachte ich an meine erste Party auf dem Campus, als ich mich auf Zehenspitzen stellte und Paul geküsst hatte. Ein warmes Gefühl stieg in mir auf, als ich mit meinem Becher erst gegen Trishs, dann Bowies stieß. »Auf das Abenteuer!«, sagte ich.

»Auf das Abenteuer!«, wiederholten die beiden einstimmig.

Der Bass wummerte in meinen Ohren, vibrierte tief in meiner Brust und brachte die stickige Luft um mich herum zum Tanzen. Überall drängten sich Leute eng aneinander, Körper an Körper, und der Rhythmus der Musik pochte durch die Menge hindurch, nur um von den Wänden widerzuhallen.

Obwohl ich mich unter so vielen Menschen lange Zeit nicht wohl gefühlt hatte und seit meiner ersten Collegeparty nie wieder etwas getrunken hatte, genoss ich diesen magischen Abend. Es war Zeit mit meinen Freunden, Zeit mit den Menschen, die mir inzwischen wichtig geworden waren. Eine Familie, gebunden durch Herzen statt Blut. Diese Abende, die zu Nächten wurden, waren losgelöst, frei und gewissermaßen abgekoppelt von Zeit und Raum. Alles war Beben und Geräusche, Farben und Licht. Alles verzögert. Und der benebelnde Geruch von Gras lag schwer in der Luft.

Neben mir auf dem kleinen, gemusterten Sofa in Bowies Zimmer saß Luke, auf seinem Schoß ein Mädchen mit einem süßen Schmetterlingstattoo direkt hinter dem Ohr. Seine Mitbewohnerin. Tief inhalierte er einen Joint, beugte sich ein Stück vor und blies ihr den Rauch in den Mund. Dann reichte er ihn mir, stand auf und verschwand mit seiner Mitbewohnerin an der Hand in der Menge. Kurz vorher drehte er sich noch einmal um und grinste mich an. Hatte sich der Partykönig unserer Clique etwa verliebt?

Nur wenige Augenblicke später ließ Trish sich auf den frei gewordenen Platz sinken und nahm mir den Joint aus der Hand. »Du musst mir helfen, Lou!«, sagte sie seufzend. »Bowie steht in meinem Zimmer und will Karaoke singen. Bitte tu irgendetwas!« Trish sah mich mit übertrieben weit aufgerissenen Augen an, mit purer Verzweiflung in dem Grau. Sie sah einfach zu süß aus, als dass ich das in diesem Moment hätte ernst nehmen können. Lachend legte ich den Arm um sie. »Und was soll ich machen?«

»Es ihr ausreden?!«, schlug Trish hoffnungsvoll vor. »Du bist die Vernünftige von uns.«

»Das ist dein Plan?«, erwiderte ich belustigt. »Dass ich es Bowie, die übrigens einer der stursten Menschen ist, die ich kenne, ausreden soll?«

Trish schob schmollend ihre Unterlippe vor. »Wenn du es so sagst, klingt das wirklich ziemlich aussichtslos.«

Sie sagte noch etwas, doch ich hörte sie schon nicht mehr. Mein Blick huschte zu Paul, den ich auf der gegenüberliegenden Seite des Zimmers entdeckt hatte.

Er lehnte an der Wand und fuhr sich gerade in einer lässigen Bewegung durch die Haare, während er sich mit Isaac unterhielt und mehrmals nickte. Er sah gut aus, fast schon *zu* gut. All das Düstere, das Paul ständig zu umgeben schien, wirkte weniger präsent und er heller, strahlender, weniger getrieben. Ich sah nicht nur diesen gut aussehenden Mann, sondern auch einen, der dabei war, sich mit seiner Vergangenheit auszusöhnen, der sein Leben anpackte und an seinen Träumen festhielt. Von Paul schien eine ganz neue, tief gehende Ruhe auszugehen. Eine Version von ihm, die mich noch mehr reizte als alles andere.

Paul schien meine Blicke zu spüren, erwischte mich dabei, wie ich ihn anstarrte. Ein Blick aus dunklen Augen, und seine Lippen verzogen sich zu diesem unverschämten Grinsen, dann zwinkerte er mir zu. Und mein Herz, es machte einen aufgeregten Satz, wie jedes einzelne Mal.

Wir hatten den anderen immer noch nichts gesagt, aber Trish hatte Paul und mich am Lake Superior gesehen, Aiden ihm den Schlüssel zu unserer Wohnung gegeben, damit er für mich kochen konnte. Wirklich Mühe gaben wir uns nicht. Und es war ja auch kein wirkliches Geheimnis, es war nur … es war nur etwas, das noch eine kurze Zeit uns gehören sollte. Ich wollte diese Momente mit Paul erleben, jede Sekunde auskosten und dabei nicht denken. Ich hatte Monate lang alles zerdacht, jetzt wollte ich einfach nur mit ihm zusammen sein. Ein Hier-und-Jetzt-Augenblick nach dem nächsten.

»Oh Gott, endlich!« Trish war meinem Blick gefolgt und stieß ein zufriedenes Seufzen aus. Ertappt wandte ich mich ab und sah sie an.

»Ihr zwei seid so furchtbar verknallt ineinander, das kann man gar nicht übersehen. Scheinbar habt ihr das also hinbekommen. Bei eurem heißen Kuss am See war ich mir ja noch nicht so sicher.« Sie grinste.

»Ja, ich denke, das haben wir«, sagte ich leise und ließ meinen Blick noch einmal zu ihm wandern.

»Okay, erzähl mir alles. Was ist passiert, dass ihr ... Okay, Moment.« Trish legte den Kopf schräg und musterte mich aus zusammengekniffenen Augen, »Oh. Mein. Gott. Du hast ihn gerade mit dem Küchentischblick angesehen.«

Ich fuhr mir durch die Locken und lachte. »Der Küchentischblick?«

»Du weißt schon, letztes Jahr, als Aiden und ich in die WG gekommen sind und eure Klamotten überall in der Küche lagen, weil ihr auf dem Tisch sonst etwas getan habt. Und diese durchsichtigen Dinger, die du scheinbar trägst. Und als ich dich gefragt habe, was Paul mit dir ...«

»Schon gut«, unterbrach ich Trishs Ausführungen, die von Sekunde zu Sekunde an Lautstärke zugenommen hatten. »Ich weiß jetzt, was du meinst.«

»Was mich daran erinnert, dass Aiden uns bis heute nicht erzählt hat, wen er auf eurem Küchentisch eigentlich gevögelt hat«, murmelte Trish nachdenklich und stand abrupt auf. »Aiden!«, rief sie laut durch die Wohnung und blickte sich suchend um. »Aideeeen!« Sie schob sich durch die Leute, stürmte davon. Ich folgte ihr lachend, weil ich mir die gleich folgende Diskussion auf gar keinen Fall entgehen lassen wollte.

Wir fanden Aiden in ihrem Zimmer. Mitten in einem Kreis aus Menschen, der sich gebildet hatte, schmetterte er eine Liebeskummer-Ballade in das Mikro, während er in der rechten Hand einen roten Becher mit Bier hielt. Er schwankte leicht und sang Zeile für Zeile voller Inbrunst, mit leidendem Gesichtsausdruck.

»Wann konnte er denn so viel trinken?«, fragte ich Bowie, als sie sich zu uns umdrehte, doch sie zuckte nur ratlos die Schultern. Dann huschte ein entschlossener Ausdruck über ihr Gesicht. Und im nächsten Moment hatte sie sich das zweite Mikro geschnappt und sich durch die Menge zu Aiden durchgeschoben, um mit ihm zusammen Karaoke zu singen. Die Buchstaben von *The Future is equal* auf ihrem Shirt glitzerten im Licht, als Aiden den Arm mit dem Becher in der Hand um Bowie legte und mit ihr zusammen ein herzzerreißendes Duett performte – abgesehen davon, dass Bowie wirklich absolut nicht singen konnte. Ich wusste nicht, ob ich lachen oder Aiden davor bewahren sollte, dass morgen Videos von diesem Auftritt in Umlauf waren. »Ich befürchte, du musst deine Mission auf einen anderen Zeitpunkt verschieben«, sagte ich zu Trish. »Aiden sieht nicht so aus, als würde er dir heute noch Fragen über unseren Küchentisch beantworten. Und das mit Bowie hat sich hiermit auch erledigt.«

Paul

Nachdem ich mich von Isaac zu einer Runde Bier-Pong hatte überreden lassen, schob ich mich auf der Suche nach Louisa durch die Wohnung. Ein Slalom durch erhitzte Körper und stickige Luft.

Aiden und Trish wussten das mit uns sowieso, ahnten es zumindest, so, wie wahrscheinlich alle es taten. Vielleicht lag es auch daran, dass ich schon etwas getrunken hatte, aber ich wollte Louisa nicht erst wieder küssen können, wenn wir allein waren. Ja, wir brauchten diese Zeit für uns, aber wir würden den Sommer getrennt voneinander verbringen, und ich wollte in den verbleibenden vier Wochen so viel von ihr haben, wie es nur möglich war, und jede Sekunde auskosten. Und dazu gehörte auch dieser plötzlich in mir brennende Wunsch, sie zu suchen und an mich zu ziehen.

Aus Trishs Zimmer hörte ich jemanden laut und schief singen. Bowie. Und ich lachte schon auf dem Weg dorthin, weil sie wirklich betrunken sein musste, wenn sie das vor all den Leuten machte. Ich hatte vorhin mitbekommen, dass Louisa aufgesprungen und Trish hinterhergerannt war, wahrscheinlich waren die beiden dort.

Doch gerade, als ich die offen stehende Tür ansteuerte, schob sich mir jemand in den Weg. Ein Mädchen. Nein, nicht irgendeins, sondern eins von denen, die ich Anfang des Jahres flachgelegt hatte, um Louisa zu vergessen. Erinnerungen irgendwo zwischen dem Nebel von Gras und Alkohol.

Ein Augenaufschlag, dann ihre Hand an meinem Oberarm, doch beides ließ mich absolut kalt. Als sie sich auf Zehenspitzen stellte und mir etwas entgegenraunte, trat ich einen Schritt zurück und ging nicht auf das eindeutige Angebot ein, das sie mir machte. Himmel, wieso schienen sie alle nicht zu kapieren, dass das nichts war, was sich wiederholen würde? All diese Frauen waren nicht das, was ich wollte, waren es verdammt nochmal nie gewesen. Und ich hatte keiner von ihnen etwas versprochen. Ich versuchte, ihr das klarzumachen, möglichst nett, und schob mich dann zielstrebig an ihr vorbei, weil ich mein Feuermädchen entdeckt hatte. Sie schien gerade aus Trishs Zimmer gekommen zu sein, lief mir fast in die Arme.

Ozeanaugen unter langen Wimpern. Endlich.

Louisa

Paul blieb vor mir stehen, mit einem durchdringenden Blick, als hätte er mich gesucht.

Ich schluckte. So, wie dieses Mädchen ihn gerade angesehen hatte, diese Blicke – es erinnerte mich an den Beginn des Jahres, als Paul mit einer Frau nach der nächsten geschlafen hatte, nur um zu vergessen. Ich erinnerte mich daran, wie weh es getan hatte, ihn mit all den Mädchen zu sehen. Und obwohl ich nicht so fühlen wollte, war da ein leichter Stich in meinem Bauch und das leise Gefühl von Eifersucht, das plötzlich aus dem Nichts kam, obwohl er doch nichts Falsches getan hatte – es waren bloß meine Erinnerungen und ein Teil unserer gemeinsamen Vergangenheit, den ich nicht würde ändern können.

Ganz langsam wich Pauls Grinsen einem ernsten Gesichtsausdruck, und er zog mich entschlossen ein Stück zur Seite. »Was ist los, Louisa?«, wollte er wissen. Die Wand in meinem Rücken und er gefährlich nah vor mir. Und in seinen Augen war nur Wärme und nichts, das mich zweifeln lassen sollte, nicht an ihm oder seinen Gefühlen zu mir.

»Ist das mit uns …«, fing ich an, brach dann aber doch ab und strich mir meine Locken nervös zurück. Unsicher, ob ich etwas sagen sollte oder nicht.

In diesem Moment schien Paul eins und eins zusammenzuzählen und zu begreifen, das ich ihn und dieses Mädchen miteinander gesehen hatte.

Er schluckte. »Ich kann es nicht rückgängig machen, dass ich mich wie ein Arsch aufgeführt und dir wehgetan habe«, sagte er mit gesenkter Stimme und griff nach meinen Fingern, strich mit seinem Daumen über meinen Handrücken. »Und glaub mir, ich fühle mich immer noch furchtbar deswegen. Ich kann dir nur sagen, dass es mir leidtut und das nichts davon auch nur ansatzweise etwas bedeutet hat.«

Paul legte einen Finger unter mein Kinn und hob es an, sah mir tief in die Augen, und für diesen Moment verschwand die Wohnung um uns herum, verschwand all das, was nicht *wir* war – eine Blase mit der dröhnenden Musik, die in den Hintergrund trat. Und ich sah die Aufrichtigkeit in seinem Blick. Hier-und-Jetzt-Momente sammeln, erinnerte ich mich, die Vergangenheit hinter uns lassen.

Pauls Blick veränderte sich; seine Gesichtszüge wurden weicher, irgendwo zwischen zärtlich und entschlossen. »Du bist meine Freundin, Louisa. Du bist die einzige Frau, die ich will.«

Langsam nickte ich und legte meine Wange in seine Hand. Mein Herz wusste das längst, doch vielleicht hatte ich es nach allem, was geschehen war, einfach hören müssen. Und dann konnte ich das Lächeln, das sich auf meinen Lippen ausbreitete, nicht länger zurückhalten.

»Ich finde deinen super ernsten Blick echt heiß«, raunte ich und biss mir auf die Unterlippe. Paul schüttelte lachend den Kopf. »Und du behauptest immer, dass ich mit meinen Sprüchen jeden romantischen Moment zerstören würde ...«

Ich sah zu ihm hinauf. »Mir ist es auch verdammt ernst, Paul«, sagte ich fast gegen seine Lippen, denn im nächsten Moment küsste er mich. Zärtlich und fast schon zu sanft. Meine Unterlippe zwischen seinen Zähnen, und ich seufzte gegen seinen Mund. Stellte mich auf meine Zehenspitzen und legte ihm meine Arme um den Hals, als mich plötzlich etwas an der Schulter traf.

»Hey!«

Erschrocken zuckte ich zurück und sah von dem leeren Becher am Boden zu Bowie, die mit verschränkten Armen an Trishs Zimmertür stand und uns musterte. Scheinbar hatte sie ihn nach mir geworfen. Oder uns.

»Dachtet ihr echt, wir würden nicht checken, was bei euch abgeht?«, lachte Bowie und schüttelte den Kopf. »Wolltet ihr das jetzt geheim halten oder nicht? Falls ja, ihr seid wirklich richtig schlecht darin.«

»Hey«, schrie Bowie gegen die Musik an, als Trish auch aus dem Zimmer kam. »Lou und Paul haben gerade hier im Flur rumgeknutscht.«

»Die haben schon letztens am See miteinander rumgeknutscht«, erwiderte Trish unbeeindruckt.

»Oh mein Gott, Trish«, sagte Bowie empört. »Ich fasse es nicht! Das ist drei Wochen her. Wie konntest du mir das nicht erzählen?«

Trish warf mir über Bowies Schulter einen stolzen Blick zu, der sagte: *Siehst du! Deine Kuss-Geheimnisse sind bei mir sicher! Sogar vor Bowie!*

Ich schüttelte lachend den Kopf und lehnte mich mit dem Rücken gegen Paul. Er schlang von hinten die Arme um mich. Einfach so. Das war etwas, das sich noch viel intimer anfühlte als dieser Kuss gerade. Fest zog er mich an sich, küsste mich hinter meinem Ohr. »Wieso werden wir eigentlich immer von einer der beiden unterbrochen?!«, murmelte er.

»Okay, ich hab erst vor zwei Wochen gecheckt, dass da wieder etwas läuft«, meinte Bowie zu Trish,. »Das bedeutet, ich hatte einfach eine Woche lang absolut keine Ahnung.«

»Wissen die beiden, dass wir sie immer noch hören können?«, sagte ich amüsiert zu Paul.

»Ich glaube nicht.«

»Sollen wir es ihnen sagen?«

»Ich hab eine bessere Idee.«

»Hmm?«

»Wir gehen jetzt, Baby.«

Ich lachte. »Und wohin?«

»Die Sonne geht in zwei Stunden auf«, sagte er statt einer Antwort und dann lag meine Hand schon in seiner.

Paul

»Querencia«, sagte Louisa leise, als sie auf dem Dach des Wohnheims zwischen meinen Beinen saß, meine Arme um ihren Bauch. Der Campus ein Leuchten in Orange und Rot. Sie erklärte mir, dass das spanische Wort einen Ort beschrieb, an dem man sich nicht nur sicher fühlte, sondern auch vollkommen man selbst sein konnte. Ein Zuhause.

Und ich wusste, Louisa war meine wunderbare *Querencia*.

23. KAPITEL

Paul

»Oh Gott, ich kann gar nicht hinsehen«, sagte Louisa leise und hielt sich beide Hände vors Gesicht. Ganz langsam spreizte sie die Finger und sah zwischen ihnen hindurch Richtung Fernseher, über den die Verfilmung von *Die unendliche Geschichte* flimmerte.

Auch wenn ich gestern nicht so viel wie Aiden getrunken hatte, dröhnte mein Kopf immer noch, und ich war wirklich wahnsinnig froh, dass Louisa und ich den Samstag einfach nur bei mir in der WG verbracht hatten.

»Du weißt doch, was passiert«, murmelte ich lächelnd. Mit dem Kopf in meinem Schoß, in kurzen Star-Wars-Shorts und einem meiner Shirts, lag Louisa neben mir auf dem Sofa. Und ich ließ meine Finger immer wieder durch ihre Locken gleiten, spielte gedankenverloren mit einzelnen Strähnen ihrer grell orangefarbenen Haare. Obwohl ich ihr vor Bowie und Trishs Party noch einmal das ganze Buch vorgelesen hatte und sie jede Szene kannte, veränderte sich ihr Gesichtsausdruck bei jedem Detail der Geschichte, tausend Gefühle, die sich in ihren tiefblauen Augen widerspiegelten, während sie ganz still dalag. Die DVD hatte ich Louisa eigentlich zu Weihnachten schenken wollen, aber so weit war es ja nicht mehr gekommen. Doch dass wir sie uns jetzt ansahen und sie sich dabei an mich kuschelte, war etwas, das mich auf eine fast schmerzhafte Art und Weise glücklich machte.

Sie vertraute mir und fühlte sich wohl in meiner Nähe, das sagten der ruhige Blick und das freche Funkeln in ihren Augen, ihre fordernde Seite und die Unbeschwertheit, mit der sie mit mir zusammen war.

Doch Louisa hatte sich auch verändert, ganz unabhängig von mir und dem, was zwischen uns war. Sie schien jeden Tag mehr herauszufinden, was sie vom Leben wollte, schien mehr auf sich und das, was sie konnte, zu vertrauen. Sie würde Literatur studieren und festes Mitglied der *Storylines*-Redaktion sein. Gestern Nacht hatte sie mir zum ersten Mal etwas aus ihrem Notizbuch vorgelesen. Einen dieser Texte, von denen sie sagte, dass niemand sie zu Gesicht bekam, weil sie zu persönlich waren und zu nah an ihrem Innersten. Sie hatte gelesen, und ich hatte an ihren Lippen gehangen. Und die Worte, mit denen sie ihr Zimmer im Schein ihrer Lichterketten gefüllt hatte, waren unglaublich schön gewesen. Louisas Selbstsicherheit wirkte heller und strahlender. Und das war etwas, das sie in meinen Augen noch anziehender machte.

»Ich kann trotzdem nicht hinsehen«, wisperte Louisa und sah in derselben Sekunde trotzdem hin. Dabei kräuselte sie ihre Nase auf diese süße Art, und ich lachte. Ich war verrückt nach ihr, absolut verrückt nach diesem Mädchen. Sie war völlig versunken in das, was vor ihr geschah. Und ich versunken in ihren Anblick. Gott, ich fand es faszinierend, dass sie immer wieder aufs Neue in diese Geschichte eintauchen konnte, als wäre es das erste Mal, mit derselben Aufregung und Begeisterung, mit demselben angehaltenen Atem.

Seufzend rutschte Louisa noch ein Stück näher an mich heran, hing aber weiterhin wie gebannt an den bunten Bildern, an der Geschichte von Bastian und der Existenz Phantásiens, die auf dem Spiel stand. Wir hatten uns die ersten fünf Minuten auf Deutsch angesehen, weil sie es unbedingt hatte hören wollen. Den Rest dann in der englischen Fassung.

Als der Film zu Ende war, drehte Louisa sich auf den Rücken und erzählte mir in ihrer ruhigen und bedachten Art, was sie daran alles geliebt hatte und was im Buch besser gewesen war. Und nur wenige Minuten, nachdem das letzte Wort über ihre Lippen gekommen war, war sie eingeschlafen. Ich wollte sie nicht wecken, indem ich mich bewegte oder aufstand, also schaltete ich um und sah mir noch zwei Folgen *Dark* an, den Ton so leise gedreht, dass ich es gerade so verstehen konnte. Und währenddessen waren da ihre regelmäßigen Atemzüge unter meinen Händen, sie, die im Schlaf ihre Hand in meine legte.

Als irgendwann Isaac und Taylor nach Hause kamen, trug ich Louisa die wenigen Meter rüber in mein Zimmer und legte sie vorsichtig in mein Bett. Ich zog sie in meine Arme, möglichst ohne sie zu wecken, und breitete die Decke über uns aus.

Die Jungs hatten gefragt, ob ich noch einmal rauskommen und einen Joint mit ihnen rauchen würde. Und vor gar nicht allzu langer Zeit hätte ich sofort Ja gesagt. Wegen der Albträume, wegen Louisa, von der ich dachte, dass ich sie verloren hätte. Oder auch einfach nur, weil es Spaß machte. Aber jetzt, wo ich sie in meinen Armen hielt, konnte ich nicht gehen. Nirgendwohin. Ich fuhr mit meinen Händen über die warme Haut unter ihrem Shirt. Strich sanft über ihre Wange, ihren Hals.

»Beschützt du mich vor dem Nichts?«, fragte Louisa plötzlich verschlafen. Ganz leise, fast nicht zu hören. Und ich war mir nicht sicher, ob sie wirklich wach war oder doch träumte – von Phantásien und der unendlichen Geschichte.

»Natürlich«, sagte ich trotzdem. Und ich meinte das verdammt ernst. Wenn ich konnte, dann würde ich sie immer und vor allem beschützen. Ganz egal wie stark und mutig dieses Mädchen war, ich würde immer auf sie aufpassen, dessen war ich mir ganz sicher. Ich lauschte Louisas Atemzügen, spürte ihren regelmäßigen Herzschlag an meinem und dann schlief auch ich ein. Mit Louisas Leuchtsternen an der Wand und ihr dicht bei mir.

Louisa

»Guten Morgen, Baby«, murmelte Paul an meinem Hals. Sein linker Arm ruhte warm und schwer auf meinem Bauch, hielt mich an ihn gedrückt, der andere lag unter meinem Kopf. Und ich fand nur langsam den Weg von meinen Träumen zurück in die Welt, in Pauls Bett, in das er mich getragen haben musste. Ich erinnerte mich nicht, wusste nur noch, dass wir uns *Die unendliche Geschichte* angesehen hatten und ich mit dem Gefühl seiner Hände in meinen Locken immer müder geworden war. Wegen dieser Nähe und Geborgenheit.

»Hey«, sagte ich leise, aber immer noch mit geschlossenen Augen die Wärme seiner Arme um mich genießend.

Paul begann, mit seinen Fingern träge Kreise auf meinem Bauch zu ziehen. Ich seufzte, schmiegte mich statt einer Antwort enger an ihn, als er mich fragte, ob ich gut geschlafen hätte. Bei jedem Wort das Vibrieren seiner Lippen an der empfindlichen Haut meines Halses. Und mein Herz reagierte mit einem nervösen Flattern.

Paul knabberte an meinem Ohrläppchen, begann dann, winzige Küsse direkt hinter meinem Ohr zu verteilen, meinen Hals entlang, auf meine linke Schulter. Sein Arm löste sich von meinem Bauch, um mit der Hand federleicht über meinen Arm zu streichen, hinauf und wieder hinunter. Ganz langsam und sanft über meine Hüften, dann meine nackten Oberschenkel. Und als er mich noch ein Stück näher an sich zog, drückte sich mit einem Mal seine Erektion hart an meinen Hintern.

Mir entfuhr ein Keuchen, und ich schlug die Augen auf. Sonnenlicht, das durch die Fenster fiel und mich blendete. Ein plötzliches Brennen, das sich in meinem Bauch sammelte und sich in meinem Körper auszubreiten begann. Und Pauls Hände hörten nicht auf, in dieser schwindelerregenden Sanftheit über mich zu gleiten. Sein Körper warm und fest in meinem Rücken. Muskeln und starke Arme und die Decke über uns. Plötzlich war alles Hitze und Wärme. Ich seufzte.

Paul lachte leise. Es war dieses verführerische Lachen, tief und noch ganz kratzig und rau vom Schlafen. »Bist du jetzt wach, Louisa?« Ein Raunen an meinem Ohr, das mir das Herz unwillkürlich schneller schlagen ließ. Und ich murmelte: »Ja.« Mit einer Stimme, die heiser klang.

Seine Lippen und seine Zunge an meinem Hals, während er seine Hand unendlich langsam unter mein Shirt gleiten ließ. Ich biss mir auf die Lippen, um das leise Stöhnen zu unterdrücken, als er immer höher und höher strich, bis an den Ansatz meiner Brüste. Seine Berührungen pulsierten durch meinen Körper, weil sie sanft und kontrolliert waren und ich doch wusste, wie hemmungslos Paul sein konnte. Es war wie die Ruhe vor dem Sturm, war ein stilles Versprechen. Und als seine Finger über meine Brüste glitten, sein Daumen über meine Nippel rieb, konnte ich das leise Stöhnen nicht mehr zurückhalten. Jede einzelne Bewegung klang in meinem Körper nach, legte sich elektrisierend auf meine Haut.

»Lass mich wenigstens noch kurz ins Bad gehen«, flüsterte ich.

»Vergiss es, Baby«, erwiderte Paul dunkel. »Ich lass dich jetzt nirgends hingehen. Nicht, wenn du *so* in meinen Armen liegst, nicht wenn du dich dabei *so* anfühlst …«

Seine Hand wanderte tiefer, streichelte in einer berauschenden Intensität über die Innenseite meiner Schenkel. Und als er sie vorsichtig auseinanderschob, musste ich nach Luft ringen.

»Du kannst immer noch Nein sagen«, murmelte er und spielte mit dem Bund meiner Shorts. Und ich hatte keine Chance, weil die Sehnsucht nach ihm zu groß war und er das nur zu gut wusste.

Quälend langsam glitt Pauls Hand unter die Shorts, unter den Stoff meines Höschens und mit jedem Zentimeter, den seine Finger weiter hinabwanderten, verstärkte sich das Pulsieren zwischen meinen Beinen. Ich presste mich gegen ihn, genoss das Gefühl seiner Erektion in meinem Rücken, wartete atemlos darauf, dass er mich dort berührte, wo ich es mir herbeisehnte. Ich atmete ein, atmete aus, dann waren seine Finger endlich dort, wo ich sie haben wollte. Nervenaufreibender, sanfter Druck, der mich aufschreien ließ. Ich drängte mich gegen seine Hand, gegen seine Bewegungen. Und sein Name kam mir keuchend über die Lippen.

»Louisa«, wisperte er, und ich hörte das Grinsen in seiner Stimme. »Für mich klingt das nicht nach einem Nein.«

Bei seinen Worten durchlief ein Zittern meinen Körper. Im nächsten Moment richtete Paul sich auf, lehnte sich gegen das Kopfteil seines Bettes und zog mich auf seinen Schoß. Frustriert schrie ich auf, doch ich konnte ihn ansehen. Endlich. Die vom Schlaf zerzausten Haare, die markanten Gesichtszüge, diesen schönen Mund. Mein Gesicht nur wenige Zentimeter von seinem entfernt und meine Hände, die an seinen Oberarmen lagen. Ohne es zu merken, hatte ich begonnen, mich an ihnen festzuhalten. Weil der Ausdruck, mit dem Pauls Blick auf meinem Gesicht ruhte, mir die Knie weich machte. Da war dieser Hunger in seinen Augen, der meinen Herzschlag beschleunigte. Etwas Warmes dahinter.

Wir beide atmeten schwer, starrten uns an, und dann waren seine Lippen an meinen, seine Zunge an meiner. So warm, so berauschend. Paul küsste mich mit der berstenden Intensität eines ersten und der rohen Verzweiflung eines letzten Males – doch ich wusste, es war keins von beidem.

Ich presste mich enger an ihn, wollte Paul nah sein, so nah. Und er griff nach dem Saum meines Shirts und schob es langsam nach oben. Seine Finger glitten dabei über meine Haut, so leicht und bedacht, immer noch kontrolliert. Ich hob beide Arme an und seufzte, als er es mir über den Kopf streifte. Für einen kurzen Moment berührten seine Hände meine Brüste, meinen Hals, und ich keuchte. Jede Berührung schien nur noch mehr zu brennen als die davor. Er umfasste mein Kinn und hob es an, sodass ich seinem Blick nicht entweichen konnte. Seine dunklen Augen ruhten auf mir, und das Leuchten und das Verlangen darin pulsierten durch meinen Körper.

»Louisa«, sagte er. Nur meinen Namen. Paul strich mit seinem Mund über meinen, seine Lippen zeichneten die Linie meines Kiefers nach, verteilten Küsse meinen Hals hinab. Seine Zunge zog eine nervenaufreibende Spur mein Schlüsselbein entlang, bevor dieses träge Lächeln seine Lippen umspielte und er mich erneut küsste. Lang und wild und tief.

Seine großen Hände strichen über meine Haut. Sinnlich gezogene Spuren auf meinen Armen, meinen Hüften. Paul umfasste meine Taille und zog mich ein Stück nach oben. Ich immer noch auf seinem Schoß, aber jetzt auf den Knien und meine Brüste an seinem Mund. Mit einem Knurren drückte er mich enger an sich und glitt mit der Zunge über deren Unterseite. Jede Berührung sandte ein Kribbeln meine Wirbelsäule hinunter. Und meine Lider flatterten, als er mit der Zunge meine Nippel umkreiste. Ich spürte seine Zähne, seinen heißen Mund und hielt mich an seinen Schultern fest. Schwerelose Küsse, die zwischen meinen Brüsten hinaufführten, meinen Hals entlang, diese Stelle hinter meinem Ohr. Dann mein Mund. Und ich stöhnte in seinen hinein, leise und echt. Zog ihm zwischen den Berührungen seiner Lippen fiebrig sein Shirt über den Kopf, verlor mich in dem Gefühl seiner erhitzten Haut an meiner, dem seiner harten Muskeln unter meinen Fingern.

Ich ließ meine Hände über seinen Körper gleiten, berührte die kleine Narbe seitlich an seinen Rippen, folgte den dunklen, verschlungenen Linien seiner Tätowierungen, bis meine Finger auf die längliche Narbe an seinem linken Oberarm trafen. Und Paul ... er biss mir in die Unterlippe, murmelte meinen Namen, zärtlich und gleichzeitig voller Verlangen. Er ließ zu, dass ich ihn dort berührte, weil nichts mehr zwischen uns stand. Weil wir gesprungen waren, er und ich gemeinsam. Verheilte Wunden, Narben, Tattoos – nicht nur ein Teil seiner Geschichte und seines Lebens, sondern auch Zeichen dafür, *dass* er lebte. Und dieser Gedanke ließ das Feuer in mir noch mehr brennen. Weil ich diesen Mann wollte, weil ich mir seiner so wahnsinnig sicher war. Weil ich ihn jetzt, wo wir all das überstanden hatten, auf jede nur erdenkliche Art spüren wollte – mit meinem Herzen und meinem Körper.

Langsam löste ich mich von ihm und kniete mich zwischen seine Beine. Zitternde Finger, die sich an den Bund seiner Jogginghose legten, meine Hände an seinem Becken, die Stelle, an der das Löwentattoo verführerisch unter dem Saum verschwand.

In der Sekunde, in der er begriff, was ich vorhatte, verdunkelte sich sein Blick. Ich schob ihm die Hose mit seiner Hilfe von den Beinen, dann die Boxershorts. Und ich hielt die Luft an. Dieser schöne, nackte Mann, der halb vor mir saß, halb lag. Ein tiefer Blick in seine Augen, das lodernde Feuer darin, und als ich ihn tiefer wandern ließ, biss ich mir unwillkürlich auf die Lippen.

Paul sagte wieder meinen Namen. Es klang wie eine Bitte, klang zeitgleich wie eine Drohung. Und ich hörte sein Keuchen, als ich mir über die Lippen leckte in dem Moment, in dem seine Erektion warm und schwer in meiner Hand lag. Langsam bewegte ich sie auf und ab, genoss das Gefühl von ihm zwischen meinen Fingern, den Anblick von Paul, der seine Hände in die Kissen krallte.

Die Intensität seines Blicks ruhte auf mir, auf jeder meiner Bewegungen. Und ich erwiderte ihn, als ich mich vorbeugte und ich ihn unendlich langsam in meinen Mund gleiten ließ, jeden Zentimeter genießend, während meine Hände sich auf seine legten. Verschränkte Finger und ein nervenaufreibendes, berauschendes Gefühl zwischen meinen Lippen. Ich stöhnte, ich seufzte. Ich tat es mit ihm in meinem Mund.

Meine Bewegungen wurden schneller, treibender. Und Paul versuchte, die Kontrolle zu behalten, nicht zu fallen, und er sah so wahnsinnig heiß dabei aus: die lustverhangenen Augen, das tiefe Stöhnen und die zusammengepressten Lippen. Die Anspannung in jedem Einzelnen seiner Muskeln.

»Du bringst mich um«, knurrte er und krallte eine Hand in meine Locken. Ein animalischer Laut, der tief aus seiner Brust zu dringen schien. »Louisa.« Er keuchte. »Fuck, du musst aufhören.« Doch Pauls sich immer weiter beschleunigender Atem trieb mich an, das Beben, das seinen Körper zu durchlaufen begann, sein fester Griff in meinen Haaren. Das kehlige Stöhnen, jedes Mal, wenn ich ihn tiefer zwischen meine Lippen gleiten ließ. Warm und hart. Mehr und Mehr. Auf und ab. Das hier war so roh und echt und intensiv. Ich wollte, dass

Paul sich gehen ließ, dass er losließ. Dass er sich fallen ließ. Mit mir. In mir.

Ein Knurren und im nächsten Moment zog Paul mich nach oben an seine Brust. Aus geweiteten Augen starrte er mich an. »Ich will nicht so kommen«, raunte er. »Wenn ich komme, dann will ich dich richtig spüren.«

»Ich will dich auch«, erwiderte ich an seinen Lippen. Meine Stimme bebte. »Ich will dich jetzt.«

Er löste sich ein Stück von mir, schob mir mein Höschen mit meiner Hilfe von meinen Beinen, griff dann neben das Bett. Das Knistern von Folie, doch ich hielt Pauls Hand fest. Es war ein Impuls, ein Gedanke. Meine zitternden Finger an seinen. Überrascht hielt er in seinen Bewegungen inne und blickte mich an. Mein Herz schlug wie verrückt und ich hielt den Atem an.

»Ich möchte dich spüren, Paul«, wisperte ich, »dich *richtig* spüren.«

Und noch während ich die Worte aussprach, verwandelte sich der Ausdruck in Pauls dunklen Augen in pure Hitze, und die Intensität dieses Blicks ließ mich erzittern. Unendlich langsam ließ er die Hand mit dem Kondom sinken, umfasste mein Kinn und strich mit dem Daumen über meine Lippen.

»Ich nehme die Pille«, sagte ich unter seiner Berührung und seinem festen Blick. »Und ich habe noch nie ohne Kondom mit jemandem geschlafen.«

»Verdammt, ich hab das auch noch nie mit jemandem getan. Du bist die Erste, Louisa. Aber ...«, er hielt einen Moment inne, sah mich einfach nur an, »... ich habe mich auch letztens erst testen lassen, falls du –«

Stille.

Herzstillstand.

Du bist die Erste, Louisa.

Und seine Hand an meinem Gesicht.

»Bist du dir absolut sicher?« Pauls Stimme bebte. Und ich nickte. Ich wollte diesen Mann mit jeder Faser meines Körpers, mit jeder Faser meines Herzens. Ich hatte schon mit Paul geschlafen, doch als ich mich jetzt auf den Rücken sinken ließ und er sich langsam über mich schob, hatte ich mit einem Mal das Gefühl, dass es sich kein einziges Mal so bedeutsam angefühlt hatte. Das hier war ein endgültiges *Ja*. Ein *Ja* zu diesem Mann, ein *Ja* zu Paul und mir, ein *Ja* zu uns.

Atemlos sahen wir uns an, weil es keine Worte mehr für das zwischen uns gab. Wir waren nicht nur Feuer, waren nicht nur Sturm. Wir waren alles.

Dann drang er tief in mich und noch viel tiefer in meine Seele ein, berührte jeden Winkel meines Seins, und ich keuchte auf, krallte eine Hand in die Haut seiner Arme, weil die Welt plötzlich in Flammen stand. Zitternd rang ich nach Luft, weil das Gefühl in mir so groß und überwältigend war. Das Gefühl von ihm in mir ohne irgendetwas zwischen uns. Nur er und ich, echt und unverfälscht.

Für einen Moment hielt Paul inne, berührte meine Wange und strich mir eine Locke aus dem Gesicht. Sein Daumen, der an meinen geschwollenen Lippen verharrte.

»Ich liebe dich«, sagte er. Und als er mich dabei so voller Verlangen und gleichzeitig Zärtlichkeit ansah, explodierte etwas in mir in tausend Teile.

Unendlich langsam zog er sich aus mir zurück, nur um im nächsten Moment wieder zuzustoßen. Und ich schrie auf. Seine Augen waren das Einzige, das ich sah.

»Ich liebe dich auch«, flüsterte ich zwischen gepresstem Atem und schnell schlagendem Herzen.

Ich schlang ein Bein um seine Hüften, als er begann, sich mit langsamen Stößen in mir zu bewegen. Und er umfasste es mit einem festen Griff, bewegte sich mit mir im selben unnachgiebigen Rhythmus.

»Louisa«, stöhnte Paul dicht an meinem Ohr. Ein Wort, das sich als Kribbeln in meinem ganzen Körper ausbreitete. Paul sah zu mir hinunter, intensiv und tief, krallte eine Hand in meine Locken. Und ich drängte mich ihm und seinen Bewegungen entgegen, ich wollte mehr, bäumte mich unter ihm auf. Ich wollte sehen, wie er losließ. Wie er meinetwegen die Kontrolle verlor. Ich wollte, dass wir zusammen fielen, irgendwo am Rande des Abgrunds, um dann zusammen zu fliegen. Ich wollte alles. Alles, was er mir geben konnte und noch so viel mehr.

»Nimm mich richtig«, wisperte ich gegen seine Lippen. »Bitte.« Ich schlang auch das andere Bein um seine Hüfte, zog ihn keuchend näher an mich, tiefer in mich. Sein Blick, der mich alles andere vergessen ließ, ein roher, animalischer Laut, der tief aus seiner Brust zu kommen schien. So wahnsinnig erregend, so berauschend. Und es war, als hätte er nur darauf gewartet, mich das sagen zu hören, dabei wusste er doch, dass ich nicht aus Glas war.

»Fuck, Louisa ... du hast keine Ahnung, wie gut du dich anfühlst.«

Ich sah es in seinen Augen: Die Sekunde, in der er beschloss, sich nicht länger zurückzuhalten. Und dieses Mal stieß Paul endlich richtig zu. Schneller. Härter. Tiefer. So viel tiefer. Ich drängte mich ihm entgegen, bewegte mich im selben treibenden Rhythmus und ließ seinen Blick dabei kein einziges Mal los. Haut an Haut und Herz an Herz.

Gott, ich liebte es, dass Pauls Berührungen waren wie er selbst: so zügellos und intensiv. Und er stieß in mich, immer und immer wieder, und mit jeder einzelnen Bewegung traf er direkt mein Herz. Er trieb mich weiter und höher, immer näher an den Rand des Abgrunds. Meine Lider flatterten, ich war so nah daran, endgültig zu fallen. Da war nur dieser Mann, der in mich stieß und mich einfach nur noch fühlen ließ. Das mit Paul, das war pure Ekstase.

»Lass los, Baby!«, keuchte er voller Verlangen.

Ich blickte ihn an, sein Gesicht so unendlich nah vor meinem. Und dann ließ er seine Hand langsam zwischen meine Beine gleiten. Ich wollte etwas sagen, doch sein Blick brachte mich zum Schweigen, während jeder seiner rauen Stöße wie Feuer durch meinen Körper jagte.

Paul rieb über diesen einen Punkt, der mich so viel schneller dahin brachte, wo er mich haben und sehen wollte. Ich schrie auf, drängte mich ihm entgegen und wimmerte unter ihm.

»Mehr, Paul«, keuchte ich, »ich brauche mehr.« Und bei meinen Worten verstärkte sich der Griff um mein rechtes Bein fast schmerzhaft. Und ich klammerte mich an Paul fest.

»Du kriegst, soviel du willst«, versprach er mir zusammen mit diesem erregenden Stöhnen. Ich bekam nicht genug, nicht wenn es um ihn ging.

Meine Beine begannen, unkontrolliert zu zittern, seine Stöße wurden roher, animalischer. Immer wieder stieß sein Becken gegen meins. Schneller, fester. Das Lodern zwischen uns steigerte sich zu größer werdenden Flammen.

Und dann explodierte plötzlich alles um mich herum. Ich löste mich unter diesem Mann auf, setzte mich neu zusammen. Und während die erste Welle über mich hereinbrach, sah Paul mir unablässig in die Augen. Sein Blick sagte, dass ich alles war, was er jemals gewollt hatte, dass ich alles war, was er jemals gebraucht hatte. Die Welt brannte, wir mit ihr und ich schrie seinen Namen, immer und immer wieder.

Ein letztes Mal drang er in mich ein, mit einem tiefen Stöhnen, einem selbstvergessenen Laut und mein Name lag dabei trotzdem liebevoll auf seinen Lippen. Und dann fiel Paul nur wenige Sekunden nach mir. Ein dunkler Schrei, ein kehliges Stöhnen. Sein ganzer Körper erbebte auf mir und sein Mund zog eine Spur winziger Küsse an meiner Schläfe entlang, sein Daumen, der sanft über den Phönix an meinem Handgelenk strich.

»Louisa«, raunte er, ein Kuss auf meine Schulter. »Mein Feuermädchen.« Ein Kuss auf meinen Mund.

Mein Herz seufzte. Ich war genau dort, wo ich hingehörte: bei ihm, bei Paul.

Ich war Zuhause.

Serendipität

24. KAPITEL

Paul

Jahrelang war Leere in meinem Herzen gewesen, dieses Loch, von dem ich nicht gewusst hatte, wie zur Hölle ich es füllen sollte. Und mit einem Mal schien es so, als wäre es mehr als voll, kurz davor überzulaufen.

Louisas Hände lagen um meinen Bauch, sie klammerte sich an mir fest, als ich mich in die nächste Kurve legte. Und jedes Mal wenn ich mit der Maschine beschleunigte, schrie sie erst auf, begann dann aber laut zu lachen.

Eigentlich wollten wir an den Lake Superior, doch wir fuhren insgesamt fast zwei Stunden ziellos über die Highways, inmitten von sattem Grün und einem strahlend blauen Himmel.

Seit Louisa am Sonntag mit mir geschlafen hatte, fühlte ich mich ihr noch näher als zuvor. Es war verrückt, weil ich nicht gedacht hätte, dass das noch möglich war. Das große Vertrauen, das sie mir entgegenbrachte, indem Louisa mich sie spüren ließ ohne irgendetwas zwischen uns – es hatte mich wahnsinnig angemacht, am meisten aber tief berührt. Ich war nicht nur verliebt in sie, ich liebte Louisa. Und als sie sich noch enger an mich presste, dachte ich an Lukes Party zu Beginn des Terms, als sie mir nach draußen auf den Balkon gefolgt war. Dort hatte sie mir eröffnet, dass sie im Gegensatz zu mir nicht an Schicksal glauben würde, auch wenn ich mir sicher war, dass ihre Meinung sich inzwischen geändert hatte. Ich war überzeugt davon, dass diese Frau mein Schicksal war.

Am Lake Superior liefen wir zusammen zum Steg, nachdem ich das Motorrad bei den Tannen abgestellt hatte. Das Wasser war tiefblau und leuchtete in der Sonne. Die Helme in unseren Händen, hatte ich locker einen Arm um Louisa gelegt, meine Hand in ihre hintere Hosentasche geschoben. Das Holz knarzte unter uns, als wir uns ganz vorn hinsetzten und nebeneinander auf den Rücken sinken ließen. Wir sahen den wenigen Wolken beim Ziehen zu. Weiß vor hellem Blau.

»Ich muss dich etwas fragen«, sagte ich in den Himmel hinein.

»Paul Berger, wirst du mir etwa gleich einen Antrag machen?«, scherzte sie erst und kicherte dann. Dieses Mädchen mit dem Feuerherzen kicherte, und es war das verdammt erste Mal, dass ich das bei ihr hörte. Gott, es war süß. Es war absolut niedlich.

Ich grinste. »Würdest du denn Ja sagen?«

»Wo wäre die Spannung, wenn ich dir das einfach verraten würde?« Vielleicht würde ich es herausfinden. Irgendwann. Doch das, was ich in diesem Moment so dringend wissen musste, war etwas anderes. Es war diese eine Frage, die ich ihr schon die ganze Zeit hatte stellen wollen, doch ich hatte auf den richtigen Moment gewartet, weil ich mir so sehr wünschte, dass sie *Ja* sagen würde. In meiner Welt gab es nur diese eine Option.

Ich drehte meinen Kopf so, dass ich Louisa ansehen konnte. Und sie tat es mir gleich. Ihr Gesicht ganz nah vor meinem und einzelne orangefarbene Locken, die ihr in die Augen fielen. Mein Herz machte einen nervösen Satz.

»Möchtest du mit nach Deutschland kommen und den Sommer mit mir verbringen?«, fragte ich schließlich. In drei Tagen würde Louisa zu Mel fahren und dort bis zu Beginn des neuen Terms bleiben. Und bis Ende Mai mein Flug ging, würde ich dort auch wohnen. Doch der Gedanke, die darauffolgenden drei Monate ohne Louisa zu verbringen, nachdem ich sie doch gerade erst zurückgewonnen hatte, war verflucht hart. Es war so viel Schlimmes passiert, und ich wollte nichts mehr, als die kommenden Monate jeden Tag neben ihr aufzuwachen. Weil ich wusste, wie es war, sie zu verlieren.

Louisas Augen schienen sich überrascht zu weiten. Wellen aus dunklem, intensivem Blau, die mich überrollten. »Aber ...« Sie biss sich auf die Unterlippe. »Ist das nicht zu schnell? Und die Flüge sind doch sicher super teuer, oder? Ich denke nicht, dass ich mir das leisten kann, Paul. Ich hab zwar etwas zur Seite gelegt, aber das wird nicht reichen.«

Ich lächelte. Das waren Einwände, mit denen ich gerechnet hatte. Sanft strich ich ihre Locken nach hinten, sodass ich sie richtig ansehen konnte, begann mit einzelnen Strähnen ihres Haars zu spielen. Louisas von Sommersprossen übersäte Nase kräuselte sich, und irgendwie schienen sie von Tag zu Tag mehr zu werden. Gott, ich liebte jeden einzigen Punkt, jeden Fleck.

»Wegen Ersterem: Zu schnell, zu langsam, das ist doch scheißegal«, sagte ich bestimmt. »Bei uns gelten andere Regeln, Louisa, das war schon vom ersten Moment an so. Ich liebe dich, und ich will diesen Sommer mit dir zusammen sein. Für mich ist das alles, was wichtig ist. Und mach dir wegen des Geldes keine Gedanken. Ich werde mir etwas überlegen, wir kriegen das schon hin.«

Nachdenklich musterte Louisa mich, schien sich jedes Einzelne meiner Worte ganz bewusst durch den Kopf gehen zu lassen.

»Okay«, meinte sie irgendwann. Fast hatte ich schon nicht mehr mit einer Antwort gerechnet.

»Ist das ein Ja?«

»Ja, Paul.« Sie lachte ihr helles Louisa-Lachen. »Das ist ein Ja.«

Und ich spürte das breite Grinsen, das sich ganz automatisch auf meinen Lippen auszubreiten begann.

»Weißt du ... Du bist der größte Plot Twist meines Lebens«, sagte sie ernst. »Aber du hast Glück: Ich mag spannende Geschichten. Die Geschichten, die etwas in mir verändern.«

25. KAPITEL

Louisa

»Alles Gute zum Sechzehnten, Luca!«, sagte Paul und hob sein Glas in die Höhe. *Alles Gute* und *Sweet Sixteen* riefen wir anderen durcheinander und ließen unsere Gläser über dem hellen Holztisch gegeneinander klirren. Glückwünsche und losgelöstes Lachen wirbelte durch die Luft, verwob sich mit der leisen Musik im Hintergrund.

Wir saßen in der hintersten Ecke des Luigi's. Eine gemütliche, in schummriges Licht getauchte Nische, während es draußen zu dämmern begann. Aiden hatte erklärt, dass es der beste Tisch wäre und das größte Privileg, ihn für private Besuche reservieren zu dürfen, wenn man hier arbeitete.

Morgen würde Luca zusammen mit Katie und seinen Freunden seinen Geburtstag nachfeiern, doch heute hatte er den Abend mit uns verbringen wollen: mit seiner Freundin, seinem Bruder und Aiden und Trish, die er schon sein Leben lang kannte. Und mit mir. Als wir uns das letzte Mal gesehen hatten und Paul kurz weg gewesen war, hatte Luca mich an sich gedrückt und gemeint, dass er froh war, dass sein Bruder und ich das hingekriegt hätten. Er hatte mich zu seinem Geburtstagsessen eingeladen, gesagt, dass ich jetzt doch dazugehören würde – zur Familie. Ich hatte zu ihm nach oben gesehen, weil er mich mit seinen sechzehn Jahren längst überragte. Hatte schwer schlucken müssen bei seinem schiefen Lächeln, das Pauls oft so ähnelte, und dem Selbstverständnis in seinen grünen Augen. Und als er meinte, dass ich Mel mitbringen sollte, weil sie doch meine Schwester sei, war da dieses verdächtige Brennen in meinen Augen gewesen.

Nacheinander überreichten wir Luca seine Geschenke, und er strahlte über das ganze Gesicht. Als alles ausgepackt war und alle Geschenke sich in einer Ecke des Tisches stapelten, bedeutete Paul uns zusammenzurücken, um ein Foto zu machen. Luca in der Mitte und wir alle Arm in Arm und Gesicht an Gesicht. Danach ein Selfie, weil Luca Paul mit auf dem Foto haben wollte. Es war eine von so vielen, schönen Momentaufnahmen, die seine Kamera während des Terms eingefangen hatte.

Danach setzten wir uns alle wieder auf unsere Plätze, warteten auf die Pizzen, die nur Minuten später kamen. Es wurde laut durcheinander geredet und viel gelacht. Trish löcherte Luca mit Fragen, wollte unbedingt wissen, was seine Pläne waren, jetzt, wo er ein Jahr älter war, und von einem Moment auf den anderen lieferten die beiden sich ein Blickduell über den Tisch hinweg – irgendetwas, das ich offensichtlich verpasst haben musste. Wahrscheinlich hatte sie wieder etwas gesagt, das ihm vor Katie peinlich war, zumindest war da diese leichte Röte auf seinen Wangen. Doch Katie schien gar nichts davon mitzubekommen, weil sie mit Bowie die Köpfe zusammensteckte. Ab September würde sie ebenfalls Theaterwissenschaften am RSC studieren und löcherte Bowie seit mehreren Tagen mit Fragen zu den Kursen und dem Leben auf dem Campus. Aiden und Mel unterhielten sich über irgendetwas, und ich stieß erleichtert Luft aus. Meine Schwester schien sich zusammenzureißen und meinen Mitbewohner und besten Freund nicht mit unangenehmen Kommentaren die Röte ins Gesicht zu treiben.

»Und wie habt ihr zwei Hübschen die letzten Tage so verbracht?«, wollte Trish mit einem Mal von Paul und mir wissen und wackelte dabei mit den Augenbrauen. »Ihr wart plötzlich verschwunden und niemand hat euch mehr zu Gesicht bekommen.«

»Gute Frage«, stimmte Mel zu und biss von dem Pizzastück in ihren Händen ab. Ein abwartendes, neugieriges Funkeln in den blaugrauen Augen.

»Dies und das«, erwiderte Paul mit diesem verdammten Grinsen, bevor ich selbst irgendetwas sagen konnte. Und als Trish und Mel sich einen eindeutigen Blick zuwarfen, stieß ich ihm lachend in die Seite. Er sollte den beiden nicht noch mehr Gründe für deren unstillbare und manchmal wirklich nervtötende Neugierde liefern.

»Wir haben einfach Zeit miteinander verbracht«, ergänzte ich, auch wenn sich auf Trishs Gesicht schon längst dieses vermeintlich wissende Grinsen ausgebreitet hatte. Spätestens nach dem Essen würde mein Handy vibrieren, weil sie nicht einmal warten konnte, bis wir allein waren, um mich auszuquetschen.

»Süße, wir wissen ganz genau, was ihr getan habt«, sagte sie. Und Aiden lachte gegenüber von mir laut auf, warf mir dann aber einen mitleidigen Blick zu und begann, Trish in ein Gespräch zu verwickeln, das sie von mir ablenkte.

Ich drehte mich zu Paul, und er lächelte mich an, entschuldigend und gleichzeitig mit einem durchtriebenen Funkeln in seinen dunklen Augen. Und die Erinnerungen an die letzten Tage legten sich warm und leicht um mich, so, wie seine Hand es auf meinem linken Oberschenkel tat.

Ich dachte an das Gefühl von Freiheit, als ich hinter ihm auf seinem Motorrad gesessen hatte, an den an meiner Jacke zerrenden Wind. An seine Frage, bei der mein Herz einen Schlag ausgesetzt hatte. Nächte, die wir zu Tagen, und Tage, die wir zu Nächten machten. Daran, wie ich für Paul ein Mac and Cheese hatte machen wollen, mich aber in *Vom Winde verweht* und im Leid Scarlett O'Haras verloren und den Ofen ganz vergessen hatte. Und ich dachte daran, wie mein Kopf gestern Abend auf seinen Kissen gelegen hatte und ich ihn nicht hatte sehen können, nur spüren. Ich auf dem Bauch. Und jeder Stoß, jede Berührung, jeder sanfte Kuss auf meiner warmen Haut hatte sich so um vieles intensiver angefühlt. Danach hatte ich in seinen Armen gelegen, meine Beine mit seinen verschlungen. Paul hatte mir seine Lieblingswörter auf den Rücken gemalt, und ich hatte raten müssen. Bei keinem einzigen hatte ich richtig gelegen, doch das war egal gewesen.

Ich dachte an all diese großen und kleinen Momente der letzten Tage. Augenblicke, von denen jeder Einzelne sich nicht nur endlos anfühlte, sondern es auf gewisse Art auch war.

Paul

Nach dem Essen holte Trish den Kuchen und ich kleine Teller aus der Küche. Und während Katie Luca die Augen zuhielt, brachten wir die Kerzen zum Brennen. Insgesamt sechzehn Stück, die er alle auf einmal ausblies. Dunkelblonde Haare, die ihm dabei in die Stirn fielen und er sich anschließend mit einem zufriedenen Lächeln aus dem Gesicht strich. Gott, ich wünschte ihm das Beste, das das Leben ihm geben konnte. Und noch so verdammt viel mehr.

»Was hast du dir gewünscht?«, wollte ich wissen und zuckte zusammen, als Louisa mich empört in die Seite stieß.

»Das darfst du ihn doch nicht fragen, Paul. Wenn er es dir erzählt, dann geht es nicht in Erfüllung.« Sie wandte sich an Luca und sah ihn absolut ernst an. »Erzähl es ihm bloß nicht!«

Luca nickte und begann, den Kuchen zu schneiden, ein Stück für jeden von uns, obwohl wir alle schon mehr als satt waren. Der Duft von geschmolzener Schokolade breitete sich zwischen uns aus.

Aiden griff gerade nach dem Teller, den Luca ihm reichte, als plötzlich ein genervter bis leidender Ausdruck über sein Gesicht huschte. Verwirrt drehte ich mich um und folgte seinem Blick. Die Salat-Frau. Ich seufzte. Mit diesem komischen, kleinen Hund an der Leine stand sie gegen die Theke gelehnt da und sprach mit Mason, der wie Aiden ebenfalls an der Bar arbeitete. *Scheiße*, formte Aiden mit den Lippen, und auch Mason sah nicht besonders glücklich aus.

»Ähm, ich will mich ja nicht direkt beschweren, aber … was machst du da?«, fragte Mel, als Aiden immer näher an sie heranrückte, um so irgendwie aus der Sichtweite unseres unliebsamen Stammgastes zu kommen. Ich konnte das Lachen nicht länger zurückhalten, als Aiden Mel entschuldigend angrinste.

»Was ist los?«, wollte Louisa wissen und blickte zwischen uns hin und her. Dann Bowie und Trish. Reihum, bis schließlich alle bemerkt zu haben schienen, dass irgendetwas los war. Als Mel eine gute Geschichte witterte, bettelte sie so lange, bis Aiden schließlich mit gesenkter Stimme zu erzählen begann und ich die seltsamen Sprüche der Frau zum Besten gab. Meine letzte Sätze gingen in dem Gelächter der anderen unter, und Aiden stieß erleichtert Luft aus, als sie wenig später mit mehreren Pizzakartons auf dem Arm das Luigi's verließ.

Apropos Altersunterschiede … grinsend lehnte ich mich zu Luca rüber. »Wie fühlt es sich an, theoretisch nur noch ein Jahr jünger als deine Freundin zu sein?«, wollte ich wissen. Ganz sicher würde ich nicht damit aufhören, Luca aufzuziehen, nur weil er jetzt ein Jahr älter war.

Es dauerte nur Sekunden, dann blitzte es in seinen Augen und plötzlich umspielte ein breites Grinsen seine Lippen. »Wie fühlt es sich denn an, eine Freundin zu haben, die ganze zwei Jahre jünger ist als du, Paul?«, gab er zurück, und alle am Tisch lachten.

»Hätte ich gewusst, was ein jüngerer Kerl alles drauf hat, hätte ich nicht so lange damit gewartet, Luca zu daten«, meinte Katie und spielte zufrieden mit den blauen Spitzen ihrer Haare. Und während ich mich fast an meinem Getränk verschluckte, stieg Luca die Röte ins Gesicht.

»Gott«, murmelte ich. »Wird das jetzt immer so sein, wenn du Katie im nächsten Term auf dem Campus besuchst? Ihr zwei gegen mich?«

Katie grinste. »Kommt drauf an, wie kooperativ du bist, Paul.«

»Bäm!«, sagte Luca belustigt, gab Katie ein High Five und legte anschließend den Arm um sie. Und sie lächelte ihn verträumt an, sah dann wieder zu mir.

»Weißt du, wenn man mit einem Berger zusammen ist, dann muss man früher oder später lernen, schlagfertig zu sein.« Sie zuckte mit den Schultern, während ich eine Augenbraue in die Höhe zog. Als ob dieses Mädchen mit ihrem unerschütterlichen Selbstbewusstsein meinen kleinen Bruder dafür gebraucht hätte!

»Sie hat recht«, stimmte Louisa ihr zu. Die beiden sahen sich an, und ich war mir sicher, da lief so eine komische, wortlose Verschwesterungssache zwischen ihnen. Eine, die für Luca und mich sicher nicht gut enden würde. Ich wandte mich Louisa zu und küsste ihr das freche Grinsen von den Lippen. Ihre Hand, die sich an mein Gesicht hob, über meinen Bart strich.

»Leute, hier sind Minderjährige anwesend!«, drang Mels Stimme zu mir durch.

Sie lachte und der blonde Zwerg mit ihr. »Meine Liebe, viel Spaß in der nächsten Zeit. Das wird jeden einzelnen Tag so gehen, bis die beiden fliegen.«

Louisa

Noch immer kribbelte mein Mund von Pauls Berührung, und ich lehnte mich gegen ihn, seufzte, als er den Arm um mich legte und mich enger an sich zog. Eine Gänsehaut breitete sich auf meinem ganzen Körper aus, als er mit seinen Lippen sanft über meine Schläfe strich.

Und ich spürte das sich anbahnende Lächeln auf meinen Lippen, spürte, wie mein Mund sich ganz von allein auseinanderzog, während sich in meinem Bauch ein warmes Gefühl ausbreitete. Ich war nach Redstone gekommen mit Mel als meinem, einzigen Halt und der in mir wabernden Angst, dass in ihrem Leben kein Platz mehr für mich wäre, da sie inzwischen ihre eigene Familie hatte. Und jetzt, als ich meinen Blick über die Menschen, mit denen ich hier zusammensaß, gleiten ließ, drang mit aller Klarheit zu mir durch, dass all meine Ängste und Befürchtungen umsonst gewesen waren.

Aiden, der war wie Sonnenlicht. Trish, ein chaotischer Wirbelwind mit einem großen Herzen. Beide meine besten Freunde. Bowie, die für eine bunte, laute Welt kämpfte, wo immer sie es konnte. Mel, die mein Fels in der Brandung war und so viel mehr als nur meine große Schwester. Luca, der sich mit seiner fröhlichen Art und seinen Witzen sofort in mein Herz geschlichen hatte. Katie, die mich manchmal an mich selbst erinnerte, nur dass sie mehr nach außen trug, was ich für mich behielt. Und schließlich war da Paul, der meine ganze Welt verändert hatte. Der Mann, bei dem keine Worte zu reichen schienen, um auszudrücken, was er mir bedeutete.

Das war *Serendipität*. Glück, auf das man durch Zufall stößt. Ich hatte nichts gesucht und alles gefunden. Denn wenn man glaubte, nichts zu haben, konnte man nur alles gewinnen. Und das hatte ich.

WIE EIN SOMMERMÄRCHEN

DREI MONATE SPÄTER

Louisa

Die letzten Monate waren ein Traum bei vollem Bewusstsein, ein Strudel aus wahrhaftigen und schönen Momenten, die jetzt meine Realität waren. Natürlich war mir bewusst, dass alles zwei Seiten hatte, dass das Leben aus guten und schlechten Erfahrungen bestand, aus Höhen und Tiefen. Doch nach all den Ereignissen der letzten Jahre wusste ich, dass ich alles schaffen konnte, wenn ich nur wollte.

Mel und Robbies Hochzeit war bunt und laut und genauso wie die beiden. Meine Mutter war nicht gekommen, obwohl Mel sie eingeladen hatte. Ich wusste nicht wieso, doch an diesem Tag war es wichtiger, meine Schwester glücklich zu sehen als genauer nachzufragen. Robbie, diesem Riesen von einem Kerl, standen Tränen in den Augen, als Mel auf ihn zuging. Mir ging es genauso, und ich drückte Mary, die ich auf dem Arm hatte, enger an mich, quetschte Paul fast die Hand ab.

In der Woche darauf fuhren wir in die Berge, verbrachten ausgelassene Tage in der Hütte, in der wir auch Thanksgiving gefeiert hatten. Bowie und Trish, Aiden und Paul, Isaac und Luke. Nachts saßen wir um das Feuer, tagsüber gingen wir wandern, schwammen nackt in einem kleinen See, den wir entdeckt hatten, auch wenn es eigentlich noch zu kalt dafür war. Ich half Aiden bei den Texten für seine neuen Songs, saß mit Paul unter dem Sternenhimmel, lag mit Bowie und Trish auf der Veranda und ließ mir die Sonne ins Gesicht scheinen. Und als Luke uns am letzten Tag zähneknirschend erzählte, dass er sich in seine Mitbewohnerin verliebt hatte, tat ich genauso überrascht wie die anderen.

Danach flog ich mit Paul nach Kalifornien. Er war dabei, als ich mich mit meiner Mom traf. Ich war mir zwar sicher gewesen, dass ich es auch allein schaffen würde – inzwischen war ich stark genug dafür, war über so viele meiner Schatten gesprungen –, doch Paul und ich hatten uns füreinander entschieden und deshalb wollte ich ihn bei mir haben.

Mom sah anders aus als früher, eingefallen und grau. Ich glaubte ihr, dass sie sich Mühe geben wollte, ich glaubte es ihr wirklich. Aber dieses Licht, das vor Dads Tod immer in ihr gewesen war, würde nicht mehr zurückkehren. Sie sah mich und sah doch durch mich hindurch. Und als wir uns voneinander verabschiedeten und sie mich umarmte, spannte sich mein ganzer Körper an. Ihr Atem streifte mich. Der feine Geruch nach Alkohol irgendwo unter Kaffee und Kaugummi.

Paul begleitete mich zu Dads Grab, und ich legte einen riesigen Strauß Sonnenblumen auf die Erde. Unsere Hände waren ineinander verschränkt, und ich konnte nicht sagen, wer in diesem Moment wem Halt gab. Paul mir oder ich ihm. Ich weinte, und es waren nicht einmal unglückliche Tränen. Eher Traurigkeit, die immer bleiben würde. Die Erinnerung, dass ich öfter an diesen Ort kommen musste. Im Stillen sagte ich Dad, dass ich diesen Mann neben mir über alles liebte, lehnte mich gegen Paul und genoss das Gefühl seiner Arme um mich. Dieses Gefühl von Angekommensein und Sicherheit. Und auch wenn ich nichts sagte, bemerkte ich, wie auch in Pauls Bernsteinaugen Tränen schimmerten.

Den restlichen Tag lang schwiegen wir, jeder von uns seinen eigenen Gedanken nachhängend, und nahmen am nächsten Tag den Flug von Sacramento nach Berlin. Insgesamt neunzehn Stunden, Umsteigen in Seattle und Frankfurt, dann mit neun Stunden Zeitverschiebung in Berlin. Ich hatte die Hälfte meines Tickets selbst bezahlt, die andere Paul. Ich hasste es, jemandem Geld zu schulden, doch er hatte darauf bestanden.

Wir wohnten bei seinem Cousin Basti und seiner Freundin Stella. In der Wohnung in Neukölln fiel mir sofort die große Schwarz-Weiß-Fotografie im Wohnzimmer auf, weil sie eindeutig von Paul war. Ich musste ihn nicht danach fragen, ich wusste es. Es war der Blickwinkel, die leise Melancholie, die in all seinen Bildern mitschwang.

Erst war mir alles zu viel. Der Jetlag, wegen dem ich mich so gerädert fühlte. Ich war ständig müde und konnte dann doch wieder nicht schlafen, wenn ich es gewollt hätte. Und Berlin war voll und laut, so ganz anders als die Weiten Montanas, die zu meinem Zuhause geworden waren. Die ersten Tage verbrachte ich fast nur im Bett. Und dann war die Aufregung wieder da, das Kribbeln bei dem Gedanken an dieses fremde Land, das ein Teil von Paul war, der Gedanke an Europa, das ich immer schon hatte sehen wollen.

Basti und Stella waren nur wenige Jahre älter als Paul und ich und nahmen mich als eine der ihren auf, so wie Aiden und Trish es vom ersten Tag an getan hatten. Sie waren immer darauf bedacht, auch miteinander Englisch zu sprechen, wenn ich dabei war – damit ich mich nicht ausgeschlossen fühlte. Doch ich liebte es, Paul Deutsch reden zu hören, diese andere Seite an ihm zu sehen. Hier in Berlin wirkte er freier, und in den ersten sechs Wochen, in denen er sein Praktikum machte, leuchteten seine Augen jeden Abend vor Begeisterung, wenn er mir von dem geordneten Chaos in der Redaktion erzählte.

In den Stunden, in denen er weg war, erkundete ich die Stadt, ließ mich von Stella, die an der *Universität der Künste* Architektur studierte, von Museum zu Museum und von Ausstellung zu Ausstellung mitnehmen. Begleitete Basti alle paar Tage zu dem Skatepark am Maybachufer. Nach der ersten Woche wollte ich es auch unbedingt ausprobieren, und Basti war wahnsinnig geduldig mit mir, obwohl ich ständig hinfiel. Ich suchte überall schöne Wörter genauso wie die besten Plätze zum Lesen. Manchmal saß ich einfach nur in der S-Bahn und sah nach draußen. Berlin war bunt und vielleicht nicht auf den ersten Blick schön, aber spätestens auf den zweiten. Paul nahm mich mit in Clubs, frühstückte mit mir manchmal erst nachmittags in irgendwelchen Cafés, wir gingen auf Flohmärkte und ließen uns treiben, während der Asphalt von Berlins Straßen in der Sommerhitze glühte.

Ich skypte regelmäßig mit Aiden, Trish und Mel. Und jedes Mal schien es so, als hätte ich noch mehr zu erzählen als beim letzten Gespräch. Paul versuchte, mir ein bisschen Deutsch beizubringen, und als ich Anfang Juli das erste Mal selbst mein Frühstück bestellte, platzte ich fast vor Stolz. Paul meinte, ich würde verdammt sexy klingen, und ich versuchte, mein Grinsen zu verbergen. Natürlich sah er es trotzdem.

Ich glaube, jeder hat zumindest einmal in seinem Leben so einen Sommer: weltenverändernd, berauschend, magisch. Und das hier war meiner. Mein *Sommermärchen.*

Paul

Hell und warm schien die Augustsonne durch das weit geöffnete Fenster, und der Wind bauschte die Vorhänge auf. Heute war es endlich so weit: der Moment, dem Louisa schon seit unserem Flug hierher entgegenfieberte. In den letzten Tagen schien ihre Aufregung sich ins Unermessliche gesteigert zu haben. Sie redete über fast nichts anderes mehr. In der kleinen Buchhandlung um die Ecke, in der sie innerhalb der letzten Wochen fast täglich gewesen war, hatte sie gefühlt jedes Buch, das sie über Paris hatte finden können, gekauft – selbst die nicht englischen. Ich hatte keine Ahnung, wie Louisa die lesen wollte, doch wenn sie von Paris sprach, war da jedes Mal dieses Funkeln in ihren Ozeanaugen. Und Gott, ich liebte es, sie so zu sehen.

Gestern hatten wir uns zusammen mit Stella und Basti *Midnight in Paris* angesehen, einen Film über einen amerikanischen Drehbuchautor, der während seines Aufenthalts in der Stadt an der Seine in die

Vergangenheit reist. Im schillernden Paris der 1920er-Jahre trifft er auf F. Scott Fitzgerald, Jean Cocteau, Ernest Hemingway und Salvador Dalí, spricht mit ihnen über deren Werke. Louisa hatte ganz still neben mir gesessen, ihre Hand in meiner, völlig vereinnahmt von den Bildern vor ihr.

»Hör auf, Paul«, murmelte sie immer noch verschlafen, während aus der Küche das Klappern von Geschirr und das Summen der Kaffeemaschine drang. Eine leise geführte Unterhaltung. Ich hatte Stella gestern nach dem Film zwar gesagt, dass es nicht nötig wäre, uns Frühstück zu machen, bevor wir losfahren würden, doch sie hatte sich nicht davon abbringen lassen.

Seit einer halben Stunde versuchte ich, Louisa davon abzuhalten, das Bett zu verlassen. Sie lag in meinen Armen, mit den Händen auf meiner Brust, und sah mich bemüht grimmig an. Hätte sie dabei nicht so süß ausgesehen, hätte ich sie vielleicht ernst nehmen können, doch so hörte ich nicht damit auf, meine Hände weiter unter ihr Shirt gleiten zu lassen. Vom Schlaf zerzauste, wilde Locken und die Sommersprossen wie kleine Sterne in ihrem Gesicht.

»Ich meine es wirklich ernst. Hör damit auf, Paul«, wiederholte sie ihre Worte, seufzte jedoch auf, als ich über ihre Brüste strich. Ihre Nippel zwischen meinen Fingern und ihre Augen, die sich für einen kurzen Moment schlossen. »Ich muss noch fertig packen, und wenn wir wegen dir den Zug verpassen, werde ich echt sauer.«

Ich zuckte mit den Schultern. »Dann nehmen wir eben einen anderen«, murmelte ich versunken in das Gefühl von ihr.

»Außerdem sollten wir Stella und Basti nicht warten lassen. Es riecht so gut nach Kaffee«, meinte Louisa, doch leiser dieses Mal. Warme, weiche Haut unter meinen Fingern. Würde es ihr nicht gefallen, würde sie mich ganz sicher nicht so ansehen.

Ganze drei Monate, in denen ich jeden Morgen neben ihr aufgewacht war. Auch wenn sie damit angefangen hatte, mir nachts die Decke zu klauen und diesen Umstand natürlich vehement leugnete, war es das mehr als wert.

»Oh Gott, grins mich nicht so an«, wisperte sie. »Das macht es nur noch schwerer!«

»Mir zu widerstehen, meinst du?«

»Sei nicht so furchtbar arrogant, Bad Boy«, sagte Louisa und richtete sich auf. Sie griff nach dem Kissen neben ihr und schmiss es nach mir. Lachend wich ihr aus und packte sie, gab ihr einen letzten Kuss auf die vollen Lippen, ehe ich sie aufstehen ließ. Dieses Mal wirklich.

Louisa

Paul hatte das Versprechen, das er mir letztes Jahr an meinem Geburtstag gegeben hatte, gehalten: dafür zu sorgen, dass ich die Dinge, die auf der Bucket List meines Lebens standen, endlich anpackte. Ich war in Europa, würde in zehn Stunden zusammen mit Paul am Gare du Nord aus dem Zug steigen. Würde die Stadt sehen, in der die größten Schriftsteller des 20. Jahrhunderts ihre Romane geschrieben hatten. Das hier, das war ein Traum, der in Erfüllung ging. Und er war es ebenso. Mein Herz schlug wie verrückt bei dem Gedanken.

»Ich mag es, wie ich bei dir bin«, sagte ich, als ich mit meinem Koffer neben Paul an der Tür stand.

Ein fragender Blick aus dunklen Augen und eine Hand, die federleicht über meine Wange strich, sich in meinen Locken vergrub, mit ihnen spielte.

»So unglaublich wild, frei und glücklich«, wiederholte ich leise die Worte, die ich bereits am Lake Superior so ähnlich ausgesprochen hatte. Der Tag des ersten Feuers des Jahres, als ich ihm gesagt hatte, dass ich das mit uns nicht aufgeben konnte. Ich wusste jetzt, dass es richtig gewesen war, mutig zu sein.

Ich biss mir auf die Unterlippe. Und das breite Grübchenlächeln, mit dem Paul meine Worte quittierte, war mindestens so atemberaubend schön und echt wie am allerersten Tag. Er lächelte für mich, tat es meinetwegen. Der Anblick traf mich mitten in mein Herz und brachte es zum Flattern.

Dann verschränkte Paul seine Finger mit meinen und strich mit dem Daumen sanft über meinen Handrücken. Zusammen traten wir hinaus in die Sonne.

Louisa und Paul, Feuer und Sturm.

Wild.

Frei.

Und glücklich.

LOUISAS LIEBLINGSFILME

Chocolat

Zwei an einem Tag

Pulp Fiction

Rocketman

Der seltsame Fall des Benjamin Button

Geliebte Jane

The Greatest Showman

Tatsächlich Liebe

Das Leuchten der Stille

10 Dinge, die ich an dir hasse

Wild Child

Wie ein einziger Tag

Die unendliche Geschichte

A Star is born

Les Misérables

Midnight in Paris

LIEBE LESER*INNEN,

ich möchte euch von Herzen dafür danken, dass ihr meine Reise nach Redstone begleitet und Louisa und Pauls Geschichte mit so viel Liebe und Interesse verfolgt habt. Ohne euch hätte ich *Feuer* und *Sturm* zwar erzählen können, weil diese Geschichte so sehr in mir brennt – doch diese beiden Romane wären nicht zu dem geworden, was sie jetzt sind. *Ihr* gebt ihnen Raum in dieser Welt, indem ihr sie kauft und lest, indem ihr sie liebt und weitergebt. Ihr tut es mit jeder lieben Nachricht, jeder netten Rezension, jedem schönen Bild auf Instagram, mit jedem Wort der Begeisterung.

Wir sind der Sturm zu schreiben war wie ein Rausch, eine Ekstase mit Höhen und Tiefen, und plötzlich war diese Reihe zu Ende erzählt. Ich habe mit Louisa und Paul gelitten, die beiden haben mich in den Wahnsinn getrieben, und ich habe ihren Schmerz und ihre Trauer mit jeder Faser meines Herzens gespürt. Ich wollte die beiden so gern glücklich sehen. Dieses Ende haben sie nach all den Schicksalsschlägen, all dem Leid und den schlechten Erfahrungen mehr als verdient.

Wir sind das Feuer und *Wir sind der Sturm*, das sind nicht nur Louisa und Paul, nicht nur Aiden, Trish, Bowie, Mel, Luca und all die anderen. *Feuer* und *Sturm* sind all die Menschen, die in Redstone ein Zuhause gefunden haben: Das bin ich, das seid ihr, das sind wir alle.

#WirsindRedstone

DANKSAGUNG

Diese letzten Worte zu schreiben, ist beflügelnd und gleichzeitig so unfassbar schwer, denn es bedeutet, Abschied zu nehmen – von einer Frau und einem Mann, in die ich mich beim Schreiben gleichermaßen verliebt habe, von einer Kleinstadt, die sich inzwischen wie ein Zuhause anfühlt, und einer Welt, die nicht mehr aus meinem Leben wegzudenken ist und immer Teil von mir sein wird.

Es gibt diese Menschen, ohne die wäre *Wir sind der Sturm* nicht das Buch, das es heute ist. Und das ist wohl auch eines der Dinge, die Louisa und Pauls Geschichte zeigt: Ich bin dankbar für den Moment und die Menschen, die Teil meines Lebens sind, und ich möchte ihnen sagen, wie wichtig sie sind. Fühlt euch gedrückt und geknutscht und geherzt!

Ich danke meiner Agentin Andrea Wildgruber von der Agence Hoffman, die mir jederzeit mit Rat und Tat zur Seite steht.

Ein gigantisches Dankeschön geht an das gesamte Team von Heyne, das mir für meine Redstone-Bücher ein so wunderbares Zuhause geboten hat. Ihr seid alle der Wahnsinn! Ich danke vor allem meiner Lektorin Janina Dyballa, die vom ersten Moment an begeistert von Louisa und Paul war und ebenfalls der Meinung ist, dass Jess der einzig wahre Mann für Rory Gilmore gewesen wäre. #ReadingIsSexy Außerdem danke ich Steffi Korda für ihre wertvollen Kommentare zu meinem Text.

Tausend Dank und ganz viele Umarmungen für Irmi Keis von der Agentur Ehrlich & Anders. Du hast so wahnsinnig viel für mich und *Wir sind der Sturm* getan – wahrscheinlich weit mehr, als deine Aufgabe gewesen wäre. Du weißt, dass du inzwischen einen festen Platz in meinem Herzen hast, aber manchmal muss man Dinge eben öfter aussprechen.

Außerdem sind da Josi (@josiwismar), Lauri (@zeilenverliebt) und Miri (@miris.momente), die so wie auch Irmi fest mit diesem Projekt verbunden sind. Ihr seid weder aus Redstone noch aus meinem Leben wegzudenken. Ich liebe euch von Herzen, Bebis, jede von euch! Und vor allem dir Josi, meiner #HeyneSister, danke ich. Du bist meine Freundin, mein Schreibbuddy und die Verrücktheit zu meinen ohnehin verrückten Gedanken. Das einzige Manko ist wohl, dass ich während des Schreibens von *Wir sind der Sturm* keine Nacktbilder von Kit Harrington mehr bekommen habe. (Beim nächsten Buch dann bitte wieder!)

Dann sind da noch meine anderen Schreibbuddies und Herzensmenschen: Kyra, der witzigste Mensch überhaupt, der mir wirklich eine echte Freundin ist. Tanja, die mir während des Schreibens dieses Buches noch mehr ans Herz gewachsen ist. Sarah, Nena und Kathinka, die meine Emotionalität verstehen, die Aufs und Abs, und mit denen es ganz wunderbare Schreibsessions in München gibt. Never stop writing!

Das gigantischste Dankeschön aller Zeiten geht an Juliana aka Schüljanna (@storylines.blog), die all meine Verrücktheiten erträgt, mir mitten in der Nacht auf Nachrichten antwortet, wenn meine Figuren mich in den Wahnsinn treiben, und die auch abgesehen davon ein zauberhafter Mensch und eine wundervolle Freundin ist. Wohl kaum jemand kennt mich und meine Texte so gut wie du.

Und wenn wir schon bei meinen Texten sind: Ich danke Marina dafür, dass sie *Wir sind der Sturm* testgelesen und sich dabei ein bisschen in Paul (und Aiden) verliebt hat. Deine Begeisterung und deine Anmerkungen haben mir wirklich weitergeholfen!

Dann ist da Larry, die zwar gerne liest, mit dieser abgefahrenen Buchwelt aber nicht viel anfangen kann. Danke, dass du es trotzdem immer probierst und mir zu Seite stehst, wenn ich dich brauche. Eines Tages werden wir den Fluch brechen, der unsere Leben zeitweise in New-Adult-Plots verwandelt!

Danke an meine verrückte Beethoven-Crew und Anhang. Ihr seid es, die das Leben in Augsburg so fantastisch machen, meine Zwanziger zu diesem Feuerwerk voller magischer Momente.

Ich danke den Riederinios, die mich als eine der ihren aufgenommen haben: Karola, Erwin, Nicole, Tobi, Domi, Miri, Karl und Xaver. Vielleicht sollte ich es euch öfter sagen, aber ihr seid meine Familie. Und ich liebe euch!

Das Schönste kommt bekanntlich zum Schluss, und das ist der Mann, in den ich mich während eines magischen Sommers Hals über Kopf verliebt habe. Chris, dir ist dieses Buch gewidmet, weil du seit dem ersten Tag mein Zuhause bist und alles, was ich brauche. Weil dein Lächeln wunderschön ist und die Ruhe zu meinem Chaos. Und weil du vielleicht einer der Gründe bist, wieso ich über die Liebe schreibe.

Ganz ehrlich? Lass uns dieses Jahr noch heiraten.